지구에서 온 위협

The Menace From Earth

지구에서 온 위협

김창규 배지훈 서제인 옮김

로버트 A. 하인라인 중단편 전집 **3**   Future History III

ROBERT A. HEINLEIN

아작

차례

지구에서 온 위협

The Menace From Earth

서제인 옮김

✦ 1957년 8월 〈판타지 & 사이언스 픽션(The Magazine of Fantasy & Science Fiction)〉에 발표

내 이름은 홀리 존스, 열다섯 살이다. 나는 꽤 지적인 편이지만 어리숙한 천사표처럼 보이기 때문에 사람들은 그걸 못 알아본다. 김빠지는 일이다.

나는 바로 이곳 루나시티에서 태어났다. 지구인들에겐 그게 놀랄 만한 일인 모양이다. 사실 난 3세대에 속한다. 우리 할아버지와 할머니는 1구역에 처음으로 정착하신 분들인데 지금 거기에는 기념관이 세워져 있다. 나는 아르테미스 아파트에서 부모님과 함께 산다. 압력 5구역에 새로 들어선 조합식 공동주택으로, 시청 근처에서 250미터쯤 아래로 내려오면 있는 곳이다. 하지만 집에 있는 일은 많지 않다. 너무 바쁘니까.

오전에는 기술고등학교에서 수업을 듣고, 오후에는 공부를 하거나 내 동업자 제프 하디스티와 함께 비행을 즐긴다. 관광 우주선이 들어와 있을 때면 언제든 가이드 일도 한다. 그날은 정오쯤 그립스홀름호가 들어왔기에, 나는 수업이 끝나자마자 아메리칸 익스프레스로 직행했다.

검역소를 제일 먼저 통과한 지구 관광객들이 시끄러운 소리를 내며 하나둘 빠져나오고 있었지만, 나는 눈에 띄려고 나대지는 않았다. 굳이 그러지 않아도 매니저 도르카스 씨는 내가 최고라는 걸 아니까. 가이드는 잠깐 하는 아르바이트지만(내 본업은 우주선 설계사다), 무슨 일이든 할 거면 제대로 하는 게 좋다.

도르카스 씨가 나를 알아봤다. "홀리! 이리 와라. 브렌트우드 씨, 여기는 홀리 존스라고, 가이드를 맡아드릴 겁니다."

"홀리?" 여자가 내 이름을 되풀이했다. "이름 참 특이하네. 진짜 가이드 맞니, 꼬마야?"

나는 땅다람쥐 같은 지구인들에게 관대하다. 가장 친한 친구 몇몇이 지구에서 온 애들이기도 하고. 아빠 말대로 달에서 태어난 건 우리가 잘나서가 아니라 운이 좋아서였다. 지구인 대부분은 그곳에 그저 갇혀 산다. 따지고 보면 예수, 부처 그리고 아인슈타인 박사도 땅다람쥐였지 않은가.

하지만 지구인들이 짜증 나는 건 사실이다. 고등학생들이 가이드를 하지 않으면 대체 누가 이 일을 한단 말인가? "제 자격증에는 그렇게 적혀 있네요." 나는 힘주어 대답하고는 나를 훑어보는 여자의 시선을 그대로 되돌려주었다.

여자의 얼굴은 어쩐지 낯이 익었다. 지구 잡지의 사교계 관련 기사에서 본 게 아닐까 싶은 얼굴이었다. 세상에 차고 넘치는, 돈 많고 노는 것 좋아하는 여자들 중 하나겠지. 짜증 날 정도로 예쁜 여자였다. 도자기 같은 피부, 부드럽게 물결치는 백금발, 35-24-34쯤 돼 보이는 신체치수. 거기다 대자니 나는 아무렇게나 그려놓은 졸라맨 그림처럼 느껴졌다. 나지막하고 그윽한 목소리에다, 평범한 여자라면 악마와 계약이라도 맺어서 갖고 싶어 할 만한 모든 것을 지닌 여자였다. 하지만 난 경계심을 느끼지는 않았다. 그래 봤자 땅다람쥐 아닌가. 땅다람쥐들은 중요하지 않다.

"시내 가이드는 모두 이 또래 여학생들이 맡고 있습니다." 도르카스 씨가 설명했다. "그중에서도 홀리는 아주 유능하지요."

"아, 물론 그렇겠지요." 여자는 재빨리 대답하더니 '전형적인 관광객 행동양식 1번'을 고스란히 재현했다. 호텔을 잡기 위해 가이드가 필요하다는 사실에 놀라고, 이곳에 택시도, 가방을 운반해줄 짐꾼도 없다는 말에 경악을 드러내더니, 여자 둘이 걸어서 '지하 도시'를 통과해야 한다는 사실에 눈썹을 치켜올린 것이다.

도르카스 씨는 참을성 있게 여자를 지켜보더니 말했다. "브렌트우드 씨, 태양계 대도시 가운데 루나시티만큼 여성분들한테 안전한 곳은 없을 겁니다. 여긴 어두운 뒷골목도, 버려진 주택가도 없고 범죄 요소라고는 아무것도 없으니까요."

나는 듣지 않았다. 그냥 도르카스 씨에게 요금 카드를 내밀어 도장을 받은 다음 여자의 가방들을 집어 들었다. 가이드는 가방 옮겨주는 일을 못 하게 되어 있다. 게다가 원래는 10킬로그램이 넘던 짐이 여기서는 1, 2킬로그램 정도밖에 나가지 않는다는 걸 깨달은 관광객들은 대부분 기꺼이 자기 가방을 집어 든다. 하지만 난 그 여자를 빨리 호텔에 데려다놓고 싶었다.

우리는 바깥으로 나와 터널로 들어갔다. 내가 자동도로에 막 한 발을 올려놓았을 때 여자가 멈춰 서더니 소리쳤다. "아, 까먹었네! 나 여기 지도가 필요한데."

"지도는 없는데요."

"정말?"

"시 전체를 통틀어 딱 한 장 있어요. 그래서 대신 가이드가 필요한 거고요."

"아니, 왜 지도를 더 찍지 않는 거지? 가이드들이 할 일이 없어져서 해고될까 봐 그런 거니?"

이 여자 말하는 것 좀 봐라. "가이드가 억지로 만들어낸 일자리라고 생각하세요? 브렌트우드 씨, 여긴 일할 사람이 부족해서 원숭이라도 고용해야 될 판이라고요."

"그럼 지도는 왜 안 찍는데?"

"왜냐하면 루나시티의 구조가 단순하지 않기 때문이죠. 여긴…." 나는 '땅다람쥐 도시'라고 말할 뻔했지만 가까스로 자제했다. "지구 도시하고는 달라요. 바깥에서 보이는 건 운석 실드가 전부죠. 하지만 이 도시는 그 밑으로 뻗어 나가 수 킬로미터 지하로 펼쳐지면서, 압력이 다른 수많은 구역으로 세분돼 있어요."

"그건 알겠어. 근데 왜 각각의 층마다 지도를 만들지 않는 거야?"

땅다람쥐들이 꼭 하는 말이 있다. '그건 알겠어, 근데….'

"원하시면 딱 하나 있는 지도를 보여드릴 수는 있어요. 높이가 6미터쯤 되는 입체 탱크에 가면 돼요. 그래 봤자 선명히 보이는 건 마운틴 킹 홀이나 수경재배 농장, 박쥐 동굴 같은 큼직한 것들이 다겠지만."

"박쥐 동굴?" 여자가 되풀이했다. "거기가 비행 체험 할 수 있는 곳 아니니?"

"맞아요. 거기가 날아다니는 데죠."

"아, 나 거기 보고 싶어!"

"그러죠. 그럼 그리로 먼저 갈까요? 아니면 지도를 먼저 보실래요?"

여자는 일단 호텔로 가자고 했다. 취리히 호텔로 가는 공식 경로는 자동도로를 타고 위로 올라가 서쪽으로 가서 그레이 터널을 통과하고 화성 대사관을 지나 모르몬교 사원 앞에서 내린 다음 압력로크를 타고 다이애너 대로까지 내려가는 것이었지만, 나는 지름길을 꿰고 있었다. 우리는 메이시-김블 회사 상층에서 내렸고, 직원 승강기를 타기로 했다. 여자가 재미있어할 거라고 나는 생각했다.

하지만 내가 하라는 대로 여자가 손잡이를 붙잡기도 전에 승강기는 쏜살같이 떨어져 내려가버렸다. 여자는 승강기 갱도를 내려다보더니 움츠리며 뒤로 물러났다. "저걸 타라고? 농담하는 거지?"

할 수 없이 여자를 데리고 공식 경로로 돌아가려는데 승강기에서 이웃 한 분이 내렸다. 나는 인사를 했다. "안녕하세요, 그린버그 아줌마." 그린버그 아줌마도 대답했다. "잘 지내니, 홀리? 부모님도 잘 계시고?"

수지 그린버그는 통통하다 못해 풍만한 아줌마다. 아줌마는 어린 아들 데이비드를 한쪽 팔에 껴안고 다른 손으로는 승강기 손잡이를 잡은 채 매달려 있었다. 그 와중에 〈데일리 루나틱〉을 펴들고 승강기에서 뛰어내리기 직전까지 읽고 있었다. 그걸 본 브렌트우드 씨가 입술을 깨물더니 물었다. "어떻게 저렇게 하지?"

내가 대답했다. "아, 양손을 쓰세요. 가방은 제가 들게요." 나는 손수건을 꺼내 손잡이를 한데 묶고는 먼저 승강기에 올라탔다.

밑으로 내려왔을 때 브렌트우드 씨의 온몸은 떨리고 있었다. "세상에! 홀리, 어떻게 이러고 사니? 지구가 그립지는 않니?"

전형적인 관광객 질문 6번이로군…. "저도 지구에 가본 적은 있거든요?" 나는 그렇게 대답하고 입을 다물었다. 2년 전에 엄마가 시켜서 오마하에 있는 이모한테 간 적이 있었다. 끔찍한 경험이었다. 그곳은 더웠고 추웠고 더러웠으며 징그러운 벌레들로 가득했다. 몸무게가 1톤은 나가는 듯 몸이 무겁고 고통스러웠다. 내가 원하는 건 욕조 속에 기어들어가 조용히 견디는 것뿐이었는데, 이모는 밖에 나가 운동을 하라고 매일같이 나를 몰아쳐댔다. 나는 결국 꽃가루 알레르기까지 걸렸다. 꽃가루 알레르기라고 들어봤는지 모르겠다. 그런 게 있다. 죽지는 않지만 차라리 죽는 게 나은 병.

나는 거기서 여학생 기숙학교에 가게 될 예정이었지만, 더 이상 참지 못하고 아빠에게 전화를 걸었다. 내 절박한 심정을 이해한 아빠는 달로 돌아오라고 허락해줬다. 땅다람쥐들이 이해하지 못하는 게 있다면 야만 속에서 살고 있는 게 바로 그들이라는 사실이다. 하지만 땅다람쥐는 땅다람쥐고 달 사람들은 달 사람들이다. 알아서들 사시라지.

취리히 호텔은 다른 최고급 호텔들과 마찬가지로 지구를 볼 수 있는 서쪽의 압력 1구역에 있다. 나는 브렌트우드 씨가 로봇 직원에게 체크인을 하도록 도와준 다음 방으로 안내했다. 방 안에는 길쭉한 복도 같은 것이 나 있었다. 브렌트우드 씨는 그쪽으로 똑바로 걸어가더니 지구를 바라보며 "와아!" "우아아!" 하고 환호성을 질러대기 시작했다.

나는 브렌트우드 씨의 시선을 따라 흘끗 지구를 보았다. 오후 1시에서 몇 분이 지나 있었다. 일몰선이 인도 대륙의 끄트머리에서 똑바로 아래쪽을 지나가는 중이었다. 충분히 이른 시각이라 다른 손님을 잡을 수 있을 것 같았다. "더 필요하신 거 없나요, 브렌트우드 씨?"

브렌트우드 씨는 대답 대신 경외심 가득한 목소리로 말했다. "홀리, 저건 우리가 볼 수 있는 최고로 아름다운 광경일 거야. 그렇지 않니?"

"멋있네요." 나는 마지못해 동의했다. 그 방에서 보이는 경치는 하늘에 걸린 지구를 빼면 단조롭기 짝이 없었지만, 막 지구를 떠나왔는데도 관광객들은 언제나 지구에서 눈을 떼지 못했다. 물론 지구가 예쁘긴 하다. 거기서 살아야 하는 게 아니라면 그 오락가락하는 날씨도 흥미롭고 말이다. 오마하에서 여름을 나본 적이 있는가?

"저렇게 우아할 수가." 브렌트우드 씨가 속삭였다.

"그러네요." 나는 영혼 없이 대답한 다음 물었다. "어디 가시고 싶은 데 있어요? 없으시면 제 요금 카드에 사인해주실래요?"

"응? 아, 미안, 내가 잠깐 넋이 나갔었네. 지금 당장은 없어. 아, 아니다, 있어! 홀리, 나 저기 나가보고 싶어! 가봐야겠어! 그럴 시간이 있을까? 어두워지려면 얼마나 있어야 되니?"

"네? 일몰까지는 이틀이나 남았는데요."

브렌트우드 씨는 충격을 받은 표정이었다. "그것참 신기하네! 홀리, 우주복을 가져와서 나랑 같이 가줄래? 나 바깥에 나가야겠어."

당황하지는 않았다. 관광객들과의 대화에는 익숙했으니까. 우리가 입는 여압복이 지구인들에게는 우주복처럼 보이는 모양이었다. 나는 간단하게 말했다. "저기 나가려면 따로 자격증이 있어야 되는데 저는 여자라 안 돼요. 하지만 저 대신 친구를 불러드릴 수는 있어요."

제프 하디스티는 내 우주선 설계 파트너다. 남는 일이 있으면 나는 종종 그 애에게 넘겨준다. 제프는 열여덟 살이고 벌써 고다르 연구소에 다니고 있지만 나는 그 애에게 뒤처지지 않기 위해 열심히 공부하고 있다. 우리는 함께 회사를 설립하고 사무실을 차려야 하니까. '존스 & 하디스티, 우주선 공학.' 우주선 공학의 핵심은 수학인데 나는 수학에는 상당히 명민한 편이니 금세 학위를 따낼 수 있을 거다. 지금도 벌써 우주선 설계는 하고 있고.

브렌트우드 씨에게 이런 얘기를 하진 않았다. 관광객들은 나처럼 어린 여자애는 우주선 설계 같은 건 할 수 없다고 생각할 테니까.

제프는 화요일과 목요일에는 가이드 일을 할 수 있게 일정을 조정해서 수강 신청을 해놓았다. 그 애는 루나시티 서쪽 에어로크에서 기다리면서 손님이 없을 때는 공부를 한다. 나는 에어로크 관리자의 화상 전화로 제프에게 전화했다. 제프는 싱긋 웃고는 말했다. "안녕, 미니어처."

"안녕, 중량초과. 지금 손님 받을 수 있어?"

"글쎄, 가족 관광객 한 팀이 오기로 돼 있었는데 좀 늦네."

"취소해. 브렌트우드 씨, 이리 와서 받아보세요. 이쪽은 하디스티예요."

제프의 눈이 휘둥그레지는 걸 보자 나는 좀 불안해졌다. 하지만 제프가 땅다람쥐에게 끌릴 수도 있으리라는 생각은 하지 못했다. 이런 문제에서 남자들이란 육체의 본능에 기계적으로 복종하는 노예에 지나지 않음을 인정할 수밖에 없지만 말이다. 이 여자가 예외적으로 예쁘긴 했지만, 제프가 지구 여자에게 마음을 빼앗긴다는 건 나로서는 생각할 수 없는 일이었다. 아무리 외모가 뛰어나도 그들은 우리와 말도 통하지 않는 종족 아닌가!

내가 제프에게 무슨 마음 같은 게 있는 건 아니다. 우리는 어디까지나 동업자다. 하지만 존스 & 하디스티에 영향을 끼치는 일이라면 뭐든 내게도 영향을 끼친다.

브렌트우드 씨와 나는 서쪽 에어로크에서 제프를 만났다. 제프는 벌어진 입을 다물지 못했다. 구역질 나는, 발정 난 사춘기 소년의 행동이었다. 나는 그 애가 부끄러워지는 한편, 처음으로 신경이 쓰였다. 왜 남자들은 그렇게 유치할까?

브렌트우드 씨는 제프의 행동에 별로 신경 쓰지 않는 것 같았다. 제프는 덩치가 꽤 있어서 밖에 나가려고 여압복을 입으면 마치 오페라 〈라인의 황금〉에 나오는 거인처럼 보인다. 그녀는 제프에게 미소 짓고는 일정을 조정해준 것에 감사했다. 제프는 더욱 멍청한 표정이 되더니 "천만에요." 하고 대답했다.

나는 내 여압복을 서쪽 에어로크에 보관해두곤 한다. 제프에게 손님을 넘겨줄 때면 늘 함께 나가서 잠깐 같이 걷곤 했으니까. 하지만 이날 백금색 머리카락을 지닌 이 위협적인 여자를 본 뒤로 제프는 내게 거의 말을 걸지 않았다. 하지만 난 어쨌든 브렌트우드 씨가 여압복 고르는 걸 도와주고 탈의실로 데려가서 입혀주었다. 대여용 여압복은 세심하게 주의를 기울여 입어야 한다. 제대로 입지 않고 진공 상태 속으로 나갔다가는 몸의 부드러운 부분을 아프게 조여대니까. 게다가 여자가 입으려면 같은 여자로서 설명해줘야 하는 부분들도 있다.

브렌트우드 씨와 함께 탈의실에서 나왔을 때 나는 여압복으로 갈아입고 있지 않았다. 제프는 내게 왜 옷을 안 갈아입느냐고 묻지조차 않았다. 그 애는 여자의 팔을 붙잡더니 에어로크 쪽으로 이끌고 가기 시작했다. 내 요금 카드에 여자의 사인을 받아내기 위해 나는 그들의 팔을 풀어놓아야 했다.

그다음 며칠 동안 시간은 내 인생에서 최고로 느리게 흘렀다. 나는 제프를 딱 한 번 봤을 뿐이다. 다이애너 대로에서였다. 그 애는 내 반대편 자동도로에 타고 있었고, 곁에는 그 여자가 있었다.

그 광경 하나로 돌아가는 상황을 직감할 수 있었다. 제프는 수업을 빼먹고 있었다. 사흘 밤 연속으로 그 여자를 던컨 하인스 호텔의 '지구 뷰 특실'로 데려갔겠지. 그러든지 말든지! 그 애한테 춤추는 걸 가르치는 데 그 여자가 나보다 소질이 있었기를 바랄 뿐이다. 제프는 자유로운 시민이니, 학교를 빼먹으면서 완전 또라이짓을 하든, 잠을 줄여가면서 예쁘장하게 차려입은 그 땅다람쥐한테 목숨을 걸든 내 알 바는 아니었다.

하지만 최소한 우리 사업까지 무시하지는 말았어야 할 게 아닌가!

존스&하디스티는 '프로메테우스호'라는 우주선을 설계하느라 처리해야 할 일이 태산 같았다. 우리는 1년 넘게 이 프로젝트에 우리를 갈아 넣었고, 일주일에 두 번 이하로 비행 횟수를 줄여 가면서까지 시간을 투자하고 있었다. 그게 희생이 아니면 뭐란 말인가.

물론 지금 당장 우주선을 만들 수는 없다. 엔진 문제 때문이다. 하지만 아빠는 오래지 않아 눈부신 기술 혁명이 일어날 것이고 대규모 전환 엔진이 개발될 거라고 했다. 즉, 우주선이 가능해진다는 얘기다. 아빠는 달의 우주 도로 담당 수석 기술자이자 고다르 연구소에서 페르미 관련 강연을 하는 강사이므로 분명 제대로 알고 있을 것이다. 제프와 나는 아빠의 말이 사실이라는 가정하에 자급자족이 가능한 성간 우주선을 설계하고 있었다. 선실과 보조 기관, 의료 시설과 연구실 등 모든 것을 갖춘 우주선을.

아빠는 내가 하는 일이 그냥 연습이라고 생각하지만 엄마는 나를 좀 더 잘 알아준다. 달의 일반합성화학 연구소에서 수리화학 연구를 하는 엄마는 거의 나만큼이나 명민한 분이다. 다른 팀들이 우물쭈물하는 동안 완벽한 제안서를 완성해 내놓는 게 존스&하디스티의 목표임을 엄마는 분명히 안다.

그러니 그 지구 여자에게 정신이 팔려 시간을 낭비하는 제프에게 내가 분노한 건 당연한 일이었다. 우리는 모든 가능성에 촉각을 곤두세운 채 일을 추진해오던 중이었다. 저녁을 먹고 나면 제프가 왔고, 학교 숙제를 잽싸게 끝내고 우리의 진짜 일인 프로메테우스호 설계에 착수하곤 했었다. 서로의 계산 결과를 체크하고, 세부 사항을 놓고 격렬한 논쟁을 벌이는 시간은 늘 환상적이었다. 그러나 내가 에리얼 브렌트우드를 소개한 바로 그날 제프는 우리 집에 오지 않았다. 우리는 발전 장치 실드를 크게 고칠 참이었다. 나는 할 일을 끝내놓고 나 혼자 설계를 시작할 것인지,

제프를 기다릴 것인지 주저하고 있었다. 그때 제프의 어머니에게 전화가 걸려왔다. "대신 전화해달라고 제프가 부탁하더구나. 오늘 관광객 손님하고 저녁 약속이 있어서 너희 집에 못 가게 됐다고."

제프 어머니가 화상 전화로 보고 있었기 때문에 나는 애써 의외라는 표정을 지으며 대답했다. "제가 기다리고 있다고 제프가 그러던가요? 걔가 약속 날짜를 착각한 것 같은데요." 제프 어머니는 그 말을 믿지 않는 것 같았다. 알았다고 재빨리 대답하고 끊은 걸 보니.

그 주 내내 의지와는 상관없이 내 마음속에 조금씩 솟아나는 확신이 있었다. 존스&하디스티는 이제 엎어진 거나 다름없다는 사실. 제프는 더 이상 약속을 깨지 않았다. 약속을 하지도 않았으니 깰 수도 없었다. 목요일 오후에 둘 다 가이드 일이 없으면 우린 언제나 비행을 즐기러 같이 갔었다. 목요일 오후가 됐지만 제프는 전화하지 않았다. 그렇지, 알 것 같았다. 그 여자를 데리고 펑갈 동굴로 스케이트를 타러 간 것이다.

나는 집에서 혼자 프로메테우스호 설계에 매달렸다. 발전 장치 실드를 변화시킬 수 있다는 전제하에 수경 재배와 저장을 위한 모멘트 암과 질량을 다시 계산했다. 하지만 자꾸만 계산이 어긋났고 결국 기억이 안 나서 두 번이나 대수책을 들춰봐야 했다. 제프와 티격태격하며 모든 걸 같이 연구하는 방식에 너무 익숙해져서 혼자서는 일을 제대로 할 수가 없었다.

그러다 내가 붙잡고 집적거리고 있던 설계 용지에 적힌 회사명에 눈길이 갔다. 다른 용지들과 마찬가지로 '존스&하디스티'라고 씌어 있었다. 나는 혼잣말을 했다. "홀리 존스, 스스로를 속이는 일은 그만둬. 이제 다 끝났어. 언젠가 제프가 누구한테 빠져버릴 거란 건 너도 잘 알고 있었잖아."

물론 알았지. 하지만 그게 땅다람쥐일 줄은 몰랐어.

하지만 그놈은 그 여자한테 반했어. 사실을 사실로 받아들이지도 못하면서 무슨 공학자가 되겠다는 거야? 그 여자는 예쁘고 돈도 많아. 분명 자기 아버지한테 부탁해서 제프한테 지구 일자리를 구해줄 거라고.

알겠어? 제프는 지구로 가버릴 거란 말이야! 그러니 넌 다른 동업자를 찾아보든지 회사를 너 혼자만의 것으로 전환해.

나는 '존스&하디스티'를 지우고 '존스&컴퍼니'라고 고쳐 쓴 다음 노려보았다. 그러고는 그것도 지우기 시작했다. 하지만 눈물방울이 떨어져서 종이가 엉망이 돼버렸다. 이게 웬 청승이냐고!

그다음 주 화요일에는 아빠와 엄마가 모두 집에 와서 점심식사를 했다. 우주항에 근무하는 아빠로선 예외적인 일이었다. 그즈음 아빠는 우주선 말고는 눈에 보이는 게 없을 만큼 바빴지만, 그날만은 내가 샐러드 한 접시만 시켜서 깨작거리고 있다는 걸 알아챘다. "그 접시로는 약 8백 칼로리쯤 부족한데." 아빠가 접시를 지그시 보더니 말했다. "연료 없이는 시동이 안 걸리지. 너 어디 아프니?"

"전 괜찮아요. 걱정하지 마세요." 나는 품위 있게 대답했다.

"음, 그러고 보니 며칠 동안 기운이 없었던 것 같은데. 병원에 가서 검사라도 받아보는 게 어떻겠니?" 아빠는 그렇게 말하고 엄마를 보았다.

"검사 같은 건 필요 없어요!" 나는 기운이 없어진 게 아니었다. 여자는 수다 떠는 걸 잠시 멈추면 안 된다는 법이라도 있나?

의사들이 내 몸을 쿡쿡 찔러보는 건 싫었기 때문에 나는 핑계를 대기로 했다. "오후에 비행하러 갈 거라서 그냥 좀 가볍게 먹는 거예요. 하지만 아빠가 원하시면 쇠고기찜이랑 감자 요리랑 주문해서 먹고 쿨쿨 잠이나 잘게요!"

"진정해라, 애야." 아빠가 부드럽게 말했다. "강요할 생각은 없다. 비행 끝나고 간식이라도 좀 먹으렴…. 그리고 제프 만나면 내 안부도 전해주고."

나는 "알았어요."라고만 말하고 자리를 떴다. 엄마 아빠는 내가 그 잘난 제프 하디스티 없이는 비행도 못 할 거라고 믿고 있는 것이다. 나는 자존심이 상했지만 그 얘기는 하고 싶지 않았다.

아빠는 내 등에 대고 저녁 먹을 때 늦지 말라고 했지만, 엄마는 아빠를 조용히 시키고는 말했다. "피곤해질 때까지 실컷 날다 와라. 요즘 운동도 별로 안 했잖니. 네 저녁은 온장고에 넣어둘게. 특별히 먹고 싶은 거 있니?"

"아뇨, 그냥 엄마 드시고 싶은 걸로 시키세요." 나답지 않게 음식 생각 같은 건 나지 않았다. 박쥐 동굴로 향하며 난 내가 무슨 병에라도 걸린 건가 생각했다. 하지만 얼굴에 열이 나지도 않았고 배는 고프지 않았지만 속이 뒤집히지도 않았다.

그러자 끔찍한 생각이 떠올랐다. 혹시 내가 지금 질투를 하고 있는 건가? 내가?

있을 수 없는 일이었다. 나는 로맨틱한 인간이 아니다. 나는 커리어 우먼이다. 제프는 내 동업자이자 친구였고, 내 지도하에서라면 훌륭한 우주선 설계사가 될 녀석이었지만, 우리의 관계는 깔끔했다. 서로의 능력을 존중하는 사이. 간지러운 감정 따위는 끼어들 여지가 없는 관계. 커리어 우먼에게 그런 데 신경 쓸 여유 같은 건 없다. 일에 바쳐야 마땅했지만 엄마가 날 낳느라고 허비한 그 시간들을 생각해봐!

그럴 리가. 내가 질투 같은 걸 할 리가 없었다. 난 그저 땅다람쥐와 얽힌 동업자가 몹시 걱정되는 것뿐이었다. 제프는 여자 보는 눈이 없는 데다 지구에 가본 적도 없어서 환상이 좀 있었다. 만약 그 여자가 지구로 가자고 제프를 유혹한다면 존스&하디스티는 끝장날 판이었다.

어쨌거나 '존스&컴퍼니'도 대안은 되지 못했다. 프로메테우스호 설계는 완성되지 못할 수도 있었다.

이런 음울한 결론에 도달했을 때는 어느새 박쥐 동굴에 도착해 있었다. 비행을 하고 싶지는 않았지만 어쨌든 로커 룸으로 가서 날개옷을 꺼내 왔다.

박쥐 동굴에 관해 쓰인 글 대부분은 독자에게 잘못된 선입관을 심어 놓는다. 박쥐 동굴은 다른 달 식민지들에 있는 것들과 마찬가지로 루나 시티에 공기를 공급하는 저장소다. 깊숙이에 있는 소기(掃氣) 펌프가 움직여 필요한 양만큼 공기를 내뿜는다. 운 좋게도 루나시티의 경우엔 동굴 크기에 여유가 있어서 그 안에서 날아다닐 수 있게 된 것이다. 하지만 지름이 3킬로미터쯤 되는 이 동굴은 인공 구조물 같은 게 전혀 아니다. 화산활동으로 자연 형성된 기포일 뿐이다. 만약 그 옛날 기포가 터졌더라면 지금쯤 이곳은 크레이터가 돼 있었을 것이다.

달 사람들은 수영을 할 수 없어서 딱하다며 관광객들은 가끔 우리를 동정한다. 글쎄. 오마하에서 나도 수영을 해봤는데, 코에 물이 들어가고 스스로가 바보 같을 만큼 겁이 났었다. 물은 마시라고 있는 거지 그 안에 들어가라고 있는 게 아니다. 자기들에게 여러 번 '비행' 경험이 있다고 땅다람쥐들이 말하는 걸 들은 적이 있다. 아, 그러세요. 하지만 그건 '비행'이 아니다. 그런 거라면 화이트샌즈에서 오마하까지 나도 해봤다. 무서웠고 토할 것 같았다. 그런 것들은 안전과는 거리가 멀다.

나는 신발과 치마를 벗어 로커에 넣고 꼬리날개 부분에 발을 넣은 다음, 몸을 날개옷에 밀어넣고 지퍼를 채웠다. 직원의 도움을 받아 어깨끈을 조였다. 내 날개옷은 볼품없는 기성품이 아니다. 스토어러걸스 제품으로, 내 몸의 질량 배분 정도와 치수를 고려해서 맞춤 제작한 것이다. 날개옷이 너무나 자주 작아지는 바람에 그동안은 아빠가 제법 출혈이 컸지만, 가장 최근에 산 이 옷만은 가이드 일을 해서 번 내 돈으로 당당히 장만한 녀석이었다.

얼마나 사랑스러운 물건인지! 새의 뼈만큼이나 가벼우면서도 튼튼한 타이타늄합금 골격, 충격을 완화하는 손목 고정 장치와 어깨 관절, 자연스럽게 움직이는 소익 슬롯, 속도가 떨어질 때의 자동 날갯짓 기능. 날개뼈는 스티렌 수지로 만든 깃털 장식으로 감싸여 있고 견갑골을 비롯한 주요 부분에는 따로 주름 장식이 달려 있다. 비행은 거의 자동이다.

나는 날개를 접고 에어로크로 들어갔다. 에어로크가 회전하는 동안 왼쪽 날개를 펴고 소익 조종 버튼을 눌렀다. 지난번에 비행할 때 공중에서 자꾸만 옆으로 미끄러지는 느낌이 났던 것이다. 하지만 이번에는 소익이 제대로 펴졌다. 아무래도 지난번엔 내가 과잉 조종을 한 모양이었다. 스토어러걸스 제품은 제어가 아주 쉬워서 그만큼 과잉 조종도 하기 쉽다. 그때 문에 달린 녹색 신호가 켜졌다. 나는 날개를 접고 서둘러 문을 통과하면서 기압계를 흘끔 보았다. 1.2기압. 지구 해수면에서의 수치보다 0.2기압 높았고 시내에서와 비교하면 두 배에 가까운 수치였다. 이 정도라면 타조라도 날 수 있다. 기운이 조금 나면서 땅다람쥐들이 불쌍하다는 생각이 들었다. 적정 체중의 여섯 배나 되는 몸무게로 땅에 붙들려 있는 그들은 절대로, 절대로, 절대로 날 수 없는 것이다.

나도 날 수 없었다. 지구에서는. 여기서 내 날개옷의 무게는 0.1제곱미터당 4백그램 정도밖에 안 된다. 날개옷을 입은 내 체중이 9킬로그램이 될까 말까니까. 하지만 지구에선 45킬로그램을 훌쩍 넘어버려서 한없이 날개를 파닥이기만 할 뿐 땅에서 날아오를 수가 없었다.

기분이 제법 좋아진 탓에 제프와, 그 애가 껌뻑 죽고 못 사는 그 여자 생각이 사라졌다. 나는 날개를 활짝 펼치고 몇 발짝 달려나간 다음 몸을 움츠렸다 도약하며 공기에 몸을 실었다. 두 발을 땅에서 떼고 허공으로 떠올랐다.

나는 부드럽게 날갯짓을 하며 바닥 한가운데에 있는 공기흡입구 쪽으로 떠 가도록 몸을 맡겼다. 날개를 전혀 움직이지 않고도 상승 기류를 타고 8백 미터 위쪽의 지붕까지 똑바로 올라갈 수 있기 때문에 '아기 사다리'라고 부르는 공기 통로다. 기류가 몸에 와 닿자 나는 오른쪽으로 몸을 기울였다. 오른날개가 균형을 잃었지만 바로잡았고, 시계 반대 방향으로 회전하며 솟구치는 상승 기류 속에 안착한 다음 기류에 실려 지붕 쪽으로 올라갔다.

60미터쯤 올라갔을 때 주위를 둘러보았다. 동굴은 거의 비어 있었다. 2백 명쯤 될 싶은 사람들이 허공을 날고 있었고 백 명가량은 쉼터에 앉아 있거나 바닥에 있었다. 마음껏 날아다니기에 공간은 충분했다. 150미터쯤 올라가자 나는 몸을 기울여 상승 기류에서 빠져나왔고, 날갯짓을 시작했다. 활공하는 건 누워서 떡 먹기지만 나는 건 제대로 하려면 꽤 어려운 일이다. 활공하는 동안 양쪽 팔에 걸리는 공기의 하중은 각각 4.5킬로그램씩밖에 되지 않는다. 그놈의 지구에서는 침대에 가만히 누워서도 더한 무게에 짓눌리겠지만 말이다. 활공 중에 몸을 받쳐주는 양력(揚力)은 저절로 생긴다. 공기의 흐름만 있으면 날개의 형태 자체가 양력을 만들어내는 것이다.

상승 기류가 없다 해도, 수평으로 활공하는 동안에는 기류의 속도를 유지하기 위해 손가락 끝으로 살살 허공을 저어주기만 하면 된다. 연약한 할머니라도 거뜬히 할 수 있는 일이다. 떠오를 수 있는 건 기압차 때문이지만 원리는 몰라도 상관없다. 그저 슬슬 젓기만 하면 끝내주게 완벽한 침대에 누운 것처럼 공기가 몸을 떠받쳐준다. 저으면 앞으로 나아가는 게 배에서 노를 젓는 것과 똑같다나, 뭐 그렇게 들은 것 같다. 노를 저어본 적은 없다. 네브래스카에 갔을 때 그런 배에 타볼 기회는 있었지만 난 그런 짓을 할 만큼 무모한 성격은 못 된다.

하지만 정말로 '날' 때는 두 손과 함께 두 팔로도 공기를 저어야 하고 어깨 근육도 움직여서 힘을 보태야 한다. 활공할 때처럼 주 날개에 달린 바깥쪽 깃털만 위아래로 움직여서 될 게 아니다. 양팔을 휘둘렀다 다시 끌어 올릴 때마다 주 날개와 보조 날개 모두 관절 부분까지 확실히 움직여줘야 한다. 날개는 더 이상 몸을 떠오르게 하지는 않지만 앞으로 나아가게 해준다. 체중을 지탱해주는 부분은 견갑골인데 겨드랑이에서 위쪽으로 들어가면 있는 부분이다.

그 상태에서 두 발로 받음각을 조절하면(발에 걸친 꼬리날개면을 이용한다는 뜻이다) 더 빨리 날거나, 올라가거나, 혹은 그 둘 다를 할 수 있게 된다.

아, 이런, 너무 복잡하게 들릴지도 모르겠다. 하지만 복잡하지 않다. 직접 해보면 저절로 된다. 새가 나는 것과 정확히 똑같은 방식으로 날 수 있다. 별로 똑똑하지 못한 아기 새들도 다 배우는 거다. 어쨌든 배우기만

하면 하늘을 나는 건 숨 쉬는 것처럼 쉽다. 그리고 상상 이상으로 재미있다!

나는 받음각을 늘리면서 소익을 조정해 속도를 잃지 않고 떠올랐다. 그러면서 힘차게 날개를 쳐, 비행자 대부분이 속도를 잃고 떨어져 내릴 아찔한 각도로 지붕까지 올라갔다. 나는 덩치는 작아도 온몸이 근육질이고, 여섯 살 때부터 비행을 해온 몸이다. 꼭대기에 올라 활공을 하면서 주위를 둘러보았다. 바닥의 남쪽 벽 근처에서 관광객들이 날개옷(그걸 날개옷이라고 할 수 있을지는 모르겠지만)을 입고 활공을 시도하고 있었다. 서쪽 벽을 따라 마련된 방문객용 관람석 역시 눈이 휘둥그레진 관광객들로 가득했다. 제프와 그 애의 키르케*도 거기 있을지 궁금했다. 내려가서 확인해보기로 했다.

나는 관람석을 향해 아주 가파른 각도로 급강하한 다음 수평 비행을 하며 아주 빠르게 그 근처를 지나쳤다. 제프와 그 애의 땅다람쥐 아가씨는 보이지 않았다. 그런데 진행 방향을 보지 않고 나는 바람에, 내 앞에 있던 비행자를 앞지르다가 하마터면 충돌할 뻔했다. 마지막 순간에 급감속해 아래로 피했지만 15미터쯤 추락하고 나서야 균형을 잡을 수 있었다. 관람석은 60미터나 위에 있었기 때문에 그 비행자도 나도 가까스로 위험은 피했지만, 진짜 멍청한 짓이었고 내 잘못이었다. 나는 안전 수칙을 어겼던 것이다.

비행 수칙은 많지 않지만 꼭 필요하다. 첫 번째 규칙은 오렌지색 날개옷을 입은 비행자가 항상 우선 통행권을 갖는다는 것이다. 초보자니까. 나와 부딪힐 뻔한 비행자는 오렌지색은 아니었지만 나는 그를 추월하고 있었다. 우선 통행권은 동굴 아래쪽에 있는 비행자, 추월당하고 있는 비행자, 벽 가까이에 있는 비행자, 시계 반대 방향으로 회전하는 비행자 순으로 주어진다.

창피했다. 누군가가 날 봤으면 어쩌지. 나는 처음 위치까지 도로 올라

---

* 그리스 신화에서 오디세우스를 마법으로 홀려 자신의 섬에 붙잡아둔 마녀

간 다음, 주위에 아무도 없음을 확인했다. 그러고는 관람석을 향해 매처럼 급강하하며 날개에서 힘을 빼고, 꼬리날개를 들어올리고, 바위처럼 떨어져 내렸다.

관람석 앞에서 꼬리날개를 낮추고 다리 근육이 뭉치는 게 느껴질 정도로 힘껏 펼치면서, 양 날개로 허공을 움켜쥐며 소익을 세워 급강하를 멈췄다. 수평을 유지하면서 엄청나게 빠른 속도로 관람석을 따라 활공했다. 사람들의 눈이 휘둥그레지는 걸 보며 나는 우쭐한 마음으로 생각했다. '어때! 실컷 보라고!'

그런데 바로 그 순간 누군가가 나를 향해 급강하했다! 어떤 비행자가 내 머리 바로 위에서 간신히 멈추는 바람에 돌풍이 불어 나는 하마터면 균형을 잃고 나가떨어질 뻔했다. 허공을 붙잡아 몸이 옆으로 미끄러지는 걸 간신히 멈춘 다음, 욕설을 내뱉으며 누가 나를 덮쳤는지 확인했다. 검은색과 금색 무늬의 낯익은 날개옷. 나와 가장 친한 여자애, 메리 물렌버그였다. 메리는 한쪽 날개 끝을 축으로 나를 향해 빙글 돌았다. "어, 홀리! 나 때문에 놀랐구나, 그치?"

"아니 전혀. 근데 좀 조심해. 비행 감독관이 보면 너 한 달 동안 비행 금지 먹겠어."

"괜찮아! 그 사람 커피 마시러 내려가던데?"

나는 짜증이 안 풀려서 그 자리에서 멀리 벗어나 위로 올라가기 시작했다. 메리가 밑에서 불렀지만 모른 척했다. 나는 생각했다. '메리, 내가 너쯤은 단번에 따돌릴 수 있거든?'

내 생각이 짧았다. 메리는 하루도 빠짐없이 비행을 했고 떡 벌어진 어깨와 흉근이 여자 헤라클레스급인 애였다. 메리가 날 따라잡을 무렵 나는 어느 정도 진정이 됐고, 우리는 계속 올라가면서 나란히 날았다. "쉼터로 갈까?" 메리가 소리쳤다.

"그래." 내가 동의했다. 메리는 뒷담화의 여왕이니 수다를 들으며 숨 좀 돌리는 것도 괜찮겠지. 우리는 쉼터로 애용하는 천장에 매달린 투광 조명등 지지대 쪽으로 몸을 돌렸다. 사실 쉼터로 쓰면 안 되는 곳이지만 비행 감독관이 거기까지 올라오지는 않았다.

메리는 내 앞으로 날아들어오다가 제동을 걸고 속도를 뚝 떨어뜨려 완벽하게 착륙했다. 나는 옆으로 약간 미끄러졌는데 메리가 한쪽 날개를 내밀어 붙잡아줬다. 쉼터에 착륙하는 건 쉽지 않다. 특히 고도를 맞추면서 쉼터에 접근할 때는 더 어렵다. 2년 전에 초보자 등급을 막 졸업한 남자애 하나가 시도했다가 왼쪽 주 날개와 소익을 지지대에 부딪치고 말았다. 소년은 날개를 퍼덕이면서 빙글빙글 돌며 6백 미터 아래로 떨어져 내려 바닥에 충돌했다. 목숨을 건질 수도 있었다. 한쪽 날개가 심하게 망가졌다면, 다른 쪽 날개로 공기를 흘려보내면서 더 가파른 각도로 활공한 다음, 속도를 뚝 떨어뜨려 착륙하면 안전하게 쉼터에 들어올 수 있다. 하지만 그 가엾은 남자애는 그걸 할 줄 몰랐고, 목이 부러져 마치 이카로스처럼 목숨을 잃고 말았다. 난 그때 이후로 그 쉼터는 이용하지 않는다.

우리는 날개를 접었다. 메리가 뒤뚱거리며 내 가까이로 다가오더니 음흉한 미소를 지으며 말했다. "제프가 너 찾던데."

나는 심장이 쿵 떨어져 내렸지만 태연히 대답했다. "그래? 걔가 여기 있는 줄 몰랐는데."

"당연히 있지. 저기 아래." 메리가 왼쪽 날개로 가리키며 말했다. "보여?"

제프는 은색 바탕에 빨간 줄무늬가 있는 날개옷을 입는데, 메리는 제프가 있을 법한 곳에서 1킬로미터쯤 떨어진 관광객 전용 슬로프 쪽을 가리키고 있었다. "아니."

"하여튼 저쪽에 있어." 메리가 곁눈질하며 말했다. "하지만 내 생각에는 찾으러 가진 않는 게 좋을 것 같아."

"왜? 아니 잠깐만, 내가 걔를 왜 찾으러 가야 되는데?" 메리마저 나를 열 받게 하다니.

"왜라니? 넌 걔가 부르면 언제나 눈썹을 휘날리면서 달려가잖아. 근데 오늘 보니까 걔, 또 그 지구 마녀랑 딱 붙어 있더라고. 네가 보기 민망할 거 아니야."

"메리, 도대체 무슨 소리야 그게?"

"뭔 소리냐고? 야, 홀리 존스, 장난 마. 무슨 소린지 너도 알잖아."

"분명히 말하는데 무슨 소린지 모르겠거든?" 나는 냉정하고 품위 있게 대답했다.

"참나! 그럼 루나시티에서 너 하나만 모르겠다? 네가 제프한테 목매는 거, 모두가 다 아는 사실이잖아. 그 여자가 굴러와서 너라는 박힌 돌을 빼내는 바람에 네가 질투로 부글부글 끓고 있는 것도 그렇고."

메리가 내 가장 친한 친구긴 하지만, 언젠가 난 얘 가죽을 벗겨서 발깔개로 쓰고야 말테다. "메리, 말도 안 되는 헛소리야! 어떻게 그런 어처구니없는 생각을 할 수가 있어?"

"바보야, 나한테까지 숨길 필요 없어. 나는 네 편이라고." 메리는 보조 날개로 내 어깨를 어루만졌다.

나는 메리를 뒤로 확 밀어버렸다. 메리는 쉼터 밖으로 30미터쯤 굴러떨어지더니 몸을 바로잡았고, 회전하며 올라와서는 내 옆에 도로 착륙했다. 여전히 실실 웃으면서 말이다. 그 애가 그러는 동안 나는 할 말을 정리할 시간을 약간 벌었다.

"메리 물렌버그, 잘 들어. 첫째, 나는 누구한테도 목매고 있지 않고 제프 하디스티라면 더더욱 아니야. 제프랑 나는 그냥 친구야. 그러니 내가 질투인지 뭔지를 한다는 건 하나도 이치에 안 맞아. 둘째, 브렌트우드 씨는 상식이 있는 사람이야. 누구도 '빼내고' 어쩌고 하면서 나대지는 않아. 나한테는 더더군다나 아니고. 셋째, 그 여자는 그냥 관광객이고, 제프 손님일 뿐이야. 비즈니스 몰라? 그 이상은 아니라고."

"그래그래, 알았어." 메리는 순순히 동의했다. "내가 잘못 알았나 보지 뭐. 근데⋯." 메리는 날개를 으쓱하더니 입을 다물었다.

"근데 뭐? 메리, 말을 하려면 끝까지 해."

"음, 그 여자가 에리얼 브렌트우드라는 걸 네가 어떻게 알았느냔 말이지. 나는 아무 말도 안 했는데."

"뭐? 네가 그 여자 이름 말했잖아."

"안 했거든."

나는 미친 듯 머리를 굴렸다. "뭐, 안 했을 수도 있지. 하지만 너무 쉽잖아. 내가 제프한테 손님으로 넘겨준 사람이 브렌트우드 씨였어. 그래서 네가 관광객이라고 했을 때 내가 그 사람이라고 생각한 거야."

"그래? 난 관광객이라는 말도 안 한 것 같은데. 하지만 너랑 제프가 그 여자를 같이 가이드하는 거면, 제프가 시외를 맡고 시내 구경은 네가 시켜줘야 하지 않아? 너희 가이드 하면서 그렇게 일을 분담하기로 합의한 거 아니었어?"

"시내? 제프가 그 여자한테 시내 구경을 시켜주고 있었어? 나는 몰랐어."

"그걸 모르는 건 너 하나뿐이라니까."

"게다가 난 관심도 없다고. 문제가 되는 거면 가이드 노조에서 알아서 해주겠지. 하지만 제프는 어쨌든 관광객한테 시내 구경을 시켜주면서 요금을 뜯어내진 않을 거야."

"아, 그래. 퍼주면 퍼줬지 뜯어내진 않겠지. 좋아, 홀리. 내 말이 틀렸다면 제프한테 가서 좀 거들어주지그래? 그 여자, 활공하는 거 배우고 싶어 하던데."

그 커플 일에 끼어드는 건 내가 가장 하고 싶지 않은 일이었다. "만약에 내 도움이 필요하면 제프 하디스티가 직접 와서 부탁하겠지. 아직은 안 그러잖아? 내 문제나 신경 쓸래. 그러고 보니 너한테 추천하고 싶은 훈련법이 하나 있는데."

"진정해, 친구야." 메리는 태연하게 대답했다. "난 너한테 도움이 되고 싶었을 뿐이야."

"고마워. 근데 도움은 필요 없어."

"그럼 난 이만 가볼게. 장애물 피하기 연습을 해야 되거든." 메리는 앞으로 몸을 굽히고 쉼터에서 훌쩍 뛰어올랐다. 하지만 곡예비행 연습을 하지는 않았다. 그냥 관광객 전용 슬로프 쪽으로 똑바로 급강하했을 뿐.

메리가 시야에서 사라지는 걸 지켜보고 나서 왼손을 핸드 슬릿에서 슬쩍 빼내 손수건을 꺼냈다. 날개옷을 입고 하기에는 꼴사나운 일이지만 조명 때문인지 자꾸만 눈물이 났다. 나는 눈물을 닦고 코를 푼 손수건을 던져버린 다음, 손을 제자리에 쑤셔 넣고, 엄지손가락이며 발가락, 다른 손가락이 모두 제대로 있는지 확인하면서 날아 내려갈 준비를 했다.

하지만 날아 내려가지는 않았다. 그냥 그 자리에 주저앉아 날개를 축 늘어뜨린 채 생각했다. 메리의 말 일부는 옳다는 사실을 인정해야 했다. 제프의 머릿속엔 오직 그 땅다람쥐밖에는 없는 것이다. 조만간 그 애는 지구로 갈 거고 존스&하디스티는 끝나버렸다.

그런데 그때 또 하나의 생각이 떠올랐다. 내가 아빠처럼 우주선 설계사가 되겠다고 마음먹은 건 제프와 친해지기 한참 전이라는 생각이. 나는 누구에게 의존하는 사람이 아니었다. 잔 다르크나 리제 마이트너*처럼 독립적인 여성이었다.

그렇게 생각하자 기분이 좀 나아졌다. 《실낙원》에 나오는 루시퍼처럼 차갑고 단단한 교만이 나를 가득 채웠던 것이다.

빨간색과 은색 줄무늬로 된 제프의 날개옷이 멀리서도 눈에 띄었다. 나는 그냥 조용히 자리를 뜰까 생각해봤다. 하지만 제프가 마음만 먹으면 나를 추월할 수 있다는 생각이 들자 생각이 바뀌었다. '홀리, 멍청하게 굴지 마! 네가 왜 도망치는데? 그냥 냉정하고 예의 바르게 대하면 되잖아.'

제프가 내 옆에 착륙했다. 하지만 다가오지는 않았다. "안녕, 소수점."

"안녕, 제로. 요즘 은행 좀 털었나?"

"그냥 시티은행만. 하지만 도로 갖다놔야 했어." 제프는 얼굴을 찡그리더니 덧붙였다. "홀리, 너 나한테 화났어?"

---

* 오스트리아의 여성 물리학자. 프로탁티늄의 동위 원소와 오제 효과를 발견했다.

"왜, 제프? 왜 그런 이상한 생각을 하게 된 거지?"

"음, '뒷담화 메리'가 그렇게 얘기하던데."

"메리? 걔가 하는 말에는 신경 쓸 필요 없다는 거 알잖아. 걔 얘기 반은 잘못된 정보고 나머지 반은 진심으로 하는 말이 아니야."

"하긴, 걔 머릿속은 좀 특이한 구조니까. 그럼 나한테 화 안 난 거지?"

"당연히 안 났지. 왜 화가 나야 되는데?"

"그건 나도 모르지만…. 며칠 동안 우주선에 신경 못 써서 미안해. 좀 심하게 바빴거든."

"신경 쓰지 않아도 돼. 나도 엄청 바빴거든."

"그래? 다행이네. 있잖아, 실험 견본, 너한테 부탁이 하나 있어. 도와줄 친구가 하나 있는데… 사실 관광객이지만, 친구이기도 하고… 하여튼 그 사람이 활공하는 걸 배우고 싶대."

나는 골똘히 생각하는 척했다. "내가 아는 사람이야?"

"아, 그래. 실은 네가 소개시켜준 분이야. 에리얼 브렌트우드."

"에리얼 브렌트우드? 제프, 관광객이 어디 한두 명이어야지. 어디 보자, 키가 커? 금발이야? 엄청 예쁘고?"

제프는 얼간이처럼 미소를 지었고 난 그 애를 확 밀어버리려다 겨우 참았다. "맞아! 바로 그 사람이야!"

"기억나. 나한테 가방 들어달라고 했던 여자였지. 하지만 내가 도와줄 필요는 없을 것 같은데. 그 여자 상당히 똑똑해 보였어. 균형 감각도 있고."

"아, 그래, 물론 그렇긴 하지. 음, 사실은 너랑 그 사람이랑 서로 알고 지내면 좋을 것 같아서. 그 사람은… 아, 진짜 멋져, 홀리. 모든 면에서 참 괜찮은 사람이야. 너도 친해지면 엄청 좋아할 거야. 그러니까… 지금이 좋은 기회잖아?"

현기증이 밀려왔다. "그렇구나. 그것참 사려 깊은 생각이긴 한데, 제프, 그 사람이 나랑 친해지고 싶어 하는지 아닌지 어떻게 알아? 난 그냥 그 여자가 고용했던 가이드일 뿐이야. 땅다람쥐들이 어떤지 너도 알잖아."

"하지만 그 사람은 보통 지구인들이랑은 완전 달라. 너랑 친해지고 싶대. 나한테 그렇게 말하던데!"

'그렇게 생각하라고 네가 바람을 넣었겠지!' 나는 속으로 중얼거렸다. 더 이상 빠져나갈 길이 없어 보였다. 교양 있는 가르침을 못 받고 자랐다면 나는 이렇게 내질렀을 것이다. "꺼져, 골빈 놈아! 난 네 잘난 땅다람쥐 여친들한테는 관심 없다고!" 하지만 난 결국 "좋아, 제프." 하고 대답했고, 분노는 가슴속에만 간직한 채 뛰어내려 활공해 내려가고 말았다.

그렇게 해서 에리얼 브렌트우드에게 '나는' 법을 가르치게 됐다. 글쎄, 관광객에게 대여해주는 소위 날개옷이라는 물건은 표면적이 4.6제곱미터밖에 되지 않는 데다 주 날개의 날실을 제외하면 제어 장치도 없다. 날개의 각도는 테이블처럼 뻣뻣하게 고정되어 있고, 의미 없이 매달린 몇몇 부속물 때문에 관광객들은 그 옷을 걸치고 팔을 휘저으면서 자기가 '날고 있다'고 착각하곤 한다. 꼬리날개는 뻣뻣한 데다 기울어져 있어서 급감속을 하려면(이건 거의 불가능하다) 발로 지면을 디뎌야 한다. 그걸 입고 관광객들이 할 수 있는 일이라곤 몇 미터쯤 다다다 달려가서, 두 발을 굴러 높이 들어올리고(이렇게 하지 않으면 뜰 수가 없다) 조그만 담요만 한 기류에 잠깐 몸을 싣고 미끄러지는 것뿐이다. 그래 놓고는 나중에 손자 손녀들한테 자기는 정말 '새처럼' 날아봤노라고 자랑을 해대는 것이다.

그런 게 '나는' 거면 원숭이도 배우겠다.

나는 그 멍청한 일련의 장치들을 몸에 붙들어매는 수모를 감수한 다음, 아기 사다리 안으로 휙 들어가 기류가 내 몸을 30미터가량 떠오르게 하는 걸 에리얼에게 보여주었다. 날개옷을 입으면 거짓말이 아니라 진짜로 '비행'할 수 있다고 믿게 하기 위해서. 그런 다음 그것들을 후련하게 벗어버리고, 조금 더 큰 사이즈 날개옷을 에리얼에게 잡아맨 다음, 내 아름다운 스토어러걸스로 갈아입었다. 나는 제프를 멀리 쫓아버렸지만(강사는 한 명으로 충분하니까), 에리얼이 날개옷을 입은 걸 보자 그 애는 다시 급강하해 우리 곁에 착륙했다.

나는 고개를 들어 제프를 보았다. "또 왔네."

"안녕, 에리얼. 안녕, 삐리리. 저기, 너 에리얼 어깨끈을 너무 조인 거 같은데."

"에휴." 내가 혀를 찼다. "한 번에 코치 한 명! 알았어? 정 도와주고 싶거들랑 그 난잡한 지느러미 좀 떼고 글라이더나 달아보든지. 그러면 '잘못된 활공법'의 예로 쓸 수 있을 것 같거든. 아니면 그냥 저 위에 50미터쯤 올라가서 가만히 있어. 잡담만 하는 비행사는 필요 없으니까."

제프는 어린애처럼 입이 쑥 나왔지만 에리얼이 나를 거들었다. "선생님이 시키는 대로 해, 제프. 착하지?"

제프는 글라이더를 달지 않았지만 멀리 가버리지도 않았다. 그 애는 우리 주위를 빙빙 돌며 지켜보다가 관광객 전용구역에서 하늘을 막으며 날지 말라고 비행 감독관이 호통을 치는 바람에 쫓겨났다.

에리얼이 배우려는 자세가 돼 있었다는 건 인정한다. 내가 '엉덩이 볼륨이 좀 있어서 균형이 다소 안 맞을 것 같다'고 했을 때도 성질을 내지는 않았으니까. "너만큼 거기가 날씬한 사람은 처음 봐. 부럽다." 그냥 이렇게 말할 뿐이었다. 그래서 난 속을 긁어놓으려는 시도를 그만두기로 했다. 내 마음을 철저히 비행 강습에만 두면 이 여자도 제법 좋아할 만한 사람으로 보인다는 사실을 알아차리기도 했다. 에리얼은 열심히 했고 빨리 배웠다. 반사 신경도 뛰어났고(내가 엉덩이에 악담을 퍼부었지만) 균형 감각도 괜찮았다. 내가 그렇게 말하자 에리얼은 실은 발레 강습을 받은 적이 있노라고 수줍게 털어놓았다.

오후 서너 시쯤 되었을 때 에리얼이 말했다. "이제 진짜 날개를 달아봐도 될까?"

"네? 이런, 에리얼, 그건 안 돼요."

"왜 안 되는데?"

대답할 말이 없었다. 에리얼은 그 끔찍한 글라이더를 달고 해볼 수 있는 건 다 했으니까. 더 배우고 싶다면 진짜 날개를 달아야 했다. "에리얼,

진짜 비행은 위험해요. 지금까지 한 거랑은 완전히 달라요. 잘 들어요. 부상을 입거나 심지어 죽을 수도 있다고요."

"그러면 네 책임이 되는 거니?"

"그렇진 않아요. 입장할 때 동의서에 사인했잖아요."

"그럼 나, 해보고 싶어."

나는 입술을 깨물었다. 내가 가르치지 않았다면 그 여자의 어디가 부러지건 난 눈물 한 방울 흘리지 않을 것이다. 하지만 내 학생이었던 사람에게 그렇게 위험한 일을 시킨다는 건… 다윗과 우리아* 얘기나 다름없는 일이었다. "에리얼, 정 하고 싶다면 말리지는 못하겠는데요. 그럼 난 날개옷을 벗어야겠어요. 솔직히 말해 위험한 일에 휘말리고 싶지는 않거든요."

이번엔 에리얼이 입술을 깨물 차례였다. "네가 정 그렇다면 코치해달라고 강요할 생각은 없어. 그래도 난 해보고 싶어. 어쩌면 제프가 도와줄 수도 있겠지."

"아마 도와줄 거예요. 내가 생각하는 것만큼 걔가 그렇게나 멍청하다면요!" 나는 무심결에 내뱉고 말았다.

사회생활용 표정이 스르르 사라졌지만, 바로 그때 제프가 곁에 내려앉았으므로 에리얼은 아무 말도 하지 못했다.

"무슨 얘기 해?"

에리얼과 나는 각자 제프에게 설명했다. 제프는 내가 에리얼에게 진짜 날개옷을 입히려고 한 걸로 오해하고는 소리를 지르며 나를 몰아붙였다. 내가 미쳤단 말인가? 내가 저 여자를 다치게 하려고 작정을 했다고? 내가 그렇게 개념 없는 인간으로 보여?

"시끄러!" 나는 소리쳤다. 그러고는 조용하지만 분명한 목소리로 덧붙였다. "제퍼슨 하디스티, 네 여자친구를 가르쳐달라고 네가 부탁해서 나는 네 말대로 했어. 그런데 뭣도 모르면서 끼어들어 나한테 그딴 식으로

---

* 다윗은 자신의 충신이던 우리아의 아내를 강간하고 잘못을 은폐하기 위해 끝내 우리아마저 전사하게 했다.

말이나 하고 빠져나가려는 거야? 좋아, 하죠 뭐! 날개를 답시다. 날아보자고요."

제프는 분노로 터질 듯한 표정이 되더니 또박또박 말했다. "그건 절대로 안 돼요."

천천히 다섯을 셀 만큼의 시간 동안 침묵이 이어졌다. 에리얼이 작은 목소리로 말했다. "제발, 홀리. 날개를 달아보게 해줘."

"그래요, 에리얼."

하지만 진짜 날개는 대여가 되지 않는다. 비행자들은 각자 자기 날개를 가지고 온다. 그래야만 하니까. 그래도 중고품 판매 코너가 있긴 하다. 아이들이 자라면 날개는 금세 작아지고, 새로 맞춤 제작한 날개를 달면서 안 쓰게 된 것도 나오게 마련이고, 뭐 그런 이유로 말이다. 우리는 담당자인 슐츠 씨를 찾아가서, 에리얼이 중고 날개를 사려고 하는데 먼저 입어봐야 살 수 있을 것 같다고 했다. 나는 40여 쌍의 날개를 헤집어본 끝에 조니 케베라스가 입다가 작아져 판매한 날개를 발견했다. 흠 없는 날개라고 알고 있었지만 나는 주의 깊게 살펴봤다. 내게는 너무 커서 손가락이 조정부에 닿지 않았지만, 에리얼에게는 잘 맞았다.

에리얼이 꼬리날개에 발을 집어넣는 걸 도와주며 내가 말했다. "에리얼, 이건 역시 안 좋은 생각인 것 같아요."

"알아. 하지만 우린 남자들이 우리를 자기들 소유물로 생각하게 놔둬선 안 돼."

"그건 그렇지만요."

"물론 남자들 세상인 건 사실이야. 하지만 걔들이 그걸 알게 해선 안돼." 에리얼은 발로 꼬리날개 속을 더듬고 있었다. "엄지발가락으로 이걸 밟으면 꼬리가 펴지는 거야?"

"네, 하지만 그건 쓰지 마세요. 그냥 발을 한데 모으고 발가락 끝을 뾰족하게 세워요. 저기, 에리얼. 당신은 아직 준비가 안 됐어요. 오늘은 그냥 활공만 하는 걸로 해요. 지금까지 한 것처럼. 아시겠죠?"

에리얼이 내 눈을 들여다봤다. "네가 하라는 대로 다 할게. 네가 허락 안 하면 날개를 달지도 않을 거야."

"좋아요. 준비됐어요?"

"준비됐어."

"좋아요. 앗, 맞다! 바보 됐네. 이거 오렌지색이 아니잖아요."

"오렌지색이어야 돼?"

"네, 반드시." 그래서 또 지리멸렬한 논쟁이 이어졌다. 사기로 결정한 것도 아닌데 오렌지색 스프레이를 뿌려줄 순 없다고 슐츠 씨가 고집했기 때문이다. 에리얼은 결국 그걸 사기로 했고, 우리는 스프레이가 마를 때까지 기다려야 했다.

우리는 관광객 전용 슬로프로 돌아갔다. 나는 에리얼에게 활공을 시켰다. 손가락으로 허공을 저으려고 하지 말고 엄지손가락을 써서 양쪽 소익을 열어놓으라고, 속도가 느릴 때는 그래야 양력이 커진다고 주의를 주면서. 에리얼은 잘해냈고, 딱 한 번을 빼고는 착륙할 때 비틀거리지도 않았다. 제프는 숫자 8 모양을 그리면서 우리 머리 위를 계속 맴돌았지만 우리는 그 애를 무시했다. 다음으로는 에리얼에게 넓고 완만한 경사를 그리면서 회전하는 법을 가르쳤다. 그 끔찍한 글라이더로도 회전할 수는 있지만 그러려면 기술이 필요하다. 글라이더는 본래 직선 활공만 하게 만들어진 물건인 것이다.

마침내 나는 에리얼 곁에 착륙해 물었다. "실컷 날았어요?"

"아직 멀었어! 하지만 네가 그만하라면 이걸 벗을게."

"피곤해요?"

"아니." 에리얼은 날개 너머로 아기 사다리를 힐끔 보았다. 십여 명의 비행자들이 날개를 움직이지 않은 채 상승 기류를 타고 아주 천천히 떠오르고 있었다. "딱 한 번만 저거 해보고 싶어. 천국일 거야."

나는 그 말을 곱씹어봤다. "사실 높이 올라갈수록 더 안전하긴 해요."

"그럼 해봐도 되지?"

"음, 어떻게 움직여야 할지 명확히 알고 있다는 전제하에서 안전하단 얘기예요. 저 기류를 타고 오르는 건 그냥 활공이랑 똑같아요. 지금까지 한 것처럼. 가만히 있으면 기류가 8백 미터쯤 올라가게 해줄 거예요. 내려올 때도 올라갈 때랑 똑같이 벽을 따라 돌면서 부드럽게 활공하면 돼요. 하지만 일단 올라가면 틀림없이 아직 할 줄 모르는 동작을 시도하고 싶어질 거예요. 날개를 펄럭인다든가, 신나게 움직이면서 난리를 친다든가."

에리얼은 진지한 표정으로 고개를 저었다. "네가 안 가르쳐준 건 절대로 안 할 거야."

하지만 난 여전히 걱정이 됐다. "보세요, 저 기류 높이는 8백 미터밖에 안 되지만 실제로 움직이는 거리는 족히 8킬로미터는 된다고요. 내려올 때는 더 걸리고요. 아무리 적게 잡아도 30분은 걸려요. 그 팔로 견뎌낼 수 있겠어요?"

"당연하지."

"음, 내려오고 싶으면 언제든 내려오면 돼요. 꼭 끝까지 올라갈 필요는 없어요. 팔에 쥐가 나지 않게 가끔 조금씩 움직이세요. 하지만 날개를 펄럭이면 안 돼요."

"명심할게."

"좋아요." 나는 날개를 펼쳤다. "따라와요."

나는 상승 기류 속으로 에리얼을 이끌었다. 오른쪽으로 부드럽게 몸을 기울인 다음, 다시 왼쪽으로 기울여 기류를 타고 시계 반대 방향으로 올라가기 시작했다. 에리얼이 따라올 수 있게 아주 천천히 날개를 움직였다. 우리 둘 모두 기류에 접어들자 나는 소리쳤다. "최대한 천천히 올라가는 거예요!" 나는 재빨리 기류에서 벗어나 날아오른 다음 10미터쯤 위, 에리얼 뒤쪽에 자리를 잡았다. "에리얼?"

"어딨어, 홀리?"

"이 위에서 보고 있을게요. 고개 들지 말아요. 나를 볼 필요는 없어요. 내가 보고 있으니까. 잘하고 있어요."

"기분 최고야!"

"뻣뻣하게 굳어 있지 말고 살짝살짝 몸을 움직여요. 지붕까지는 한참 남았어요. 원한다면 날개를 좀 더 크게 움직여도 돼요."

"네, 알겠습니다, 선생님!"

"피곤하지 않아요?"

"천만에, 전혀! 그래, 이게 사는 거지!" 에리얼이 깔깔 웃었다. "우리 엄마는 내가 천사 같은 여자는 절대 못 될 거라고 그랬는데!"

내가 대답하려는데, 갑자기 빨간색과 은색으로 된 날개 한 쌍이 내 쪽으로 돌진해오더니 급제동을 걸고 에리얼과 나 사이의 허공을 계속 빙글빙글 돌기 시작했다. 제프의 얼굴은 거의 자기 날개 색만큼이나 시뻘겠다. "이런 젠장, 도대체 지금 뭐하는 거야?"

"오렌지색 날개옷 안 보여?" 내가 소리쳤다. "거리 확보해!"

"당장 여기서 내려가! 둘 다!"

"나랑 학생 사이에 끼어들지 말고 너나 비켜. 규칙 몰라?"

"에리얼!" 제프가 소리쳤다. "몸을 기울여요. 기류에서 빠져나와서 활공해 내려가요. 내가 옆에서 봐줄게요."

"제프 하디스티!" 내가 으르렁거렸다. "셋 센다. 우리 사이에서 빠져. 규칙 1항 위반 혐의로 신고할 거야. 몇 번을 말해야 알아들어? 오렌지색이라고!"

제프는 무슨 말인가를 툴툴거리며 내뱉더니 오른쪽 날개를 내리고 대치 상태에서 빠져나갔다. 멍청하게도, 빠져나가는 와중에 에리얼의 날개 끝에서 1.5미터밖에 안 되는 곳까지 미끄러졌다. 그걸로도 신고해야 마땅했다. 초보자에게는 아무리 공간을 많이 확보해줘도 지나치지 않다.

나는 물었다. "괜찮아요, 에리얼?"

"괜찮아, 홀리. 제프가 화가 많이 난 것 같아서 좀 그렇네."

"쟨 저러다 금방 풀려요. 피곤해지거든 말해요."

"안 피곤해. 끝까지 올라가고 싶어. 지금 높이가 얼마쯤 되지?"

"아마도 120미터쯤요."

제프는 밑에서 잠시 날다가 우리 머리 위로 날아올라 왔다. 내가 아까 그랬던 것처럼 더 잘 지켜보기 위해서였을 것이다. 제프가 간섭만 안 한다면, 그 애와 둘이서 에리얼을 지켜보며 올라가는 쪽이 나로서는 사실 편했다. 내려가는 길도 올라가는 길만큼 시간이 걸리고 힘이 들 텐데, 에리얼이 그걸 깨닫지 못하면 어쩌나 싶어 나는 슬슬 초조해지고 있었다. 에리얼이 중도에 포기했으면 했다. 물론 나 같은 사람은 허기가 져서 내려가야 하는 순간이 오기 전까지는 거뜬히 활공을 계속할 수 있지만, 초보자는 긴장해서 쉽게 피로해진다.

에리얼과 내가 천천히 회전하며 지붕을 향해 활공해 올라가는 동안 제프는 대체로 우리 머리 위에 머무르며 앞뒤로 왔다갔다 날아다녔다. 제프는 움직이는 걸 너무 좋아해서 오랫동안 가만히 활공만 하지는 못한다. 절반 정도까지 올라가고 나서야 내 머리에 생각이 떠올랐다. '중도 포기는 내가 해도 되는 거잖아?' 에리얼이 지칠 때까지 기다릴 필요는 없었다. 나는 소리쳤다. "에리얼? 이제 피곤하죠?"

"아니."

"음, 난 피곤한데. 우리 그만 내려가죠, 네?"

에리얼은 반대는 하지 않고 이렇게만 말했다. "알았어. 그럼 어떻게 해야 되지?"

"오른쪽으로 몸을 기울여서 기류에서 빠져나와요." 에리얼을 기류에서 1, 2미터쯤 떨어진 곳까지 나오게 한 다음, 이번에는 하강 기류를 타고 올라올 때와 똑같은 방식으로 회전해 내려갈 작정이었다. 나는 고개를 들고 제프가 어디 있는지 찾았다. 마침내 약간 멀리, 꽤 높은 곳에 있는 그 애를 발견했는데, 우리 쪽으로 내려오고 있었다. "제프, 땅에서 만나!" 나는 외쳤다. 들었는지 모르겠지만 못 들었어도 눈으로 보고 따라 내려오겠지. 나는 고개를 숙여 에리얼 쪽을 보았다.

에리얼이 없었다.

다음 순간, 에리얼이 보였다. 30미터쯤 아래에. 에리얼은 통제가 안 되는 상태로 양 날개를 마구 휘두르며 추락하고 있었다.

어떻게 된 걸까? 몸을 너무 기울여서 미끄러져 나가 허우적거리게 된 걸까? 하지만 그런 걸 생각할 여유는 없었다. 지극히 단순한 감정, 공포가 나를 사로잡았다. 추락하는 에리얼의 몸을 얼어붙은 듯 지켜보고 있는 그 몇 초가 1시간처럼 느껴졌다.

"제프!" 나는 소리쳤고, 몸을 움츠려 급강하하려고 했던 것 같다.

그런데 빨리 내려가지지가 않았다. 에리얼을 앞지를 수가 없었다. 날개 제어를 완전히 그만뒀는데도 떨어져 내려갈 수가 없었다. 에리얼의 몸이 여전히 멀리 있었다.

물론 처음엔 느릴 수밖에. 달에서 인간이 날 수 있는 것도 오직 낮은 중력 때문 아닌가. 허공에서 떨어지기 시작하는 돌도 처음 1초 동안은 고작 1미터나 떨어질까 말까다. 그러나 그 처음 1초가 영원처럼 느껴졌다.

그 순간이 지나자 몸이 추락하는 게 느껴졌다. 거세게 부딪쳐오는 공기를 온몸으로 느꼈지만 에리얼과의 간격은 여전히 좁혀지지 않았다. 에리얼이 발버둥을 쳐서 낙하 속도가 조금 느려진 것 같긴 했다. 반면 의도적으로 급강하에 들어간 나는 제어를 그만둔 두 날개를 머리 위로 들어올린 채 전속력으로 떨어지고 있었다. 조금이라도 가까워질 수 있다면 에리얼에게 소리를 쳐서 정신을 차리게 하고, 급강하하게 한 다음 활공으로 전환시킬 수 있을 텐데. 절박한 생각이 머리를 스쳤다. 하지만 에리얼에게 닿을 수가 없었다.

몇 시간 동안이나 계속되는 악몽 같은 느낌.

실제로 떨어져 내리는 데는 20초면 충분했다. 3백 미터를 추락하는 데 드는 시간은 그게 전부였다. 하지만 그 20초는 끔찍할 만큼 길었다. 내가 한 모든 어리석은 행동, 내뱉어버린 모든 바보 같은 말들을 떠올릴 만큼. 우리 둘 모두를 위해 기도를 할 만큼. 마음속에서 제프에게 작별을 고할 만큼. 와락 달려드는 바닥을 바라보며 당장 에리얼을 앞지르지 않으면 우리 둘 다 박살 나고야 말 거라는 사실을 깨달을 만큼.

나는 순간적으로 위쪽을 보았다. 제프도 우리 바로 위에서 급강하를 하고 있었지만 꽤 먼 거리였다. 나는 곧바로 아래를 내려다봤다. …그때 내가 에리얼을 따라잡았다. 그러고는 앞질러 추락하기 시작했다. 내 몸이 에리얼 밑에 있었다!

다음 순간 내가 지닌 모든 기술을 동원해 급제동했다. 날개가 거의 벗겨질 지경이었다. 나는 공기를 움켜쥐고 붙잡았다. 그러고는 수평 비행으로 전환하지 않은 채 날갯짓을 시작했다. 한 번, 두 번, 세 번… 내 몸이 에리얼 몸 아래쪽에 부딪혔다. 우리 둘의 몸이 심하게 흔들렸다.

그때 바닥이 우리를 덮쳤다.

＊

몸에는 힘이 하나도 없는데 몽롱하게 기분이 좋았다. 나는 어둑한 방 안에 누워 있었다. 엄마가 곁에 계셨던 것 같다. 아빠도. 코가 간지러워 긁으려고 했지만 팔이 움직이지 않았다. 나는 다시 잠에 빠졌다.

배가 고파 눈을 뜨자 완전히 정신이 돌아왔다. 나는 병원 침대에 있었고, 두 팔은 여전히 움직이지 않았다. 양팔 모두 깁스가 되어 있었으니 이상한 일은 아니었다. 쟁반을 든 간호사가 들어왔다. "배고파요?" 간호사가 물었다.

"굶어 죽기 직전이에요." 내가 대답했다.

"그럼 안 되죠." 간호사는 아기를 다루듯 내게 음식을 떠먹여주기 시작했다.

간호사가 세 숟가락째 떠먹이려 했을 때 내가 물었다. "제 팔이 어떻게 된 건가요?"

"쉿." 간호사는 속삭이고 내 입에 숟가락을 넣어 막아버렸다.

조금 지나자 잘생긴 의사 선생님이 들어와 내 질문에 대답해줬다. "별거 아니에요. 세 군데에 단순 골절이 생겼는데 학생 나이에는 금세 나을 거예요. 하지만 만약의 경우 내상이 있을지도 모르니 당분간 입원해 있으면서 지켜보는 게 좋겠어요."

"내상 같은 건 없어요. 적어도 통증은 느껴지지 않는데요."

"그래요, 그냥 만약의 경우라고 했어요."

"저, 선생님?"

"네?"

"다시 비행을 할 수 있을까요?" 나는 겁에 질린 채 기다렸다.

"물론이죠. 훨씬 심한 환자들도 다 나아서 하루에 세 탕이나 뛰고 그래요."

"아, 그렇군요. 고맙습니다. 근데 선생님, 저랑 같이 있던 사람은 어떻게 됐나요? 혹시… 설마…?"

"브렌트우드 씨요? 여기 계세요."

"나 여기 있어." 문 쪽에서 에리얼 목소리가 들렸다. "들어가도 되니?"

나는 입을 딱 벌렸다가 겨우 대답했다. "네, 그럼요. 들어와요."

의사 선생님은 너무 오래 있지 말라고 주의를 주고 나갔다. 나는 에리얼에게 앉으라고 했다.

"고마워." 에리얼은 걷는 게 아니라 깡충깡충 뛰어왔다. 한쪽 발에는 붕대가 감겨 있었다. 에리얼은 내 침대 끝에 앉았다.

"발을 다치셨네요."

에리얼이 어깨를 으쓱했다. "별거 아니야. 살짝 삐고 인대가 좀 찢어졌대. 갈비뼈가 두 대 나갔고. 하지만 난 죽을 수도 있었어. 내가 왜 안 죽었는지 알아?"

나는 대답하지 않았다. 에리얼이 깁스한 내 한쪽 팔을 만졌다. "이것 때문에. 내가 추락하는 걸 네가 막았고, 나는 네 위에 떨어졌어. 네가 날 구했어. 나 때문에 양팔이 부러졌고."

"고마워할 필요는 없어요. 다른 누구한테라도 그렇게 했을 거니까요."

"그 말 믿어. 그리고 고마워하는 거 아니야. 목숨을 구해준 사람한테

고마워하는 정도로는 부족하잖아. 난 그저, 네가 날 구해줬다는 사실을 내가 안다는 걸 너도 알았으면 했어."

나는 할 말이 없어서 대신 물었다. "제프는 어디 있어요? 걔는 괜찮아요?"

"조금 있으면 올 거야. 제프는 안 다쳤어. 우리 옆으로 너무 심하게 급강하해 들어와서 양 발목을 다 삘 법도 했는데 안 그런 게 이상하지만. 하지만 홀리, 있잖아, 홀리⋯. 제프에 관해 너랑 얘기하고 싶은 게 있어서 걔 오기 전에 내가 슬쩍 먼저 온 거야."

나는 재빨리 화제를 바꿨다. 병원에서 나한테 놓은 주사가 뭔지는 몰라도 상당히 기분 좋고 몽롱하긴 했다. 하지만 쑥스러움까지 어떻게 해주지는 못했다. "에리얼, 그건 그렇고 도대체 어떻게 된 거예요? 잘 날고 있었잖아요. 그런데 갑자기 떨어지기 시작했어요."

에리얼은 당황한 표정을 지었다. "내 잘못이었어. 네가 내려가자고 해서 아래를 내려다봤어. 정말로, 보고 만 거지. 그전에는 온통 지붕까지 쭉 올라가는 것만 생각하고 있었거든. 얼마나 높이 올라갔는지는 상상조차 못했어. 그런데 내려다봤으니⋯ 갑자기 현기증이 났지. 공황 상태가 돼서 정신을 차릴 수가 없더라고." 에리얼이 어깨를 으쓱했다. "네 말이 맞았어. 난 아직 준비가 안 돼 있었던 거야."

나는 생각에 잠겼다가 고개를 끄덕였다. "알겠어요. 하지만 걱정하지 말아요. 내가 다 나으면 다시 그 위에 올라가게 해줄게요."

에리얼이 내 발에 손을 가져다 댔다. "고마워, 홀리. 하지만 난 이제 비행은 안 할 거야. 우리 동네로 돌아가기로 했어."

"지구로요?"

"응. 수요일에 빌리미첼호로 가."

"아. 아쉽네요."

에리얼이 미세하게 얼굴을 찡그렸다. "아쉬워? 홀리, 넌 나를 안 좋아하잖아, 그렇지?"

바보처럼 심장이 덜컥했다. 이런 질문에 뭐라고 대답한단 말인가? 특히 그게 사실일 때는? "음." 나는 천천히 대답했다. "싫어하는 건 아니에요. 그냥 잘 모를 뿐이죠."

에리얼이 고개를 끄덕였다. "나도 널 잘 아는 건 아니야. 하지만 그 몇 초 만에 잘 알게 됐지. 그런데 홀리… 화내지 말고 들어줘. 제프 얘기야. 지난 며칠 동안 제프는 너한테 좀 심하게 굴었어. 내가 온 다음부터. 하지만 제프한테 화내지는 마. 난 떠날 거고 모든 건 원래대로 돌아갈 거야."

더 이상 입을 다물고 있을 수는 없었다. 가만히 있다가는 에리얼이 계속 오해할 것 같았기 때문이다. 그래서 할 수 없이 설명하기 시작했다. 나는 커리어 우먼이고, 만약 내가 화난 것처럼 보인다면 그건 첫 번째 우주선을 완성하기도 전에 존스&하디스티가 엎어질 위기에 처한 게 괴롭기 때문일 뿐이라고. 나는 제프를 사랑하는 게 아니고 단지 친구이자 동료로 존중할 뿐이라고. 설령 존스&하디스티가 무너진대도 존스&컴퍼니는 일을 계속해나갈 거라고. "이제 알겠죠, 에리얼? 나 때문에 제프를 포기할 필요는 없어요. 나한테 빚진 기분이 든다면 그냥 잊어버려요. 그럴 필요 없으니까."

에리얼이 눈을 깜빡였다. 그 눈에 눈물이 맺혀 있는 걸 보고 나는 깜짝 놀랐다. "홀리, 홀리… 넌 조금도 이해를 못 하고 있어."

"전부 이해해요. 난 어린애가 아니니까요."

"그래, 넌 성숙한 여자지…. 그런데 어떤 면에선 꽤 둔하구나." 그녀는 손가락을 꼽으며 말했다. "첫째, 제프는 날 사랑하지 않아."

"믿을 수 없어요."

"둘째, 나도 그 애를 사랑하지 않아."

"그것도 마찬가지고."

"셋째, 넌 네가 제프를 사랑하는 게 아니라고 하는데, 그건 그때 가서 다시 얘기하기로 하자. 홀리, 나 예쁘니?"

갑자기 화제를 바꾸는 건 여자들의 특징이지만 나라면 결코 이렇게 재빠르게 바꾸진 못할 것 같다. "뭐라고요?"

"내가 예쁘냐고 했어."

"그건 나보다 당신 자신이 너무 잘 알잖아요!"

"그래, 난 춤이랑 노래도 좀 할 줄 알아. 하지만 외모가 안 받쳐줬으면 배역 하나도 못 따냈을 거야. 삼류 배우들만큼이나 연기력이 없으니까. 그러니 예쁘기라도 해야지. 내가 몇 살쯤 돼 보여?"

나는 말실수를 할 뻔했지만 간신히 위기를 모면했다. "글쎄요? 제프가 생각하는 것보다는 많겠죠. 많아 봤자 스물하나? 스물둘?"

에리얼이 한숨을 쉬었다. "홀리, 난 너희 엄마만큼이나 나이가 많아."

"네? 말도 안 돼요."

"티가 안 난다니 다행이야. 제프는 괜찮은 애지. 하지만 나이 차 때문에 난 걔가 전혀 이성으로 느껴지지 않아. 근데 내가 걔를 어떻게 생각하느냐 하는 건 중요하지 않아. 중요한 건, 걔가 너를 사랑한다는 거야."

"뭐라고요? 지금까지 한 얘기 중에 최고로 말도 안 되는 얘기네요. 아, 물론 제프는 날 '좋아'해요. 아니면 전에는 좋아했든지. 하지만 그게 다예요." 나는 할 말을 꿀꺽 삼켰다. "그리고 내가 원하는 것도 딱 그 정도고요. 걔가 나한테 어떤 식으로 말하는지 들어보면 알 텐데요."

"들어봤어. 하지만 그 나이 또래 남자애들은 속마음을 곧이곧대로 표현하지 못하는 법이야. 그걸 창피하다고 생각하거든."

"하지만…."

"들어봐, 홀리. 네가 정신을 잃는 바람에 못 본 게 있어. 너랑 내가 같이 바닥에 떨어졌을 때 무슨 일이 일어났는지 알아?"

"글쎄, 아뇨."

"너랑 내가 떨어지고 나서 0.5초쯤 뒤에 제프가 바로 착륙했어. 마치 복수의 천사처럼. 바닥에 내리자마자 날개를 확 잡아 뜯고 팔을 빼내더라. 제프는 날 쳐다보지도 않았어. 나를 거의 밟을 것처럼 서서, 정신없이 네 몸을 끄집어내더니 두 팔에 안아 올리더라. 눈이 튀어나올 것처럼 평평 울면서 말이야."

"제프가 그랬어요?"

"그랬어."

나는 그 얘기를 곰곰이 생각해봤다. 그 덩치 큰 바보도 결국 내게 일말의 호감 정도는 있었던 모양이지.

"그러니까, 홀리. 네가 제프를 사랑하지는 않더라도 잘 대해줘. 제프는 너를 사랑하니까. 끔찍하게 상처받을 수도 있으니까."

나는 생각을 하려고 노력했다. 커리어 우먼에게 로맨스는 피해야 할일이라는 사실은 여전했지만… 만약 제프의 감정이 정말 그렇다면… 음, 그냥 그를 행복하게 해주기 위해 그와 결혼한다면 그건 내 이상을 포기하는 일일까? 그저 회사를 유지하기 위해 결혼을 한다면? 결국, 그런가?

그런데 만약 결혼을 한다면 회사명은 '존스&하디스티'가 아니게 되겠네. '하디스티&하디스티'가 되잖아.

에리얼이 계속 말했다. "나중에 네가 걔를 정말로 사랑하게 될지도 모르잖아. 그런 일은 종종 생겨. 그렇게 되면 제프를 쫓아버린 걸 후회하게 될걸. 다른 여자가 금세 낚아채 갈 거야. 제프는 꽤 멋진 남자라고."

"하지만…." 나는 거기서 입을 다물어야 했다. 제프의 발소리가 들려왔기 때문이다. 제프는 소리만 들어도 알 수 있다. 그 애는 문을 열고 들어와 서서 우리를 보더니 얼굴을 조금 찡그렸다.

"안녕, 에리얼."

"안녕, 제프."

"안녕, 분수." 그는 나를 훑어보았다. "이런, 너 완전히 엉망이구나."

"네 꼴도 그렇게 만만치는 않아. 듣자하니 넌 발이 평발이라며."

"평생 이렇게 살아야 한다는데 어떡해. 넌 팔에 그런 걸 달고 이는 어떻게 닦는 거야?"

"안 닦아."

침대에서 미끄러져 내려온 에리얼이 한쪽 다리로 비틀거리며 균형을 잡았다. "난 늦어서 이만. 뛰어가야겠네. 나중에 보자, 애들아."

"잘 가요, 에리얼."

"안녕, 에리얼. 아…, 고마워요."

에리얼이 깡충깡충 뛰어 병실을 나가자 제프는 문을 닫고는 내 침대로 다가와 거친 목소리로 말했다. "가만히 있어."

그러고는 내게 양팔을 두르고 키스했다.

음, 난 그 애를 막을 수 없었다. 아닌가? 두 팔이 다 부러졌는데 어떻게 막을 수 있단 말인가? 게다가 그건 우리 회사를 위해 내가 마련할 새로운 방침과도 잘 어울렸다. 애들끼리 하는, 진짜 키스가 아닌 생일 키스를 빼면 제프가 내게 키스해준 적은 없었기에 나는 심장이 내려앉았고, 아무 말도 할 수 없었다. 하지만 정신을 차리고 나도 그 애에게 키스했다. 기쁘다는 걸 보여주고 싶었으니까.

의사들이 내게 놓아준 주사가 대체 뭐였는지는 모르지만 귀가 웅웅거렸고 다시 어지러워졌다.

제프는 내 위로 몸을 기울이고 있었다. "꼬맹아." 제프가 슬픔에 잠긴 목소리로 말했다. "너 때문에 정말 힘들어 죽겠다."

"너도 절대 만만치 않거든, 납작머리야." 나는 위엄 있는 목소리로 대답했다.

"그런 것 같긴 해." 그 애는 슬픈 얼굴로 나를 훑어보았다. "근데 왜 울어?"

나는 내가 울고 있었는지 몰랐다. 그러자 울 만한 이유 하나가 떠올랐다. "아, 제프… 내 사랑스러운 날개가 박살 나버렸어!"

"새로 하나 사면 돼. 음, 각오해. 나 그거 한 번 더 할 거야."

"알았어." 그 애는 그렇게 했다.

생각해보니 '하디스티&하디스티'는 '존스&하디스티'보다 운율감 있는 이름인 것 같다.

정말, 어감이 더 좋다.

이대로 간다면

"If this goes on—"

배지훈 옮김

✦ 1940년 2월 〈어스타운딩 사이언스 픽션(Astounding Science Fiction)〉에 발표,
2016년 레트로 휴고상 중편부문 수상

1

성벽 위는 추웠다. 나는 곱은 손으로 손뼉을 치려다가 예언자를 방해할까 봐 그만두었다. 그날 밤 우리 초소는 예언자의 개인 숙소 바로 바깥에 있었다. 난 그 자리에 오르기 위해 눈부신 근무 성과를 올려야 했다. 그러나 지금 당장 눈에 띄고 싶지는 않았다.

그때 나는 아직 어렸고 별로 똑똑한 축에는 못 들었다. 나는 웨스트포인트 사관학교를 막 졸업한 소위로서 재림 예언자의 개인 경호 부대인 '주님의 천사' 경비병이었다. 태어나자마자 어머니는 나를 교회에 봉헌했고 열여덟 살이 되자 선임 검열관이었던 압살롬 삼촌이 원로원에 청하여 사관학교에 입학할 수 있도록 해주었다.

웨스트포인트 사관학교는 나에게 딱 맞았다. 아, 물론 생도들이 줄곧 버릇처럼 늘어놓는 불평에 한몫 끼기는 했다. 우리는 군대 생활 하나하나가 맘에 안 든다고 불평했지만 사실 난 5시에 기상해서 2시간의 기도와 명상으로 시작하여 군사교육, 전략 전술, 군중 심리학, 기초 기적학으로 끝없이 이어지는 강의를 듣는 생활이 즐거웠다. 오후에는 보텍스총, 블래스터총과 탱크를 다루는 훈련에 참여했고 운동으로 신체를 단련했다.

그다지 좋은 성적으로 졸업하지 못한 까닭에, '주님의 천사'부대에 지원하면서도 정말 배치받을 줄은 몰랐다. 그래도 신앙심 성적이 좋았고 실전 교과에서 꽤 앞선 편이라 선택된 것이었다. 양심에 조금 찔릴 만큼 자랑스러운 일이었다. 예언자의 가장 성스러운 부대에 배치된 자들은 대원들까지도 장교였으며 우리의 지휘관인 대령은 '예언자의 영광스러운 검', 즉 모든 병사의 지휘관이었다. 오직 '천사부대'의 부대원만이 착용할 수 있는 빛나는 방패와 창을 지급받은 날, 나는 언젠가 대위로 진급하여 자격을 갖추면 사제가 되기로 맹세했다.

하지만 몇 달 후인 바로 그날 밤, 방패는 여전히 빛나고 있었지만 나의 마음에는 한 점 의혹이 생기고 있었다. 뉴예루살렘에서의 생활은 웨스트포인트 사관학교에서 상상한 것과는 많이 달랐다. 궁전과 사원은 음모와 정치로 가득 차 있었다. 사제들과 집사들, 장관들, 궁전 관리들은 모두 권력과 예언자의 총애를 얻기 위해 각개전투를 벌이고 있었다. 우리 부대의 장교들조차도 타락해 있었다. 우리의 자랑스러운 모토 '*Non Sibi, Sed Dei*'(우리가 아니라 주님을 위하여)도 입안에 쓴맛을 남길 뿐이었다.

물론 나라고 한 점 부끄럽지 않은 건 아니었다. 그들처럼 세속적인 권력을 추구하지는 않았지만, 마음속에서는 그보다도 더 나쁜 죄를 저지르고 있음을 알고 있었다. 나는 '신성한 여성'을 원했다.

나도 스스로를 이해하지 못하고 있었다는 걸 알아주기 바란다. 나는 육체적으로는 성인 남성이었지만 경험으로 치면 어린아이에 불과했다. 내가 알고 지냈던 여자라고는 어머니밖에 없었다. 사관학교에 입학하기 전까지 다니던 초등 신학교에서 여자아이들은 공포의 대상에 가까웠다. 나는 수업과 어머니, 그리고 우리 교구의 캐루빔 소년단 말고는 관심이 없었다. 소년단에서 나는 순찰 대장이었고, 목공예부터 성경 외우기까지 모든 배지를 차지했다. 만약 여자 관련 교과가 있었다면 그 배지도 땄을 테지만, 당연히도 그런 것은 존재하지 않았다.

사관학교에서는 여자를 아예 볼 수 없었고 그로 인해 생기는 사악한 생각들을 고해할 이유도 생기지 않았다. 나의 인간적인 감성은 얼어붙은 상태였고 가끔 꾸는 불편한 꿈은 악마가 불러일으킨 유혹이라고 간주했다. 하지만 뉴예루살렘은 웨스트포인트 사관학교가 아니었고, 천사부대에서도 결혼이나 적절한 교제는 금지되지 않았다. 대부분의 동료들이 결혼 허가 신청을 하지 않는 것은 사실이었다. 결혼이란 다른 일반 부대로의 전출을 의미하는데, 그들 중 대부분은 장래 군 사제가 될 것이라는 야심을 간직하고 있었기 때문이지만 금지 사항은 아니었다.

사원과 궁전을 관리하는 하급 여집사들과 결혼하는 것도 마찬가지로 자유였다. 다만 그들 대부분은 늙고 추레한 여자들이어서 숙모들이 생각날 뿐 로맨스 상대는 되지 못했다. 가끔은 그들과 잡담을 하곤 했지만 아무 일도 없었다. 그리고 몇 안 되는 젊은 자매들에게 끌린 적도 없었다. 주디스를 만나기 전까지는 그랬다.

나는 이 초소 경비를 한 달여 전부터 맡았다. 예언자의 숙소 바로 바깥쪽 초소에 서는 첫 근무여서 불안했는데, 경비 임무보다는 당직 경비 대장이 순시를 오는 것이 더 신경쓰였다.

그날 밤 초소 건너편 안쪽 복도가 환하게 빛나고 사람들이 움직이는 소리도 들려왔다. 나는 손목시계를 보았다. '처녀들'이 예언자에게 봉헌되는 시간이었다. 나와는 전혀 상관없는 일이었다. 매일 밤 10시에는 내가 '근무교대식'이라 부르는 행사가 있었지만 나는 의식을 본 적도 없고 볼 일도 없었다. 내가 사실상 의식에 대해 알고 있는 것은 임무를 맡은 여자들을 추첨으로 뽑고, 그들에게는 이후 24시간 동안 신성한 재림 예언자를 개인적으로 보위하는 특권이 주어진다는 것뿐이었다.

나는 잠시 그 소리를 듣다가 다른 곳으로 갔다. 약 15분 후에 어두운 색 망토를 두른 작은 형상이 나를 지나쳐 난간으로 가더니 서서 별들을 올려다보았다. 나는 즉시 블래스터총을 꺼냈지만, 여집사라는 것을 알아채고 조용히 제자리에 두었다.

나는 그저 하급 여집사인 줄 알았다. 맹세컨대 성스러운 여사제인 줄은 생각지도 못했다. 복무규정에 그들이 바깥에 나와서는 안 된다는 조항은 없었지만 나돌아다닌다는 소리를 들어본 적도 없었다.

내가 말을 걸기 전까지 여자는 나를 보지 못한 듯했다. "평화가 함께 하시길, 자매님."

여자는 놀라서 펄쩍 뛰며 비명을 참더니 곧 품위를 되찾고 대답했다. "그대에게도요, 어린 형제여."

바로 그때 여자의 이마에 예언자의 가족이라는 뜻으로 새겨진 솔로몬의 문장을 보았다. "용서를 구합니다, 고위 자매님. 미처 알아보지 못했습니다."

"괜찮습니다." 나는 그걸 대화를 나눠도 좋다는 뜻으로 받아들였다. 개인적으로 대화를 나누는 일이 우리 둘 모두에게 적절하지 않다는 것은 알고 있었다. 그녀의 육체는 예언자에게 봉헌되었고 영혼은 주님에게 바쳐졌다. 하지만 나는 젊고 외로웠으며, 그녀는 젊고 아름다웠다.

"오늘 밤 신성한 의식에 참여하시는지요, 자매님."

그녀는 고개를 저었다. "아니요, 영광이 비켜갔어요. 내 번호가 뽑히지 않았어요."

"그분에게 직접 봉사한다니 엄청난 특권이겠지요."

"물론 그렇겠지만 난 아직 경험이 없습니다. 내 번호는 한 번도 뽑힌 적이 없어요." 그리고 그녀는 다소 충동적으로 덧붙였다. "사실 난 조금 불안해요. 여기에 온 지 얼마 안 되었거든요."

그녀가 나보다 상급자였지만, 난 그녀가 보여주는 여성적인 연약함에 마음이 움직였다. "훌륭하게 처신하실 거라고 믿습니다."

"고마워요."

우리는 얘기를 계속했다. 그녀는 나보다 더 최근에 뉴예루살렘에 왔다. 그녀는 뉴욕주 북부의 농장을 떠나 올버니 신학교에서 예언자에게 봉헌되었다. 나는 내가 중서부에서 태어났으며 그곳은 첫 번째 예언자가 환생한 '진실의 우물'에서 80킬로미터 정도 떨어진 곳이라고 말해주었다.

나는 경비대장이나 귀찮은 순시 따위는 까맣게 잊어버리고 밤새도록 이야기를 할 수도 있을 것 같았지만, 그때 시계가 15분을 알리는 소리를 냈다. "아, 이런!" 주디스는 탄성을 질렀다. "곧바로 방으로 돌아갔어야 했는데." 그녀는 서둘러서 가려다가 나에게 확인을 받았다. "나에 대해 고해바치지는 않겠죠, 존 라일?"

"제가요? 절대 그런 일은 없을 겁니다!"

그리고 남은 근무시간 동안 나는 줄곧 그녀 생각만 했다. 마침내 경비대장이 순시를 왔을 때 내 긴장감은 꺾여 있었다.

비행의 찬란한 시작 아닌가? 알코올 의존자에게는 한 잔의 술도 많은 법이다. 나는 주디스를 향한 생각을 떨쳐버릴 수가 없었다. 이후 한 달 동안 여섯 번 정도 그녀를 볼 수 있었다. 한번은 에스컬레이터에서 그녀와 지나쳤다. 그녀는 내려가는 중이었고 나는 올라가고 있었기 때문에 말조차 건네볼 수 없었지만, 그녀는 나를 알아보고 미소 지어주었다. 나는 밤새도록 에스컬레이터를 오르는 꿈을 꾸었지만 꿈에서도 내려서 말을 건네보지 못했다. 또 한 번의 만남도 아주 사소한 것이었다. 그녀가 내게 "안녕하세요, 존 라일." 하고 조용히 말하는 것을 들었는데, 그녀는 후드를 쓴 채로 문으로 나가고 있었다. 한번은 그녀가 해자에 사는 백조들에게 먹이를 주는 모습도 보았다. 나는 감히 접근조차 못 했지만, 그녀는 나를 본 것 같았다.

사원 기관지에는 그녀와 내 근무 일정표가 모두 실려 있었다. 나는 닷새에 한 번 근무를 섰고 성처녀들은 일주일에 한 번 번호를 뽑았다. 그러니 우리의 근무시간이 맞는 것은 한 달도 더 후의 일이었다. 나는 그녀의 이름을 보고 꼭 그 시간에 예언자의 숙소 보초에 뽑히겠다고 다짐했다. 그녀가 성벽에서 나를 다시 찾을지는 알 수 없었다. 하지만 내 가슴속에 꼭 그럴 것이라는 확신이 생겼다. 나는 웨스트포인트 사관학교에서조차 그래본 적이 없을 정도로 열성적으로 방패에 광을 냈다. 면도할 때 거울 대신 써도 될 정도였다.

10시경에 성처녀들이 모여서 복도로 가는 것을 보았지만 10시 반이 되어도 주디스의 모습은 보이지 않았다. 내가 할 수 있는 일이라고는 궁전에서 가장 추운 초소에 서 있는 것뿐이었다.

나는 그녀가 틈날 때마다 나와서 경비병이랑 잡담이라도 하는 사람인가 보다고 비관하기 시작했다. 모든 여자는 부정하며 에덴동산에서 추방당했을 때부터 항상 그래 왔다고 생각했다. 내 주제에 우리 사이에 우정이 싹텄다고 생각하다니. 정작 그녀는 아마 그날 너무 추워서 그런 데에 신경 쓰지 않았던 모양이었다.

발소리가 들리자 내 심장은 기쁨으로 두근거리기 시작했다. 하지만 그저 경비대장이 순시하는 소리였다. 권총을 준비 자세로 하고 겨누자 목소리가 돌아왔다. "경비병, 오늘 밤은 어떤가?"

나는 기계적으로 대답했다. "지상엔 평화입니다." 그리고 덧붙였다. "춥기도 합니다, 형제님."

"날씨는 가을이지." 경비대장도 동의했다. "사원도 춥더군." 그러고는 권총과 마비 수류탄이 달린 탄띠를 달그락거리며 지나쳐 갔다. 그는 성격 좋은 영감이었고 보통은 잡담 몇 마디를 나누기도 했지만 오늘은 그저 경비실의 따뜻함이 그리울 뿐인 모양이었다. 나는 조금 전의 삐뚤어진 생각으로 돌아갔다.

"좋은 밤이네요, 존 라일."

나는 거의 놀라서 펄쩍 뛸 뻔했다. 아치 안쪽의 어둠 속에 서 있는 것은 주디스였다. 나는 겨우 입을 열었다. "좋은 밤입니다, 주디스 자매님." 그리고 그녀가 다가왔다.

"쉿!" 그녀는 주의를 주었다. "누군가가 들을지도 몰라요. 존 라일, 겨우 됐어요. 번호가 뽑혔어요!"

"네?" 나는 그 한마디 뒤에 서투르게 덧붙였다. "경하드립니다, 자매님. 주님께서 당신의 성스러운 봉사를 빛내심입니다."

"맞아요, 맞아. 고마워요." 그녀는 대답했다. "하지만 존…, 잠시라도 당신과 얘기를 하고 싶었어요. 지금은 안 돼요. 지금 당장 의상실로 가서 가르침을 받고 기도를 해야 해요. 뛰어가야겠네요."

"서두르는 게 좋겠군요." 나도 동의했다. 그녀가 머무르지 못한다니 섭섭했지만 드디어 영광을 차지한 데 기뻤고 나를 잊지 않았다는 사실에 속으로 환호하고 있었다. "주께서 함께하시길."

"그냥 내가 선택받았다고 당신에게 말하고 싶었어요." 그녀의 눈은 성스러운 기쁨에 빛나고 있었다. 하지만 나는 다음 말에 놀라지 않을 수가 없었다. "난 두려워요, 존 라일."

"네? 뭐가 말입니까?" 나는 처음으로 소대를 지휘했을 때가 생각났다. 그때 얼마나 목소리가 갈라질 만큼 불안했는지. "그럴 필요 없어요. 잘해낼 겁니다."

"아, 그러길 바라요! 나를 위해 기도해주세요, 존." 그녀는 어두운 복도로 가버렸다.

나는 주디스를 위해 기도하면서 그녀가 어디에 있는지, 무엇을 하고 있는지 상상했다. 하지만 예언자의 개인 방에서 무슨 일이 일어나는지를 알기란 거의 불가능하기에 포기하고, 그저 주디스에 관한 생각만 하기로 했다. 백일몽은 한두 시간 후 궁전 안쪽에서 들려오는 비명에 깨졌다. 웅성거리며 뛰어다니는 소리도 들려왔다. 나는 안쪽 복도로 달려갔다. 여자들이 예언자의 숙소로 가는 문에 모여 있었다. 두세 사람이 문에서 누군가를 끌고 나와 복도에 내려놓았다.

"무슨 일이라도 있습니까?" 나는 무기를 꺼낸 다음 질문했다.

나이 많이 든 자매가 내 앞에 섰다. "아무 일도 아니오. 초소로 돌아가도록, 소위."

"비명을 들었습니다."

"당신과는 상관없는 일이오. 예언자님께 봉사하던 자매 중 한 명이 기절했소."

"누구였습니까?"

"꽤 말이 많군요, 형제. 주디스 자매였습니다, 무슨 상관인지 모르겠지만."

멈춰서 생각할 겨를도 없이 말이 먼저 나갔다. "제가 돕겠습니다!" 그리고 앞으로 걸어가기 시작했지만, 나이 든 자매가 막아섰다.

"정신 나갔소? 자매들이 방으로 데려갈 것입니다. 언제부터 천사부대가 성처녀들에게 간섭하기 시작했지요?"

손가락 하나면 옆으로 밀쳐버릴 수 있었지만, 나이 든 자매의 말이 맞았다. 나는 하는 수 없이 뒤로 물러서서 초소로 돌아갔다.

그로부터 며칠간 머릿속에선 주디스 생각이 떠나지 않았다. 근무를 서지 않을 때면 자유롭게 갈 수 있는 궁전 지역을 어슬렁거리며 그녀를 볼 수 있기를 바랐다. 그녀가 병이 났거나 규율을 어겨서 방에 감금되었을 수도 있으니. 하지만 그녀는 보이지 않았다.

나의 룸메이트인 제브 존스는 내 기분을 알아채고 북돋워주려고 했다. 제브는 3년 선배였고 웨스트포인트 사관학교 신입생 시절 내 직속상관이기도 했다. 지금은 내 가장 친한 친구이자 유일하게 믿을 수 있는 사람이었다. "존, 마치 무덤에서 일어난 시체 같군. 뭣 때문에 그래?"

"흠? 아무것도 아니에요. 소화불량인가 보죠, 아마도."

"그래? 이리 와. 산책이라도 하자. 바람이라도 쐬면 괜찮아질 거야."

제브는 나를 데리고 나갔다. 그는 남쪽 탑의 테라스에 갈 때까지 뻔한 얘기를 계속했고, 타인의 눈과 귀에서 벗어나자 조용히 말을 시작했다. "좋아, 말해봐."

"아무것도 아니에요, 제브. 부담 주긴 싫어요."

"뭐 어때? 친구란 게 이럴 때 쓰라고 있는 거지."

"놀랄걸요."

"그럴 리가. 마지막으로 내가 놀랐을 때가 에이스 포카드를 잡았을 때야. 그걸로 기적에 대한 믿음을 되찾았고 웬만한 놀랄 일에는 면역이 되었다고. 말해봐, 이걸 선후배 비밀보장조항, 뭐 그런 거라고 해두자."

제브는 결국 날 설득했다. 뜻밖에도 그는 내가 성스러운 여사제에 관심이 있다는 사실에 놀라지 않았다. 그래서 나는 모든 걸 얘기했고 뉴예루살렘에 배치된 이후 마음속에서 자라고 있는 불안과 의혹에 대해서도 말했다.

그는 가볍게 고개를 끄덕였다. "널 아니까 하는 말인데, 어떤 기분인지 잘 알겠어. 이런 얘기를 고해 시간에 털어놓지는 않았겠지?"

"네." 나는 부끄러워하며 인정했다.

"그러면 앞으로도 하지 마. 이런 건 속에 담아두는 거야. 배그비 소령은 관대한 사람이고 그 사람도 놀라지는 않겠지만, 상부에다가는 보고해야 한다고 생각할지도 모르니까. 네가 눈처럼 결백하다 할지라도 이단 심문만은 피해야 해. 사실 결백한 사람이야말로 그걸 피해야만 하지. 바로 너처럼 말이야. 너도 알다시피 누구나 가끔 부정한 생각을 해. 하지만 이단 심문관은 죄가 보이질 않으면 나올 때까지 계속 파고들거든."

나는 그 충고를 듣고 당장에라도 질문을 퍼붓고 싶었지만, 제브가 차분히 얘기를 계속하는 동안 참았다. "존, 너의 신앙심과 순수함을 존경하지만 부럽지는 않아. 너무 깊은 신앙심은 어떤 때는 얕은 신앙심에 비해 장애가 될 뿐이야. 찬송가를 부르는 거나 나라를 통치하는 거나 모두 정치라는 것을 알게 되면 놀랄걸. 정말이야. 나도 처음 이곳에 왔을 때 똑같은 일을 눈치챘지만 별다른 기대가 없어서 놀라지도 않았어."

"하지만…." 난 입을 닫았다. 그의 말은 고통스러울 정도로 이단적이었다. 나는 주제를 바꿨다. "그날 밤 예언자께 봉사하면서 대체 무슨 일이 있었기에 주디스가 기절했을까요?"

"음? 난들 알겠나." 그는 나를 쳐다보다가 고개를 돌렸다.

"그럴 줄 알았어요. 궁전 주변에 돌아다니는 소문들에 별로 관심이 없을 테니까."

"글쎄…. 에이, 잊어버려. 별로 중요한 것도 아니야."

"그럼 안다는 말이에요?"

"그런 말은 안 했어. 물론 추측은 가능하지만 네가 원하는 건 추측이 아니잖아. 그러니 잊어버려."

나는 걸음을 멈추고 그의 앞에 서서 얼굴을 똑바로 바라보았다. "제 브, 이 일에 대해 알고 있는 거라면 뭐든 추측이라도 좋으니까, 듣고 싶어요. 나에겐 중요한 일이에요."

"진정해! 아까 나더러 놀랄 거라고 걱정했잖아. 나도 널 놀라게 하고 싶지 않다고."

"무슨 말이죠? 말해줘요!"

"진정하라고 했지. 우리는 산책 중이야, 명심해. 여기선 조심해야 한다고. 우리는 나비 수집이나 오늘 저녁에 비프스튜가 또 나올지 궁금해하는 이야기 중인 거야."

나는 여전히 씩씩거리며 그와 함께 다시 걷기 시작했다. 그는 더욱 조용하게 말을 이었다. "존, 넌 들리는 것만 가지고 내부 사정이 어떻게 돌아가는지 알아내는 사람은 아니잖아. 그리고 내적 신비학을 아직 공부한 적도 없지?"

"못 했다는 거 알잖아요. 정신과 분류 장교가 그 과목에 허가를 내리지 않았다고요. 왜인지는 모르겠지만."

"내가 파고들던 책들을 너도 읽게 했어야 했는데. 아니, 그건 졸업 전에 해야 했던 일이긴 하지. 내 말보다는 그들이 설명하며 쓴 문장이 더 섬세하고 구석구석까지 완벽하게 정당화시키고 있으니까 말이야. 물론 종교학에서의 논리적 토론술에 관심이 있다면 말이지만. 존, 성처녀들의 임무가 뭐라고 생각해?"

"뭐냐니요, 그분을 보필하고 요리도 하고 기타 등등이겠죠."

"물론 그렇겠지. 그리고 기타 등등, 이게 문제야. 순진한 시골 소녀인 주디스 자매는 네 말대로라면 상당히 독실하겠지?"

나는 그녀의 독실함 때문에 처음에 끌린 것이라고 딱딱하게 대답했다. 아마 그렇게 믿는 것일 뿐이겠지만.

"좋아, 그녀가 아마 세속적이고 신랄한 말을 하는 예언자님에게 충격을 받았을지도 모르지. 예를 들면 재정관이 세금이나 십일조처럼 평민들을 쥐어짜는 최선의 방법이 뭘까 떠드는 류의 말들 있지. 그런 일이었을지도 모르지만, 그래도 그런 회의에서 서기를 맡는 일이 잔디처럼 푸른 성처녀들의 첫 봉사는 아닐 거야. 확실히 아니지. 아마도 기타 등등 쪽이 확실해."

"네? 무슨 말인지 모르겠는데요."

제브는 한숨을 내쉬었다. "너 정말로 하느님의 순진한 어린양이구나. 이런, 당연히 알면서도 그냥 고집스레 사실을 인정하지 않으려는 줄 알았더니. 천사부대에서도 가끔 성처녀들을 데리고 가. 물론 예언자하고의 볼일이 끝나면 말이지만. 사제들이나 집사들도 말할 필요가 없지. 내가 기억하기로는 언젠가…." 그는 내 표정을 보고 말을 멈췄다. "빨리 표정 바꿔! 누군가가 알아채면 어쩌려고 그래?"

나도 그러려고 했지만 끔찍한 생각들이 머릿속을 휘저어놓고 있었다. 제브는 다시 조용한 말투로 계속했다. "이게 나의 추측이야. 네가 믿는다면 말이지만. 네 친구 주디스는 직책 이름처럼 육체도 영혼도 처녀일 거야. 아마 계속 그럴지도 모르지. 예언자가 그녀에게 화가 났을 테니까 말이야. 그녀도 너처럼 순진해서 상징으로 가득 찬 설명을 이해하지 못했을 테고 마침내 알아차리자 정신이 나가서 기절한 걸 거야. 뻔한 거 아니겠어."

나는 다시 멈춰 서서 제대로 알지도 못하는 성경 구절을 중얼거렸다. 제브 또한 멈춰 서서 익숙한 냉소적인 미소를 띠고 나를 쳐다보았다.

"제브." 나는 거의 항변하듯이 그에게 말했다. "이건 정말 끔찍한 일이에요. 끔찍하다고요! 설마 이런 일을 긍정하는 건 아니겠죠?"

"긍정한다고? 이봐, 이건 모두 하느님의 계획 안에 있는 거라고. 더 심화된 교육을 받았다면 알았을 텐데. 들어봐, 내가 대충 요약해줄 테니. 하느님은 아무것도 낭비하지 않으셔, 맞지?"

"그건 제대로 된 교리죠."

"하느님은 인간에게 능력 이상의 것을 원하지는 않으셔, 맞지?"

"네, 하지만…."

"닥치고 있어봐. 하느님은 인간에게 번창하라고 명하셨지. 특히 성스러운 재림 예언자는 특별히 더 번창할 필요가 있어. 그게 요점이야. 공부를 해보면 알게 될 거야. 그런데 예언자가 자기 스스로를 육체적으로 깎아내려 세속적인 임무를 수행하려 한다면 네가 뭐라고 거기에 의문을 제기하겠어. 대답해봐."

나는 물론 답을 할 수 없었고 우리는 조용히 계속 걸었다. 나는 그가 하는 말의 논리와 알려진 교리에서 나온 결론을 인정할 수밖에 없었다. 문제는 그 결론을 마치 독이라도 되는 것처럼 토해버리고 싶었다는 것이다.

현재로서는 제브의 말대로 주디스가 어떤 해도 입지 않았다는 사실만으로 안심해야 했다. 제브의 말이 맞고, 성스러운 재림 예언자님을 나 따위가 성급히 판단해서는 안 된다고 되뇌자 기분이 나아지기 시작했다.

하지만 나는 곧 다시 고민에 빠졌다. 주디스가 무사하다는 소식에 안심한 까닭은 내가 그녀를 죄악에 가득 찬 시선으로 바라봤기 때문이라는 생각이 들었다. 그러다 그녀가 다른 성처녀들과 마찬가지로 취급당하리라는 생각에 이르자 다시 우울해졌다. 그때 제브가 갑자기 멈춰 섰다. "저게 뭐야?"

우리는 테라스의 난간으로 서둘러 가서 벽 쪽을 내려다보았다. 남쪽 벽은 시 경계와 가까운 곳에 서 있었다. 약 50명 정도 되는 사람들이 궁전 벽으로 가는 언덕을 올라가고 있었다. 그들 앞에는 긴 옷을 입은 남자가 머리를 감싸고 달려가고 있었다. 남자는 성역 입구를 향하는 것 같았다.

제브는 내려다보고 스스로 대답했다. "저런 게 소동이란 거지. 천민에게 돌팔매질하는 어중이떠중이들 말이야. 아마도 부주의하게 5시 이후로 게토를 돌아다니다가 잡혔나 보군." 그는 내려다보며 고개를 저었다. "살아남지 못하겠어."

제브의 예상은 즉시 현실이 되었다. 커다란 돌이 견갑골에 꽂히자 남자는 휘청이더니 넘어졌다. 사람들은 그 즉시 달려들었다. 그는 무릎을 꿇고 살아보려고 애썼지만 열댓 번 정도 돌에 얻어맞은 다음 사람들 속으로 굴렀다. 그는 찢어지는 비명을 지르며 옷으로 짙은 색의 눈과 매부리코를 가리려 했다.

잠시 후 그곳에는 돌무더기와 거기서 삐져나온 슬리퍼를 신은 발밖에는 보이지 않았다. 그 발은 경련을 일으키다가 결국 멈췄다.

나는 구역질이 나서 고개를 돌렸다. 제브는 내 표정을 읽은 것 같았다.

"왜죠?" 나는 방어하듯 말했다. "저 천민들은 왜 저렇게 끈질기게 이단 사상을 믿는 거죠? 그것만 아니라면 별로 해가 되지도 않는 사람들 같은데요."

그는 눈썹을 치켜세우며 나를 바라보았다. "아마도 이단 사상 때문이 아닐지도 모르지. 저 죽은 사람이 결국 신에게 모든 것을 맡기는 것을 못 봤어?"

"하지만 그건 진정한 하느님이 아니에요."

"그 사람은 다르게 생각했나 보지."

"하지만 우리가 더 잘 알잖아요. 그들에게 충분히 충고도 했고요."

제브가 상당히 짜증 나는 미소를 짓길래 나는 내뱉듯이 말했다. "난 아무리 해도 당신이 이해가 안 가요, 제브. 10분 전에는 올바른 교리에 대해서 말해주더니 지금은 이단 사상을 옹호하고 있잖아요. 어느 쪽이 맞는 말이에요?"

그도 인정했다. "아, 난 물론 어느 편이든 설 수 있어. 사관학교 시절 토론 팀에 있었던 거 기억 안 나? 난 아마 장래에 유명한 신학자가 될지도 몰라. 그전에 대 이단 심문관에게 잡히지 않는다면 말이야."

"그렇다면 당신은 이단자들을 돌로 쳐 죽이는 게 옳다는 거예요, 옳지 않다는 거예요?"

그는 갑자기 주제를 바꿨다. "누가 먼저 돌을 던졌는지 기억나?" 나는 기억나지 않는다고 말했다. 시골 복장을 한 남자였고, 여자나 아이는 아니었다는 정도만 기억이 났다.

"스노티 파셋이었어." 제브의 입이 찌그러졌다.

나도 스노티를 아주 잘 기억하고 있었다. 나보다 2년 위의 선배로 신입생 시절을 기억조차 하고 싶지 않게 만들어준 인물이었다. "그렇게 돌아가는 거군요." 나는 천천히 대답했다. "제브, 나는 정보부 같은 일을 할 담력은 없나 봐요."

"물론 선동자로서는 안 되겠지." 제브 또한 동의했다. "하지만 위원회에서는 이런 일들이 가끔 일어나길 원하고 있어. 카발에 관한 소문도 있고 말이야…"

나는 마지막 부분에 주목했다. "제브, 이게 그 카발이라는 자들과 관련이 있다고 생각해요? 난 예언자님에게 반항하는 조직이 있다고 안 믿어요."

"글쎄, 하지만 서해안 쪽에서 사고들이 일어난 건 확실하지. 아, 잊어버려. 우리의 일은 이곳의 경비를 서는 거야."

2

하지만 잊어버릴 수가 없게 되었다. 이틀 후 내측 경비가 두 배로 강화된 것이다. 내 눈에는 실제로 그렇게 위험할 것 같지는 않았다. 궁전은 요새처럼 튼튼해서 깊숙한 내부에선 핵폭탄도 견뎌낼 수 있었기 때문이다. 어쨌거나 궁전에 들어가는 사람들은 예언자의 숙소에 이를 때까지 열두 번도 넘는 검문검색을 받게 되었다. 사원에서 온 자들도 예외가 아니었다. 높으신 양반들을 겁먹게 한 무언가가 틀림없이 있는 모양이었다.

그래도 제브가 파트너로 결정된 것은 기뻤다. 두 배로 자주 초소 임무를 서야 했지만, 그와 얘기하는 것으로 보상이 되었다. 나는 불쌍한 제브에게 쉴 새 없는 질문을 밤새 쏟아내다가 주디스 얘기도 하고, 뉴예루살렘이 돌아가는 꼴을 보고 내가 얼마나 참담해졌는지도 털어놨다. 결국은 그도 발끈했다.

"이거 봐, 얼뜨기." 제브는 내 신입생 시절의 별명을 다시 꺼내며 말을 시작했다. "그녀를 사랑해?"

난 우물쭈물했다. 아직 그녀의 안위를 걱정하는 수준 이상으로 관심을 가진 건 아니라고 믿고 싶었지만, 그는 본론으로 직접 들어갔다.

"사랑하거나 하지 않거나 둘 중 하나야. 마음을 정해. 사랑한다면 실제적인 이야기를 시작해야겠지. 사랑하는 게 아니라면 그녀 얘기는 그만둬."

나는 숨을 깊게 들이마시고 마지막 경계를 건넜다. "아마도 사랑하는 것 같아요, 제브. 불가능하다는 것도 알고 원죄라는 것도 알지만 사랑해요."

"거기에 어리석은 짓이라는 것도 포함해야지. 이제 알아듣게 얘기해주는 건 안 되겠군. 그래, 넌 그녀를 사랑해. 다음엔 무얼 할 생각이지?"

"네?"

"뭘 하고 싶어? 결혼이라도 하고 싶나?"

나는 그 생각을 하면서 두 손으로 얼굴을 감싸 쥐었다. "물론 하고 싶어요." 나도 인정했다. "하지만 내가 어떻게 할 수 있겠어요?"

"맞아, 못 하지. 넌 여기서 전출 나가지 않는다면 결혼 못 해. 그리고 그녀는 직책상 아예 결혼을 못 하고. 그녀의 맹세를 깨뜨릴 수도 없어. 이미 봉인된 사람이니까. 하지만 만약 부끄러움을 버리고 진정한 진실을 마주 본다면 네가 할 수 있는 일은 많아. 네가 청교도적인 사고방식만 버린다면 너희 두 사람은 잘될 수도 있을 거야."

1주일 전이었다면 그가 말하려는 결론이 무언지 알 수 없었을 것이다. 지금은 알 수 있었다. 그가 불명예스럽고 죄악스러운 암시를 비추는데도 화조차 나지 않았다. 그는 진심이었다. 이제 의혹이 나의 영혼을 사로잡았다. 나는 고개를 저으며 말했다. "그런 식으로 말하지 마요, 제브. 주디스는 그런 여자가 아니에요."

"알았어. 그러면 잊어버려. 그녀도 잊어버리고 그녀에 대해선 입도 뻥긋하지 마."

나는 힘없이 한숨을 쉬었다. "너무 그러지 마요, 제브. 이건 내가 감당할 수 있는 선을 넘어섰어요." 나는 주위를 살펴보고는 난간에 앉아버렸다. 우리는 예언자의 숙소 초소가 아닌 동쪽 벽에 있었다. 경비대장인 피터 반 아이크 대위가 뚱뚱한 몸을 이끌고 한 번 이상 순시를 돌 테지만 신경 쓰지 않기로 했다. 난 요즘 통 잠을 못 자서 지쳐 있었다.

"안됐군."

"화내지 마요, 제브. 이런 일은 나에게 일어나지 말았어야 했어요. 주디스, 아니 주디스 자매님에게도 말이죠." 나는 내가 무얼 원하는지 알고 있었다. 내가 태어난 곳 같은 66헥타르쯤 되는 작은 농장. 돼지와 닭을 키우며 맨발로 뛰노는 아이들의 흙 묻은 얼굴. 내가 밭일을 마치고 돌아오면 표정이 밝아지는 주디스는 내가 키스할 수 있도록 앞치마로 땀을 닦는다. 더 이상 교회나 예언자와는 관련을 맺지 않고 주일예배에 나가 십일조만 낸다….

하지만 그런 일은 절대 일어날 수 없었다. 나는 공상을 떨쳐버리려고 다른 말을 꺼냈다. "제브, 궁금해서 말인데요. 선배는 이런 일들을 처음부터 잘 알고 있었잖아요. 어떻게 그럴 수 있었죠? 우리 모두 어항 속의 금붕어나 마찬가지인데요. 불가능하지 않나요."

제브는 때려주고 싶을 정도로 빈정대는 웃음을 지었지만 말투는 그렇지 않았다. "글쎄, 예를 들어볼까. 네 일을 예로 들자면…."

"됐어요!"

"그냥 예로 드는 거야. 말했잖아, 주디스 자매는 지금 만날 수 없어. 아마 방에 갇혀 있겠지. 하지만…."

"네? 체포됐어요?" 이단 심문관이 심문 때 무슨 짓을 하는지 제브가 말해준 것이 기억났다.

"음? 아니, 아니야. 감금된 건 아니고 그저 나오지 말라고 명령받은 것뿐이야. 기도하고 빵과 물만 먹으면서 말이야. 영적인 의무를 다하도록 가르치면서 그녀를 정화시키는 거지. 그녀가 그들이 원하는 대로 생각하기 시작한다면 다시 번호가 뽑힐 것이고, 이번엔 바보처럼 기절하지는 않을 거야."

나는 일단 마음을 추스르고 조용히 생각하려고 애썼다. "아니요." 내가 말했다. "주디스는 그런 일 안 할 거예요. 계속 그 방에 머무른다 해도 안 할 거예요."

"그래? 난 확신 못 하겠는걸. 그들은 설득이라면 끝내주잖아. 계속해서 기도하면 어찌 될까. 어쨌거나 그녀가 생각을 바꾼다고 치고 내 얘기를 끝낼게."

"제브, 이런 일을 어떻게 알고 있죠?"

"이 친구야, 난 여기 3년이나 있었어. 내가 이런 일을 보지 못했을 거 같아? 네가 그녀를 걱정하고 밤낮으로 매달리기에 친구들에게 물어봤어. 얘기를 계속하지. 그녀는 생각을 바꾸고 번호표가 뽑히고, 예언자에게 성스러운 봉사를 할 거야. 그다음에 다른 성녀들처럼 일주일에 한 번씩 불릴 테고 한 달 주기로 번호표가 뽑히겠지. 예언자가 그녀의 영혼을 특별히 어여삐 여기지 않는 한, 1년 못 가서 그녀의 이름은 번호표에서 영원히 빠질 거야. 그렇게 오래 기다릴 필요도 없을지 모르겠군. 기다리는 게 더 지각 있는 행동이지만 말이야."

"모든 게 너무 끔찍해요!"

"그래? 솔로몬왕도 비슷한 체제를 갖추고 있었을 거야. 예언자보다 더 많은 여자가 매달렸겠지. 만약 네가 이 성처녀들과 내통하려면 예전의 관습을 따라 하면 되겠지. 가장 연장자인 자매에게 선물을 주고, 상황에 따라 더 필요하기도 하지. 어떤 사람들에게는 돈을 먹이기도 해야 하고 말이야. 내가 정확히 누구인지 말해줄 수도 있어. 그리고 이 엄청난 석조 건축물에는 어두운 비밀 계단들이 많이 있어. 모든 관례를 잘 관찰해보면 알 수 있을 거야. 내가 근무를 서고 너는 근무가 없는 밤이라면, 네가 침대에서 따뜻하고 폭신한 것 말고 다른 뭔가를 찾지 말란 법도 없지."

그가 그렇게 냉담하게 설명하자 나는 거의 폭발할 지경이 되었다. "제브, 이제야 당신이 거짓을 말하는 걸 알겠군요. 인정하세요, 농담하는 거 잖아요. 아예 우리 방에 눈과 귀가 달려 있다고 하지 그래요? 내가 만약 도청 장치들을 찾아서 없애려고 할지라도 3분 이내에 보안대가 방문을 박차고 들어올 거라고요."

"그게 뭐? 도청 장치는 모든 방에 달렸어. 무시하면 되지."

나는 입이 벌어졌다.

"무시하라고." 그가 말을 이었다. "이봐, 존. 가벼운 간음죄 따위는 교회 반역죄나 이단죄에 비교할 수도 없어. 네 서류에 뭐라고 적히기야 하겠지만, 누구도 그 얘긴 안 꺼낼 거야. 물론 나중에 정말 중대한 짓을 저지른다면 그걸 구실 삼아 교수형에 처하겠지. 진짜 죄는 일부러 묻지 않고 말이야. 이 친구야, 위에서는 그런 작은 과실들을 정리해놓길 좋아해. 그래야 보안이 강화되지. 아마 지금 너에 대해서도 불편하게 생각할걸. 넌 너무 순수해. 그런 사람이야말로 위험하지. 더 이상 고등교육을 허락받지 못한 것도 그래서일 거야."

나는 행간의 의미와 함의를 정리해보려다가 결국 포기하고 말았다. "난 이해가 안 돼요. 제브, 이런 일들은 나나 주디스하고는 전혀 상관없잖아요. 하지만 내가 뭘 해야 할지는 알겠어요. 그녀를 여기서 빼내야겠어요."

"흠, 직접적인 방법이군, 친구."

"그것밖에는 방법이 없는걸요."

"좋아. 나도 너를 돕고 싶어. 아마 그녀에게 메시지를 전해줄 수 있을 거야." 그 자신도 별로 확신이 없다는 듯이 말했다.

나는 그의 팔을 붙잡았다. "그래주겠어요, 제브?"

제브는 한숨을 쉬었다. "기다리는 게 나을 텐데. 아니, 머릿속이 사랑으로 가득 차 있으니 그것도 별로 도움 안 되겠군. 하지만 지금은 위험

해. 단순히 위험한 정도가 아니지. 특히 예언자의 명령에 따라 처벌 중이
니까. 잡혀서 군사 법정에서 고개를 떨군 채 자기 창만 곁눈질하고 있으
면 너도 꽤 웃기게 보일걸."

"그런 것쯤 감수할 수 있어요. 이단 심문이라도."

제브는 그 자신이 나보다도 훨씬 더 큰 위험을 짊어졌다는 사실을 말
하지 않았다. 그저 이렇게 물었을 뿐이었다. "좋았어, 메시지는 뭐야?"

나는 잠시 생각했다. 짧을수록 좋겠지. "번호표가 뽑히던 날 대화를
나눴던 소위가 걱정하고 있다고 해줘요."

"더 있어?"

"네! 그녀를 위해서라면 뭐라도 할 거라고 전해줘요!"

지금 생각해보면 참 열정적이었다. 물론 그것이 내 가장 정확한 심정
이었다.

다음 날 점심때 냅킨 사이에 끼인 작은 종잇조각이 눈에 띄었다. 나는
서둘러 식사를 마치고 쪽지를 읽으러 빠져나갔다.

'당신의 도움이 필요해요. 정말 고마워요. 오늘 밤 만나겠어요?' 사인
은 없었고 궁전 안팎 어디에나 있는 평범한 음성기록기로 쓰여 있었다.
방에 돌아온 제브에게 보여주자 그는 흘깃 보더니 대수롭지 않다는 듯
말했다.

"바람이나 쐬러 가자. 너무 먹어서 그런지 졸릴 지경이야."

바깥쪽 테라스에 도착해 도청 장치와 남들의 이목을 염려할 필요가
없게 되자, 그는 낮고 냉정한 말투로 날 힐난했다. "넌 절대 음모 따위 꾸
밀 성격이 못 돼. 식당에 있던 사람들 절반은 네가 냅킨에서 뭔가 찾아냈
다는 걸 알아챘을걸. 도대체 왜 그렇게 서둘러 먹고 뛰쳐나간 거야? 그
리고 그걸 방에서 나에게 보여주기까지 해? 감시 장치가 그걸 찍어서 증
거라고 사용하면 어쩌려고. 대체 네 머리는 여행이라도 떠나 있었니?"

나는 반박하려고 했지만, 제브는 말을 끊었다. "관두자. 네가 나랑 같
이 교수형 당하고 싶어서 일부러 한 짓이야 아니겠지만, 의도 같은 건 군

법무관이 기소문을 읽을 때는 아무런 도움이 안 될걸. 자, 이걸 먼저 명심해. 음모 꾸미기의 제1법칙은 평소와 다른 행동을 하지 않는다는 거야, 아무리 사소한 거라도 말이야. 생활 패턴에서 벗어나는 아주 작은 변화라도 훈련된 분석가 눈에는 띄지. 언제나처럼 휴게실에서 어슬렁거리다가 잡담도 몇 마디 하고 안전해질 때까지 기다렸다가 읽었어야 해. 자, 쪽지는 어디 있어?"

"내 흉갑 주머니에요." 나는 미안한 마음으로 대답했다. "걱정 마요, 씹어서 삼키면 되니까."

"아직은 안 돼. 기다려봐." 제브는 어딘가로 갔다가 몇 분 지나 돌아왔다. "여기 같은 크기와 모양의 종이가 있어. 너에게 조용히 건네줄 거야. 두 개를 맞바꾸고 진짜 쪽지는 삼켜버려. 물론 바꿔치기하는 거나 삼키는 장면은 들키지 말고."

"알았어요. 하지만 두 번째 쪽지엔 뭐가 적혀 있죠?"

"주사위 게임에서 이기는 방법."

"네? 하지만 그것도 규정 위반이잖아요!"

"물론이지, 바보야. 그래도 도박 혐의로 잡히면 그보다 더 심각한 혐의는 의심받지 않을 거야. 최악의 경우라 봤자 대장이 너를 달달 볶다가 며칠분의 봉급을 벌금으로 내고 몇 시간 동안 회개하도록 명령하겠지. 명심해, 존. 의심받을 때에는 증거를 실제 죄보다 낮은 것으로 바꾸는 거야. 절대 결백하다고 주장하면 안 돼. 인간의 본성이란 그런 거거든. 이 방법이 나아."

제브의 말이 맞았다. 내가 행진하느라고 제복을 갈아입었을 때 누군가가 주머니를 뒤져 증거를 사진으로 찍어서 확보했는지, 30분쯤 뒤 나는 행정 장교의 사무실로 호출되었다. 행정 장교는 하급 장교들이 혹시 도박을 하지 않는지 물어보았다. 도박은 죄이고 젊은 장교들이 도박에 빠져드는 것이 싫다는 말도 했다. 그는 내가 나갈 때 어깨를 두드리며 말했다. "자넨 착한 친구야, 존 라일. 영리하니까 잘 알겠지?"

＊

그날 밤 제브와 나는 궁전 남쪽 벽에서 야간 근무를 서게 되었다. 주디스에 대한 소식을 전혀 듣지 못해서 근무 시간의 절반은 새집에 온 고양이처럼 불안했다. 그래도 제브는 항상 하던 일들을 계속하라고 상기시키며 나를 진정하게 했다. 기나긴 기다림 끝에 드디어 안쪽 복도에서 가벼운 발소리가 들렸고 문에 사람이 나타났다. 제브는 나에게 순찰을 계속하라고 하고는 살펴보러 갔다. 그러고는 즉시 돌아와서 따라오라며, 조용히 하라는 표시로 손가락을 입에 갖다 대었다. 나는 떨면서 안으로 들어갔다. 어둠 속에서 주디스가 아니라 처음 보는 여자가 날 기다리고 있었다. 나는 뭔가 말하려고 했지만, 제브가 내 입을 막았다.

여자는 내 팔을 잡아 복도 저편으로 끌고 갔다. 뒤를 보니 망을 보며 문에 서 있는 제브의 실루엣이 보였다. 안내인은 잠시 멈추더니 거의 완벽하게 어두운 벽감으로 나를 밀어 넣었다. 그녀는 로브 안에서 작은 측정기 같은 것을 꺼내더니, 옆에 달린 희미하게 빛나는 작은 다이얼을 돌렸다. 그녀는 그것을 이리저리 돌리다가 누군가 사람에게 건네주었다. "이제 말해도 좋아요. 안전해요." 그녀는 조용히 말하고는 나가버렸다.

그 사람이 내 소매를 부드럽게 건드리는 것이 느껴졌다. "주디스?" 나는 속삭였다.

"맞아요." 그녀는 거의 들리지도 않을 만큼 조용히 대답했다.

어느새 나는 그녀를 끌어안고 있었다. 그녀는 놀라서 조그만 탄성을 질렀지만, 곧 두 팔을 내 목에 둘러왔다. 얼굴에 그녀의 숨결이 닿았다. 우리는 서툴지만 거의 미친 듯 열정적으로 키스했다.

우리가 그때 나눈 얘기는 남에게는 아무래도 상관없는 것으로, 조리에 맞게 설명할 수 없을 것 같다. 우리의 행동을 낭만적인 바보짓이라 부를 수도 있고, 무지하고 부자연스러운 삶 때문에 늦어진 첫사랑이라고 부를 수도 있을 것이다. 젊은이들의 첫사랑은 어른들의 첫사랑보다 덜

상처받을까? 부르고 싶은 대로 불러라. 비웃어도 좋다. 하지만 우리는 루비나 순금보다도 값진 광기에 빠져 있었고 제정신으로 돌아오고 싶지 않았다. 이런 일을 겪어본 적도 없고 이해도 못 하는 사람이 있다면 불쌍하다고 말해주고 싶다.

우리는 겨우 진정하고 이성적인 이야기를 시작했다. 그녀는 그날 밤에 대해서 나에게 말해주려 했지만 결국 울음을 터뜨리고 말았다. 나는 그녀를 흔들면서 말했다. "그만해요, 내 사랑. 아무것도 말하지 않아도 돼요. 나도 아니까."

그녀는 눈물을 삼키며 말했다. "당신은 몰라요. 어떻게 알겠어요. 난… 그 사람이…."

나는 다시 그녀를 흔들었다. "그만해요, 당장. 울지 말고요. 나도 확실히 무슨 일이 있었는지 알아요. 당신을 여기서 빼내지 않는다면 어떤 일을 당할 것인지도. 그러니 울고불고할 시간이 없어요. 계획을 세워야 해요."

그녀는 오랫동안 말이 없다가 느릿느릿 말을 시작했다. "그 말은 나를 위해 도망치겠다는 건가요? 나도 생각해봤어요. 자비로우신 하느님, 어찌 그런 생각을 했는지! 하지만 어떻게요?"

"나도 아직 몰라요. 아직은요. 하지만 방법을 생각해낼 거예요. 그래야만 하고요." 우리는 여러 가능성을 검토해보았다. 캐나다는 불과 5백 킬로미터쯤 떨어져 있었고 그녀는 뉴욕 북부 지방을 잘 알고 있었다. 사실 그녀가 알고 있는 유일한 지역이었다. 하지만 캐나다 국경은 어떤 국경보다 더욱 철통같이 지켜졌다. 해안에는 순찰선이나 레이더망이 깔렸고 땅에는 철조망과 경비병이 있었다. 경비견은 말할 것도 없다. 나도 그런 개를 훈련시킨 적이 있었는데, 아무리 악랄한 적이라도 녀석들에게 던져주고 싶지는 않을 정도였다.

멕시코는 너무 멀었다. 만약 남쪽으로 향한다면 24시간 이내에 체포될 것이다. 사정을 알고도 이 성처녀에게 피난처를 그냥 제공해줄 사람은 없고, 있다 하더라도 그런 착한 사마리아인 짓을 하다가 가차 없는 법

망에 걸리면 반역 죄인인 그녀와 함께 처형될 것이다. 북쪽으로 가는 길이 짧긴 하지만 결국 밤에 이동하고 낮에는 숨으며, 음식을 훔쳐 먹거나 굶으면서 간다는 것을 의미했다. 올버니 근처에는 주디스의 숙모가 살고 있었는데, 그녀는 숙모가 위험을 무릅쓰고서라도 국경을 건널 때까지 숨겨주리라 확신했다. "그분이라면 우릴 숨겨줄 거예요. 확실해요."

"우리요?" 아마 내 말이 바보처럼 들렸을 것이다. 그 말을 할 때까지 나는 그녀를 어떻게 탈출시켜야 하는가에만 집중한 나머지, 그녀가 나와 함께 탈출할 거라고 생각할 줄은 몰랐다.

"그럼 나 혼자 가라는 얘긴가요?"

"그게… 난 다른 방법으론 생각해본 적이 없어요."

"안 돼요!"

"하지만… 봐요. 주디스. 급한 일, 처리해야 할 일은 바로 당신을 탈출시키는 거예요. 두 사람이 같이 몰래 이동하면 혼자 다니는 것보다 발각될 위험이 몇 배나 커요. 두 사람이 가는 건 말이 안…."

"안 돼요! 그럼 난 안 가겠어요."

나도 급히 생각해보았다. 나는 아직 표현과 암시가 다를 수 있다는, 그녀에게 탈영을 하라고 하면 나도 마찬가지로 심적으로 탈영자가 된다는 사실을 깨닫지 못했다. "먼저 당신을 탈출시켜야 해요. 그게 가장 중요한 일이에요. 당신의 숙모가 어디에 사는지 말해줘요. 그리고 거기서 나를 기다려줘요."

"당신 없이는 안 가요."

"하지만 그래야 해요. 예언자가…."

"당신을 당장 잃느니 차라리 그게 나아요!"

그때 난 여자를 잘 이해하지 못했고 지금도 마찬가지다. 2분 전에는 예언자에게 몸을 바치느니 목숨을 걸고 탈출하겠다고 했다. 지금은 나와 잠시 헤어지느니 예언자를 받아들이겠다는 것이다.

"생각해봐요, 내 사랑. 우리는 아직 당신을 탈출시킬 방법도 마련하지 못했어요. 아마 우리 둘이 동시에 탈출한다는 건 거의 불가능할 거예요. 알겠어요?"

그녀는 고집스럽게 대답했다. "아마도요. 하지만 나 혼자 가는 건 마음에 들지 않아요. 그리고 어떻게 탈출시켜줄 건데요? 그리고 언제요?"

나는 다시 아직 둘 다 모른다고 말했다. 제브와 최대한 빨리 상의할 생각이었지 다른 생각은 없었다.

대신 주디스에게 생각이 있었다. "존, 당신을 여기로 데려온 성처녀 기억해요? 못 하나요? 막달레나 자매예요. 그녀에게는 다 말해도 괜찮아요. 그리고 도와줄지도 몰라요. 막달레나 자매는 정말 똑똑하거든요."

그 여자가 의심스럽다고 내가 말하려던 참에 바로 그 막달레나가 방해를 했다. "빨리요!" 막달레나는 우리 사이에 끼어들면서 말했다. "성벽으로 돌아가요!"

나는 서둘러 나가서 경비대장의 순찰에 걸리기 직전에 도달할 수 있었다. 경비대장은 우리와 암호를 확인했다. 그러고 나자 이 늙은 바보는 잡담을 나누고 싶은 모양이었다. 그는 문 앞 계단에 앉아서 쓸데없이 일주일 전에 있었던 펜싱 대회에 관해 얘기를 시작했다. 나는 마지못해 제브를 도와 가며 지루한 경비 근무를 서는 경비병답게 평범하게 대화에 참여했다.

결국, 그가 몸을 일으켰다. "이제 내 나이도 50을 넘긴 데다 계속 살도 찌고 있지. 하지만 말이야, 솔직히 내 아직도 자네들만 한 눈과 실력을 갖췄다는 걸 생각하면 흐뭇하단 말이야." 그는 총집을 바로 하고는 말했다. "이제 궁전 순찰을 계속해야겠군. 요즘은 주의에 주의를 더해도 모자라지 않는다는 말씀. 카발이란 것들이 활동을 재개했다고 하더군." 그는 회중전등을 꺼내서 복도 쪽을 비췄다.

나는 얼어붙었다. 만약 그가 복도를 살펴본다면 벽감에 숨어 있는 두 여자를 놓칠 리가 없었다.

하지만 제브는 조용히, 그리고 아무렇지도 않게 말을 꺼냈다. "잠시만요, 형제님. 저번 시합에서 한 리포스트를 다시 보여주시지 않겠습니까? 그때 너무 빨라서 제가 미처 못 봤거든요."

경비대장은 미끼를 날름 삼켰다. "안 되긴, 당연히 되지!" 그는 방이 있는 쪽으로 걸어 나왔다. "칼을 뽑게. 앙 가르드! 식스트 자세에서 칼을 교차시키게. 떨어지고 다시 공격해. 거기! 찌르기를 멈춰보게. 내가 천천히 보여주지. 자네 칼끝이 내 가슴을 노리면(가슴이라니! 반 아이크 대위는 캥거루처럼 배가 불룩해서 어디가 가슴인지 알 수도 없는데 말이다!) 칼 중앙으로 막은 후 리포스트. 여기까지는 교본에 나온 것과 같아. 하지만 난 리포스트를 끝마친 게 아니야. 이렇게 강하게 찌르고 들어가면 막든가 맞찌르기를 할 수밖에 없을 것 같지. 하지만 나는 칼끝이 다가오면 자네 칼을 쳐낸 다음." 그는 말로 묘사하면서 칼로 보여주었다. "그러고 나면 자네 머리에서 발목까지 어디라도 공격할 수 있지. 덤벼보게, 나에게 해보라고."

제브는 시키는 대로 연속 동작을 시작했다. 경비대장은 한 발 물러섰다. 제브는 다시 보여달라고 부탁했다. 동작을 계속 반복하는 동안 그들은 점점 빨라졌고, 경비대장은 제브의 칼끝을 아슬아슬하게 피하며 계속 물러섰다. 물론 마스크와 보호구도 없이 진검으로 펜싱을 하는 것은 규정에 어긋난 일이었지만 경비대장은 진정한 고수였기 때문에 제브를 장님으로 만들거나 자기가 다치지 않을 자신이 있었다. 나는 안절부절못하면서도 그 모습을 가까이서 지켜보았다. 그것은 고대에는 유용했던 무술의 아름다운 실연이었다. 제브는 더욱 세게 경비대장을 몰아붙였다.

그들은 문에서 50미터 떨어진 곳에 가서야 멈췄고 초소에 더욱 가까워졌다. 나는 경비대장이 헉헉대는 소리를 들을 수 있었다. "잘했네. 제브." 그는 헐떡이고 있었다. "정말 훌륭했어." 그러고는 다시 가쁜 숨을 쉬며 말을 이었다. "나에겐 다행히도 실제 경기였으면 이렇게 길게 끌진 않았을 테지만 말이야. 복도는 자네들이 살펴봐야겠네." 그는 몸을 돌려 경비실로 향했다. "하느님의 가호가 있기를."

"하느님이 함께하시길 바랍니다." 제브는 칼자루를 볼에 갖다 대며 펜싱의 경례를 표했다.

경비대장의 모습이 사라지자 나는 벽감으로 서둘러 돌아왔다. 여자들은 여전히 뒤쪽 벽에 붙어 있었다. "갔습니다." 나는 그들을 안심시켰다. "잠깐은 괜찮을 거예요."

주디스는 막달레나에게 이러지도 저러지도 못하는 우리 처지를 얘기했고, 우리는 속삭이며 상의했다. 막달레나는 아직 아무 결정도 내리지 말라고 강하게 조언했다. "내가 주디스의 재교육을 책임지고 있어요. 아마도 번호표를 뽑기 전에 일주일 정도는 더 늘려볼 수 있을 거예요."

"그럼 그 전에 행동을 개시해야겠군요!" 내가 말했다.

주디스는 이제 공포에서 벗어나 막달레나에게 의지하고 있었다. "걱정하지 마요, 존." 그녀는 부드럽게 말했다. "내 번호표가 그렇게 금방 다시 뽑히지는 않을 거예요. 막달레나의 말대로 하는 것이 좋겠어요."

막달레나는 콧방귀를 뀌었다. "당신이 틀렸어요, 주디스. 다시 봉사 임무로 돌아가면 당신 번호표는 생각보다 훨씬 빨리 뽑힐 거예요. 하지만 뽑히더라도 버티며 살아갈 수 있을 거예요, 나머지 사람들처럼. 내가 보기엔 그편이 훨씬 안전…." 그녀는 말을 멈추더니 문득 들리는 소리에 귀를 기울였다. "쉿! 죽은 듯이 조용히 있어요." 그녀는 조용히 빠져나갔다.

얇은 펜슬 라이트를 비추자 벽감 바로 바깥에서 웅크리고 있던 사람이 드러났다. 나는 상대가 일어나기도 전에 달려들었다. 막달레나 또한 나만큼 빨리, 쓰러진 사람의 팔을 제압했다. 그는 잠시 경련을 일으키더니 조용해졌다.

제브가 달려와서 그의 상태를 살펴보았다. "존! 막달레나!" 긴장된 목소리로 속삭였다 "대체 뭐죠?"

"우리가 스파이를 잡았어요, 제브." 내가 서둘러 대답했다. "이자를 어쩌죠?"

제브가 회중전등을 비췄다. "기절시켰어?"

"저항이 심해서 진동칼로 갈비뼈 사이를 찔렀어요." 막달레나가 어둠 속에서 조용히 대답했다.

"제길!"

"제브, 그래야만 했어요. 강철칼을 쓰지 않아서 바닥에 피가 떨어지지 않아 다행이에요. 하지만 이제 어쩌죠?"

제브는 조용히 그녀를 저주했고 그녀도 그 소리를 들었다. "시체를 돌려봐, 존. 어디 한번 보자고." 내가 시체를 돌리자 그는 다시 전등으로 비춰 보았다. "존, 이건 스노티 파셋인데." 그는 잠시 멈칫했지만 어떤 생각을 하는지 알 수 있었다. "이런 놈을 위해서 눈물을 낭비할 필요는 없지. 존!"

"네, 제브?"

"나가서 망을 봐. 누구든 오면 난 복도를 순찰하고 있다고 해. 시체를 어딘가에 버려야겠어."

주디스가 침묵을 깼다. "위층에 소각기가 있어요. 내가 도울게요."

"용감한 여자군. 가서 망봐, 존."

나는 여자가 할 일이 아니라고 반대하고 싶었지만 입을 닫고 돌아갔다. 제브가 스노티의 어깨를, 여자들이 다리를 한쪽씩 잡으니 쉽게 옮길 수 있었다. 그들은 몇 분 만에 돌아왔지만, 나에게는 영원처럼 느껴졌다. 스노티의 시체는 그들이 돌아오기도 전에 원자로 분해돼버렸으니 발각되지 않을지도 모른다. 그때는 별로 살인이라는 생각이 들지 않았고 지금도 그런 생각은 들지 않는다. 우리는 할 일을 했을 뿐이고 어쩔 수 없는 상황이었다.

제브는 퉁명스러웠다. "이거 때문에 계획이 다 틀어졌군. 10분 안에 대책을 마련하지 못하면 희망이 없어. 좋은 생각 있는 사람?"

비현실적이고 터무니없는 제안들이 오갔다. 하지만 제브는 그걸 의도한 듯 요점부터 말했다. "잘 들어, 이제 이건 주디스와 너를 곤경에서 구해낸다는 차원이 아니야. 스노티 일이 발각되면 우리 네 사람 모두 이단 심문을 받게 될 거야. 알겠어?"

"알았어요." 나도 마지못해 수긍했다.

"그런데도 아무 계획 없단 말이지?"

우리 중 누구도 대답하지 못했다. 제브는 말을 계속 이었다. "그렇다면 누군가에게 도움을 청해야 해. 그리고 도움을 얻을 수 있는 곳은 오로지 한 군데뿐이지. 카발."

3

"카발이라고요?" 나는 바보처럼 되물었다.

주디스는 공포로 숨이 막히는 듯했다. "왜… 왜죠? 그렇다면 우리의 영혼은 어찌 되라고요! 그들은 사탄을 숭배한다고요!"

제브는 그녀를 돌아보았다. "난 그렇게 안 믿어요."

주디스는 그를 쏘아보았다. "당신은 카발주의자인가요?"

"아니요."

"그렇다면 어떻게 아시나요?"

"그리고 어떻게 그들에게 도움을 청한다는 거죠?" 내가 따져 물었다.

막달레나가 대답했다. "내가 카발의 일원이에요. 제브는 알고 있지만요."

주디스는 반사적으로 그녀에게서 떨어졌지만, 막달레나는 말을 멈추지 않았다. "잘 들어요, 주디스. 당신이 무슨 생각을 하는지 잘 알고 있어요. 나 또한 교회에 반대한다는 생각만으로도 무서웠으니까요. 하지만 난 알게 되었어요. 지금 당신이 알게 된 것처럼 말이죠. 어렸을 때부터 우리를 속여온 이 속임수 뒤에 무엇이 있는지를요." 그녀는 주디스를 감싸 안았다. "우리는 악마 숭배자가 아니에요. 신에 대항하여 싸우지도 않고요. 우리는 자기가 신의 목소리라고 속이고 있는 예언자와 싸우는 것뿐이에요. 우리와 함께 가요. 싸울 수 있도록 우리를 도와줘요. 우리도 당신들을 도울 테니. 그러지 않는다면 우리는 위험을 무릅쓸 수 없어요."

주디스는 막달레나의 얼굴을 문에서 비추는 희미한 빛 아래에서 살펴보았다. "이게 전부 사실이라고 맹세하나요? 카발은 예언자에 대항해서 싸울 뿐 주님에 대항하는 것은 아니라고요?"

"맹세해요, 주디스."

주디스는 떨면서 깊게 심호흡을 했다. "주여, 우리를 인도하소서." 그녀는 속삭였다. "카발에 가겠어요."

막달레나는 재빨리 그녀에게 키스하고는 남자들을 바라보았다. "당신들은요?"

나는 즉시 대답했다. "나는 주디스의 뜻대로 하겠습니다." 그리고 나 자신을 향해 속삭였다. "주여, 맹세를 저버림을 용서하소서, 그래야만 했나이다."

막달레나는 제브를 쳐다보았다. 제브는 불편한 듯 이리저리 자세를 바꿔보다가 화난 듯이 말했다. "애당초 내가 제안하지 않았나? 우리 모두 저주받은 바보라고. 게다가 이단 심문관이 우리 뼈를 박살 낼 테고."

다음 날까지 우리는 더 대화할 기회가 없었다. 나는 이단 심문을 받는 악몽을 꾸다가 욕실에서 제브가 즐겁게 면도하며 내는 소리를 듣고 잠을 깼다. 그는 들어와 이불을 걷어내면서도 무의미한 잡담을 줄기차게 쏟아내었다. 나는 기분이 좋을 때라도 누군가가 이불을 걷어내는 걸 싫어하며 아침 식사 전의 활기도 참지 못한다. 나는 이불을 다시 끌어와 덮고 제브를 무시하려 했지만, 그는 내 팔을 잡았다. "일어나, 친구! 하느님이 주신 햇살이 아깝지도 않아? 아름다운 날이라고. 궁전을 한두 바퀴 정도 돌고 나서 찬물로 샤워라도 하는 게 어때."

나는 그의 팔을 뿌리치려고 하면서 내 신앙심의 수준을 돌아볼 만한 말을 내뱉었다. 그는 계속 내 팔을 붙잡고 집게손가락으로 불안하게 두들겼다. 나는 제브가 스트레스로 정신이 나가버렸나 했다. 그러다가 그가 모스부호로 얘기하고 있다는 사실을 알아챘다.

'자-연-스-럽-게-행-동-해.' 짧은 신호와 긴 신호가 계속되었다.

'놀-라-지-마-오-늘-오-후-휴-식-시-간-동-안-우-린-조-사-를-받-게-될-거-야.'

나는 놀라움을 숨기려 애썼다. 제브가 계속 쏟아내는 잡담에 퉁명스럽게 대답하며 일어나서, 또 다른 하루를 준비하며 원래의 상태로 돌아가 우울한 임무를 시작했다. 잠시 후 나는 그의 팔에 손을 댈 수 있는 핑계를 찾아냈고 손가락으로 두들겨서 대답했다. '알-겠-어-요.'

그날은 짜증 나고 단조로우며 비참했다. 나는 정복 행진에서 사관학교 첫 학기 이후 처음으로 실수를 했다. 일과가 끝나고 방에 돌아가자 제브는 발을 에어컨에 올려놓고 〈뉴욕타임스〉의 십자말풀이를 하고 있었다. "존, '순수한 마음'이라는 뜻의 여섯 글자짜리 단어가 뭘까?"

"알아서 뭐 하게요." 나는 퉁명스럽게 대답한 후 앉아서 갑옷을 벗었다.

"존, 내가 천국에 못 갈 거 같아?"

"아마도요. 참회를 1만 년쯤 한다면 모를까."

그때 기운찬 노크 소리가 나더니 방문이 바로 열렸다. 선임 소위이자 대위 진급 예정자인 티모시 클라이스가 고개를 들이밀었다. 그는 비음 섞인 동부 악센트로 말했다. "안녕, 너희 둘 산책이나 할래?"

내가 보기엔 이보다 더 안 좋을 때를 고를 수는 없을 것 같았다. 티모시는 거의 흔들리지 않는 인물로 부대 내에서 가장 빈틈없이 독실한 사람이었다. 제브가 말을 꺼낼 때까지도 나는 핑곗거리를 생각하는 중이었다. "우리는 마을 쪽으로 갈 건데 상관없다면. 살 게 있어서 말이야."

나는 제브의 대답에 혼란스러워하며 아직도 서류 작업 따위를 구실로 삼아보려 했지만, 제브가 먼저 말을 끊었다. "서류 작업은 괜찮을 거야. 밤에 내가 도와줄게. 가자." 난 제브가 이 일에서 도망가려고 하는 것은 아닌지 궁금해하며 따라나섰다.

우리는 하층 터널을 걸었다. 나는 조용히 걸으며 마을에 가서 제브가 티모시를 떨쳐내려는 건지 궁금했지만, 다시 제정신을 차려야 했다. 우리가 통로의 작은 모퉁이를 돌 때, 티모시는 제브와 말을 나누다가 뭔가 강조하려는 듯이 손짓을 했다. 티모시의 손이 내 얼굴 근처를 지나갈 때 나는 가벼운 스프레이를 맞았다. 그러자 앞이 보이지 않았다.

참으려 했지만 비명이 터져 나왔고, 티모시는 내 팔뚝을 세게 잡은 채 쉬지 않고 떠들어댔다. 내 기억에 통로는 오른쪽으로 굽어 있었는데 나를 잡은 팔은 왼쪽으로 안내했다. 하지만 우리는 벽과 부딪히지 않았다. 얼마 지나 눈은 다시 보였다. 티모시가 가운데서 양쪽으로 우리를 붙잡은 상태로 아까의 터널을 계속 걸어가는 것 같았다. 우리 모두 서로 아무 말도 하지 않았다. 그러다가 문 앞에서 멈췄다. 티모시가 한 번 노크를 한 다음 대답을 기다렸다.

나는 대답을 듣지 못했지만, 티모시는 말했다. "순례자 두 명을 틀림없이 인도해 왔습니다."

문이 열렸다. 우리가 들어가자 문은 조용히 닫혔다. 그곳에는 가면과 갑옷을 입은 경비병이 블래스터총을 우리에게 겨누고 있었다. 우리를 내버려두고 티모시는 다시 안쪽 문을 두드렸다. 그러자 경비처럼 무장한 가면 쓴 자가 나와서 우리를 마주했다. 그가 제브와 나에게 따로 물었다.

"당신은 진정으로 명예를 걸고 친구들에게 받은 선입관이나 돈을 목적으로 한 동기에 영향을 받지 아니하고 자유롭고 자발적으로 이 조직에 가입하겠습니까?"

우리는 둘 다 대답했다. "그러겠습니다."

"눈을 가리고 준비시키도록."

입과 코를 제외한 머리 전부를 가리는, 가죽으로 만든 눈가리개가 씌워져 턱 아래로 고정되었다. 우리는 옷을 모두 벗으라는 명령을 받았다. 나는 속옷까지 다 벗었고 소름이 돋았다. 자신감이 급격하게 떨어졌다. 사람을 무력한 느낌이 들게 하려면 옷을 모두 벗겨버리는 것만 한 일이 없다. 팔뚝에 따끔한 피하주사를 놓는 느낌이 들었다. 곧 정신이 몽롱해지기 시작했다. 더 이상 불안을 느낄 수 없었다. 왼쪽 등의 갈비뼈에 무언가 차가운 것이 느껴졌다. 나는 그 감촉만으로도 그것이 진동칼 손잡이라는 것을 알 수 있었고 스노티 파셋처럼 죽을 수도 있다고 생각했지만 놀라지는 않았다. 그런 다음 엄청나게 많은 질문이 쏟아졌는데, 나는 내 의지로 거짓말을 하거나 모호하게 표현을 할 수 없었다. 단편적으로 몇 마디는 기억했다.

"당신의 자유의지에 따라서…." "…예부터의 관습에 따라…." "…자유로운 신분으로 태어나 평판이 좋고 호감 사는 사람입니다."

활발한 토론이 오가는 동안 나는 오랜 시간 차가운 타일 바닥에 떨며 서 있었다. 나의 입단 동기에 관한 얘기였다. 나는 모든 것을 들을 수 있었고, 목숨이 달려 있다는 것도 알고 있었으며 말 한마디만 잘못하면 진동칼의 차가운 에너지가 내 심장을 파고 들리라는 예상도 할 수 있었다. 그리고 논쟁이 나에게 불리하다는 것도 알고 있었다.

그때 문득 톤이 높은 목소리가 토론에 참여했다. 나는 그게 막달레나라는 것을 알았다. 그녀가 나를 보증하고 있다는 걸 알 수 있었지만, 약효 때문에 아무래도 좋았다. 난 단지 그녀의 친근한 목소리가 반가울 뿐이었다. 칼 손잡이가 내 갈비뼈로부터 떨어졌고 다시 따끔한 피하주사를 놓는 느낌이 들었다. 그러자 몽롱한 상태에서 벗어나 기도하는 낮은 목소리를 들을 수 있었다.

"저희에게 힘을 주소서, 전능하신 우주의 아버지시여, 사랑과 구원과 진리를 그대의 성스러운 이름에 바칩니다. 아멘."

합창으로 대답 소리가 들렸다. "그렇게 되리라!"

그런 다음 그들은 아직 눈가리개를 벗지 않은 상태로 방 안을 돌게 하며 다시금 질문했다. 질문들은 본질적으로 상징적인 것이어서 내 안내인이 나를 대신하여 대답했다. 이윽고 그들은 나를 멈추게 했고 이 직위를 얻을 엄숙한 맹세를 하겠느냐고 물으며 하느님, 나 자신, 가족, 나라와 이웃에게 빚진 의무에 어떤 물질적인 간섭도 하지 않을 것이라고 안심시켜줬다.

나는 대답했다. "맹세합니다."

그러자 그들은 내 왼쪽 무릎을 꿇리더니 왼손에는 성경을 떠받치며 오른손으로는 받침대 같은 걸 붙들게 했다.

맹세를 어겼을 때의 처벌은 상상만으로도 피가 얼어붙었다. 지금 무엇을 가장 원하냐는 질문을 받았다. 나는 그 즉시 대답했다. "빛입니다!"

그러자 눈가리개가 벗겨졌다.

신참 형제로서 나머지 행사 과정을 기록한다는 건 불필요하며 적절치도 않다. 긴 행사에는 엄숙미가 있었으며 어떤 불경함이나 흔히 떠들던 악마 숭배의 흔적도 없었다. 그와는 정반대로 하느님에 대한 경외심과 형제애, 정직으로 충만해 있었고 고대로부터 내려온 원칙에 따른 가르침과 명예로운 선언, 그리고 상징적인 의미에서 도구로 이 몸을 바치겠다는 다짐이 있었다.

어쨌든 한 가지 놀랄 수밖에 없는 일이 있었다. 그들이 눈가리개를 풀어주고 내가 가장 처음 본 사람, 즉 내 앞에 서 있던 사람은 거의 비인간적인 자긍심을 얼굴에 띠고 있는 피터 반 아이크 대위였던 것이다. 그는 여전히 문장이 박힌 옷을 입고 있었다. 항상 돌아다니는 뚱뚱한 경비대장이 바로 카발의 천사부대 지부장이었던 것이다!

의식은 길고 시간은 없었다. 입단 후 우리는 회의실에 모였다. 상급 형제 하나가 주디스를 자매단에 넣는 것은 이미 부결되었으나, 그녀를 도와줄 거라고 나에게 말해주었다. 그녀는 멕시코로 빠져나갈 것이며 어떤 비밀도 모르게 하는 것이 최선이었다. 반면 제브와 나는 궁전 경비병으로서 실제적으로 쓸모가 있었기에 입단이 허가되었다.

주디스는 이미 최면술에 걸려 이단 심문을 당하더라도 작은 비밀조차 털어놓지 않게 조치되어 있었다. 상급 형제가 나더러 주디스가 다음에 번호표를 뽑기 전에 위험에서 구해낼 것이니 걱정하지 말고 기다리라 했다. 나는 그것으로 만족해야만 했다.

그다음 사흘 동안 제브와 나는 오후의 휴식 시간에 매번 다른 경로와 다른 방법을 통해서 지시를 받았다. 이 궁전을 설계한 인물 중에 우리 편한 명이 끼어 있었던 것이 분명했다. 이 거대한 건축물 여기저기에는 공식적인 설계도에는 나와 있지 않은 함정과 통로와 문이 숨겨져 있었다.

사흘이 지나자 우리는 중급 단원으로 인정받았으며 이러한 승급 속도는 위기 상황에서나 가능한 것이었다. 나는 머리가 폭발할 지경으로 노력했다. 심지어 학교에 있었을 때보다 더 열을 올렸다. 낱낱의 글자까지 완벽하게 암기해야 해서 외울 것도 엄청나게 많았다. 하지만 그동안은 걱정을 잊을 수 있었다. 우리는 스노티 파셋의 실종에 관련된 소문을 별로 듣지 못했는데, 정식 수사를 받는 것보다 더 불길한 것이 사실이었다.

보안 장교가 이 일을 주목하지도 않고 그냥 넘겨버릴 수는 없었다. 스노티 파셋이 상사에게 매일 보고할 필요가 없는 파견 임무를 맡았을 가능성보다는, 실제로 그랬듯이 우리 중 누군가를 의심하고 몰래 미행하라는 명령을 받았을 가능성이 컸다. 그런 경우 이 고요한 침묵은 단지 보안 장교가 우리를 통해 주모자를 잡으려 한다는 뜻이며, 그사이 심리 분석가가 우리의 행동을 분석했다면 제브와 나 자신이 며칠 연속으로 자유 시간에 어떤 장소에서도 발견되지 않았다는 사실을 서류에 남겼을 것이다. 만약 부대 전체가 똑같이 의심을 받는다면 우리 개인이 받게 될 의심은 다소 줄어들 것이었다.

나는 그런 문제에 대해 정통하지 않았기에 아무것도 의심하지 않고 그저 카발에서 한 말의 범위를 벗어나는 큰 사태가 발생하지 않는 데 안심하고 있었을 뿐이다. 나는 사실 '윤리의 수호자'라는 직책명도, 그들의 보안 사무실이 어디 있는지도 몰랐다. 그게 당연했다. 그저 윤리의 수호자가 존재하며 그가 대 이단 심문관이나 예언자에게 직접 보고한다는 사실을 아는 게 전부였다. 카발의 형제들이 궁전과 사원에 놀랄 정도로 속속들이 침투해 있음에도 불구하고 형제들도 나 이상으로 아는 사람은 없었다. 그도 그럴 것이 형제들 중에는 윤리의 수호자가 단 한 명도 없었다. 이유는 아주 간단했다. 카발은 형제를 선별하면서 성격, 심리적인 잠재력, 인격 등을 마치 유망한 정보 장교를 뽑는 것처럼 아주 꼼꼼하게 판단하는데 이 두 가지 타입은 절대 융화가 될 수 없었다. 수호자들은 카발의 이념에 공감을 가질 만한 사람을 절대 뽑지 않으며, 우리는… 그러니까 스노티 같은 자들을 뽑지 않는다.

심리학적 측정이 수리과학이 되기 이전에, 첩보 활동은 사람의 심리 변화를 파고들 수 있었다고 한다. 윤리의 수호자들은 결코 심적으로 변화하지 않으므로 그런 걱정이 필요 없었다. 그래서 우리의 형제단도 초기에는 소탕되거나 약화될 위기에 처했을 때 동료의 피를 흘려야 했다고 들었다. 하지만 그런 기록은 파기되기 때문에 정확히는 나도 몰랐다.

나흘째 되는 날, 우리는 그동안의 공백을 벌충하기 위해서 눈에 띌 만한 곳에 있으라고 지시받았다. 나는 자유 시간을 식당 바깥에 있는 라운지에서 보내며 잡지를 들춰보고 있었다. 그때 티모시 클라이스가 다가왔다. 그가 나에게 눈짓을 보내자 나는 고개를 끄덕였다. 티모시도 잡지를 뒤적이기 시작했다. "이런 옛날 잡지는 치과 병원에나 두라고 해. 누구 이번 주 〈타임〉 본 놈 있어?"

티모시의 불평은 온 방 안에 들렸지만 누구도 대답하지 않았다. 그는 내 쪽을 돌아보았다. "존, 네가 깔고 앉아 있는 것 같은데. 좀 일어나봐."

나는 투덜대며 일어났다. 그는 잡지를 집는 척하면서 조용히 속삭였다. "대장에게 출두."

나도 이젠 배운 게 조금 생겼기 때문에 잠깐은 잡지를 읽고 있었다. 얼마 뒤 잡지를 치우고 기지개와 하품을 한 다음 일어나서 화장실로 걸어갔다. 천천히 걸었기 때문에 방에 들어간 것은 몇 분 지나서였다. 제브와 다른 형제들은 물론이고 피터 지부장과 막달레나도 있었다. 나는 방 안에서 긴장감을 느낄 수 있었다.

내가 말했다. "부르셨습니까, 존경하는 지부장님?"

지부장은 나를 쳐다보더니 막달레나에게 눈짓했다. 그러자 막달레나가 천천히 말했다. "주디스가 체포되었어요."

다리에 힘이 빠져 서 있기가 힘들었다. 나는 소심하지도 않으며 육체적으로도 튼튼했지만, 누구든 사랑하는 가족이나 애인이 겪는 일에는 약한 법이다. "이단 심문인가요?" 나는 겨우 말했다.

막달레나의 눈은 동정으로 가득했다. "그런 것 같아요. 오늘 아침 그녀를 데려간 다음 계속 연락이 되지 않고 있어요."

"죄목은 나와 있나요?" 제브가 물었다.

"공식적으로는 없어요."

"흠, 상황이 안 좋군요."

"좋을 수도 있지." 피터 지부장은 제브의 말에 동의하지 않았다. "만약 우리가 생각하는 대로 스노티 일이라면, 어떤 증거라도 남아 있을 경우 네 명 모두 체포되었을 거야. 적어도 놈들의 수법을 생각하면 그렇지."

"하지만 우리가 무슨 일을 할 수 있죠?" 나는 다그쳐 물었다.

피터 지부장은 대답하지 않았다. 막달레나는 위로하려는 듯이 말했다. "존, 당신이 할 수 있는 일은 없어요. 경비가 너무 삼엄해서 그녀에게 접근도 못 할 거예요."

"하지만 아무것도 안 할 수는 없어요!"

피터 지부장이 말했다. "진정하게, 형제. 막달레나는 안쪽 궁전까지 출입이 가능한 유일한 사람이야. 그녀에게 맡겨두게."

나는 막달레나를 돌아보았다. 막달레나는 한숨을 쉬었다. "맞아요. 하지만 나도 별로 할 수 있는 게 없어요." 그리고 그녀는 나갔다.

우리는 기다렸다. 제브는 우리 둘이 나가서 하던 대로 여기저기 눈에 띄는 곳에 있는 게 어떠냐고 제안했지만 피터 지부장이 반대했다. "안 돼. 주디스 자매의 최면 보호가 이 고난에 버텨줄지 알 수 없네. 운이 좋아도 자네 두 사람과 막달레나는 위태로워지겠지. 그러니 여기에 있게, 안전하게 말이야. 막달레나가 할 수 있는 일을 알아내서 돌아올 때까지. 돌아오지 못할 수도 있지만." 그는 신중하게 덧붙였다.

나는 불쑥 말했다. "주디스는 절대 우릴 배반하지 않을 거예요!"

피터 지부장이 슬픈 듯 고개를 저었다. "적절한 최면 보호술이 없다면 이단 심문에서 배반하지 않을 사람은 없네. 두고 보게."

나는 곰곰이 생각에 빠져 있던 제브에게는 신경을 쓰지 않았다. 제브가 갑자기 말을 꺼내는 바람에 나는 놀랐다. "지부장님, 당신은 우리를 마치 닭처럼 여기에 가두는군요. 하지만 방금 막달레나를 함정에 들이밀었잖습니까. 주디스가 털어놓았다면 막달레나를 잡아넣을 것이 뻔하잖습니까."

피터 지부장이 고개를 끄덕였다. "물론이지. 그녀는 우리의 유일한 첩보원이니 그건 감수해야 하네. 하지만 그녀 걱정은 말게. 체포되진 않을 거야. 그 전에 자살할 테니."

그 말은 나에게 충격으로 다가오지 않았다. 주디스를 걱정하느라 무감각해져 있었던 것이다. 하지만 제브는 소리를 질렀다. "말도 안 돼요! 지부장님, 막달레나를 보내선 안 되는 거였습니다!"

피터 지부장이 조용히 대답했다. "자제하게. 감정을 조절하라고. 이건 전쟁이고 그녀도 병사야." 그리고 그는 어딘가로 가버렸다.

우리는 기다리고 또 기다렸으며 또다시 기다렸다. 이단 심문을 겪어 본 사람이 아니면 우리 심정을 모른다. 우리도 자세하게는 몰랐지만, 가끔 운 좋게 살아난 사람을 볼 수 있었다. 이단 심문관이 화형에 처하지 않더라도 보통 피해자의 정신에 상처가 남기 마련이며 종종 완전히 너덜너덜해지곤 했다.

피터 지부장은 자비롭게도 하급 형제를 시켜 제브와 내가 의식을 얼마나 외웠는지 점검하도록 했다. 제브와 나는 이 무자비한 친절함 덕에 마지못해 시키는 대로 복잡한 수사들에 집중할 수밖에 없었다. 그리고 거의 2시간이 지났다.

드디어 노크 소리가 세 번 울린 후 타일러가 막달레나를 들여보냈다. 나는 의자에서 뛰어나가 그녀에게 달려갔다. "괜찮아요?" 나는 다그쳐 물었다. "괜찮냐고요?"

"조용히 해요, 존." 막달레나가 지친 듯이 말했다. "주디스를 봤어요."

"어떤가요? 무사한가요?"

"우리가 예상하고 있었던 것보다는 괜찮아요. 정신은 아직 온전하고 아직 우릴 배반하지 않은 것 같아요. 흉터가 한두 군데는 남을 거예요. 하지만 젊고 건강하니 회복할 수 있겠죠."

나는 좀 더 알려달라고 했지만, 지부장이 말을 끊었다. "그렇다면 그들이 이미 이단 심문을 하고 있다는 얘기군. 그런데 어떻게 그녀를 만났지?"

"아, 그거요!" 막달레나는 별로 말할 가치도 없다는 듯이 말했다. "이단 심문관이 아는 사람이었어요. 서로 돕기로 한 거죠."

제브가 끼어들기 시작하자 피터 지부장이 가로막았다. "조용히 하게!" 그리고 날카롭게 말을 이었다. "대 이단 심문관이 직접 다루지 않는군. 그렇다면 이 사건이 카발 관련 사건이라고 의심하고 있진 않다는 얘기인가."

막달레나는 얼굴을 찌푸렸다. "나도 몰라요. 아마도 주디스는 심문 과정에서 꽤 일찍 기절한 것 같아요. 그러니 아직 우리 일에 관해 알아낼 시간이 없었을 수도 있어요. 어쨌건 적어도 내일까지는 그녀를 쉬게 해달라고 간청했어요. 물론 내일 다시 심문을 받을 힘을 되찾게 하라는 핑계로 말이죠. 내일 아침 일찍 다시 시작할 거예요."

피터 지부장이 주먹으로 손바닥을 쳤다. "다시 시작해선 안 돼. 위험이 너무 커! 상급 단원들은 나를 따라와! 나머지는 나가게. 막달레나 자네는 남고!"

나는 할 말을 다 하지 못하고 떠났다. 나는 필요하면 언제라도 나에게 숨으러 오라고 막달레나에게 말하고 싶었다.

그날 저녁 식사는 힘들었다. 군목이 지루한 축복을 하고 난 다음 나는 먹고 마시며 잡담에 끼어들려고 했지만, 목에 무언가가 걸려 있는 것 같아서 삼킬 수가 없었다. 옆에는 스코틀랜드인과 체로키 인디언의 혼혈인 그레이스-오브-갓 베어포라는 사람이 앉았다. 베어포는 같은 반이었지만 친구는 아니었다. 우리는 별로 얘기한 적도 없었고 언제나 그랬듯이 서로 말이 없었다.

식사 중에 베어포의 발이 내 부츠를 건드렸다. 나는 참을 수 없어서 발을 치웠다. 하지만 조금 이따가 그의 발이 다시 내 부츠를 톡톡 건드리기 시작했다.

'가만히 있어, 이 바보야.' 베어포가 모스부호로 말했다. '네가 선택되었다. 오늘 밤 너의 근무시간에 일이 있을 예정이다. 자세한 건 나중에 말하기로 하고 지금은 먹으면서 잡담이라도 해. 접착테이프를 가져가도록 해. 폭 15센티미터에 길이 30센티미터짜리로. 똑같은 내용을 나에게 다시 말해봐.'

나는 간신히 먹는 척하면서 메시지를 확인했다는 답을 베어포에게 보냈다.

4

우리의 근무는 자정에 시작되었다. 전임 근무자가 우리 초소 밖으로 사라지자마자 나는 제브에게 베어포의 메시지를 전했다. 혹시 제브에게 다음 지시 사항이 나왔는지 물었지만 그에겐 없었다. 나는 좀 더 얘기하고 싶었지만, 제브는 나보다도 신경이 곤두선 것 같았다.

그래서 나는 초소로 걸어가 근무를 하는 척했다. 그날 밤 우리의 초소는 서쪽 성벽의 북쪽 끝이었고 순찰로 중에는 궁전 입구도 포함되어 있었다. 1시간쯤 지나고 어두운 문 쪽에서 소리가 들렸다. 조심스럽게 접근하자 여자인 것을 알 수 있었다. 막달레나가 아니라 처음 보는 키 작은 여자였다. 그녀는 종이를 내 손에 건네주고는 어두운 복도로 사라졌다.

나는 제브에게 갔다. "어떡할까요? 회중전등으로 읽으면 위험할 텐데."

"열어봐."

열어보니 어둠 속에서도 빛나는 글씨로 쓰여 있었다. 눈으로 읽을 수는 있지만 감시 카메라로 보기는 힘들 정도의 밝기였다.

'벨 소리가 나자마자 근무 때 이 쪽지를 받았던 문으로 들어가라. 40걸음쯤 안쪽으로 가서 왼쪽에 있는 계단을 올라 2층으로 가라. 북쪽으로 50걸음 걸어라. 오른쪽에 조명이 있는 문이 성처녀들의 숙소인데 경비원이 지키고 있다. 경비원은 저항하지 않겠지만, 그에게 알리바이를 만들어주기 위해서 마비 폭탄을 사용해야 한다. 목표로 하는 방은 중앙에서 동서로 나 있는 복도의 끝에 있다. 문 위에 조명이 있을 것이고 자매 한 명이 보초를 서고 있다. 그 자매는 우리 편이 아니다. 완전히 제압하되 상처를 입히거나 죽여선 안 된다. 접착테이프로 입을 막고 눈을 가린 뒤 손발을 묶어라. 그녀의 열쇠를 가지고 방에 들어간 뒤 주디스를 끌어내라. 그녀는 아마 무의식 상태일 것이다. 그녀를 초소에 데려오고 경비대장이 갈 때까지 숨겨두도록.

경비병을 기절시킨 다음부터 매우 빨리 움직여야 하며 조명 때문에 누군가가 보고 경보를 울릴지도 모른다.

이 쪽지를 삼키지 말 것. 잉크에 독성이 있다. 계단 위에 있는 소각기에 집어넣어라.

주와 함께 나아가길.'

제브는 내 어깨너머로 쪽지를 읽었다. "이제 필요한 건…." 그리고 심각한 목소리로 말했다. "기적을 부르는 능력뿐이군. 무서워?"

"네."

"같이 가줄까?"

"아니요, 명령받은 대로 하는 게 좋을 거예요."

"그게 낫겠지. 피터 지부장을 안다면 말이지만. 어쨌건 난 네가 없는 사이에 누군가를 죽여야 할지도 몰라. 내가 망을 보도록 하지."

"그래야겠죠."

"자, 이제 닥치고 군인답게 행동해." 우리는 초소로 돌아갔다.

시곗바늘이 정중앙에서 조용히 만나자 나는 창을 벽에 기대어놓고 근무 시에는 착용 필수이나 이 일에는 방해만 되는 칼과 흉갑과 헬멧 등을 벗었다. 제브는 장갑 낀 손으로 내 손을 꽉 잡았다. 그리고 나는 출발했다.

둘… 넷… 여섯… 마흔 걸음. 나는 어둠 속에서 왼쪽 벽을 더듬어가며 열린 공간을 발의 느낌으로 찾을 수 있었다. 그곳에는 과연 계단이 있었다! 한 번도 와본 적이 없는 궁전 내부로 나는 이미 들어서 있었다. 어둠 속에서 걸음 수에 의지하여 움직이고 있었기에, 명령을 내린 사람이 제대로 썼기만을 바랐다. 한 층, 두 층… 있으리라고 짐작했던 맨 위 계단이 없어서 그만 넘어질 뻔했다.

소각기는 어디 있을까? 손 높이 정도에 있을 것이 분명했고 지시문에 의하면 계단의 윗부분이었다. 불을 켤 것인지 계속 찾을 것인지 생각하는데 왼손에 소각기 걸쇠가 닿았다. 나는 안도의 한숨을 쉬고 많은 사람을 위험에 빠뜨릴 증거물을 제거했다. 그리고 돌아서 가려는데 갑작스러운 공포가 찾아왔다. 방금 그것이 정말 소각기였을까? 배달용 리프트였을 수도 있지 않은가! 나는 다시 다시 더듬어 기계를 찾아 열고 손을 집어넣었다.

철장갑을 끼고 있었는데도 손이 타들어가는 것 같았다. 나는 안도하면서 손을 빼내고 지시문을 의심 없이 믿기로 작정했다. 하지만 북쪽으로 가는 길은 휘어 있었다. 명령에는 없는 사항이었다. 나는 일단 멈춘 다음 바닥에 엎드려서 모퉁이 저편을 정찰했다.

10미터도 떨어지지 않은 곳에 경비병과 문이 있었다. 아마 우리 일원이겠지만 도박을 하고 싶지는 않았다. 나는 벨트에서 마비 폭탄을 꺼내서 가장 약한 강도로 맞춘 다음 안전핀을 뽑고 다섯을 세서 닿자마자 터지도록 했다. 그런 다음 폭탄을 던지고 코너 반대편으로 돌아와 눈을 가렸다.

나는 5초를 기다린 다음 엿보았다. 경비병은 폭탄 파편에 맞아 이마에 조금 피를 흘리며 바닥에 쓰러져 있었다. 나는 서둘러 그를 타넘고 조용히 달리려고 애썼다. 성처녀들의 숙소로 가는 중앙 통로에는 어둡고 푸르스름한 야간 조명만이 빛나고 있었지만, 충분히 보일 정도였기에 통로 끝은 곧바로 찾을 수 있었다. 하지만 그곳에서 멈춰야 했다. 여자 경비원이 서서 경비하는 대신 문에 등을 맞대고 의자에 앉아 있었기 때문이다.

그녀는 자고 있는지 한 번도 고개를 들지 않았다. 그러나 그녀가 결국 나를 보는 바람에 계획을 세울 시간 따위는 없었다. 나는 그녀에게 달려들었다. 비명을 지르려는 그녀의 입을 왼손으로 막고 손날로 목의 옆쪽을 내리쳤다. 죽지 않을 만큼이었지만 점잖게 해결할 시간은 없었다. 그녀는 쓰러졌다.

테이프의 반으로 그녀의 입을 막고 나머지로는 눈을 가린 다음 그녀 옷에서 찢어낸 옷감으로 몸을 묶었다. 서둘러라, 서둘러. 보안 요원이 현관에 달린 게 분명한 감시 카메라로 의식을 잃은 경비병을 발견했을지도 모른다. 나는 허리에 매달린 열쇠고리를 찾아내고는 그녀에게 한 짓을 조용히 사과했다. 그녀의 작은 몸은 거의 아이 같았다. 주디스만큼 무력해 보일 정도였다.

하지만 그런 물러터진 동정을 베풀 시간이 없었다. 맞는 열쇠로 문을 열자 나의 주디스가 보였다. 약을 먹었는지 깊은 잠에 빠져 있었다. 내가 안아 올리자 신음 소리를 냈지만 깨어나지는 않았다. 하지만 가운이 흘러내려서 그들이 그녀의 몸에 무슨 짓을 했는지 볼 수 있었다. 나는 달려가면서도 맹세했다. 일곱 배로 갚아주리라고, 그들이 그때까지 살아 있다면 말이지만.

경비병은 아직 그곳에 그대로 있었다. 나는 들키지도 않고 아무도 깨우지 않고 나왔다고 생각하며 경비병을 지나가는데, 내 뒤쪽 복도에서 놀란 듯한 목소리가 들렸다. 왜 여자들은 밤에 잠을 자지 않는 걸까? 만약 그 자매가 침대에서 일어나지 않았다면, 잠자기 전에 해야 했을 중요한 어떤 일을 미리 해뒀다면 발각당하지 않을 수도 있었는데.

그녀를 침묵시키기엔 이미 늦었기에 무조건 달렸다. 코너를 돌아서자 반가운 어둠이 기다리고 있었고, 층계를 달려 내려가려다가 천천히 속도를 줄여야 했다. 나는 발로 더듬어 가며 층계를 한 발 한 발 내려갔다. 고함과 째지는 여자 목소리가 뒤에서 들려왔다.

1층에 내려서자마자 밤하늘을 배경으로 문이 보였다. 갑자기 모든 빛이 켜지고 비상벨이 울리기 시작했다. 나는 마지막 몇 걸음을 달렸고 피터 지부장과 거의 부딪힐 뻔했다. 그는 말없이 안겨 있는 주디스를 넘겨받아 건물 모퉁이로 바삐 걸어갔다.

그들의 멀어져가는 모습을 반쯤 정신 나간 상태로 바라보다가, 제브가 내 흉갑을 가지고 다가와 억지로 입히자 제정신이 들었다. "정신 차려!" 그가 쉿하고 소리를 냈다. "일반 경계경보는 우리보고 들으라는 거야. 넌 지금 경비를 서고 있어야 하잖아."

내가 흉갑을 입을 동안 제브는 칼을 채워주었다. 나는 헬멧을 쓴 다음 창을 들었다. 그리고 우리는 규율에 나와 있는 그대로 앞에 서서 권총을 꺼내고 안전장치를 풀었다. 우리 초소에서 울린 경보가 아니므로 다른 명령이 없다면 누구라도 통과시켜서는 안 되었다.

우리는 몇 분 동안 마치 동상처럼 서 있었다. 달려가는 사람들의 발소리와 암호를 주고받는 소리가 들렸다. 당직 사관이 잠옷 위에 흉갑을 입은 채로 우리를 지나쳐 궁전 안으로 달려갔다. 나는 하마터면 그가 암호를 대답하기도 전에 총으로 쏴버릴 뻔했다. 교체 경비조가 교체 경비대장을 선두로 달려갔다.

점점 흥분은 가라앉았다. 불은 켜진 채였지만 누군가가 경보를 끈 것이다. 제브는 대담하게도 내 귀에 속삭였다. "대체 어떻게 됐어? 일을 망친 거야?"

"맞기도 하고 아니기도 하고." 나는 그 밤잠 없는 자매에 관해서 얘기했다.

"좋아, 이제부턴 근무시간에 여자랑 노닥거리지 말아야겠다는 건 배웠겠군."

"웃기지 마요. 내가 그 자매랑 노닥거린 건 아니잖아요. 갑자기 자기 방에서 나왔다고요."

"오늘 밤 얘기가 아니야." 제브는 처량하게 말했다.

나는 입을 닥쳤다.

30분쯤 지나자 경계 근무가 끝나기 훨씬 전인데도 교대조가 터벅터벅 걸어왔다. 그들의 경비대장이 멈추라고 명령한 뒤 두 교대병이 나와서 빈자리를 채웠다. 우리는 경비실로 행진해 돌아가며 교대를 위해 두 번을 더 멈췄다.

5

우리는 행렬 그대로 차렷 자세를 한 채 경비실에서 대기 상태로 있었다. 거기서 끔찍하도록 기나긴 50분을 기다렸는데 당직 소령이 이리저리 왔다 갔다 하며 우리를 쏘아보았다. 내 뒷줄에 있던 사람이 무게중심을 다른 다리로 옮겼다. 정복 사열식에서도 별로 신경 쓰지 않는 문제이고 예언자가 그 자리에 있어도 마찬가지였다. 하지만 오늘 밤은 당직 소령이 그에게 고함을 질러댔고, 피터 반 아이크 대위가 그의 이름을 받아 적었다.

피터 대위는 그의 상관과 마찬가지로 화난 것처럼 보였다. 대위는 몇 차례 으름장을 놓더니, 내 바로 앞에 서서 경비실 전체에 울리도록 "군화에 광이 안 나잖아!"라고 비난했다. 물론 내가 일부러 광이 안 나도록 비벼댔다면 모를까 완전히 헛소리였다. 나는 아래를 보는 대신 과감히 상대의 눈을 마주 쳐다보았고 그 또한 차가운 눈빛으로 쏘아보았다.

하지만 그의 태도를 보자 제브가 알려준 음모를 꾸미는 요령이 떠올랐다. 피터 대위는 자기 부하들 때문에 창피를 당하고 실망한 장교의 모습을 완벽하게 연기했다. 만약 내가 사실은 무죄였다면 어떤 기분이 들었을까?

화를 내자. 나는 무죄이므로 화를 내기로 작정했다. 처음에는 일부러 유도된 분노였지만, 곧 우리를 신병처럼 차렷 자세로 세워놓은 데 분노하게 되었다. 그들은 우리를 이 팽팽한 대기 상태로 둠으로써 무력하게 만들 작정이었다. 만약 두 달 전이었다면 이런 상황에서 어떤 기분이었을까? 내가 아무 잘못 없다는 걸 잘 아는 만큼 불쾌하고 치욕적이었을 것이다. 마치 식권을 갖고 불평하는 천민들처럼, 혹은 식사 중 옷에 수프가 묻은 사관생도처럼 우리를 다루다니.

거의 1시간 뒤 경비 사령관이 도착했을 때 나는 분노로 입술이 질리고 있었다. 과정은 인공적이었지만 감정은 진짜였다. 나는 사령관을 좋아해 본 적이 없었다. 그는 키가 작고 눈빛이 냉정한 사람으로 거만한 데다가 부하를 쳐다볼 때 사람을 보는 것이 아니라 내면을 꿰뚫어 보듯이 보는 사람이었다. 이제 그가 우리 앞에 서더니 사제복을 벗어 어깨너머로 던져버리고 칼 손잡이에 엄지손가락을 걸었다.

경비 사령관은 우리를 째려보면서 말했다. "하늘이여, 우리를 도우소서, 주님의 천사들이군." 그는 조용히 말하다 멈춘 다음 짖어대기 시작했다. "어떤가?"

아무도 대답하지 않았다.

"이실직고해라!" 사령관이 고함을 질렀다. "너희 중 누군가는 이 일에 대해 알고 있다. 대답해! 아니면 모두 이단 심문을 받고 싶나?"

우리 줄에 서 있던 누군가가 우물거렸지만 아무도 입을 열지 않았다.

사령관은 우리를 또다시 훑어보다 나와 눈이 마주쳤고, 나도 반항적으로 되쏘아보았다. "존 라일!"

"네, 사제님."

"뭘 알고 있나?"

"제가 앉고 싶어 한다는 건 알고 있습니다, 사제님!"

그는 나를 쏘아보았지만, 곧 냉소가 눈에 떠올랐다. "내 앞에선 서 있는 게 좋을 거야. 이단 심문관 앞에 앉아 있는 것보단 나을 테니까 말이야."

하지만 사령관은 나를 지나가 다음 병사를 몰아세우기 시작했다.

그는 끝도 없이 우리를 괴롭혔지만, 제브나 내가 다른 자들보다 특별히 더 의심을 받는 것 같지는 않았다. 결국 포기하고 당직 소령에게 우리를 해산시키라는 명령을 내렸다. 나는 속지 않았다. 여기서 내뱉은 모든 말들은 기록되었을 것이고 모든 표정은 녹화되었을 것이며, 우리가 숙소에 닿기도 전에 분석가들이 과거의 자료와 교차 분석을 시작할 것이다.

그래도 제브는 정말 놀라웠다. 그는 그날 밤 사건에 대해 이것저것 떠들며 아무것도 모르는 척 추측을 하면서 숙소에 닿기도 전에 결론을 내렸다. 나는 내가 생각하기에 적절한 반응으로 대답하며 우리가 당한 일에 대해 투덜거렸다. "우리는 장교이자 신사라고. 죄목이 뭐든 간에 우리가 유죄라고 생각했다면 정식 기소 절차를 밟았어야지."

나는 여전히 불평을 해대며 침대에 들었지만 걱정이 되어 잠이 오지 않았다. 주디스는 어딘가 안전한 장소에 갔으리라고 위안했다. 아니라면 당국이 모를 리가 없었다. 불안에 뒤척이다가 결국 잠에 빠져들었다.

누군가가 나를 건드리는 느낌이 들어 즉시 잠에서 깨었다. 하지만 카발에서 서로를 알아볼 수 있는 비밀의 악수법으로 내 손을 쥐자 안심했다. "조용히." 처음 듣는 목소리가 내 귀에 속삭였다. "자넬 보호하기 위해서 특수한 처치를 해주겠어." 팔에 따끔한 주삿바늘이 느껴진 지 몇 초 만에 긴장이 풀려 몽롱해졌다. 목소리는 계속 속삭였다. "너는 오늘 경비 근무에서 특별한 것은 아무것도 보지 못했다. 비상벨이 울릴 때까지 아무런 일도 없었다…." 목소리가 언제까지 계속되었는지는 기억나지 않았다.

나는 누군가가 거칠게 흔드는 바람에 두 번째로 깨어났다. 나는 베개에 머리를 파묻고 말했다. "꺼져버려! 아침은 안 먹을 거야."

그러자 누군가가 내 견갑골을 때렸고 나는 눈을 끔뻑거리며 일어나 앉았다. 방에 무장한 병사가 들어와 블래스터총을 뽑아 나를 겨누고 있었다. "따라와!" 나와 가장 가까운 곳에 있던 자가 명령했다.

그들은 천사부대의 제복을 입고 있었지만, 부대의 문장은 없었다. 네

명 모두 검은색 마스크를 쓰고 눈만 바깥으로 내놓고 있었다. 그것으로 누구인지 알 수 있었다. 대 이단 심문관의 대리인들이었다.

이런 일이 내게 닥치다니 믿을 수가 없었다. 항상 올바르게 처신해왔고 깊은 신앙심을 보여왔으며 어머니의 자랑이었던 나, 존 라일에게 말이다. 아니야! 이단 심문은 무서웠지만 죄지은 자들에게나 무섭지 존 라일에게는 아니었다.

하지만 그 마스크를 보았을 때 토할 듯한 공포와 함께 난 이미 죽은 목숨이라는 것을 알았다. 죽을 순간이 왔으며 결국 깨지 못할 악몽이라는 사실도.

그래도 아직 죽지 않았다. 내 마음속 어딘가에서 분노를 가장할 용기가 솟아났다. "여기서 뭐 하는 겁니까?"

"따라오도록." 얼굴 없는 목소리가 다시 말했다.

"영장을 보여주시오. 아무 때나 쳐들어와서 자고 있는 장교를 끌어낼 권리 따윈 없소!"

그들의 지휘관은 권총을 쥔 손으로 신호를 보냈다. 그러자 두 명이 내 팔을 잡고 문으로 끌고 나갔다. 네 번째 사람은 뒤에 떨어져 서 있었다. 하지만 나는 힘이 센 편이었고 순순히 끌려 나갈 생각은 없었다. "옷 입을 시간은 줘야 하는 것 아닙니까? 무슨 비상사태가 일어났는지는 몰라도 반나체로 이렇게 끌고 갈 권리는 없잖소! 내 직위에 맞는 복장을 갖출 권리가 있습니다."

놀랍게도 항변이 먹혀들었는지 지휘관은 멈췄다. "좋아. 빨리 갈아입도록!"

나는 서두르는 척하면서 부츠의 지퍼가 잘 안 올려진다는 둥 하나하나를 걸칠 때마다 시간을 끌었다. 제브에게 메시지를 남길 수단은 없을까? 형제들에게 내가 무슨 일을 당하고 있는지 알릴 방법은 없을까?

그러다가 아이디어가 떠올랐다. 좋은 생각은 아니었지만 적어도 지금 당장 실행할 수는 있는 일이었다. 나는 옷장에서 필요한 옷과 필요치 않은 옷, 그리고 스웨터까지 마구 끌어냈다. 내가 입어야 하는 옷을 집는 중에 나는 스웨터의 소매에다 형제들에게 보내는 최대 비상사태를 의미하는 표지를 남겨두었다. 그리고 떨어진 옷을 주워서 옷장에 넣기 시작했다. 지휘관은 즉시 권총을 내 갈비뼈에 들이대고는 말했다. "내버려둬. 옷은 다 입었잖아."

나는 포기하고 아무 의미도 없는 옷들을 바닥에 떨어뜨렸다. 스웨터는 그 의미를 알 수 있는 사람이 볼 수 있도록 펼쳐두었다. 그들과 함께 가면서 나는 제브에게 보내는 이 메시지를 방 정리하는 하인이 와서 치우지 않게 해달라고 기도했다.

그들은 안쪽 궁전에 다다르자마자 내게 눈가리개를 씌웠다. 여섯 층을 내려갔고 내 계산에 그곳은 지하 4층이었다. 그곳에는 숨 막히는 정적으로 가득 찬 방이 기다리고 있었다. 눈가리개가 벗겨지자 나는 눈을 끔뻑거렸다.

"앉게, 젊은이. 편히 앉아." 나는 대 이단 심문관의 얼굴을 직접 보고 있다는 것을 깨달았다. 그는 마치 콜리견 같은 눈으로 친근한 웃음을 띠고 있었다.

그가 점잖은 목소리로 이어서 말했다. "무례하게도 따뜻한 침대에서 자네를 끌어내와서 미안하네만, 우리의 신성한 교회를 위해서 필요한 정보가 있네. 말해보게, 젊은이. 주님을 두려워하나? 아, 물론 그렇겠지. 자네의 신앙심은 잘 알려져 있네. 그렇다면 아침 식사에 늦더라도 나를 좀 도와줘도 괜찮겠지. 주님의 크나큰 영광을 위해서 말일세." 그는 주변에 있던 검은 로브를 입은 보조 심문자에게 고개를 돌려 말을 했다. "준비시키게. 점잖게 해주길 바라네."

그들은 신속하고도 거칠게 나를 다루었지만 고통은 없었다. 마치 생명이 없는 기계를 조작하듯이 내 몸을 다루었다. 상체를 벗기고 고무로 된 줄로 발을 묶고는 양 주먹에 전극을 붙였다. 팔뚝과 관자놀이, 목에도 마찬가지로 전극을 붙였다. 왼쪽 벽에 있는 조종 장치 옆에 있는 자가 이것저것 조정을 하고 스위치를 올리자, 반대쪽 벽에 내 몸속이 어떻게 돌아가고 있는지 보여주는 영상이 나타났다.

작은 빛이 내 심박수에 따라 춤추고 있었고 화면의 지그재그로 구부러진 선이 내 혈압의 변화를 보여주었으며 어떤 것은 내 호흡을 보여주고 있었다. 다른 것들은 뭘 가리키는지 알 수 없었다. 나는 고개를 돌려 1부터 10까지 자연로그값을 기억하려고 애썼다.

"우리의 방법을 이제 알겠지, 젊은이. 효율적이고 신사적이야. 그게 우리 신조이기도 하지. 자, 말해보게. 그녀를 어디 숨겼나?"

나는 8의 로그값에서 멈췄다. "누구를 말입니까?"

"왜 그랬지?"

"죄송합니다, 사제님. 하지만 제가 무슨 짓을 했다는 것인지 잘 모르겠습니다."

누군가가 뒤에서 나를 세게 때렸다. 벽의 빛들이 흔들리기 시작하자 이단 심문관은 꼼꼼히 살펴보았다. 그리고 조수에게 말했다. "주사해."

또다시 주삿바늘이 피부를 꿰뚫었다. 그들은 약효가 돌 때까지 나를 쉽게 내버려두었다. 나는 로그값을 기억해내며 그 시간을 보냈다. 하지만 그것도 곧 불가능해졌다. 졸리고 나른해졌으며 무슨 일이든 이제 될 대로 되라는 느낌이었다. 주위 환경에 어린아이 같은 호기심이 들긴 했지만 두렵지는 않았다. 이단 심문관의 부드러운 목소리가 내 몽상을 깨고 들어왔다. 어떤 질문이었는지 기억나지는 않지만 생각나는 대로 대답한 것은 기억난다.

얼마나 시간이 지났는지 알 수 없었다. 그들은 다시 주사를 놓아 나를 무자비한 현실로 되돌려놓았다. 이단 심문관은 별로 심하지 않은 멍과 오른쪽 팔뚝에 난 자주색 점을 살펴보았다. "이건 무엇 때문에 생겨났나, 젊은이?"

"모르겠습니다. 사제님." 그건 진실이었다.

그는 안됐다는 듯이 고개를 내저었다. "순진한 척하지 말게, 젊은이.

내가 순진하다고 생각지도 말고. 내가 설명해주지. 자네 같은 죄인들은 주님께서 언제나 승리하신다는 것을 깨닫지 못하더군. 우리의 방법은 사랑과 친절에 기반을 두었지. 돌이 땅으로 떨어지는 것이 확실한 사실이듯이 이 또한 확실하네.

먼저 우리는 죄인에게 주님에게 투항하고 그의 마음에 남아 있는 마지막 선함에서 우러나오는 대답을 하도록 권한다네. 이런 방법이 실패할 경우, 바로 자네처럼 말이야. 그럴 때는 주님이 우리에게 주신 방법을 써서 무의식을 연다네. 보통 심문은 거기서 끝나기 마련이지. 사탄의 사도가 우리보다 먼저 다가가서 성스러운 마음의 영역에 손을 대지 않았다면 말이야.

방금 나는 자네의 마음을 살펴보고 돌아왔네. 그곳에는 칭찬할 만한 것도 많았지만 나는 다른 죄인이 세운 벽 뒤의 탁한 어둠도 찾아내었지. 그리고 내가 필요한 것, 교회가 필요로 하는 것은 바로 그 벽 뒤에 있었네."

아마도 내가 속죄하는 것처럼 보였는지, 아니면 기계들의 빛이 나를 그렇게 보이게끔 했는지, 그는 슬픈 듯이 웃으며 말을 계속했다. "사탄이 만든 어떤 벽도 주님을 막을 수는 없다네. 우리가 그러한 걸림돌을 만나게 되면 두 가지 중에 선택할 수 있지. 시간이 있다면 그 벽을 조심스럽고 섬세하게, 벽돌 하나하나를 들어내 가며 없애서 자네 정신에 어떤 결함도 가지지 않게 할 수 있네. 시간이 많았다면 정말 좋았을 것이야. 정말이네. 자넨 근본적으로 착한 사람이니까, 존 라일. 자네는 그 죄인들과 같은 부류가 아니니까.

하지만 영원은 길고 시간은 모자란 법이지. 그래서 두 번째 방법이 있네. 무의식에 존재하는 거짓으로 된 방어벽을 무시하고 주님의 깃발이 이끄는 대로 의식적인 정신을 곧바로 공격해 들어가는 것이지." 그는 다른 쪽을 쳐다보았다. "준비시키도록."

그의 얼굴 없는 부하들이 금속 헬멧을 내 머리에 고정시켰고 조종 장치에서 무언가 조정을 하는 것 같았다. "자, 보게. 존 라일." 그는 벽의 도표를 가리켰다. "인간의 신경계는 어느 정도 근본적으로 전기적임을 잘 알고 있겠지. 뇌의 해부도가 보이나. 아래쪽의 시상을 대뇌피질이 감싸고 있지. 각 감각 중추는 보다시피 표시가 되어 있네. 자네 뇌의 전기역학적 특성은 이미 분석을 끝마쳤네. 이런 말을 해서 미안하지만, 자네의 정상 감각에 다른 전기신호를 보낼 필요가 있네."

그는 나에게서 물러서더니 다시 나를 돌아보았다. "어쨌거나 존 라일, 내가 자네를 직접 심문하기로 했네. 이 단계에서 주님의 위업에 경험이 없는 조수들이 기술에 열중한 나머지 이따금 죄인들에게 예기치 않은 결과를 낳기도 하기 때문이지. 자네에게 그런 일이 일어나길 바라진 않아. 자넨 그저 길 잃은 어린양이며 난 자네를 구해주고 싶기 때문이지."

내가 말했다. "감사합니다. 사제님."

"나에게 감사하지 말고 내가 섬기는 주님께 감사드리게. 그리고 말이야." 그는 살짝 얼굴을 찌푸리더니 말을 이어나갔다. "정신에 대한 이 정면 공격은 필요하기는 하지만 어쩔 수 없이 고통스럽지. 날 용서해주겠나?"

나는 순간적으로 주저했다. "용서해드리지요."

그는 벽의 빛을 바라보더니 빈정대는 투로 말했다.

"거짓이군. 하지만 자네의 거짓말을 용서하겠네. 좋은 의도로 한 거짓 말이니까 말이야." 그는 말이 없는 조수들에게 고갯짓했다. "시작하라."

빛이 일어나 눈이 보이지 않았고 귀에는 폭음이 부딪혔다. 오른쪽 다리에는 경련이 일더니 끝없이 조이는 고통이 밀려왔다. 목이 수축했다. 숨이 막히고 구토가 나오려고 했다. 무언가가 명치를 때리자 몸이 구부러지고 숨을 쉴 수가 없었다. "그녀를 어디에 숨겼나?" 소음이 낮고 부드럽게 시작하여 더 고음으로, 더욱더 큰소리로 들려왔다. 그것은 천 개의 무딘 톱으로 썰어대는 소리와 백만 개의 석필이 긁어 대는 소음이 되었고 끔찍한 비명으로 변해 이성의 얇은 벽을 부수기 시작했다. "누가 자넬 도왔나?" 가랑이 사이에서 고통스러운 열기가 느껴졌으나 피할 방법도 없었다. "왜 그런 일을 했나?" 온몸이 참을 수 없이 가려웠다. 긁으려고 해봤지만 팔이 움직이지 않았다. 가려움은 고통보다도 참기 힘들었다. 긁을 수만 있다면 차라리 고통을 선택하리라. "그녀는 어디에 있나?"

빛… 소리… 고통… 열기… 경련… 냉기… 낙하… 빛 그리고 고통… 냉기와 낙하… 역겨움과 소음. "주님을 사랑하나?" 타는 듯한 열기와 찌르는 듯한 냉기… 고통과 비명이 터져 나오게 하는 고통…. "그녀를 어디로 데려갔나? 누가 또 가담했지? 포기하고 자신의 영혼을 구하게." 고통과 암흑에의 끝없는 무방비.

아마 난 기절했던 것 같다.

누군가가 내 입 주위를 쳤다. "일어나라, 존 라일. 그리고 자백해! 제브 존스는 벌써 널 넘겼어."

나는 눈을 끔뻑하면서 아무 말도 하지 않았다. 멍한 상태인 것처럼 연기할 필요도 없었고 연기할 수도 없었다. 하지만 그 말은 엄청난 충격이었고 나는 머리를 빠르게 돌려 제대로 된 생각을 하려고 했다. 제브? 제브 선배? 불쌍한 제브 선배! 최면요법을 그에게도 시술할 만한 시간이 있었단 말인가? 그때는 제브가 고문에 무너졌다고는 생각지도 못했을뿐더러 단순히 그의 무의식을 이단 심문관이 들여다봤으리라고 생각했다. 난 제브가 이미 죽었는지 궁금해졌다. 그리고 내가 그를 이 일에 끌어들였다는 것을 기억해냈다. 그의 반대에도 불구하고 말이다. 나는 그의 영혼을 위해 기도했고 나를 용서해주기를 기도했다.

또다시 뺨을 얻어맞고 머리가 흔들렸다. "정신 차려! 내 말을 알아듣겠나, 제브 존스가 자네의 죄를 밝혔네."

"무엇을 밝혔다는 겁니까?" 나는 웅얼거렸다.

대 이단 심문관은 보조에게 물러서라고 한 다음 내게 기대서서 걱정이 가득 찬 친절한 얼굴로 말했다. "부디, 젊은이, 자백하게. 주님을 위해서. 그리고 나를 위해서 말일세. 동료 죄인들이 범한 죄에도 불구하고 자넨 그들을 보호하려고 용감히 애썼네. 하지만 그들은 자네를 저버렸고 자네의 굳건한 용기는 이제 아무런 의미도 없게 된 걸세. 하지만 이것으로 자네의 영혼을 심판할 생각은 없네. 자백하게. 그러면 용서를 받은 채로 죽음을 맞이할 수 있을 거야."

"그렇다면 절 죽일 생각인가요?"

심문관은 아주 조금 짜증스러워하는 얼굴이었다. "그렇게 말하진 않았네. 자네가 죽음을 두려워하지 않는다는 것을 잘 알지. 자네가 두려워해야 하는 것은 죽고 난 다음에 그 원죄를 짊어진 상태에서 창조주를 뵈어야 한다는 것이네. 마음을 열고 고백하게."

"물론 그렇겠지요. 하지만 저는 아무것도 자백할 것이 없습니다."

그는 돌아서서 가버리며 낮고 점잖은 목소리로 명령을 내렸다. "계속하라. 이번에는 기계적인 방법으로. 뇌를 태워버리고 싶진 않으니까."

'기계적인 방법'이라고 한 말이 어떤 뜻인지 자세하게 설명함으로써 쓸데없이 불쾌함을 주고 싶지는 않다. 그 방법은 중세 시대에서 근대까지 내려오는 고문 기술과 별로 다르지 않았다. 인간 신경계와 행동심리학에 대한 지식이 더해져 조금 더 세련되어지긴 했지만 말이다. 게다가 심문관과 그의 조수들은 어떤 가학적인 쾌락에서도 벗어나 있는 것처럼 행동했고 그 덕에 꽤 능률적이었다.

하지만 자세한 것은 건너뛰자.

얼마나 고문이 이어졌는지 알 수 없었다. 나는 반복적으로 기절했음이 분명하다. 가장 기억나는 장면은 얼음물에 얼굴을 처박힌 것이었다. 한 번도 아니라 여러 번, 마치 계속 반복되는 악몽처럼. 그리고 그다음엔 언제나 피하주사가 찾아왔다. 나는 깨어 있을 때 어떤 중요한 것도 말하지 않은 것 같다. 기절해 있을 때도 무의식 최면술이 보호했을 것이다. 저지르지도 않은 죄를 거짓말로 고백하려 들기도 했다. 무슨 거짓말이었는지는 기억하지 못하지만 말이다.

반쯤 정신 나간 상태에서 이단 심문관이 말하는 것을 들을 수 있었다. "더 버틸 수 있어. 저놈 심장은 튼튼하거든."

*

　나는 오랜 시간 의식을 잃고 있다가 긴 잠에서 벗어나듯 결국 깨어났다. 몸 여기저기가 뻣뻣했고 침대에서 몸을 움직이자 옆구리가 아팠다. 눈을 뜨고 주위를 둘러보았다. 나는 창문도 없는, 작지만 밝은 분위기의 방 침대에 누워 있었다. 간호사복을 입은 상냥한 얼굴의 젊은 여성이 내 곁으로 다가와 맥박을 재었다.

　"안녕하세요."

　"안녕하세요." 그녀가 대답했다. "어떠세요? 괜찮아졌나요?"

　"무슨 일이 있었죠?" 내가 물었다. "이제 끝났나요? 아니면 그냥 쉬는 시간인가요."

　"조용히 하세요." 그녀가 부드럽게 타일렀다. "당신은 아직 쇠약하니까 입을 열지 마세요. 하지만 모든 것은 끝났어요. 이제 형제들 곁에서 안전한 상태예요."

　"구출된 건가요?"

　"네, 자, 이제 조용히." 그녀는 내 머리를 받치고 마실 것을 마시게 도와주었다. 나는 다시 잠에 빠져들었다.

　무슨 일이 생겼는지 알 수 있을 정도로 호전되기까지 며칠이 걸렸다. 내가 깨어난 병원은 뉴예루살렘의 백화점 지하에 있는 구조물 중 하나였다. 이곳과 궁전의 카발 지부 사이에는 지하 통로가 연결되어 있었지만 나는 정신이 없는 상태였기 때문에 어디를 어떻게 통과했는지도 기억하지 못했다.

　내가 면회가 가능할 만큼 회복이 되자마자 제브가 나를 찾아왔다. 나는 침대에서 일어나려고 했다. "제브! 제브, 난 선배가 죽은 줄 알았어요!"

　"누구, 내가?" 그는 다가와서 내 왼손을 잡고 흔들었다. "왜 그런 생각을 했어?"

　나는 이단 심문관이 했던 거짓말을 그에게 들려주었다. 그는 고개를 저었다. "나는 체포되지도 않았어. 네 덕분에 말이야, 친구. 존, 이제 널 절대 얼뜨기라고 놀리지 않을게. 만약 네가 스웨터로 신호를 보낸다는 기발한 생각을 못 했거나 내가 그걸 못 읽었다면 우리 두 사람 모두 잡혀 들어갔을 테고 아마 다 죽었을 거야. 어쨌거나 난 그걸 읽자마자 피터 지부장에게 바로 달려갔지. 그는 나보고 카발에 숨어 있으라고 하고는 구출 계획을 짰어."

나는 어떻게 나를 빼내 올 수 있었는지 묻고 싶었지만 내 마음은 그보다 훨씬 중요한 질문으로 건너뛰었다. "제브, 주디스는 어디 있죠? 그녀를 찾아서 데려와주지 않겠어요? 간호사는 웃으면서 그냥 쉬라고만 하네요."

그는 놀란 것 같았다. "아무 말 안 해줬어?"

"뭘 말해요? 아니요, 난 간호사랑 의사들만 봤고 그들은 나를 바보 취급하더라고요. 안달 나게 하지 말고요, 제브. 무언가 잘못됐나요? 그녀는 괜찮아요?"

"아, 물론이지! 하지만 그녀는 지금쯤이면 멕시코에 가 있을 거야. 이틀 전에 받은 비밀 정보 보고에 의하면 말이야."

몸이 정상이 아닌 탓인지 나는 울 뻔했다. "가버렸다고! 이런 제기랄! 내가 깨어나서 안녕이라고 할 때까지 기다리지도 못한 거죠?"

제브가 재빨리 대답했다. "이봐, 얼뜨기… 아니, 더 이상 얼뜨기가 아니지. 이봐, 친구. 너의 날짜 관념이 뒤죽박죽되어버린 거야. 그녀는 네가 구출되기도 전에 떠났어. 우리가 널 구출할 수 있을지 없을지 확신하기도 전에 말이야. 형제들이 너한테 작별 인사나 하라고 그녀를 다시 데려올 수는 없다는 건 알지?"

나는 곰곰이 생각해본 후 진정했다. 일리 있는 말이었다. 실망스러웠지만 말이다. 제브는 주제를 바꿨다. "기분은 어때?"

"아, 꽤 괜찮아요."

"의사들이 깁스는 내일 떼어낸다고 하더군."

"그래요? 나에겐 아무 말도 안 했는데." 나는 편안해지고 싶어서 몸을 뒤틀었다. "이 코르셋에서 벗어나고 싶어 죽겠는데 의사 말로는 몇 주는 더 하고 있어야 한다더군요."

"손은 어때? 굽혀져?"

나는 굽혀보았다. "잘 되네요. 한동안은 왼손잡이로 살아야겠지만요."

"어쨌거나 넌 정말 질긴 놈이야. 그건 그렇고 들으면 위안이 될지 모르겠는데, 주디스를 고문한 놈도 널 구출하는 도중에 죽었어."

"그래요? 유감이네요. 언젠가 직접 손보려고 하던 참인데요."

"그렇겠지. 하지만 먼저 줄부터 서야 할걸. 그놈이 살아 있었다면 말이야. 많은 사람들이 그놈을 원했거든. 예를 들어 나부터."

"하지만 나는 좀 특별한 걸 생각하고 있었어요. 자기 손톱을 씹어 삼키게 만들 참이었죠."

"자기 손톱을 씹어 삼켜?" 제브는 어리둥절해 했다.

"팔뚝까지요. 알겠어요?"

"아하." 제브가 심술궂게 웃었다. "별로 독창적인 방법은 아니군. 하지만 그놈은 죽었고 건드릴 이유도 없지."

"그놈에겐 그게 차라리 복 받은 거죠. 제브, 왜 그놈을 직접 해치우지 않았어요? 아니면 너무 서둘렀나 보죠?"

"나? 난 구출 작전엔 끼지도 못했어. 탈출한 이후로 궁전에 가보지도 못했는걸."

"네?"

"내가 아직도 보직에 있다고 생각했어?"

"별로 생각할 시간이 없었네요."

"체포를 피한 다음에 다시 돌아갈 수는 없었지. 완전히 그만둔 거야. 아니지, 나의 자랑스러운 형제여, 너와 나는 공식적으로 미합중국 육군의 탈영병이 되었고 나라 안의 모든 경찰과 모든 집배원이 우릴 신고해서 상금을 받으려고 눈에 불을 켜고 있다는 거지."

나는 가볍게 휘파람을 불면서 제브의 말뜻을 생각했다.

6

나는 충동적으로 카발에 가입했다. 확실히 주디스를 만나 사랑에 빠지고 나서 벌어진 여러 사건으로 인해서 그때껏 숙고해볼 시간이 없었다. 나는 철학적인 이유에서 교회와 결별한 것이 아니었다.

물론 카발에 가입한다는 것은 내 과거와의 단절을 의미한다는 것을 논리적으로는 이해하고 있었다. 하지만 아직 감정적으로 와 닿지는 않았다. 신사로서, 또 장교로서 제복을 입지 못한다는 것이 과연 어떤 것일까? 나는 거리를 걷고 공공장소에 들어갈 때 사람들이 보내는 시선을 느끼며 스스로를 자랑스럽게 생각하곤 했다.

이제 그 생각을 지워버렸다. 이미 엎질러진 물이었다. 돌아간다는 건 있을 수 없는 일이다. 나는 우리가 이기거나 반역죄로 화형당할 때까지 카발에 있을 것이다.

그런 생각을 하는 나를 제브가 쳐다보고 있었다. "다리가 떨려오기라도 하나 보지, 존?"

"아니요. 하지만 아직 적응하는 중이에요. 많은 일이 너무 빨리 일어나서요."

"나도 알아. 뭐 이젠 퇴직 연금하고 웨스트포인트 사관학교 시절의 성적 같은 건 잊어버려도 되겠지." 제브는 사관학교 졸업 반지를 빼서 공중에 한 번 튕겨보더니 주머니에 넣었다. "하지만 이제 할 일이 있어, 친구. 그리고 이번 일 또한 군사적인 일이지. 그것도 진짜 전투 말이야. 개인적으로 구두에 침 뱉어서 광내는 것도 질렸고, '주목!'이라든가 '장교들 집합하라!' 혹은 '경비병, 오늘 밤은 어떤가?' 같은 헛소리도 다시는 듣고 싶지 않아. 형제들은 우리 재능을 제대로 살려줄 거야. 여기선 전투가 진짜로 중요하니까 말이야."

피터 지부장도 이틀 후에 나를 보러 왔다. 그는 침대 모서리에 앉아서 배 위에 손을 깍지 끼고는 나를 바라보았다. "괜찮아졌나?"

"의사가 허락만 한다면 일어날 수 있습니다."

"좋아. 우리는 일손이 부족하거든. 훈련된 장교가 환자 목록에서 빠질수록 좋은 거지." 그는 잠시 멈추더니 입술을 깨물었다. "하지만 젊은이, 자네를 어떻게 써먹어야 할지 모르겠네."

"네?"

"솔직히 애당초 자네는 형제단에 들여보내서는 안 되는 거였지. 사랑에 빠졌다고 명령 체계가 교란돼서는 안 되니까. 동기 부여에 혼란이 오면 잘못된 판단을 내리기 마련이지. 자네를 받아들인 이후로 우리는 두 번이나 출격해야 했고 우리가 얼마나 힘을 가졌는지 적에게 보여줄 수밖에 없게 되었어. 엄밀하게 군사적인 견지에서 보자면 두 번 다 있어서는 안 되는 일이었지."

나는 대답하지 않았다. 대답할 말도 없었다. 그의 말이 옳았다. 내 얼굴은 부끄러움으로 달아올랐다.

"부끄러워하지 말게." 그가 친절하게 말했다. "가끔은 반격을 해주는 것도 형제들의 사기 진작에 도움이 되니까. 문제는 자네를 어찌할 것인가 하는 점일세. 자네는 용감한 친구지만, 우리가 싸워서 쟁취하고자 하는 자유와 인간의 존엄성을 진실로 이해하고 있는지 의문이 드네."

나는 거의 망설이지도 않았다. "지부장님, 저는 별로 머리가 좋은 사람도 아니고 주님도 그 사실을 아십니다. 정치에 대해서는 별로 생각해본 적도 없습니다. 하지만 지금 제가 어느 편인지는 확실하게 알고 있습니다!"

그는 고개를 끄덕였다. "그 정도면 충분하네. 누구에게나 톰 페인이 되라고 할 수는 없는 노릇이지."

"톰 페인요?"

"토머스 페인. 들어본 적도 없을 테지. 기회가 있으면 도서관에서 찾아보게나. 용기와 영감을 주는 글들을 썼지. 자, 이제 자네의 배치가 남왔군. 자네를 이곳 서류 업무에 배치하기는 쉽겠지. 자네 친구 제브는 하루 16시간이나 일하면서 우리의 서류 체계를 고치려고 하고 있다네. 하지만 자네들 두 사람을 사무직에나 낭비할 수는 없어. 자네가 가장 잘하는 분야는 무엇인가, 전문 분야 말일세."

"저는 아직 전문 분야가 없습니다."

"나도 알아. 하지만 어떤 분야를 잘했나? 응용 기적학이나 군중 심리학은 어땠지?"

"기적학은 그럭저럭 잘했지만, 심리 역학을 잘하기엔 너무 융통성이 없었던 것 같습니다. 가장 잘하는 과목은 탄도학이었습니다."

"뭐, 모든 것을 가질 수는 없는 노릇이지. 사기 진작과 선동 전술 기술자가 필요하지만 자네가 못한다면 못하는 거겠지."

"제브는 군중 심리학에서 계속 1위를 차지했습니다, 지부장님. 지휘관은 그에게 사제직을 노려보라고 다그쳤죠."

"나도 알고 그를 이용하겠지만 여기서는 안 되네. 그는 막달레나 자매와 너무 얽혀 있거든. 난 커플이 같이 일하는 것은 안 된다고 믿네. 위기의 순간이 오면 판단을 그르칠 수가 있거든. 이제 자네 문제인데, 난 자네가 암살자가 되면 어떨까 하고 생각하네만?"

피터 지부장이 심각한 질문을 아무렇지도 않게 꺼냈기에 나는 그 말을 믿을 수가 없었다. 지금껏 암살이란 형용할 수조차 없을 정도의 중대한 원죄라고 배워왔다. 근친상간이나 신성모독같이 말이다. 나는 불쑥 말했다. "형제단이 암살도 하나요?"

"음? 왜, 안 되나?" 피터 지부장이 내 얼굴을 찬찬히 살펴보았다. "계속 잊고 있었군. 존, 만약 기회가 된다면 대 이단 심문관을 죽이겠나?"

"네, 물론이죠. 하지만 정정당당한 싸움에서 죽이고 싶습니다."

"자네 생각엔 그런 기회가 주어지리라고 생각하나? 자, 이제 주디스 자매가 그에게 체포되었던 날로 돌아가보세. 그를 죽여서 멈추게 할 수 있지. 하지만 독살하거나 뒤에서 칼로 찌르는 수밖엔 없을 거야. 자네라면 어쩌겠나?"

나는 사납게 대답했다. "그를 죽였을 겁니다."

"그러고 나서 수치심이나 죄의식을 느꼈겠나?"

"전혀요!"

"보게. 그는 악당 중 한 명일 뿐이네. 고기를 먹는 사람은 도살자를 비웃어선 안 돼. 이 나라의 모든 주교, 모든 사제, 이 폭군에게서 혜택을 받은 모든 사람, 정점에 선 예언자에 이르기까지 모두 이단 심문관이 행하는 살인이라는 범죄의 공범이야. 죄를 묵인하고 그 죄의 결과물을 탐닉한다면 똑같이 죄인인 걸세. 알아듣겠나?"

이상하게 들리겠지만 나는 알아들을 수 있었다. 이것은 내가 배워왔던 정통 교리였다. 하지만 나는 이런 새로운 해석에 숨이 막히지 않을 수 없었다. 피터 지부장은 얘기를 계속했다. "하지만 우리는 복수를 권장하지는 않네. 복수는 주님에게 속한 것이니까. 나라면 자네를 절대 그 이단 심문관에게 보내지는 않겠네. 자네가 그 일을 아주 개인적으로 받아들일 수도 있으니까 말이야. 우리는 원죄를 미끼로 사람을 유혹하려고 하진 않아. 우리가 지금 하는 일은 이미 일어나고 있는 전쟁에서 철저히 계산된 군사 작전을 실행하는 것이네. 어떤 주요 인물은 부대 하나만큼 중요하지. 우리는 그 대상을 뽑아서 암살하네. 어느 교구의 주교가 있다고 해보세. 그 옆 교구의 주교는 그저 체제를 잘 이용한 멍청이라고 가정해봐. 첫 번째 주교를 죽이고 두 번째 주교를 내버려두는 거지. 그들에게 있는 최고의 두뇌들을 차례로 제거하는 것일세." 그가 내 쪽으로 몸을 기울였다. "그런 인물을 선정하는 일을 하고 싶나? 이건 매우 중요한 일일세."

이 일에 연관되고 나서부터는 누군가가 계속 내가 보고 싶지 않은 사실을 계속해서 들이대는 것 같았다. 불쾌한 진실에서 눈을 돌린 채 평생을 살아가는 다른 사람들과는 달리 말이다. 내가 그런 일을 감당할 수 있을까? 내가 거절할 수는 있을까? 피터 지부장이 말한 바에 따르면 적어도 이 암살자들은 자원병이었다. 제안을 거절하고 마음속의 움직임을 무시하고 묵인하며 살아갈 수 있을까?

피터 지부장이 옳았다. 고기를 사서 먹는 사람은 도살자의 형제다. 이것은 도덕이 아니라 결벽증이었다. 마치 사형 제도를 찬성하는 사람이, 자신은 너무 착해서 올가미를 남의 목에 씌울 수 없다거나 도끼를 휘두를 수 없다는 것과 마찬가지다. 전쟁은 피할 수 없고 어떤 상황에선 도덕적이라고까지 생각하는 사람이, 살인이 싫어서 군대 복무를 피하는 것과 마찬가지다.

감정적인 어린아이들, 윤리적인 바보들과 같다. 왼손도 오른손이 하는 일을 알아야만 한다. 그리고 마음은 두 손 모두에 책임이 있는 법이다. 나는 거의 즉시 대답했다. "지부장님, 저는 일할 준비가 되어 있습니다. 그 일도 좋고, 형제단이 제가 가장 잘할 수 있다고 생각하는 일이라면 무엇이든 하겠습니다."

"훌륭한 청년이군!" 그는 긴장을 풀고 말을 계속했다. "우리끼리니 하는 말인데, 우리가 하는 일을 이해하는지 아닌지, 이 일의 중요성을 이해하는지 확신이 안 드는 신참이 오면 항상 권유하는 일자리일세. 이 일에 자신의 목숨, 재산, 성스러운 명예를 버리고서라도 헌신할 수 있는지 알아보기 위해서 말이지. 여기엔 명령 내리기만 좋아하고 더러운 일은 마다하는 자를 위한 자리는 없네."

나는 안심이 되었다. "그렇다면 정말로 저를 암살자로 뽑았다는 얘기는 아닌가요?"

"흠? 보통은 아니지. 거기에 맞는 사람은 별로 없거든. 하지만 자네의 경우는 진심일세. 왜냐하면 자네에게 거의 아무도 가지지 못한 귀중한 자질이 있다는 사실을 우리는 이미 알았기 때문이지."

나는 내 어디가 그렇게 특별한지 생각해내려 했지만 떠오르지 않았다. "무엇이죠?"

"자, 자네는 언젠가 잡힐 거야. 지금까지 암살자 한 명당 3.7회의 성공률을 보이고 있네. 꽤 괜찮은 성공률이지만 적합한 자가 적기 때문에 이

보다 성공률을 높여야 해. 하지만 자네의 경우, 이미 잡혀서 이단 심문에 걸렸는데도 항복하지 않은 경험이 있지."

내 얼굴에 아마 감정이 드러났나 보다. 이단 심문? 또다시? 첫 번째에 나는 거의 반죽음이 되었다. 피터 지부장이 친절하게 말했다. "물론 그런 일을 다시 끝까지 당할 필요는 없네. 우리는 항상 암살자들을 보호하니까. 그들이 즉시 자살할 수 있도록 말이야. 걱정하지 말게."

나는 장담할 수 있다. 이단 심문을 당해본 사람에게 피터 지부장의 말은 무정한 말이 아니라 진정한 위안이 된다는 것을. "어떻게 말이죠?"

"방법이 열댓 가지는 있어. 우리 외과 의사가 부비 트랩을 심어서 자네가 꽉 묶여 있더라도 뜻대로 자살하게 해주지. 속이 빈 치아에 청산가리 같은 독극물을 넣는 오래된 수법도 있고. 하지만 심문자들도 똑똑해지고 있네. 가끔은 재갈을 물려서 입을 못 다물게 하거든. 그래도 여하튼 방법은 많네. 예를 들어서…."

그는 팔을 넓게 벌려서 뒤로 구부렸지만, 각도는 크지 않았다.

"주의 깊게 보지 않으면 알아챌 수 없겠지만, 만약 내가 팔을 뒤로 충분히 구부린다면 내 견갑골 사이에 있는 작은 캡슐이 터지고 나는 세상을 떠나게 되지. 그러기 전에는 온종일 나를 두들겨 패도 이 캡슐은 터지지 않아."

"음, 이전에 암살자셨습니까?"

"내가? 그럴 리가 없지. 이런 작업에서 말이야. 하지만 외부에 자주 노출되는 위치에 있는 사람에게는 모두 장치되어 있네. 최소한의 배려지. 그거 말고도 배 속에 폭탄도 장치되어 있어(그는 배를 두들겼다). 같은 방안에 있는 사람 정도는 함께 데려갈 수 있네."

"저번 주에 제게도 그런 게 있기를 바랐는데 말입니다."

"자넨 여기 멀쩡히 살아 있지 않나? 행운을 업신여기지 말게. 필요해지면 자연스레 달게 될 테니까." 그는 일어서서 나갈 준비를 했다. "그동안 암살자가 되느냐 마느냐로 너무 생각을 쏟지 말게. 심리 평가단의 검사를 받아야 하니까. 그들을 설득하기란 쉽지 않은 일이지."

피터 지부장이 그렇게 말했어도 나는 암살자 일에 대해서 생각해보았다. 하지만 걱정은 되지 않았다. 나는 그 후 가벼운 임무에 투입되었고 며칠 동안 카발이 현장 교화를 위해 쓴 《성상 파괴》를 읽었다. 교회가 만든 판본에 대한 가벼운 비판과 약간의 수정이 씌어 있었다. 기본적으로 '맞는 말이다. 하지만…'으로 시작하는 글이었고 예언자에게 과잉 충성을 보이는 척하며 가장 완고한 사람의 마음에도 의심을 불러일으키는 글이었다. 요점은 무엇이 씌어 있느냐가 아니라 어떻게 씌어 있느냐였다. 나는 이 책을 궁전 안에서도 본 적이 있었다.

나는 뉴예루살렘의 지하 기지에도 익숙해졌다. 카발의 예전 총대장이 소유했던 백화점은 외부 세계와 우리의 연결에 매우 중요한 구실을 했다. 백화점의 상품으로 먹고 마시고 입을 수 있었으며 화상 전화망을 통해서 외부 세계와 통신이 가능했고 감청에 대비해서 암호화만 한다면 대륙 횡단 통신조차 가능했다. 백화점 주인의 트럭은 도망자를 수송하는 데 사용할 수 있었다. 나는 주디스 또한 고무장화라고 적힌 상자 속에 숨어서 도망갔다는 것을 알아냈다. 백화점의 각양각색 상업 활동은 우리의 광범위한 작전에 완벽한 위장을 제공해주었다.

성공적인 혁명은 거대한 비즈니스다. 실수가 있어서는 안 된다. 현대의 고도로 복잡하고 극히 산업화된 국가에서 혁명이란 공모자 몇 명이 버려진 폐허에서 촛불을 들고 모여서 속삭이는 것으로는 해낼 수 없다. 혁명에는 수많은 동지와 물자들, 현대적인 장비와 무기들이 필요하다. 그리고 이러한 여러 가지 요소들을 성공적으로 다루기 위해서는 충성스럽고 비밀스러운 최상급의 인적 조직이 필요하다.

나는 바쁘기는 했지만 임무를 기다리는 동안이었기 때문에 남이 빠진 자리를 채우는 정도의 일만 주어졌다. 그러다 보니 도서관에 가서 책을 파고들 시간이 있었다. 먼저 톰 페인을 찾아보았다. 그다음에 패트릭 헨리와 토머스 제퍼슨 그리고 다른 사람들의 책을 찾아보았다. 새로운 세상이 펼쳐지는 것만 같았다. 처음에는 내가 읽은 것이 가능하다는 걸 인정하는 데에 어려움을 겪었다. 내가 보기에 경찰국가가 할 수 있는 일 중에 역사를 뒤트는 일만큼 역겨운 일은 없는 것 같다. 예를 들어, 분노에 찬 예언자가 몰아낼 때까지 피에 굶주린 악마의 시종이 미국을 지배했다는 주장이 사실이 아님을 나는 이번에 처음 알았다. 그게 아니라 자유로운 사람들의 사회가 존재했고 스스로의 일을 평화로운 합의에 따라서 정했다. 첫 번째 공화국이 성서에 입각한 이상향은 아니었던 건 사실이지만 내가 학교에서 배운 것과는 전혀 달랐다.

태어나서 처음으로 예언자의 검열을 받지 않은 책을 읽자니 마음속 충격이 상당했다. 가끔은 누가 나를 지켜보고 있지는 않은지 겁이 나서 뒤를 돌아보기도 했다. 나는 독재에서 가장 중요한 것은 비밀 유지라는 것을 어렴풋이 깨닫기 시작했다. 무력이 아니라 비밀 그리고 검열인 것이다. 어떤 정부건, 아니면 어떤 교회건 간에 '이것은 읽으면 안 되고 이것은 보면 안 되며 이것은 알아서는 절대 안 된다'라고 한다면 결말은 폭정과 압제로 끝나기 마련이다. 아무리 동기가 성스러운 것이라 할지라도 말이다. 눈가리개를 한 사람들을 조종하기에 큰 힘은 필요치 않다. 반대로 말하자면 자유로운 의지를 가진 자들을 조종할 수 있는 힘이란 존재하지 않는다. 원자폭탄이든 뭐든 간에 자유로운 인간을 정복할 수는 없다. 기껏 그들이 할 수 있는 일은 죽이는 것뿐이다.

그때 나는 삼단 논법에 따라 생각하고 있지 않았다. 내 머리는 이제 막 생겨난 새로운 사상의 홍수로 넘쳤고, 책을 한 권씩 읽을 때마다 기대심이 높아졌다. 예언자가 행성 간 여행을 금지한 것도 전지전능한 하느님에 대한 도전이라서가 아니었다. 그 계획이 멈춘 이유는 항상 적자가 나는 데다가 예언자의 정부에서는 그걸 보조할 생각이 없었기 때문이다. 그 문장 중에는 '이단자'(나는 아직도 이 단어를 머릿속에서 사용하고 있었다)를 가끔 연구용 우주선에 태워서 보냈으며 바로 지금 이 순간에도 그들이 화성과 금성에 살고 있다는 것을 암시하는 문구도 있었다.

나는 너무나 흥분해서 우리가 얼마나 곤경에 빠져 있는지조차 잊을 지경이었다. 나는 만약 '주님의 천사' 부대에 발탁되지 않았다면 로켓 과학 분야로 진출했을 것이었다. 그런 부류의 일이라면 무엇이든 능숙했다. 빠른 반사 신경과 수학 지식과 기계적인 기술이 혼합된 것 같은 일 말이다. 아마도 언젠가는 미국이 우주선을 다시 가지게 될지도 모른다. 그렇다면 난 아마도….

하지만 그 상상은 쏟아져 나오는 새로운 생각들에 밀려났다. 외국의 신문들도 있었다. 나는 국외의 이단자들이 신문이라는 걸 읽고 쓰리라고는 생각도 못 했다. 〈런던타임스〉에 믿을 수 없을 만큼 흥미진진한 글이 실려 있었다. 나는 점차로 영국인들이 인육을 먹지 않는다는 사실을 받아들이기로 했다. 언제 먹기나 했다면 말이지만. 그들은 우리와 거의 비슷했다. 그들이 마음먹은 대로 행동하는 경향이 있다는 것만 제외하면 그랬다. 심지어 〈런던타임스〉에는 정부를 비판하는 편지까지 실려 있었다. 그리고 주일예배에 참여하지 않는 사람들을 비판하는 글 또한 함께 실렸다. 난 어느 쪽이 더 당황스러운 일인지 몰랐다. 둘 다 나에게는 무정부 상태로 보였기 때문이다.

심리 판정단이 내가 암살자 업무에 부적합하다고 결정했다는 사실을 피터 지부장이 알려왔다. 나는 안심이 되면서도 동시에 분노가 치솟았다. 나의 어디를 못 믿어서 그 일을 시키지 못하겠다는 것인가? 그때는 내 성격을 우습게 본 탓이 아닌가 생각했다.

"진정하게." 피터 지부장이 무덤덤한 목소리로 충고했다. "그들이 자네의 인격에 기초한 모의실험을 했는데 할 때마다 잡혔다는군. 우리는 우리 사람을 그렇게 빨리 잃을 수는 없네."

"하지만…."

"진정하라니까. 난 자네를 중앙 사령부에 보낼 생각이네."

"중앙 사령부요? 그게 어디 있습니까?"

"도착하면 알게 될 걸세. 변장 부서에 보고하도록."

뮐러 박사는 성형 전문가였다. 나는 뮐러 박사에게 내 얼굴을 어떻게 바꿀 거냐고 물었다.

"결과물이 나올 때까지 내가 어찌 알겠나?" 그는 내 몸 치수를 재고 사진을 찍고 목소리를 녹음한 다음 걸음걸이를 분석하고 내 신체 특성을 펀치 카드에 기록했다. "이제 자네의 쌍둥이 형제를 찾아야겠군." 카드 분류기가 수천 장의 카드들을 비교하는 것을 지켜보며, 아무래도 내가 유일무이한 존재여서 누구로도 변장할 수 없는 게 아닐까 생각하는 순간 두 장의 카드가 같이 나왔다. 기계가 부르르 소리를 내며 멈출 때까지 바구니에 다섯 장의 카드가 모였다.

"잘 분류되었군." 뮐러 박사가 카드를 살펴보며 말했다. "한 명은 합성이고, 두 명은 살아 있고, 한 명은 죽었고 한 명은 여자군. 이번 일에는 여자를 쓸 수 없지만 기억은 해둬야겠어. 자네가 여자로 완벽하게 변장할 수 있다는 사실이 언제 쓸모 있을지도 모르니까 말이야."

"합성은 뭐죠?" 내가 물었다.

"음? 아, 이건 만들어낸 사람이지. 아주 조심스럽게 만든 가짜 기록과 가짜 배경으로 말이야. 위험한 작업이긴 해. 미국 국립문서기록관리청을 건드려야 하니까. 난 합성을 쓰는 걸 좋아하지 않네. 존재하지도 않은 사람의 배경을 완벽하게 채우기란 불가능하거든. 진짜 살아 있는 사람의 진짜 배경으로 채우는 게 낫지."

"그렇다면 합성을 왜 쓰는 건가요?"

"가끔은 그래야만 하니까. 피난민을 서둘러 이동시켜야 할 때가 한 예가 되겠지. 그리고 딱 맞는 사람을 못 찾을 때도 필요하고 말이야. 그래서 합성을 만들 때는 꽤 광범위하게 만든다네. 자, 이제 볼까." 그는 카드를 뒤적거리며 말했다. "이들 두 장 중에서 고르면…."

"잠깐만요." 내가 끼어들었다. "죽은 사람은 왜 그 안에 있는 거죠?"

"아, 그들은 법적으로는 죽은 게 아니야. 만약 형제들 중 한 명이 죽고 그 죽음을 숨길 수 있다면, 그의 법적인 신분을 장래에 쓸 수 있도록 유지하는 거지. 그럼 계속 볼까. 노래 잘하나?"

"별로입니다만."

"그럼 이건 안 되겠군. 바리톤 가수라지 뭐야. 자네의 겉모습을 바꿔줄 수는 있지만 성악가로 만들어줄 수는 없으니까. 선택권이 없군. 그럼 직물 판매상인 애덤 리브스는 어떤가?" 그가 카드를 들었다.

"그 사람으로 될 것 같나요?"

"물론이지. 자네 겉모습을 바꾸기만 하면 말이야."

2주일 뒤 나는 어머니조차 나를 알아보지 못할 정도로 바뀌었다. 아마 리브스의 어머니는 나를 자기 아들로 알 것이다. 두 번째 주에는 리브스 본인이 나와 함께 일했다. 나는 리브스의 행동을 공부하면서 점점 더 그와 같아졌다. 그는 온화하고 조용하며 내성적인 사람이어서 나는 항상 그가 나보다 작다는 인상을 받았다. 물론 우리는 몸무게, 키, 골격 구조가 거의 비슷했지만 말이다. 얼굴도 닮게 되었지만 그건 그저 인공적인 것에 불과했다.

처음에는 간단한 수술로 내 귀를 원래보다 좀 길게 하고 동시에 귓바퀴를 정돈했다. 리브스의 코는 나보다 약간 매부리코였는데, 내 콧등에 왁스를 삽입하니 비슷해졌다. 이빨 몇 개에 캡을 씌우는 일은 신경 쓰였지만 필요한 일이었다. 내 혈색 또한 표백되었다. 리브스는 업무 특성상 햇볕을 쬐는 일이 별로 없었다.

가장 어려운 작업은 인공 지문을 만드는 거였다. 불투명한 살색으로 된 유연한 플라스틱을 내 손가락에 칠하고 리브스의 지문을 뜬 형틀에 찍어 똑같이 만들었다. 이건 매우 섬세한 작업이었다. 손가락 하나는 뮐러 박사가 됐다고 할 때까지 일곱 번이나 다시 찍어야 했다.

그건 겨우 시작에 불과했다. 이제 나는 리브스처럼 걷는 법, 행동하는 법, 웃는 법, 식사 예절까지 배워야 했다. 나는 배우로서 먹고살 수는 없겠다고 생각했다. 나의 코치도 같은 생각이었다.

"정말 못하는군, 존 라일. 언제쯤이면 잘하겠나? 자네 생명이 달린 일이야. 배워야 한다고!"

"하지만 저는 리브스처럼 연기하는 걸 배우는 줄 알았는데요?" 나는 힘없이 반박했다.

"연기라고! 그게 문제였군. 자네는 리브스처럼 연기를 하고 있었던 거였군. 그러니 뻔히 들여다보일 정도로 티가 나지. 자네는 리브스 자체가 되어야 하네. 노력해보게. 판매 실적에 대해서 걱정하고, 저번 출장에 대해서도 생각해보고, 커미션이나 할인, 할당량에 대해서 생각해보는 거야. 자, 해봐. 어서."

나는 시간이 날 때마다 리브스가 하는 영업의 자그마한 부분까지 공부했다. 그의 자리에 내가 서게 되면 실제로 영업을 해야 했기 때문이었다. 나는 영업 전반에 대해서 배워야 했고, 영업이라는 게 그저 견본품을 가지고 다니다가 소매업자가 살 것인지 결정하도록 하는 것이 전부가 아니라는 사실을 배웠다. 그리고 나는 1데니어가 얼마나 되는 양인지도 몰랐다. 이 일을 마치면서 나는 사업가들에 대해서 새로운 존경심마저 품게 되었다. 항상 사는 것과 파는 것은 단순한 작업이라 생각했는데 또 틀린 생각이었다. 나는 오래된 수면 학습기를 사용하여 귀에 이어폰을 꽂고 잠자리에 들었다. 절대 깊은 잠이 들 수 없었던 데다 매일 아침 깨어나면 머리와 수술한 지 얼마 안 된 귀가 쪼개지는 것처럼 아파왔다.

하지만 효과는 확실했다. 2주라는 짧은 시간에 나는 머릿속까지 출장 영업 사원인 애덤 리브스가 되어 있었다.

7

"존 라일." 피터 지부장이 내게 말했다. "리브스는 오늘 오후 신시내티행 코메트호를 탈 예정일세. 준비되었나?"

"네."

"좋아. 명령을 복창해보게."

"네, 제가 해야 할 임무는, 아니 리브스가 해야 할 임무는 여기부터 서해안까지 영업 업무 일정을 따라가는 것입니다. 유나이티드텍스타일 사의 샌프란시스코 지사에 들른 후 휴가를 떠납니다. 애리조나주 피닉스의 사우스사이드 교회당의 예배에 참석합니다. 잠시 그곳에서 머물다가 설교에 감동을 받았다고 하며 사제에게 감사의 말을 건넵니다. 그러면서 그에게 형제단의 특수한 방법으로 제 신분을 밝힙니다. 그가 저를 중앙 사령부로 안내할 것입니다."

"모두 옳아. 그리고 전임하는 김에 전령으로 자넬 써야겠어. 정신 역학 연구실에 즉시 가보도록. 주임 기술자의 말을 따르게."

"알겠습니다."

피터 지부장이 일어나서 책상을 돌아 내게 다가왔다. "잘 가게, 존, 조심하고, 위대한 창조주께서 자넬 돕길 빌겠네."

"감사합니다. 그런데 제가 가지고 가는 메시지가 중요한 것입니까?"

"꽤 중요하지."

그가 그 이상 말해주지 않아서 나는 조금 짜증이 났다. 몇 분 후면 알게 될 텐데 이렇게 비밀스럽게 할 필요가 있나 싶었다. 하지만 그건 나의 오해였다. 연구실에 가자 정신 역학 기술자는 나더러 앉아서 긴장을 풀고 최면술에 들어갈 준비를 하라고 했다.

나는 최면술에서 깨어날 때마다 언제나 그렇듯이 기분 좋게 정신을 차렸다.

"이제 됐네. 자네 명령받은 대로 실행하게."

"하지만 제가 가져갈 메시지는요?"

"이미 가지고 있어."

"최면술로 말입니까? 하지만 제가 체포된다면 심리 조사관이 절 조사할 텐데요!"

"아니, 소용없을 거야. 한 쌍의 단어가 열쇠가 되지. 그 말을 듣기 전에는 자넨 기억조차 못 할 걸세. 그 두 개의 단어를 조사관이 우연히, 그 것도 맞는 순서로 알아맞힐 확률은 무시해도 좋을 정도네. 메시지를 그냥 불어버릴 수도 없지. 깨어 있거나 자고 있거나 어느 경우에든 말이야."

내가 중요한 메시지를 가지고 가므로 내 몸에 자살 장치를 장착하지 않을까 했지만 그러지는 않았다. 물론 마지막 순간에 가서야 그 사실을 알았지만 말이다. 그들은 알약 하나를 줄 뿐이었는데 그건 자기 할 일을 제대로 할 줄 아는 경찰을 상대할 경우 아무짝에도 쓸모없는 방법이었다. 어쨌거나 나는 자살할 만한 성격은 아니었다. 만약 사탄이 지옥으로 나를 데려가려 한다면 질질 끌고 가야 할 것이다….

뉴예루살렘의 로켓항은 오래된 도시들보다는 가기가 쉬운 곳이었다. 우리의 기지가 숨어 있는 백화점 길 건너편에 튜브역이 있었다. 내가 할 일이란 그저 백화점을 나와 육교를 건너서 '로켓항'이라고 표시된 튜브칸을 찾은 다음에 빈자리를 기다렸다가 나 자신과 짐을 자리에 묶는 것뿐이었다. 승무원이 튜브의 문을 닫아줌과 거의 동시에 나는 로켓항에 도착해 있었다.

나는 표를 산 다음 로켓항 경찰서 바깥쪽에 있는 줄 끝에 섰다. 내가 신경이 곤두서 있었다는 건 인정해야겠다. 내 여행 증명서에 뭔가 문제가 있지는 않겠지만, 담당 경찰은 탈영한 육군 장교인 존 라일을 찾고 있음이 분명했기 때문이다. 하지만 그들은 언제나 누군가를 찾기 마련이었고 난 그저 지명 수배자 명단이 충분히 길어서 일상적인 수색 중에 나를 골라내지 않기를 바랄 뿐이었다.

줄은 천천히 전진했고 그건 좋지 않은 징조였다. 특히 줄 선 사람 중 몇 명이 쫓겨나 경찰서 가로대의 건너편으로 가서 대기해야 했을 때, 나는 거의 신경과민에 걸릴 지경이었다. 하지만 기다림 그 자체 덕분에 나 자신을 추스를 시간을 벌 수 있었다. 나는 경사에게 서류를 내밀고 시계를 들여다본 다음 경찰서 시계를 보고 다시 내 손목을 보았다.

경사는 내 서류를 여유로우면서도 철저하게 살펴보았다. "비행기를 못 탈까 봐 걱정하진 마십시오." 불친절한 말투는 아니었다. "우리가 탑승자 목록을 다 살펴보기 전까지는 출발하지 않습니다." 그는 지문 검색대를 카운터 너머로 밀었다. "지문을 찍어주시겠습니까."

나는 아무 말 없이 지문을 찍었다. 그들은 내 지문을 내 여행 증명서에 있는 것과 비교했고 1주일 전에 도착했을 때 찍은 지문과도 대조했다. "다 됐습니다. 리브스 씨, 즐거운 여행 되시길."

나는 그에게 감사하다고 말하고 떠났다.

코메트호에는 사람이 너무 많았다. 나는 앞쪽 창문가 자리에 앉아서 〈홀리시티신문〉의 석간판을 폈다. 그때 누군가가 내 팔을 건드렸다.

경찰이었다. "잠시 나와주시겠습니까?"

나는 다른 네 명의 남자 승객들과 함께 바깥으로 나갔다. 경사는 점잖게 말했다. "불행하게도 여러분 네 명은 경찰서로 돌아가서 더 조사를 받으셔야겠습니다. 여러분의 짐을 다시 빼놓을 것이며 승객 명단도 변경될 것입니다. 여러분의 표는 다음 편에 사용 가능할 것입니다."

나는 불만을 터뜨렸다. "하지만 난 오늘 밤 신시내티에 가야 한단 말이오!"

"죄송합니다." 경사는 나를 돌아보았다. "당신 리브스 씨 맞죠? 흠, 같은 키에 체격이군. 그래도 다시 표를 봐야겠습니다. 저번 주에 이 도시에 도착하지 않았습니까?"

"맞습니다."

그는 나의 서류를 다시 살펴보았다. "아, 그렇군, 이제 기억나는군요. 화요일 아침의 순례객 중에 있었죠. 한 사람이 두 곳에 있을 수는 없는 노릇이니 당신은 신분이 확실한 것 같군요." 그는 서류를 내게 돌려주었다. "다시 타십시오. 방해해서 죄송합니다. 나머지 여러분은 따라오십시오."

나는 내 자리로 돌아와 신문을 집어 들었다. 몇 분 뒤 강력한 로켓의 발진과 함께 서쪽으로 향하기 시작했다. 나는 흥분과 안도감을 감추기 위해서 신문을 계속 읽었지만, 곧 진짜로 흥미가 생기기 시작했다. 나는 바로 오늘 아침에 발행된 (지하신문인) 〈토론토신문〉을 읽었고, 그 차이는 놀라울 지경이었다. 나는 다시금 바깥 세계가 존재하지도 않는 것처럼 생각하는 세계로 돌아와 있었다. '외신'은(그걸 외신이라고 부를 수 있다면 말이지만) 해외 선교 사업의 빛나는 성과들과 이단들이 행한 잔학 행위로 가득 차 있었다. 나는 해외 선교 사업에 투자되는 돈이 어디로 가는지 궁금해졌다. 그들의 신문을 믿는다면 말이지만, 나머지 세상은 선교 사업이 존재하는지조차 모르고 있는 것 같았기 때문이다.

그리고 나는 내가 아는 한 거짓임이 분명한 기사들을 찾아내기 시작했다. 거의 다 찾아냈을 무렵 로켓은 신시내티로 가는 활강 궤도를 타고 전리층을 내려가고 있었다. 나는 태양이 뜨는 것과 지는 것을 다시 볼 수 있었다.

아마도 내 혈통에 장사꾼의 기질이 흘렀나 보다. 나는 신시내티에서 리브스의 업무 할당량을 다 채운 정도가 아니라 넘어서는 성과를 올렸다. 지독하게 냉정한 소매업자에게 가격을 올려 받도록 설득하면서, 군사 훈련에서 느꼈던 기쁨을 느낄 수 있었다. 애써 위장하는 걸 그만두고 섬유제품에 대해서만 생각했다. 판매는 그저 먹고사는 방편이 아니라 게임이었고 더구나 재밌기까지 했다.

나는 일정에 맞게 캔자스시티로 떠났고 여행 허가증은 경찰에게 아무런 문제도 일으키지 않았다. 내 생각에 뉴예루살렘에서만 다른 곳보다 더 까다로운 검문이 이루어지는 것 같았다. 이곳부터 서쪽으로는 누구도 전직 장교이자 신사인 존 라일을 찾고 있지 않았으며 그건 그저 수천 장의 수배명단 중 한 장일 뿐이었다.

캔자스시티로 가는 로켓은 제법 가득 차 있었다. 나는 30대 중반의 풍채 좋은 남자 옆에 앉았다. 앉을 때 우리는 서로를 쳐다보았지만, 그는 곧 자기 일에 파묻혀 바빴다. 나는 접이 탁자를 꺼내서 신시내티에서 있었던 바쁘고 유익한 날들의 성과를 주문서와 다른 서류들에 채우기 시작했다. 옆자리 남자는 의자를 뒤로 기울여서 객실 앞쪽에 있는 TV 뉴스를 보기 시작했다.

한 10분쯤 지나 누가 쿡쿡 찌르기에 돌아보았다. 내 옆에 앉아 있던 남자가 TV 쪽을 손가락으로 가리켰다. 많은 군중이 광장에 모여 있는 모습이 비쳤다. 그들은 금색과 붉은색으로 치장된 예언자의 깃발과 교구의 깃발이 걸린 거대한 사원으로 향해 쏟아져 가고 있었다. 내가 보았을 때는 막 첫 번째 사람들의 물결이 사원 계단으로 몰려가기 시작했다.

사원 경비병 소대가 거대한 정문의 옆문에서 나와 커다란 계단 꼭대기에 삼각대를 설치했다. 화면은 달려오는 군중을 비추는 시점으로 바뀌었다. 아마도 사원 지붕에 달린 카메라로 찍은 것 같았다.

그다음엔 언젠가 나도 입었던 부끄러운 제복이 보였다. 그들은 사람들을 그 자리에서 죽이는 대신에 조준을 낮게 해서 다리를 태워버렸다. 계단을 올라오던 군중들은 넘어졌고 그들의 마비된 다리는 잘린 채로 경련을 일으켰다. 나는 한가운데에 비친 젊은 커플을 보았다. 그들은 손에 손을 잡고 달리고 있었다. 광선이 그들을 쓸고 나가자 그 둘은 같이 쓰러졌다.

여자는 쓰러진 채였다. 남자는 이제 무릎 아래로는 타버린 다리로 몸을 일으켜 여자를 향해 죽을힘을 다해 다가가더니 그녀 위에 쓰러졌다. 남자는 여자의 머리를 자기 머리에 갖다 대었다. 장면은 바뀌어 광장의 전망을 보여주었다.

나는 내 앞좌석 뒤에 달린 이어폰을 빼내어 끼었다. "…애폴리스, 미네소타주입니다. 상황은 현재 통제되고 있으며 추가 병력도 필요 없습니다. 제닝스 주교는 계엄령을 선포했으며 악마의 사도들은 붙잡혔고 질서가 회복되었습니다. 기도와 단식의 기간이 바로 발령될 것입니다.

미네소타 수용소는 폐쇄되었고 이 지역 모든 이교도들은 와이오밍과 몬태나로 재배치되어 상황 확산을 막을 것입니다. 이 일이 재림 예언자에게 대항하려는 모든 이단자에게 경고가 되길 바랍니다.

이 현장 중계는 '어떤 참새도 떨어지지 아니하리라' 뉴스 서비스*에서 보내드렸습니다. 이 방송은 주님의 은혜로 가는 길을 도와주는 가정용품 회사인 왕국 상인 연합의 제공입니다. 어둠 속에서도 기적처럼 빛나는 예언자의 동상을 들여놓으세요! 1달러만 보내시면…."

나는 소리를 죽이고 이어폰을 다시 집어넣었다. 왜 천민 탓을 하는가. 군중은 천민이 아니었다.

하지만 나는 입을 굳게 다물고 옆 사람이 먼저 말하길 기다렸고, 그는 화난 듯이 말했다. "저래도 마땅하지, 멍청이들! 맨손으로 무장 경비원에게 달려들다니." 그는 목소리를 줄여서 내 귀에 겨우 들리게 말했다.

"왜 폭동을 일으켰답니까?" 나는 그렇게밖에 대꾸할 수 없었다.

"음? 이단자들이 행동하는 데 이유가 있겠어요. 제정신이 아니라니까요."

"그렇군요. 그건 그렇고 만약 제정신인 이교도가 있다 해도 정부가 이 나라를 잘 다스리고 있다는 걸 왜 모를까요. 내 사업은 잘되거든요." 나는 기쁜 듯이 내 서류 가방을 툭툭 두들겼다. "적어도 내 사업은 말이죠. 주님을 찬양하라."

우리는 잠깐 사업에 대해 이것저것 얘기했다. 그러면서 나는 남자를 자세히 살펴보았다. 그는 상식적이고 보수적인 평범한 중산층 시민 같았다. 하지만 어딘가 불편했다. 내 죄의식 때문일까? 혹은 사냥감의 육감 같은 것일까?

그의 손으로 눈길이 갔고 뭔가가 있다는 느낌이 들었다. 하지만 이상한 것이 하나도 없었다. 그러다 드디어 아주 자그마한 것을 발견했다. 왼손 세 번째 손가락에 생긴 굳은살이 그것이었다. 그런 자국은 무거운 반지를 오랫동안 꼈을 때 생기는데, 나 또한 끼고 있었던 웨스트포인트 사관학교의 졸업 반지가 그랬다. 물론 아무 의미도 없을 수도 있었다. 무거운

* 마태복음 10장 26절. '참새 두 마리가 한 앗사리온에 팔리는 것이 아니냐. 그러나 너희 아버지께서 허락지 아니하시면 그 하나라도 땅에 떨어지지 아니하리라'라는 구절이 있다.

인장 반지를 그 손가락에 끼는 사람이야 많으니까. 나도 당연히 웨스트포인트 사관학교 졸업 반지는 아니었지만 리브스의 반지를 끼고 있었다.

하지만 왜 이 상식적인 생각을 하는 멍청이가 그런 습관을 지니고 있다가 멈췄을까? 하찮은 일이었지만 난 걱정이 되었다. 사냥당하는 동물은 언제나 이런 하찮은 것에 목숨이 달린 법이다. 사관학교 시절 나는 심리학 과목은 잘하지 못했다. 그것만 배지를 다는 데 실패했으니까. 하지만 지금은 내가 배운 것을 써먹을 좋은 기회인 것 같았다. 나는 그에게서 발견한 점을 심리학적으로 검토해보기 시작했다.

남자가 처음에 주목한 점은, 그러니까 그가 가장 먼저 한 말은 방어 체계가 갖춰진 곳에 무모하게 달려드는 사람들을 비웃는 것이었다. 군사적인 사고방식이었다. 하지만 그것만으로는 그가 웨스트포인트 사관학교 출신이라고 확신할 수 없었다. 사관학교 출신은 졸업 반지를 언제나 낄 수 있다. 전역하거나 사복을 입거나 무덤에 들어갈 때도 말이다. 물론 사관학교 출신이라는 것을 밝히고 싶지 않다면 말은 되었다.

그와 이런저런 얘기를 나누면서 나는 어떻게 이 부족한 정보로 판단을 내려야 할까 걱정을 하고 있었다. 그때 승무원이 차를 내왔다. 로켓은 우주의 끄트머리에서 대기권으로 막 들어가려는 참이었고 캔자스시티로 활강을 시작하고 있었다. 기체가 흔들리는 바람에 승무원이 뜨거운 차를 남자의 허벅지에 흘리고 말았다. 그는 비명을 지르면서 욕설을 내뱉었다. 승무원은 아마 무슨 말인지 알아듣지 못했을 것이다.

하지만 나는 알아들었고 손수건으로 차를 닦아주면서 무섭도록 머리를 굴리기 시작했다. "B. J. 바보 같으니!" 그가 한 욕은 오로지 웨스트포인트 사관학교에서만 사용하는 속어였다.

그런고로 반지의 굳은살은 우연이 아니었다. 그는 웨스트포인트 사관학교 졸업생이며 육군 장교이고 민간인으로 위장하고 있었다. 그가 비밀 첩보 임무를 맡았다는 것은 거의 당연한 결론이었다. 그의 목표물이 나인가?

말도 안 돼. 그의 반지는 보석상에 맡겨서 수리 중이고 그는 한 달간 휴가를 받아 집에 가고 있을 수도 있었다. 하지만 긴 대화 속에서 그는 자기가 사업가라는 것을 굳이 나에게 인식시키려고 했다. 그렇다. 그는 잠복 요원이었다.

하지만 나를 쫓는 것이 아니라고 해도 그는 내가 보고 있는 사이에 두 번이나 실수를 했다. 나처럼 가장 서투른 정보 요원이라 할지라도 위장 신분이 탄로날 만한 실수를 두 번이나 하지는 않는다. 그리고 육군 정보국은 서투르지 않다. 정보국을 움직이는 자들은 이 나라에서 가장 빈틈없는 두뇌의 소유자들이었다. 좋아. 그렇다면 그것은 실수가 아니라 계산된 연기일 것이다. 나로 하여금 눈치채게 하고 실수라고 생각하게 한다. 무슨 이유로?

그가 쫓는 자가 나인지 확신이 안 들어서는 아닐 것이다. 그런 경우 오랫동안 검증된 원칙을 적용할 것이다. 무죄가 입증될 때까지 유죄로 추정한다는 원칙 말이다. 그는 그저 나를 체포해서 이단 심문에 넘기면 되는 것이다.

그렇다면 도대체 왜?

잠깐 동안은 자유롭게 돌아다니게 놔두고 싶어 한다는 결론밖에 나오지 않았다. 내가 눈치채서 겁을 먹고 공범들에게 달려가도록 말이다. 너무 무리한 가설일지도 몰랐지만, 지금까지의 정보들을 모두 설명하는 유일한 가설이었다.

옆자리의 사람이 정부 요원이라는 결론을 내리자 배 속이 꼬이는 공포에 마치 뱃멀미 같은 울렁거림이 일었다. 하지만 그의 목표를 알아내자 속을 가라앉힐 수 있었다. 제브라면 어떻게 했을까? '음모의 첫 번째 원칙은 평소에 하던 행동에서 벗어나지 않는 것.' 계속 앉아서 모르는 척하라. 만약 이 경찰이 나를 쫓고자 한다면 캔자스시티의 모든 백화점으로 이끌고 가서 내가 섬유제품 파는 모습을 보여줄 것이다.

그런데도 캔자스시티에 도착해서 로켓에서 내리자 긴장이 되었다. 나는 어깨를 부드럽게 두드리는 손을 예상했지만, 아무 일도 없었다. 사실 그게 얼굴로 날아오는 주먹보다 더 무서웠다. 그는 "신의 축복이 있기를!" 같은 일상적인 인사를 하고 내가 표에 도장을 받는 동안 먼저 나가서 택시 정거장으로 가는 승강기에 올라버렸다. 그가 다른 요원에게 어떤 방법으로든 신호를 보내고 갔을 가능성 때문에 안심할 수는 없었다. 하지만 나는 할 수 있는 한 아무런 티를 내지 않고 뉴뮌엘바흐로 가는 튜브에 올랐다.

일주일 동안 캔자스시티에서의 영업은 괜찮았다. 할당량도 달성했고 꽤 괜찮은 규모의 새 주문도 받았다. 나는 누군가가 따라오는지 계속 살폈지만 쫓아오는지 아닌지 알 수는 없었다. 만약 추적당하고 있었다면 추적자는 일주일 내내 매우 지루했을 것이다. 하지만 그 사건이 우연이며 내 상상이나 신경과민이었다고 거의 결론 내렸음에도 덴버로 가는 로켓에 탔을 때에는 아주 기뻤다. 저번 주에 만난 여행 친구가 승객 중에 없었을 때 특히 말이다.

로켓은 오로라의 동쪽에 있는 새 로켓항에 내렸다. 덴버의 중심가에선 꽤 떨어진 곳이었다. 경찰은 기계적으로 내 서류를 살펴보고 지문을 채취했다. 내가 지갑을 주머니에 넣으려는데 경사가 말했다. "왼쪽 팔을 걷으시겠습니까, 리브스 씨."

나는 적당한 정도의 불평을 늘어놓으면서 소매를 걷었다. 하얀 가운을 입은 사람이 혈액을 채취해 갔다. "그냥 평범한 검사입니다." 경사가 설명했다. "공공 건강 관리국에서 홍반열 예방 차원에서 하는 일일 뿐입니다."

서투른 변명이었다. 나는 훈련을 받았기 때문에 알 수 있었지만, 섬유영업 사원 리브스는 알아채지 못했을 것이다. 혈액을 검사할 동안 경찰서의 옆방에서 기다리라는 변명은 더 구차했다. 나는 안절부절못하며 10cc의 피로 뭘 알아낼 수 있을까를 생각해보려 했다. 내가 뭘 할 수 있는지도 궁리해보았으나 알 수 없었다.

고민할 시간은 많았으나 상황은 결코 낙관적이지 않았다. 내가 쓸 수 있는 시간은 그렇게 앉아 있는 동안에도 줄어들고 있었다. 하지만 그들이 나를 잡아두고 있는 표면적인 이유는 도망가기에는 부족할 정도로 그럴듯한 이유였다. 그리고 그것이 그들이 원하는 것일지도 몰랐다. 그래서 난 진땀을 흘리며 가만히 앉아 있었다.

경찰서는 임시 건물이어서 나와 경사의 사무실 사이에는 얇은 플라스틱판밖에 없었다. 말소리가 들렸지만 무슨 말인지는 알 수 없었다. 누구 눈에 띌까 싶어 귀를 벽에 갖다 대기가 망설여졌지만, 반드시 들어야 했다. 의자를 옮겨 벽에 기대놓고 거기 앉아서 목과 양어깨가 벽에 닿도록 했다. 그러고는 신문을 읽는 척하며 얼굴을 가리고 벽에 귀를 갖다 댔다.

벽 너머의 목소리가 다 들렸다. 경사는 만약 윤리 감독관이 들었다면 한 달의 참회형에 처했을 얘기를 직원에게 하고 있었다. 하지만 궁전에서도 흔히 들을 수 있었던 얘기였기 때문에 별로 놀라지 않았다. 일상적인 보고 몇 가지와, 남자 화장실을 못 찾는 멍청이가 물어보는 소리도 들렸다. 하지만 내 얘기는 나오지 않았다. 자세 때문에 목이 아파왔다.

내 반대쪽에는 로켓 발사대 쪽으로 창문이 나 있었다. 하늘에서 작은 로켓이 나타났고 앞부분과 분리되어 아름답게 착륙했다. 여기서 20미터 정도밖에 안 떨어진 곳이었다.

스패로우호크호의 수송용 버전이었다. 램제트 엔진에 로켓 이륙 장치와 부스터가 있는 잘 만든 비행기였다. 나도 사관학교 시절 몰아봐서 잘 아는 기체였다. 나는 육군의 스카이 폴로 경기에서 부주장이었고, 그해 우리는 해군과 프린스턴을 이겼다.

조종사가 비행기에서 내려 걸어갔다. 나는 비행기까지의 거리를 쟀다. 시동 키가 잠기지 않았다면 행운이었다. 만약 잠겨 있다면? 나는 열린 창문을 살펴보았다. 창문에 진동 잠금장치가 있을지도 몰랐다. 있다면 나는 무엇에 당하는지도 모르고 기절할 것이다. 하지만 동력선이나 연결된 심지도 없었고 이런 임시 건물에 그런 장치를 숨기기는 힘들어 보였다. 아마도 접촉 경보 장치밖에 없을 것이다. 셀레니엄 회로 정도밖에 없거나 그조차도 없을지 몰랐다.

이런 생각 도중에 옆방에서 소리가 들려왔다. 나는 귀를 바짝 갖다 대고 들었다.

"혈액형이 뭐래?"

"1번 타입이랍니다, 경사님."

"비교해봤나?"

"안 맞는데요. 리브스는 3번 타입입니다."

"오호! 연구소에 연락해. 데려가서 망막 검사를 해봐야겠어."

완전히 걸려들었다. 그들은 내가 리브스가 아니라는 것을 확실하게 알아냈다. 내 두 눈의 망막에 있는 혈관의 패턴을 찍고 나면 내가 진짜 누구인지 알게 될 것이고, 머지않아 윤리 수사국에서 사진을 보내면 지명 수배자라는 사실을 즉시 알아챌 것이다.

나는 창문 밖으로 뛰어내렸다.

떨어지면서 머리를 손으로 감싸고 공처럼 몸을 구부려서 다치는 것을 막았다. 만약 경보가 울렸다면 너무 바빠서 못 들은 것이 분명했다. 비행기의 문은 열려 있었고 시동 장치는 잠겨 있지 않았다. 이렇게 운이 좋을 수가! 누군가가 쫓아왔다면 그 몸이 로켓 점화에 타버릴 수도 있었겠지만 나는 상관도 안 하고 즉시 시동을 걸었다. 곧 지상을 이륙해서 자이로로 방향을 본 다음 서쪽으로 날았다.

8

나는 램제트 엔진이 원활하게 작동할 수 있는 고도와 속도로 기체를 올리기 시작했다. 경찰을 따돌리고 이렇게 좋은 비행기에 타서인지 매우 기뻤다. 하지만 제트 엔진 비행을 하기 위해 수평을 맞추고 나서 바보 같은 낙관주의를 던져버렸다.

고양이가 개를 피해 나무에 올라간다면 개가 가버릴 때까지 나무 위에 계속 있어야만 한다. 그것이 내가 처한 상황이었다. 다만 내 경우에는 나무 위에 계속 있을 수도 없었고, 개가 결코 어디론가 가버리지도 않는다는 것이 문제였다. 지금쯤이면 경보가 울렸을 것이었다. 내 뒤는 물론이고 사방팔방에서 경찰들이 몇 분, 아니 몇 초 안에 나타날지 알 수 없었다. 내가 추적당하고 있다는 것은 확실했고, 이 비행기에 몇 개의 스크린과 함께 달린 컴퓨터가 내가 어디로 가든 추적할 것이었다. 그런 다음에는 명령에 따라 착륙하거나 격추당하는 수밖에 없었다.

나의 기적적인 탈출은 더 이상 기적이 아니었다. 아니면 지나치게 기적적일지도 몰랐다. 언제부터 경찰들이 죄수를 창문이 열린 방에 가둘 정도로 멍청했는가? 바로 그 창문 바로 바깥에 내가 다룰 줄 아는 비행기가 멈춰 섰다면 너무 큰 우연이 아닐까? 시동 장치도 잠그지 않은 채로 말이다. 물론 경찰이 나로 하여금 도망가게 한 이유를 큰 소리로 떠든 것도 마찬가지였다.

이것이 두 번째이자 성공적으로 나를 공황 상태에 빠뜨릴 시도였을지 몰랐다. 아마도 나에 대한 서류를 보고 있었기 때문에 스패로우호크호를 좋아한다는 사실을 알고 있었고, 스카이 폴로를 했다는 것도 알고 있었을 것이다. 그런 경우 나를 격추하진 않을 것이다. 내가 그들을 동료들에게로 안내하도록 하는 것이 목적일지도 몰랐다.

혹은 그럴 가능성은 별로 없지만, 진짜 탈출에 성공한 것일지도 몰랐다. 내가 이것을 잘 이용할 경우에 한해서였지만. 어느 경우든 간에 나는 다시 잡힐 준비가 되어 있지 않았고 그들을 형제들에게 데리고 갈 생각도 없었다. 더욱이 죽을 생각도 없었다. 내 머릿속엔 중요한 메시지가 있으며 임무를 완수해야 하기에 아직은 죽을 수 없었다.

나는 비행기의 무전기를 경찰과 교통 주파수에 맞춰놓고 듣기 시작했다. 덴버항과 수송기 사이에 말다툼이 오가고 있었지만, 나더러 착륙하라고 소리치는 목소리는 없었다. 나중에 언제 착륙하라고 할지 모르는 일이라 나는 스위치를 켜놓은 채로 생각에 빠졌다.

위치 표시 장치는 내가 덴버에서 120킬로미터 정도 떨어진 곳에서 북서쪽으로 향하고 있다는 것을 알려줬다. 나는 겨우 10분밖에 지나지 않았다는 사실에 놀랐다. 아드레날린이 치솟아서 내 시간 감각이 뒤틀린 것이 분명했다. 램제트 엔진의 연료통은 거의 가득 차 있었다. 만약 경제 속도로 난다면 10시간에 1만 킬로미터 정도 날 수 있었다. 물론 그 속도로 가다가는 그들이 돌만 던져도 나를 떨어뜨릴 수 있을 것이다.

머릿속에서 계획이 생겨났다. 아주 절박한 상황에서밖에 생각나지 않을 정도로 어이없고 불가능해서 계획이라고 부르기도 무엇한 것이었다. 나는 대권(大圈) 표시기*를 참조해서 하와이 공화국으로 코스를 맞췄다. 그러자 비행기가 알아서 남서쪽으로 향했다. 나는 연료-속도-거리 상관 그래프로 돌아앉아서 문제를 다듬었다. 거리는 약 5천 킬로미터이고 시속 1천3백 킬로미터로 간다면 연료통이 비게 될 것이니, 앞머리에 달린 장치로 난폭하게 착륙해야 할 것이었다. 위험한 일이었다.

상관 없었다. 내가 자동 조종 장치에 코스와 속도를 지정하자마자, 사이버망의 분석 장치가 그것을 보고 있는 인간에게 누군가가 하와이 공화국으로 탈출하고 있음을 알렸을 것이다. 이 경로와 고도 그리고 최대 속도를 고려한다면 샌프란시스코와 몬터레이 사이의 해안을 60여 분 정도 지나면 통과하게 될 것이다. 추격이 없다면 말이다. 하지만 쫓아올 것이 확실했다. 만약 그들이 아직도 나를 가지고 놀고 있더라도 새크라멘토 계곡에서 지대공 미사일이 발사될 것이다. 만약, (거의 가능성이 없지만!) 빗나간다 해도 내 비행기만큼 빠르거나 더 빠른 유인 비행기들이 가득 찬 연료통과 함께 해안 상공에서 기다리고 있을 것이 분명했다. 그 포위망을 통과할 가능성은 거의 없었다.

---

* 구체인 지구 위에서 두 지점을 잇는 최단거리를 알아내기 위한 도구

나도 그걸 바라지는 않았다. 그들이 이 사랑스러운 비행기를 완전히, 그것도 공중에서 파괴해주길 바랐다. 왜냐하면 그 순간에 나는 여기 타고 있을 생각이 없었기 때문이었다.

돌머리 작전, 2단계. 어떻게 이 망할 것에서 탈출할 것인가! 제트 비행기의 탈출 기능은 기술자들이 이미 세심하게 마련해놓았다. 탈출 레버를 당기고 기도한다. 나머지는 내버려두면 된다. 탈출 캡슐이 닫혀 봉인된 후 비행기에서 빠져나온다. 적당한 코스와 압력과 한계 속도에 다다르면 보조 낙하산이 떨어진다. 그리고 주 낙하산이 펴지면 편안히 떠서 하느님의 대지로 내려오게 된다. 비상용 산소통도 함께 말이다.

하지만 딱 한 가지 문제가 있었다. 캡슐과 버려진 비행기 모두 무선 신호를 내보낸다. 짧은 신호는 캡슐이고 긴 신호는 비행기를 나타낸다. 그리고 캡슐에는 자체 내장된 무선 발신기가 있었다.

이 방법으로는 교회 안에 소가 들어가 있는 것처럼 눈에 띌 것이 뻔했다.

나는 엄지손가락을 씹으며 앞쪽을 노려보았다. 그 너머는 평상시보다 더 파랗고 거칠어 보였다. 물론 기분 탓이었으리라. 분속 20킬로미터가 넘는 속도로 날고 있는데 이제 당장 짐을 챙겨서 집에 가야 할 시간이었기 때문이다. 물론 바로 옆에 문은 있었다. 낙하산을 메고 나가면 된다. 하지만 램제트 비행기가 비행하는 중에는 문을 열 수 없고 비상 탈출을 할 수도 없었다. 그렇게 한다면 비행기는 걷어차인 강아지처럼 엉뚱하게 움직이게 될 것이다. 1만8천 미터 상공의 시속 1천3백 킬로미터에 이르는 바람을 무시할 수도 없었다. 아마 문틀에 내 몸이 버터처럼 잘려나갈 것이다.

이 비행기가 가지고 있는 자동 비행 장치가 얼마나 좋은 것이냐가 관건이었다. 괜찮은 자동 조종 장치는 노래를 부르는 것만 빼고는 모든 일을 할 수 있다. 싼 것은 경로와 속도 그리고 고도를 유지하는 데 그친다. 특히 나는 이 자동 조종 장치에 긴급 상황이 닥쳤을 때 작동하는 비상용 회로가 있는지 알고 싶었다. 내 목적은 비행기를 멈추고 나간 다음 비행기는 계속 하와이로 향하게 하는 것이었다. 물론 그게 가능할 경우의 얘기지만.

램제트는 고속이 아니면 절대 작동하지 않는다. 그것이 램제트 비행기에 로켓 엔진도 딸린 이유였다. 없다면 이륙조차 못 할 테니까. 만약 임계 속도 이하에서 제트 엔진의 불이 꺼지면 로켓 엔진을 사용하거나 추락하는 속도를 이용해서 재시동하면 된다. 어려운 일이지만 소수의 램제트 비행기 조종사들이 이러한 비상 상황을 겪은 뒤의 경험을 축적해왔다.

예전에 내가 스패로우호크호를 조종했던 경험은 전혀 도움이 되지 않았다. 스카이 폴로에서는 자동 조종 장치를 전혀 사용하지 않았기 때문이다(맹세할 수도 있다. 사용하지 않는다!). 수납함에 혹시 사용자 설명서가 있는지 찾아보았지만 실패했고, 그래서 자동 조종 장치 그 자체를 살펴보기로 했다. 자료 표시판에서는 아무것도 알아낼 수 없었다. 스크루드라이버와 충분한 시간만 있다면 열어서 회로를 검사해서 알아낼 수도 있겠지만, 이런 자동 조종 장치는 트랜지스터와 스파게티 면처럼 얽히고설킨 전선으로 가득 찼으니 아마 하루하고도 반나절 정도는 걸릴 것이었다.

나는 개인용 낙하산을 분리식 걸이에서 빼서 몸에 착용하려고 애썼다. 나는 한숨을 쉬면서 말했다. "친구, 회로에 필요한 장치가 있었으면 좋겠다." 자동 조종 장치는 대답하지 않았지만 나는 별로 놀라지 않았다. 다시 조종석으로 힘겹게 돌아와서 자동 조종 장치를 수동으로 바꾸었다. 시간이 없었다. 벌써 사막 지역에 와 있었고 전방과 오른쪽으로 해가 지면서 반짝이는 그레이트솔트 호수 수면이 보였다.

일단 나는 기수를 내려 아래로 내려갔다. 1만8천 미터 상공에서는 공기가 희박하고 너무 추워서 인간의 폐에 필요한 산소 부분압이 모자랐기 때문이다. 얼마 지나 다시 상승했다. 날개가 떨어지거나 가속도 때문에 혈액이 아래로 쏠려 기절하지 않을 정도로 천천히 상승했다. 비행기 고도를 꽤 높여야 했는데, 로켓 엔진을 완전히 꺼버리고 비행기를 다이빙

시켜 속도를 붙게 만드는 것이 목적이었다. 수직 스톨* 상태가 된다면 파이어아웃** 현상이 일어난다. 그 시점에 재빨리 탈출해야 했다. 당연한 얘기지만 비행기에 작별을 고할 때 로켓 모터가 다시 작동하지는 않기를 바랐다.

계속 기수를 올리자 등 뒤에 땅이, 전방에는 하늘이 보였다. 나는 추력을 줄여 9천 미터 정도에서 스톨 현상을 일으켰다. 그 고도라면 공기가 희박하긴 해도 낙하할 수는 있었고 그 정도면 비행기가 스스로 속도를 얻어서 유타 평원에 처박지 않고 고도를 되찾을 수 있으리라 믿었다. 약 8천5백 미터에서 감상에 젖을 때면 찾아오는 바보 같은 절망감을 느꼈지만 해될 것은 없었다. 갑자기 계기판에 빨간불이 켜졌고 양쪽 엔진이 모두 꺼졌다. 이제 탈출할 시간이었다.

하마터면 좌석에 있던 산소통을 잊을 뻔했다. 나는 입에 마우스피스를 물고 코마개를 끼운 다음 다른 한 손으로 문을 열려고 했다. 이 모든 걸 동시에 하려는데 큰 문제가 생겼다. 비행기와 나, 둘 다 자유 낙하를 하고 있었던 것이다. 스톨 궤도 끝에 생기는 공기 저항 때문에 이제 나의 몸무게는 겨우 100그램 정도밖에 나가지 않을 것이었다.

문이 열리지 않았다. 누설 밸브를 쳐서 열어야 한다는 것이 겨우 기억났다. 1, 2초나 버텼을까, 문이 열리자마자 나는 바로 바깥으로 튕겨 나갔다. 땅은 머리 위에서 미친 듯이 돌고 있었다. 문이 갑자기 닫힌 다음 잠겼다. 나는 비행기에서 떨어졌다. 뛰어내릴 필요도 없었다. 나와 비행기는 모두 이미 떨어지고 있었기 때문이었다.

아마도 날개에 머리를 부딪힌 것 같았다. 비행기에서 20미터 정도 떨어질 때까지의 짧은 기억이 공백 상태였다. 비행기는 천천히 돌고 있었고 땅과 하늘도 마찬가지였다. 찬바람이 불고 있었지만 아직 추위가 느껴지지는 않았다. 나와 비행기는 잠시 같이 머물렀지만 느낌으론 몇 시간 같

---

* 비행기가 양력을 잃어버리고 돌면서 추락하는 현상
** 제트기가 수직 상승을 하는 도중 엔진 출력을 줄이면 시동 자체가 꺼져버리는 현상

았다. 이윽고 비행기는 낙하해가며 통제를 되찾고 나로부터 떠나갔다.

나는 비행기가 어디로 가는지 눈으로 좇으려 했지만, 낙하하느라 차디찬 바람이 느껴졌다. 눈이 아파져왔고 얼어붙은 안구에 대한 글을 읽은 기억이 났다. 두 손으로 눈을 감싼 게 많은 도움이 되었다.

갑자기 무서움에 질렸다. 어쩌면 낙하를 너무나 오래 해서 땅바닥에 처박히기 직전이 아닌가 싶었다. 눈에서 손을 치우고 슬쩍 보았다.

아니, 땅은 아직 멀리 있었다. 아마도 4, 5천 미터는 되어 보였다. 이미 어두워지고 있어서 추측은 별로 도움이 되지 못했다. 나는 비행기의 모습을 찾으려 했지만 보이지 않았다. 그러다 갑자기 엔진이 점화된 것이 보이기 시작했다. 눈이 얼어버릴 것을 각오하고 바라보았다. 기쁨이 흘러넘쳤다. 자동 조종 장치에는 '파이어아웃' 상황일 경우에 작동하게 돼 있는 비상 장치가 달려 있었던 것이다. 모든 것이 계획대로였다. 비행기는 자세를 되찾고 내가 맞춘 대로 예정된 고도에 올라가 서쪽으로 향했다. 나는 비행기의 뒷모습을 보고 그것이 부디 격추되지 않고 포위망을 뚫고 나가서 깨끗한 태평양 바다에 떨어지기를 기도했다.

나는 계속 낙하하면서 반짝이는 엔진 불꽃을 바라보았다.

비행기가 제대로 움직여준 덕에 기뻐서 무서움을 잊고 있었다. 나는 탈출을 하면서 낙하산을 늦게 펴야 한다는 걸 알고 있었다. 비행기에서 떨어져 나온 내 몸도 레이더 화면에 두 번째 점으로 찍힐 것이기 때문이다. 나의 희망은 이 상황이 진짜 비상사태였다고 추적자들에게 인식시키는 것이었고, 재빠르게 벗어난다면 내려가는 동안 내 몸은 발견되지 않을 터였다. 그 말은 화면에서 재빨리 사라지도록 빠른 속도로 낙하해야 한다는 것이며, 땅이 가까워질 때까지 절대 낙하산 끈을 당기면 안 된다는 의미였다. 시야로는 나를 찾을 수 없는 암흑 속으로, 그리고 레이더 화면 바깥으로.

하지만 나는 그런 낙하를 해본 적이 없었다. 사실 낙하라는 것을 딱 두 번 해봤을 뿐이었다. 두 번 모두 낙하 조교가 붙어 있는 상태에서 간단하게 한 것이었고, 모든 생도는 이것을 통과해야만 졸업할 수 있었다. 눈을 감고 있었기 때문에 특별히 더 불편하지는 않았다. 하지만 낙하산 끈을 당기고 싶은 충동이 엄청나게 일었다. 내 손은 나도 모르게 손잡이에 가서 그걸 쥐고 있었다. 놓으라고 혼잣말했지만, 도저히 말을 듣지 않았다. 아직 너무 높은 곳이었고 이 고도에서 커다란 낙하산이 떠서 내려온다면 발견될 것이 분명했다.

상공 3백 미터에서 1천5백 미터 사이에서 낙하산을 펼 생각이었지만, 내 신경이 견디지를 못했기 때문에 그렇게 오래 기다릴 수는 없었다. 아래쪽에 큰 마을이 있었다. 내가 계기에서 읽은 것이 정확하다면 유타주의 프로보가 분명했다. 도시 한가운데에 내리지 않기 위해서는 지금 낙하산 끈을 당겨야만 한다고 나 자신을 설득했다.

때를 놓치기 직전에 산소마스크를 벗어야 한다는 것을 기억했다. 벗지 않는다면 이빨이 모두 부러지거나 할 테니까 말이다. 하지만 산소통을 착용하지도 않았다는 것을 이내 발견했다. 낙하하는 내내 왼손에 들고 있었던 것이다. 그것을 잘 추스를 시간이 있었겠지만, 그냥 농장 쪽으로 던져버렸다. 평범한 누군가의 머리에 떨어지지 않기를 바라면서. 그리고 낙하산 끈을 당겼다.

끔찍하도록 짧은 시간 동안, 나는 낙하산이 안 펴지는 것이 아닌가 생각했다. 그리고 낙하산이 펴지자 나는 기절했다. 공포로 정신을 잃었는지도 모른다. 나는 낙하산 줄에 매달려 있었고 땅이 내 아래에서 천천히 돌아가고 있었다. 아직 높은 고도였고 프로보 쪽으로 흘러가는 것 같았다. 나는 숨을 깊게 쉬었다. 비행기에서 숨 쉬던 것과는 달리 진짜 공기는 맛이 좋았다. 나는 낙하산의 양 끈을 당겨서 바람을 좀 빼주었다.

나는 꽤 빠르게 내려가고 있었고 착지 순간에 줄을 놓아야 했다. 어두운 저녁이라 땅이 잘 보이지 않았지만 가깝다는 것은 알고 있었다. 나는 교본에 나온 대로 무릎을 모았다. 그러다 갑작스럽게 구르면서 떨어졌고 낙하산 줄에 몸이 엉켰다. 교본에는 4미터 높이에서 떨어진 것과 비슷하다고 표현되어 있었지만 느낌으론 그보다 더 충격이 심했다.

나는 사탕무밭에 앉아서 왼쪽 발목을 주물렀다.

스파이들은 언제나 낙하산을 숨기기에 나도 땅에 묻어야 할 것 같았다. 하지만 그럴 기분이 아니었던 데다 사실 아무런 도구도 없었다. 그래서 밭 가장자리에 있는 도로 아래의 배수구에 낙하산을 쑤셔 넣고 프로보의 불빛을 향해 걸어가기 시작했다. 코와 오른쪽 귀에서 흐르던 피는 얼굴에 말라붙었다. 온몸이 먼지투성이였고 바지는 찢어졌으며 모자는 어디 있는지 오로지 주님만이 아실 것이었다. 아마도 덴버 혹은 네바다까지 갔을지 모른다. 왼쪽 발목은 살짝 삔 것 같았고 오른손은 심한 찰과상을 입었다. 부기도 느껴졌다.

하지만 나는 걸어가면서 휘파람을 불 정도로 기분이 좋았다. 물론 추적당하긴 했지만 예언자의 경찰들은 내가 아직도 하늘에 떠서 하와이로 향하고 있는 줄 알 것이다. 적어도 그들이 그렇게 믿고 있기를 바랐다. 어쨌거나 나는 아직 자유였고 살아 있었으니 이 정도면 멀쩡한 편이었다. 추적을 당한다 해도 유타주는 다른 지역보다는 나은 편이었다. 첫 번째 예언자 시대에 모르몬교회를 핍박한 이후로 이곳은 이단과 이교의 중심지였다. 만약 예언자의 경찰들 눈만 잘 피해 다니면 주민들이 나를 신고할 염려는 별로 없었다.

그래도 길을 걸어가는 도중에 트럭이나 지상차가 지나갈 때마다 낮게 엎드리긴 했다. 나는 길에서 벗어나 다시 밭으로 들어가서 시내로 향했다. 시내에 들어서면서부터는 어두운 조명의 뒷골목으로 들어갔다. 통행 금지 시간까지 2시간밖에 남지 않았다. 야간 순찰대가 거리로 나오기 전에 계획의 첫 부분을 실행할 필요가 있었다.

나는 1시간가량 어두운 주택지를 배회하면서 필요한 것을 찾을 때까지 사람들과의 직접 접촉을 피했다. 공중차를 훔쳐야 했다. 포드에서 만든 가족용 공중차가 텅 빈 주차장에 주차된 게 보였다. 그 옆집은 불이 꺼져 있었다.

나는 그늘에서 그늘로 움직이며 몰래 다가갔고 펜나이프를 부숴가며 문을 땄다. 시동 장치는 잠겨 있었지만 같은 행운을 두 번이나 바랄 수는 없었다. 나는 납세자들의 세금으로 극히 실용적인 교육을 받았고 그 지식 중에는 내연 기관에 대한 지식도 있었다. 이번에는 서두를 필요가 없었다. 20분 동안 어둠 속에서 잠금장치를 해제했다.

거리를 재빠르게 살펴본 다음 차에 올라타 보조 전기를 켜고 조용히 거리로 나아갔다. 모퉁이를 돌아서 차의 헤드라이트를 밝혔다. 그러고는 마치 기도를 마치고 집에 돌아오는 농부처럼 유유하게 운전했다. 물론 시 경계에서 경찰 검문소를 마주치고 싶진 않았기 때문에, 집이 드문드문해지는 곳을 찾은 다음 평야를 찾아서 도로를 벗어나 달리기 시작했다. 그러자 예상치도 못하게 앞바퀴가 관개 수로에 빠졌다. 이제 이륙해야 하는 것이었다.

주 엔진이 기침하더니 작동을 했고 로터가 큰 소음을 내면서 펴졌다. 수로에 빠진 탓인지 이륙이 쉽진 않았지만 결국 해냈다. 땅이 멀어져가고 있었다.

9

내가 훔친 공중차는 오래된 데다가 정비도 제대로 하지 않아서 엔진에선 소음이 났고 내가 싫어하는 진동이 로터를 통해 전해져왔다. 하지만 날 수 있는 데다가 연료 탱크도 절반 이상 차 있어서 피닉스까지 가기에는 충분했다. 지금 상황에선 불평할 처지가 아니었다.

이 차에서 가장 최악인 점은 보정되지도 않은 구식 스페리 로봇과 대형 석유 회사에서 고객들에게 무료 배포한 것 같은 지도 외에는 어떤 형태의 항해 장치도 없었다는 점이었다. 라디오는 있었지만 고장 난 상태였다.

그래도 콜럼버스는 이것보다도 못한 장비로 신대륙을 발견했다. 피닉스는 거의 정남쪽으로 8백 킬로미터 떨어져 있었다. 나는 눈을 감고 기도하면서 방향을 정한 다음 로봇에 코스를 입력하고 고도 150미터를 유지하도록 했다. 더 높게 난다면 사이버망에 걸릴지 몰랐고 그보다 낮게 난다면 지역 경찰이 짜증을 낼지도 몰랐다. 걸린다면 딱지를 떼려고 할지 모르기 때문에 항행등을 약하게 켜놓기로 했다. 그러고 나서 주위를 둘러보았다.

북쪽에 추적자의 모습이 보이지는 않았다. 이 차를 훔친 것이 아직 발견되지 않은 것 같았다. 지금쯤이면 내가 버린 비행기는 태평양에 추락했거나 격추되었을 시간이었다. 문득 내가 마마보이인 것치고는 꽤 많은 전과(前科)를 가지게 됐다는 것을 깨달았다. 살인 공모, 대 이단 심문관을 상대로 한 위증, 반역과 사칭, 게다가 절도는 두 번이나 됐다. 물론 아직 저지르지 않은 죄도 많았다. 방화죄도 있고 무슨 죄인지 잘 모르겠지만 수뢰죄도 있고 강간도 아직 남아 있었다. 나는 강간죄는 피하고 싶지만 수뢰죄는 저지를 수 있을 것 같았다. 무슨 뜻인지 알아낸다면 말이다. 코에서는 다시 피가 나오고 있었지만 기분은 썩 괜찮았다.

현행법상으로 성처녀와 결혼하는 것이 의제 강간에 들어갈지도 모른다는 생각이 드니 기분이 나아졌다. 그렇게 되면 난 모든 죄를 저지르게 되는 셈이다.

나는 프로보에서 160킬로미터 떨어질 때까지 자동 조종을 끄고 마을을 피해 날기로 했다. 그곳에서 남쪽으로 그랜드 캐니언을 지나면 사람들이 무서워하는 오래된 66로드시티의 폐허 정도가 나올 것이었다. 그래서 위험을 무릅쓰고 잠을 청하기로 했다. 자동 조종 장치를 250미터 고도에 맞춰놓고 나무와 절벽을 경계하도록 설정한 다음 뒷좌석으로 가서 누웠다. 금방 잠들 수 있었다.

그리고 대 이단 심문관이 내 앞에서 육즙이 듬뿍 밴 로스트비프를 먹으며 나를 고문하는 꿈을 꾸었다. "자백하라!" 그는 말하면서 한입 베어

물고 씹기 시작했다. "자백하면 편해질 수 있네. 덜 구운 부분을 줄까? 아니면 이 끝을 한쪽 맛보는 건 어떤가?" 나는 거의 자백을 할 참에 깨어났다.

밝은 달빛 속에서 차는 그랜드 캐니언에 접근하고 있었다. 나는 조종석으로 재빠르게 자리를 옮겨서 미리 맞춰둔 고도를 재조종했다. 이 멍청하도록 단순한 로봇이 그랜드 캐니언의 계속되는 거대한 계곡과 산과 산봉우리에 질려 신경 쇠약증에 걸릴까 두려웠기 때문이다.

나는 배가 고프다는 것을 잊어버릴 정도로 아름다운 풍경을 즐겼다. 그랜드 캐니언을 못 본 사람에게 설명할 길은 없지만, 달밤에 하늘에서 보는 것만 한 광경이 없다.

20분 정도 그랜드 캐니언을 가로지른 다음에 나는 다시 자동 조종 장치를 켜고 무언가 먹을 것이 없나 공구함과 사물함을 뒤지기 시작했다. 아몬드 초코바와 땅콩 몇 개가 나왔다. 스컹크라도 날것으로 먹을 태세였기 때문에 이만하면 진수성찬이었다. 마지막으로 한 식사가 캔자스시티에서였다. 나는 다 먹어치운 다음에 다시 잠들었다.

내가 해가 뜨기 직전에 일어난 걸 보면 기억은 안 나지만 자동 조종 장치 알람이 울리거나 했을 것이다. 사막에서 동트는 모습은 또 하나의 절경이었지만 올바른 방향으로 가고 있는지 알아내야 했기 때문에 더 눈길을 줄 수 없었다. 나는 몇 분 동안 남쪽으로 흐르는 기류를 조사한 다음 교통지도의 가장자리에 계산을 해보았다. 운이 좋고 추측이 맞는다면 30분 정도 뒤에 피닉스가 보일 것이었다.

운은 좋았다. 거친 평야를 지나다가 갑자기 오른쪽에 넓고 평평한 사막의 계곡이 나타났다. 그곳은 농작물 때문에 녹색으로 물들어 있었고 커다란 도시가 보였다. 바로 태양의 계곡이라 불리는 피닉스였다. 나는 솔트리버 협곡으로 흐르는 말라버린 개천에 거친 착륙을 했다. 바퀴 하나가 떨어져 나갔고 로터가 부딪혔지만 별로 신경 쓰이지 않았다. 이곳이라면 금방 눈에 띄지는 않을 것이며 차 안 여기저기에 있는 내 지문,

아니 리브스의 지문도 금방 발견되지 않으리라는 사실이 중요했다. 30분 뒤 나는 거대한 선인장과 더욱 거대한 붉은 바위들 틈에서 길을 찾아 걷다가 협곡 아래쪽의 피닉스로 향하는 고속도로로 나왔다.

피닉스로 가는 길은 긴 도보 여행이 될 것이었다. 한쪽 다리는 삔 데다가 차를 얻어 타지 않기로 했기 때문에 더욱 그랬다. 도로에 차가 드문드문밖에 없었기 때문에 처음 1시간 동안은 차가 올 때마다 도로에서 나와 숨었다. 그러다가 화물차에 발견되었다. 나는 운전사에게 손을 흔들면서 태연한 척했다. 운전사는 거대한 화물차를 빠르고도 부드럽게 멈췄다. "태워줄까요, 형씨?"

나는 재빨리 마음을 정했다. "네, 고맙습니다!"

운전사가 큰 궤도 위로 사다리를 내려주어 나는 운전석으로 올라갔다. 그는 나를 살펴보더니 존경스럽다는 듯이 물었다. "어이쿠! 퓨마였어요? 아니면 곰?"

내가 어떤 꼴인지 잊고 있었다. 나는 내 모습을 내려다보았다. "둘 다였죠." 나는 진지하게 대답했다. "한 손에 한 놈씩 목을 졸라 잡았습니다."

"믿지요."

"사실은 외발자전거를 타고 있었는데 도로 바깥으로 튕겨 나갔죠. 운 좋게도 높은 곳이었습니다. 하지만 망가져버렸어요."

"외발자전거를 탔다고요? 이 도로에서? 설마 글로브에서부터 쭉 타고?"

"음, 가끔은 내려서 밀기도 하고요. 하지만 튕겨 나간 건 내리막이었어요."

그는 머리를 내저었다. "차라리 퓨마와 곰 얘기를 믿겠네요. 그게 더 재밌거든." 그가 더 이상 질문을 하지 않아서 안심되었다. 문득 이 말도 안 되는 이야기가 예상치 못한 결과를 가져왔다는 사실을 깨닫기 시작했다. 나는 글로브에서 오는 길 따위는 가본 적도 없었다.

나는 거대 화물차에 들어와본 적이 없었기 때문에 육군 장갑차의 조종실과 얼마나 닮았는지 관심이 갔다. 똑같이 범용 올레오 속도 기어로

좌현과 우현의 무한궤도를 조종할 수 있었고 똑같은 계기판으로 엔진 속도와 좌현, 우현의 모터 속도, 토크 비율 등을 조절할 수 있었다. 내가 직접 운전해도 될 정도로 닮아 있었다.

나는 아무것도 모르는 척 그에게 말을 시켰다. "난 이렇게 커다란 차는 처음이거든요. 어떻게 움직입니까?"

운전사가 말하기 시작했지만, 나는 한 귀로 듣고 흘려버리면서 어떻게 피닉스로 들어가야 할지를 궁리했다. 그는 두 개의 속도계를 한 손에 하나씩 쥐고 조종하면서 어떻게 조향 장치의 움직임을 궤도에 전달하는지를 보여주었다. 그리고 양쪽에 디젤 동력을 균등한 속도로 전달하는 것이 얼마나 경제적인가에 관해 설명했다. 나는 그가 말하도록 내버려두었다. 지금 당장 필요한 것은 목욕과 면도 그리고 새 옷이었다. 확실히 지금 이 꼴이면 바로 의심을 받고 바로 잡힐 테니까.

나는 그가 뭔가 내게 질문했다는 것을 조금 늦게 깨달았다. "알 것 같네요." 내가 대답했다. "그러니까 워터베리로 궤도를 운전하는 것이군요."

"맞기도 하고 아니기도 하고. 이건 디젤과 전기 모두 사용합니다. 워터베리는 기어처럼 작동하지만 정작 기어, 톱니바퀴는 전혀 들어 있지 않아요. 수력이죠. 알겠어요?"

나는 알아듣겠다고 말했다(사실 나는 설계도를 그려줄 수도 있었다). 하지만 내 생각은 다른 곳에 가 있었다. 만약 카발에 장갑차 운전사가 필요하다면 대형 화물차 운전사를 단기간만 교육해도 쓸 수 있을 거라고 생각했다.

우리는 협곡을 떠난 후에도 계속 내리막길을 따라 수 킬로미터를 금세 지나쳤다. 운전사는 길가에 있는 식당과 주유소에 차를 세웠다. "나갑시다." 그는 투덜대듯 말했다. "우리는 아침 식사를, 이놈은 기름을 먹을 시간이니까."

"좋은 생각이군요." 우리는 달걀과 베이컨을 쌓아놓고 먹었고, 크고 나디단 애리조나산 그레이프푸르트도 먹었다. 그는 내가 사겠다는 것을 말렸고 오히려 자기가 내려고 했다. 그는 화물차로 돌아가다 서서 나를 쳐다보았다.

"경찰 검문소가 1킬로미터 앞에 있어요." 운전사가 조용히 말했다. "그곳은 다른 곳들만큼 검문한다던데." 그는 나를 바라보더니 고개를 돌렸다.

"음, 여기서부터는 걸어가야겠군요, 아침도 소화시킬 겸. 태워줘서 고마웠습니다."

"뭐 별말씀을. 아, 2백 미터쯤 뒤쪽으로 간선도로가 있어요. 남쪽으로 구부러지다가 서쪽으로 가면 도시가 나올 겁니다. 걸어가기에 좋은 길이에요. 차들도 없고."

"아, 감사합니다."

간선도로를 걸어가며 내가 그렇게 범죄자처럼 보이는지 생각했다. 한 가지 확실한 점은 도시 안을 돌아다니기 전에 겉모습을 제대로 갖춰야 한다는 것이었다. 목장을 지나고 몇 채의 집도 지났지만 멈출 용기가 나지 않았다. 하지만 나는 스페인 인디언 가족이 개들과 함께 사는 작은 집을 발견했다. 아이들도 있었다. 나는 도박을 하기로 했다. 이 사람들 중에 많은 사람은 숨은 가톨릭교도들일 테고, 아마도 나만큼 경찰을 싫어할 것이었다.

안주인은 집에 있었다. 그녀는 뚱뚱했고 친절했으며 겉모습은 거의 인디언이었다. 내 스페인어 실력이 교실에서 몇 마디 배운 정도라 별 대화를 나누지는 못했지만, 나는 '아쿠아'를 달라고 했다. 마실 물과 씻을 물 모두. 그녀는 내가 속옷만 입은 채로 앉아 있는 동안 내 바지를 꿰매주었고 아이들이 무언가 말을 하자 쫓아 보냈다. 그녀는 심지어 남편의 면도기를 쓰도록 해주었다. 그녀는 내가 돈을 내려고 하자 거부했지만 난 꼭 내야 한다고 했다. 나는 그럭저럭 볼 만한 모습으로 그 집을 떠났다.

길은 화물차 운전사가 말한 대로 도시로 이어졌고 경찰도 없었다. 나는 결국 동네의 쇼핑센터를 찾았고 작은 양복점에 들어갔다. 그곳에서 나는 말쑥한 모습으로 완전히 돌아갈 때까지 기다렸다. 옷이 다림질되고 얼룩도 사라지고 새 셔츠를 입고 모자를 쓰자, 이제는 거리를 걸어가다 어떤 경찰을 만나도 신의 축복을 나누면서 두 눈을 침착하게 바라볼 수 있게 되었다. 나는 전화번호부에서 사우스사이드 교회의 주소를 찾았고 양복점 벽에 달린 지도를 보며 현재 위치를 물어보지 않고 확인할 수 있었다. 걸어갈 만한 거리였다.

나는 서둘러 가서 11시 예배가 시작되기 직전에 도착할 수 있었다. 한숨을 쉬며 뒷줄에 앉아서 예배를 즐기기 시작했다. 마치 어렸을 때처럼, 내가 저들 뒤에 무엇이 있는지 알게 되기 전처럼 말이다. 평화롭고 안전한 기분이 들었다. 실제로는 내가 한 모든 노력의 결과였는데도 말이다. 나는 익숙한 음악이 영혼에 젖어드는 것을 느끼며 사제에게 내가 누구인지 밝힐 순간을 기다렸고 나머지 걱정은 그에게 맡기기로 했다.

사실을 말하자면 설교를 하는 동안에 잠이 들었다. 하지만 제시간에 일어났고 아무도 그런 나를 못 본 것 같았다. 그다음 주변을 어슬렁거리다가 사제와 얘기를 나누며 설교가 얼마나 좋았는지 말할 기회를 엿보았다. 나는 악수를 하며 그에게 형제단의 인식 표시를 보냈다.

하지만 사제는 대답이 없었다. 나는 기분이 안 좋아져서 그가 말하는 것도 못 들을 뻔했다. "고맙네, 젊은 친구. 새로 온 목회자에겐 자기 예배가 좋았다는 것만큼 좋은 소식도 없는 법이니까."

아마도 내 표정에 당황한 티가 난 것 같았다. 사제가 말을 보냈다. "뭔가 잘못됐나?"

나는 더듬거렸다. "아, 아니요, 사제님. 저도 여기가 처음이거든요. 그럼 베어드 사제님이 아니신가요?" 서늘해지는 공포를 느꼈다. 베어드 사제는 뉴예루살렘을 벗어난 곳에서는 유일한 접선자였고, 누군가가 숨겨주지 않는다면 나는 몇 시간 안에 붙잡힐 것이었다. 나는 말을 하면서도 다른 비행기를 훔쳐서 멕시코 국경으로 도망치는 계획을 세우고 있었다.

사제의 말은 내 생각을 끊고 들려왔다. "아쉽게도 아니네, 젊은이. 베어드 사제님을 보려고 오셨나?"

"뭐 별로 중요한 일은 아닙니다, 사제님. 제 삼촌과 오랜 친구시거든요. 여기에 온 김에 만나 존경을 표하려고 왔습니다."

그 착한 인디언 아주머니가 어두워질 때까지 나를 숨겨줄까?

"그건 별로 어렵지 않을 걸세. 이 도시에 계시니까. 난 그저 그분이 병에 걸리셔서 대신 예배를 드린 것뿐이네."

순간 너무나 큰 안도감이 들었으나 티 내지 않으려고 애썼다. "편찮으시면 방해하지 않는 게 좋겠군요."

"아, 괜찮을 거야. 다리가 부러진 것뿐이니까. 그분은 손님을 맞이하길 좋아하시지. 여기 있네." 그는 사제복에서 종잇조각과 연필을 꺼내서 주소를 적어주었다. "저쪽으로 거리 두 개를 건너서 한 블록 정도 가면 되네. 지나치진 않을 걸세."

물론 나는 지나쳤다. 두 배나 지나쳐 걸어갔다가 다시 돌아오면서 집을 찾을 수 있었다. 담쟁이덩굴이 있는 오래된 집으로 뉴잉글랜드풍이었다. 정원은 유칼립투스, 종려나무, 관목과 꽃들로 단장되어 즐거운 부조화를 이루고 있었다. 나는 벨을 누르고 구식 스캐너가 돌아가는 소리를 들었다. 스피커에서 대답이 들려왔다. "누구시죠?"

"괜찮으시다면 베어드 사제님을 찾아왔습니다."

그가 내 얼굴을 찬찬히 보는 동안 침묵이 이어졌다. "알아서 들어와야 할 거요. 가정부가 시장에 갔거든. 집을 가로질러서 뒤에 있는 정원으로 오시오." 문이 찰칵 소리와 함께 열렸다.

나는 어둠 속에서 눈을 끔뻑거리며 중앙 복도를 지나 뒷문으로 나갔다. 노인이 그네에 누워 있었고 한쪽 발은 베개 위에 올려져 있었다. 그는 책을 내려놓고 안경 너머로 나를 쳐다보았다.

"무엇을 원하나, 젊은이?"

"빚입니다."

＊

1시간 후 나는 차갑고 다디단 우유와 함께 엄청나게 맛있는 엔칠라다를 깨끗하게 먹어치웠다. 내가 청포도에 손을 대려 하자 베어드 사제는 나에게 명령을 재확인시켰다. "어두워지기 전까지는 아무것도 할 수 없네. 질문 있나?"

"아니요. 산체스가 도시에서 저를 데리고 나가 다른 형제에게 데려갈 것이고 그 형제가 중앙 사령부에 데려갑니다. 충분히 간단한데요."

"그렇지. 하지만 편안하지는 않을 걸세."

나는 채소 트럭 바닥에 숨겨진 짐칸에 탄 채로 피닉스를 떠났다. 짐짝처럼 구겨 넣어져 코가 바닥에 짓눌렸다. 트럭은 도시 경계에 있는 경찰 검문소에서 멈췄다. 경찰이 퉁명스럽게 지시하는 소리와 산체스가 열정적인 스페인어로 떠드는 소리가 들렸다. 누군가가 내 머리 위로 걸어 다녔고 가짜 바닥의 갈라진 틈 사이로 빛이 들어왔다.

드디어 이런 목소리가 들려왔다. "괜찮아, 에즈라. 베어드 사제님의 하인이야. 거의 매일 사제님의 목장으로 왔다 갔다 하니까."

"그렇다면 진작 말을 하지."

"저 녀석은 흥분하면 영어를 못 하거든. 좋아. 가봐, 젊은이. 바야 우스떼드 콘 디오스(신과 함께 하길)."

"그라시아스, 세뇨레스. 부에나스 노체스(감사합니다. 선생님. 좋은 밤 되세요)."

베어드 사제의 농장에서 헬기로 갈아탔다. 이번에는 고물 트럭이 아니라 신형에다가 조용하고 잘 정비된 것이었다. 두 명의 승무원과 암호 악수를 했고 그들은 내게 객실에서 머무르라고 했다. 우리는 즉시 출발했다.

객실 창문은 무언가로 가려져 있어서 어디로 얼마나 가는지 알 수 없었다. 조종사가 작정했는지 가는 내내 거친 비행이었다. 꼬리가 밟히지 않도록 경계하며 움직이는 것은 당연했지만 나는 비행사가 자기 일을 제대로 할 줄 아는 사람이기만을 바랐다. 나라면 대낮에라도 이런 식으로 비행기를 몰진 않았을 테니까 말이다. 조종사는 아마 꽤 많은 코요테를 겁주었을 것이다. 나도 겁먹었다.

드디어 착륙 빔의 신호음이 들렸다. 착륙 빔을 따라 미끄러져 들어가서 가만히 뜬 다음 덜컹 소리와 함께 착륙했다. 내가 나왔을 때는 삼각대에 장치된 블래스터총이 나를 겨누고 있었고 두 명이 경계 태세로 우리를 바라보았다.

하지만 조종사가 암호를 말하고 경비병들이 각자 따로 나에게 질문을 한 다음 우리는 인식 신호를 교환했다. 경비병들은 아무런 문제가 없는 것이 오히려 실망스러운 듯 보였다. 그들은 바짝 긴장한 것처럼 보였으며, 만족할 만큼 신분 확인을 마친 뒤 머리에 두건을 씌워 나를 데리고 갔다. 우리는 문을 지나서 50미터 정도를 걸어 어떤 방으로 들어갔다. 그리고 바닥이 내려앉기 시작했다.

이게 엘리베이터라고 아무도 말을 안 해주었기 때문에 나는 잠시 놀라 불평을 하려 했지만 그냥 입을 다물기로 했다. 우리는 곧 엘리베이터에서 내려 걸었다. 그들은 나를 어떤 플랫폼 같은 것에 앉힌 후 꽉 잡으라고 했다. 그렇게 하자마자 갑자기 목이 꺾일 것 같은 속도로 급출발을 했다. 미리 경고해줄 수도 있었을텐데 안 한 것을 보면 일부러 텃세를 부리는 것 같았다.

또 다른 엘리베이터를 탄 후 몇백 걸음을 걸어가서야 두건이 벗겨졌다. 그제야 중앙 사령부를 처음으로 볼 수 있었다.

탄성이 나왔다. 경비병 중 한 명이 웃으며 짤막하게 말했다. "다들 그러지."

거대한 석회암 동굴이었다. 너무나 거대해서 지하라기보다는 야외에 있는 것 같았다. 화려하고 웅장한 모습이 동화 나라나 난쟁이 왕의 궁전을 연상케 했다. 엘리베이터를 타고 내려왔기 때문에 지하라는 것은 짐작했지만, 이 정도일 줄은 상상조차 하지 못했다.

나는 1996년에 지진으로 무너진 칼즈배드 동굴의 예전 사진을 본 적 있었다. 하지만 칼즈배드 동굴이라 해도 이 절반만큼도 웅장하거나 거대하진 않았을 것 같았다. 한눈에는 얼마나 이 동굴이 거대한지 알 수 없었다. 지하라 크기를 비교할 만한 것도 없었고 사람의 두 눈은 15미터만 벗어나면 거리를 잘 헤아리지 못한다. 그보다 멀면 집이나 사람, 나무 혹은 지평선 같은 것이 비교할 대상이 되어주는데 자연 동굴에는 인간들에게 잘 알려져서 비교할 수 있을 만한 것이 아무것도 없었다.

내가 지금 있는 방이 크다는 것은 알고 있었지만 얼마나 큰지 짐작도 가지 않았고 편견에 찌든 내 두뇌는 규모를 낮춰 잡으려 했다. 우리는 동굴의 한쪽 끝, 주 복도보다 높은 곳에 있었다. 바닥 전체에서는 부드러운 빛이 나오고 있었다. 나는 탄성을 지르면서 여기저기를 보다가 저 아래쪽에 장난감 마을이 있는 것을 보았다. 작은 빌딩은 30센티미터밖에 안 되어 보였다.

작은 사람들이 건물들 사이를 걸어 다니는 게 보였다. 그러자 모든 것의 크기를 정상적으로 인식할 수 있었다. 장난감 마을은 적어도 4백 미터는 떨어져 있었다. 동굴 전체는 2킬로미터도 안 됐지만 높이는 백 미터가 넘어 보였다. 보통 사람들이 동굴에 들어가면 느끼는 폐소공포증 대신에 나는 다른 공포를 느꼈다. 열려 있는 공간을 무서워하는 광장공포증 말이다. 나는 겁 많은 생쥐처럼 벽에 붙어 도망가고 싶었다.

안내자가 내 팔을 건드렸다. "나중에 목이 부러져라 구경할 시간은 많을 거요. 자, 갑시다." 그는 나를 종유석 사이로 난 길로 안내했다. 종유석은 손가락 크기에서 이집트 피라미드만큼까지 크기가 다양했고 그 사이에는 살아 있는 돌이 수련처럼 피어나는 검은색 호수가 있었다. 인류가 생길 때부터 자리를 잡아왔을 검은색 돔을 지나 오닉스로 된 투명한 크림색 커튼과 장밋빛과 어두운 녹색이 섞인 종유석 아래를 지났다. 경이로움은 이미 한계를 벗어나고 있었다.

우리는 박쥐 배설물이 떨어진 바닥을 지나 마을에 도착했다. 건물들은 가까이서 보니 야외에 지어진 건물이라기보다는 방음용으로 만들어진 벌집 모양의 플라스틱 칸막이 같았다. 그것은 능률과 편리를 위한 것이었다. 대부분은 지붕이 없었다. 우리는 가장 큰 칸 앞에 도착했다. 문에는 '행정실'이라고 씌어 있었다. 들어가서 나는 인사 사무실로 안내되었다. 이 방은 전문적인 군대 건물의 추하고 능률적이기만 한 요소를 전부 갖추고 있었다. 향수병에 걸릴 듯한 수준이었다. 심지어는 카이사르의 시대부터 항상 모든 병영 사무실이 그래왔듯이 여기도 신경질적으로 보이는 나이 든 사무원이 있었다. 그의 책상에는 '영장 담당 장교 R. E. 자일스'라는 명패가 보였는데, 업무 시간이 끝났는데도 나를 맞이하기 위해서 사무실에 온 것이 분명했다.

"만나서 반갑네, 존 라일." 자일스 씨가 말하며 악수와 신호를 교환했다. 그는 코를 긁으며 말했다. "자네가 1주일 정도 일찍 오는 바람에 숙소가 준비 안 됐군. 관사 라운지에서 침낭으로 보내게. 아침에 숙소를 찾아줄 테니."

내가 그것으로 완벽하게 만족한다고 말하자 그는 안심하는 듯했다.

10

아마도 도착하면 나를 무슨 개선장군으로 대접해줄 것으로 기대했나 보다. 새로 생긴 동료들이 나의 모험과 위기일발의 탈출 이야기를 숨이 막힌다는 듯이 새겨들으며 이 모든 난관을 극복하고 중요한 메시지를 전달하게 된 것을 창조주께 감사하고 뭐 그런 식으로 말이다.

내 생각은 틀렸다. 내가 아침 식사를 마치기도 전에 인사과의 부관이 나를 불렀지만 난 그를 직접 보지 못했다. 자일스 씨를 봤을 뿐이었다. 나는 약간 화가 나서 언제 지휘관을 공식적으로 방문할 수 있겠느냐고 물었다.

그는 콧방귀를 뀌었다. "아, 그래. 글쎄, 라일, 지휘관께선 자네에게 경의를 표한다고 전했고 공식 방문은 이미 이뤄졌다고 생각하라 전했네. 각 부의 장도 마찬가지고. 지금은 뒤로 미루는 게 나을 것 같군. 시간이 나시는 대로 찾으실 걸세."

나는 장군이 나에게 그런 메시지를 보낸 적이 없다는 것, 인사과 사무원은 그저 미리 정해진 문구를 읽는 것뿐이라는 사실을 바로 알아챘다. 기분이 나아지지 않았다.

내가 할 수 있는 일은 없었다. 명령 체계가 있으니까. 정오쯤 나에게 숙소가 할당되었고 나는 건강 검진을 받은 후 지금까지 있었던 일을 보고했다. 그렇다. 드디어 나의 모험 이야기를 할 기회가 온 것이다…. 녹음기에 말이다. 살아 있는 인간이 내가 가지고 있는 메시지를 가져가기는 했다. 하지만 재미는 없었다. 나는 메시지를 받았을 때처럼 최면 상태에 있었을 뿐이었다.

이건 너무한 일이라고 생각했다. 나는 정신기술자에게 내가 가져온 메시지가 무엇이냐고 물었다. 그는 딱딱하게 대답했다. "전령에게 메시지가 무엇인지 말해주면 안 됩니다." 그의 말투로 봐서는 내가 무언가 물어서는 안 되는 것을 질문한 모양이었다.

나는 잠시 냉정함을 잃었다. 상대가 제복을 입고 있지 않아서 나보다 상급자인지 아닌지 알 수 없었고 신경 쓰이지도 않았다. "너무한 거 아니오! 이게 뭡니까? 형제들이 나를 믿지 못하겠다는 건가요? 나는 내 목숨을 걸고 여기까지…."

그는 나를 위로해주려는 듯이 말했다. "아니, 아닙니다. 그런 게 아니에요. 당신을 보호하기 위한 겁니다."

"네?"

"정책이죠. 당신이 적게 알고 있을수록 체포되었을 때 적게 불게 되는 겁니다. 당신과 다른 사람들의 안전을 위해서 말이죠. 예를 들어서 여기가 어디 있는지 알고 있나요? 지도에 어딘지 표시할 수 있어요?"

"아니요."

"나도 모릅니다. 우리는 알 필요가 없으므로 모르도록 하는 겁니다. 하지만 이 정도는 말해도 될 것 같군요. 당신이 가지고 온 것은 그냥 일 상적인 보고서들이었습니다. 이미 비밀 회선을 통해서 전달해 받은 것들을 확인해주는 것들이죠. 이쪽으로 오면서 그런 자료를 들고 왔더군요. 테이프를 세 개나 썼습니다."

"그냥 일상적인 것들이라고요? 피터 지부장은 내가 극히 중요한 메시지를 전달한다고 했는데. 늙은 뚱뚱이 같으니라고!"

기술자는 웃었다. "아마 그는…. 아!"

"네?"

"그가 한 말이 무슨 뜻인지 알겠군요. 매우 중요한 메시지가 있긴 있었습니다. 바로 당신에게 중요한 메시지였지요. 당신 자신의 증명서가 있었으니까. 그게 없었더라면 아마 다시는 깨우지 않았을 겁니다."

나는 아무 말도 하지 않고 조용히 나갔다.

나는 의무실, 정신과학실, 숙소 담당관 등등을 들르면서 이곳이 얼마나 큰 곳인지 대충 알게 되었다. 내가 처음에 본 '장난감 마을'은 그저 행정 단지에 불과했다. 발전소는 다른 동굴에 몇 미터 두께의 동굴 벽을 2차 방벽으로 이용하여 설치되어 있었다. 결혼한 사람들은 어디든 숙소를 고를 수 있었다. 인원 중 3분의 1 정도는 여성이었으며 사람들은 주로 중앙 단지에서 멀리 떨어진 곳에 집(혹은 칸막이)을 정했다. 무기고와 탄약고는 옆길에 있어 사무실 및 숙소와 안전거리를 유지하고 있었다.

지하 수로로 전달되는 신선한 물은 경수긴 했지만 풍부했고 그 통로는 동시에 환기구로도 쓰이는 듯했다. 적어도 공기에서 퀴퀴한 냄새가 나지는 않았다. 이곳은 겨울이나 여름이나 밤이나 낮이나 온도는 섭씨 21도를, 상대 습도는 32퍼센트를 유지했다.

나는 이미 조직의 일부분이 되어 점심을 먹고 난 후 임시직이지만 일을 하게 되었다. 무기고에서 블래스터총, 권총, 소총 그리고 돌격 소총을 조정하고 수리하는 일이었다. 만약 내가 총기 상사가 해야 할 일들을 부탁받았거나 명령받았다면 짜증이 났을 법도 했다. 하지만 모든 곳은 최소한의 의례만으로 돌아가게 되어 있었다. 예를 들어서 우리는 식사를 마친 후 스스로 식기를 씻어야만 했다. 그리고 사실 안전하고 조용한 무기고에 앉아서 캘리퍼스나 페더보드나 천공기를 다루는 일은 즐겁고 유익한 일이었다.

바로 그 첫날 저녁 시간 직전에 나는 관사 라운지에 들어가 비어 있는 의자를 찾고 있었다. 뒤에서 귀에 익은 바리톤 목소리가 들렸다. "존! 존 라일!" 내가 뒤를 돌아보니 나에게 달려오는 제브 존스를 볼 수 있었다. 오랜 친구 제브, 그는 반갑고 못생긴 얼굴 한가득 미소를 짓고 있었다.

우리는 가볍게 주먹을 부딪치며 언제나 하듯이 욕을 주고받았다. "언제 여기 왔어요?" 내가 마침내 그에게 물었다.

"한 2주쯤 전에."

"그래요? 내가 떠날 때 아직 뉴예루살렘에 있었잖아요. 어떻게 온 거예요?"

"아무것도. 나는 최면 상태가 된 다음에 시체로 운반되었거든. 관에 못을 박아놓고 '전염성 있음'이란 마크를 붙여놓은 거지."

내가 이리저리 꼬여버린 여행 이야기를 하자 제브가 감동한 듯해서 기분이 좋아졌다. 나는 그에게 무슨 일을 하는지 물었다.

"난 지금 선전선동부에 있어. 노박 대령 밑이지. 예언자와 사도, 사제들의 별로 자랑스럽지 못한 개인 생활에 대해서 쓰고 있어. 얼마나 많은 하인을 데리고 있나, 궁전을 운영하고 화려한 의식과 행사를 진행하는 데에 돈이 얼마나 드는가 같은 거 말이야. 물론 모두 사실이지. 그리고 그걸 감동한 척 수긍하면서 써나가는 거야. 하지만 그런 것들의 그림자를 확실히 보여주는 거지. 보석들과 순금 장식물들에 얼마가 드는지 강조하는 거야. 이걸 읽는 시골뜨기들에게 계속 말하는 거지. 도대체 어떤 특권을 가졌기에 그러한 번지르르한 장신구들이 허용되는 건지, 그리고 우리는 신의 지상 대리인을 모시면서 얼마나 기뻐해야 하는지도 말이야."

"난 잘 못 알아듣겠는데요." 나는 얼굴을 찌푸리며 말했다. "사람들은 그런 서커스 같은 짓을 좋아하잖아요. 뉴예루살렘에 온 관광객들이 사원 의식을 보려고 앞다퉈 표를 사는 걸 봐요."

"물론이지, 물론이야. 하지만 우리는 이런 선전문을 뉴예루살렘에 놀러 온 사람들에게 보여주자는 것이 아니야. 미시시피 계곡에 있는 가난한 농부들이 사는 마을의 지방 신문, 아니면 남부 지방이나 뉴잉글랜드의 오지에 내는 거지. 말하자면 가장 가난하고 가장 청교도적인 가치관을 가진 사람들에게 퍼뜨리는 거야. 그 사람들은 감정적으로 가난과 미덕은 같은 것이라고 생각하거든. 그들의 신경을 건드리는 거지. 시간이 지나면 점점 동화되어 의심하는 사람들이 생기기 마련이야."

"정말 그런 하찮은 짓거리로 반란이 시작될 거라고 봐요?"

"이건 하찮은 짓거리가 아니야. 왜냐하면 사람들의 감정에 직접 호소하거든. 논리적인 이성을 통과해서 말이야. 수천 명의 편견에 호소하여 생각을 바꾸는 것이 논리로 한 사람을 설득하는 것보다 쉬운 법이지. 편견에 호소하느냐 마느냐는 별로 중요한 문제도 아니고. 존, 의미함축지표를 어떻게 쓰는 건지는 알고 있지?"

"글쎄요, 알기도 하고 모르기도 하고요. 무엇인지는 알아요. 단어들이 얼마나 감정적 효과를 가지고 있는지 재는 거죠."

"맞는 말이야. 하지만 단어의 효과는 1미터가 100센티미터라는 식으로 고정된 게 아니야. 문맥에 따라서, 독자의 나이, 성별, 직업에 따라서 달라질 수 있고 배경이나 그런 요소가 열두 가지는 더 있지. 의미함축지표는 특정 단어가 특정 독자, 혹은 유사한 독자에게 어떤 방식으로 영향을 미쳐서 호의, 비호의, 무관심 중 어떤 효과를 보이게 될지 보여주는 변수의 해(解)야. 우리에게 필요한 모든 정보가 모인 상태는 아니기 때문에 과학보다는 기술에 속하지. 하지만 매우 정확한 기술이야. 특히 현장에서 반응을 피드백하기 때문에 더 그래. 내가 작업하고 있는 각 문단은 그전 문단보다 아주 조금씩 더 독자의 짜증을 부채질하지. 하지만 독자들은 왜인지 깨닫지 못해."

"듣기엔 괜찮은데, 어떻게 하는 건지는 잘 모르겠군요."

"대략 예를 들어주지. 어느 쪽이 마음에 들어? 잘 익은, 두껍고 육즙이 넘치는 연한 스테이크? 아니면 거세된 어린 황소의 사체에서 잘라낸 근육 조직?"

나는 그에게 웃어줬다. "그런다고 걸려들 줄 알아요? 어떤 이름이든 난 괜찮을 거예요. 너무 익히진 말고요. 여기도 식사 시간을 알려주는 방송 같은 걸 했으면 좋겠는데 말이에요. 지금 배고프거든요."

"넌 마음의 준비를 하고 있었으니까 영향을 받지 않을 거야. 하지만 만약 그런 식으로 고기 메뉴를 부른다면 그 레스토랑이 얼마나 영업을 계속할 수 있을 것 같아? 다른 예를 들어주지. 장난꾸러기 꼬마가 벽에 낙서할 때나 쓸 법한 앵글로색슨의 한 음절 단어가 있다고 치자. 점잖은 자리에서는 그런 단어를 쓸 수 없지. 하지만 어떤 상황에서도 쓸 수 있는 동의어나 완곡한 대체용 단어가 항상 존재하지."

나는 고개를 끄덕였다. "그런 것 같네요. 확실히 다른 사람들에게 어떻게 먹히는지 알겠어요. 하지만 개인적으로 난 그런 것에 영향을 받지 않을 것 같아요. 욕설 같은 말은 나에게 아무런 의미도 없거든요. 물론 나도 다른 사람들에게 모욕을 주려 하지는 않고요. 난 잘 교육받은 사람이에요, 제브. 몽둥이와 돌로 내 뼈를 부술 순 있어도 악담으로는 아무도 다치지 않는다는 말이 있잖아요. 하지만 어떻게 무지한 자들에게 먹히는지는 알겠군요."

제브에게 경계를 늦춰선 안 되는 거였다. 그가 내게 딴죽을 건 게 몇 번이었던가. 그는 조용히 웃으면서 욕설에 해당하는 한마디를 했다.

"어머니를 끌어들였겠다!"

나는 고함을 지르며 마치 전투에 나가는 개처럼 의자에서 벌떡 일어났다. 제브는 내가 어찌할 것인지 정확히 예상한 듯 이미 무게중심을 옮겨서 나의 팔뚝을 잡고 다른 팔로 감싸 안아서 싸움이 시작되기도 전에 멈췄다. "진정해, 존. 내가 사과할게. 진심으로 사과하고 용서를 구할게. 믿어줘, 널 모욕한 게 아니야."

"말이면 다인 줄 알아요!"

"내가 이렇게 말하잖아. 용서해줄래?"

나는 분노를 너무 드러냈다는 것을 깨닫고 마음을 진정시켰다. 우리는 조용한 구석에 있었지만, 라운지에는 열댓 명 정도 되는 사람들이 저녁 식사 방송을 기다리고 있었다. 쥐 죽은 듯한 고요와 함께, 다른 사람들이 머릿속으로 끼어들어야 하나 말아야 하나 생각하고 있는 것까지 느껴졌다. 나는 분노보다는 부끄러움에 얼굴이 빨개졌다. "알았어요. 놔줘요."

우리는 다시 앉았다. 나는 아직 화가 나 있었고 제브의 용서할 수 없는 행동을 잊을 생각은 없었지만 위기는 지나갔다. 그는 조용히 말했다. "존, 난 너나 네 가족을 모욕할 생각은 추호도 없었어. 의미함축지표의 역학을 보여주는 과학적인 실연이었다고, 그것뿐이었어."

"글쎄요, 그렇게 개인적으로 나갈 필요까진 없었잖아요."

"아, 하지만 그래야만 했어. 지금 말하는 건 감정의 정신 역학이고 감정은 개인적인 거야. 경험해봐야 이해할 수 있는 주관적인 것이지. 넌 스스로 잘 교육받은 사람이고 이러한 공격에 아무 영향을 안 받을 거라고 생각했지만, 내가 한 실험은 누구도 이런 공격에서 벗어날 수 없다는 걸 보여주려고 한 거야. 이제 내가 하는 말 알아듣겠어?"

"말은 그렇게 하겠…. 아니, 됐어요. 좋아요, 이건 실험이었다 치죠. 다시 해도 상관 안 하겠어요. 무슨 말인지 알겠으니까요. 어쨌든 마음에는 안 드네요."

"하지만 내가 무슨 말을 했는데? 나는 사실 네가 정식 결혼을 통해 태어난 적법한 자손이냐고 물어본 것뿐이잖아. 맞지? 거기서 모욕적인 부분이 어디 있는데?"

"하지만…." 나는 입을 다물곤 머릿속에서 그가 했던 모욕적이고 품위 없고 나를 격분케 하는 말을 떠올렸다. 생각해보니 정말로 그게 그가 말한 전부였다. 나는 희미하게 웃으며 말했다. "선배가 말한 방식 때문이에요."

"바로 그거야, 그거! 기술적으로 말하자면 강도가 세고 부정적인 함축 단어를 사용한 것이지. 이 상황에서 바로 이 청자를 위해서 말이야. 우리가 선전 선동을 할 때도 마찬가지야. 물론 감정적인 함축 의미를 정량적으로 더 적게 써서 의심이나 검열을 피하지. 이건 맹독이 아니라 서서히 죽이는 독과 같아. 우리가 쓰는 글은 모두 예언자에 대한 것이야. 그를 하늘 끝까지 찬양하는데 막상 독자들의 분노는 그에게로 향하게 되는 거지. 우리가 사용하는 방법은 독자의 의식적인 사고를 가로질러서 무의식을 덮고 있는 터부나 미신에 호소하는 거야."

나는 자신의 비이성적인 분노를 기억했다. "이제 이해가 됐어요. 이건 마치 대규모로 살포하는 약과 같은 거군요."

"맞아, 바로 그거야. 말에는 마법이 있어. 흑마법이지. 어떻게 사용할지만 알면 되는 거야."

우리는 저녁을 먹고 그의 방으로 가서 이런저런 얘기를 했다. 따스하고 편안했으며 엄청나게 만족스러웠다. 사실 우리가 실패할 가능성이 매우 큰 혁명 계획에 참여하고 있으며, 언젠가 전사하거나 화형당할지 모른다는 사실도 전혀 상관없을 정도였다. 내 오랜 친구 제브! 만약 그가 나의 아픈 곳을 건드린다면 어찌 될까? 그는 나의 가족, 사실 유일한 가족이었다. 그와 함께 있으면 어머니와 부엌에 앉아 우유와 쿠키를 먹던 시절의 편안함이 느껴졌다.

우리는 이런저런 얘기를 나누다가 우리 조직에 대해 알아낸 사실도 서로 털어놓았다. 그중에는 매우 놀라운 사실도 있었다. 동지라고 해서 모두 형제는 아니라는 것이었다. 카발의 형제들 말이다. "하지만 위험하지 않나요?"

"위험하지 않은 일이 뭐가 있겠어? 그리고 뭘 기대했는데? 가장 중요한 동지들 중 일부는 카발에 가입할 수가 없어. 그들 스스로의 신앙이 금지하기 때문이지. 하지만 우리만 폭정을 증오하고 자유를 사랑하는 것은 아니니, 얻을 수 있는 도움은 다 얻어야 해. 우리와 같은 방향으로 가는 사람은 모두 동료인 법이야. 누구라도 말이야."

곰곰이 생각해보았다. 그 견해는 논리적이지만 뒷맛이 썼다. 나는 재빨리 잊었다. "그런 것 같네요. 아마 천민들도 필요하겠어요. 전투가 벌어지면 말이죠. 그들이 참여할 수는 없겠지만요."

제브는 내가 너무 뭘 모른다는 듯이 쳐다보았다. "아, 이런 젠장, 존! 대체 언제쯤 정신 차릴래?"

"네?"

"'천민'이란 개념이 사실 폭군들이 만든 희생양이라는 것을 아직도 깨닫지 못한 거야?"

"알긴 하지만…."

"닥쳐. 사람들로 하여금 섹스를 못 하게 해봐. 섹스를 금지시키고 악한 것으로 규정하고 의식적인 자손 번식을 위한 행위로 제한하는 거지. 그럼으로써 억압된 가학성을 배출시키는 거야. 그런 다음 사람들에게 증오할 희생양을 던져주지. 그리고 가끔 카타르시스를 느끼게 하려고 희생양 한 명을 죽이도록 해. 이런 수법은 오래된 거야. 폭군들은 '심리학'이란 말이 나오기 수백 년 전부터 써먹었다고. 그리고 언제나 먹히지. 너 스스로를 봐."

"잠깐만요, 제브. 난 천민에게 아무 감정도 없다고요."

"없는 게 나을 거야. 여기에도 그런 사람들이 수십 명은 있을 테니까. 그리고 '천민'이라는 단어도 잊어버려. 우리 쪽에서 말하는 대로라면 '매우 부정적인 함축 의미 단어'에 해당하니까 말이야."

우리는 입을 다물었다. 또다시 생각을 정리할 시간이 필요했다. 어쩔 수 없는 일이었다. 자유롭게 자라난 사람은 자유롭기가 쉽겠지만 나는 그러기가 어려웠다. 동물원에서 탈출한 호랑이는 철창 안의 평화로운 곳으로 돌아가려 한다. 만약 돌아갈 수 없다면 이제는 존재하지 않는 철창 근처에서 왔다 갔다 하기 마련이다. 내 생각에 그때의 나는 거짓된 환경에서 벗어나지 못했던 것 같다.

인간의 마음은 엄청나게 복잡하다. 그 안에는 주인조차 모르는 구획이 있다. 나는 이미 마음의 대청소를 해서, 자라며 배운 모든 미신을 깨끗이 없앴다고 생각했다. 그러나 알고보니 깔개 밑의 먼지를 쓸어내는 정도밖엔 하지 못한 꼴이었다. 아마도 청소가 끝나 이성의 깨끗한 공기가 모든 방을 채우려면 몇 년이 걸릴 것이다.

괜찮아. 나는 혼잣말했다. 만약 내가 그 천민… 아니 동료들을 만난다면 인식 신호를 나누고 공손하게 대할 거야. 나에게 점잖게 대해준다면 말이야! 나는 이런 심리 유보에 어떤 위선도 느낄 수 없었다.

제브는 드러누워 담배를 피우면서 내가 떠들도록 놔뒀다. 나는 그가 담배를 피운다는 것을 알고 있었고, 그는 내가 담배를 싫어한다는 것도 알고 있었다. 하지만 그건 대수롭지 않은 죄였고 궁전 막사에서는 같은 방에 있었기 때문에 신고할 생각도 전혀 없었다. 나는 심지어 누가 공급책인지도 알고 있었다. "이젠 누가 담배를 공급해줘요?" 나는 주제가 바뀌기를 바라며 물었다.

"아? 왜 그런 짓을 해. 그냥 매점에서 사면 되지." 그는 그 더러운 담배를 입에서 빼서 바라보았다. "이 멕시코 담배는 내 취향보다 너무 독해. 합성품 대신에 진짜 담뱃잎이 들어가 있나 봐. 하나 피울래?"

"어? 아니요, 됐어요."

그는 찡그린 미소를 지었다. "어서 해봐. 언제나 하던 잔소리 말이야. 그럼 기분이 좋아지지 않겠어?"

"이거 봐요, 제브. 난 비판하려는 게 아니에요. 그건 그냥 내가 잘못 생각했던 것 중 하나잖아요."

"아, 아니야. 입 냄새도 안 좋고 이빨도 누렇게 만드는 더럽고 지저분한 습관이지. 언젠가 이것 때문에 난 폐암에 걸려 죽을 거야." 제브는 깊게 빨아들이고는 매우 만족한 얼굴로 입가로 조금씩 연기를 뿜었다. "그래도 그냥 내가 이 더럽고 지저분한 습관을 좋아하는 것뿐이야."

그는 다시 한 모금 빨았다. "하지만 이건 죄도 아니야. 언젠가 처벌도 받을 테니까. 아침마다 입안에 쓴맛이 고인다든가. 위대한 창조주께서는 이딴 거 신경도 안 쓰신다고. 알겠어, 친구? 그분은 아예 보고 있지도 않다고."

"그렇게 신성모독 할 필요까진 없잖아요."

"그게 아니야."

"아니라고요? 방금 선배는 종교에서 가장 중요한, 아마도 가장 근본적인 부분을 비웃은 거라고요. 하느님은 모든 것을 보신다는 것 말이에요."

"누가 그래?"

잠시 나는 말문이 막혔다. "왜냐니, 이유가 필요 없잖아요. 이건 자명한 사실이라고요. 이건…."

"다시 묻지, 누구한테 들은 거야? 내가 물은 걸 다시 풀어 얘기해주지. 어쩌면 전능한 하느님은 내가 담배 피우는 걸 보고 있을지 몰라. 지옥에 떨어질 대죄일지도 모르고 나는 영원토록 지옥불에 불탈지도 모르지. 아마도 말이야. 하지만 누가 그런 말을 해줬지? 존, 여기까지 왔으면 예언자를 머릿속에서 쫓아내서 큰 나무에 목매달아야 할 때가 온 거야. 그러고도 너 자신의 종교적인 확신이 선다면 그때는 내 행동을 비판할 시금석으로 삼아. 다시 반복해주지. 누구한테 들은 거야? 천국에서 광명이 내려와 너를 비출 때 어느 언덕에 서 있을 거냐고. 어떤 대천사가 메시지를 전달하지?"

나는 즉시 대답하지는 않았다. 할 수 없었다. 그러나 충격과 차가운 외로움을 느끼며 결국 말했다. "제브… 이제야 이해하겠어요. 당신은 무신론자군요. 그렇죠?"

제브는 나를 음울하게 쳐다보고 천천히 말했다. "나를 무신론자라고 부르지 마. 문제를 일으키고 싶지 않다면 말이야."

"그렇다면 아닌가요?" 나는 안도의 파도가 밀려오는 것을 느낄 수 있었지만, 아직도 그를 이해할 수는 없었다.

"난 무신론자가 아니야. 네가 상관할 바도 아니고. 내 종교적인 믿음은 개인적인 문제야. 내면적인 믿음이 무엇인지는 나의 행동을 보고 네가 판단해. 그것에 대해서는 질문을 받지 않겠어. 설명하지도, 정당화하지도 않을 거고 말이야. 누구에게도 말이야. 피터 지부장이나 대 이단 심문관뿐만 아니라, 그 누구에게도."

"하지만 하느님을 믿는 건 사실이죠?"

"내가 말했잖아, 응? 그건 네가 상관할 바도 아니라고."

"그렇다면 다른 것을 믿나요?"

"물론이지! 나는 사람이란 약자에게 자비를, 바보들에게 참을성을, 가난한 자들에게 관대함을 베풀어야 한다고 믿어. 만약 필요하다면 형제들을 위해선 목숨을 걸어야만 한다고 믿어. 하지만 이런 것들을 증명할 생각은 전혀 없어. 증거도 필요 없고, 그리고 너더러 나와 같은 신념을 가지라고 말하지도 않을 거야."

나는 숨을 내뱉었다. "이제 만족했어요, 제브."

즐거워하는 대신에 제브는 이렇게 대답했다. "정말 넌 대단한 놈이야. 대단하다고, 친구…. 미안, 비꼬지는 말았어야 했는데. 하지만 네 동의를 구할 생각은 없어. 넌 내가 절대로 말하고 싶어 하지 않는 주제로 나를 몰아갔어. 우연이겠지만…." 그는 다시 그 냄새 나는 담배에 불을 붙이고 이어서 더 조용히 말했다. "존, 내가 성질 더럽고 편협한 놈이라고 치자. 나는 종교의 자유를 굳게 믿지만, 그 자유를 표현하는 가장 좋은 방법은 그것에 대해 입을 다무는 거라고 봐. 개인적으로는 신앙을 드러내놓고 표현하는 거야말로 참을 수 없는 오만이라고 생각해."

"네?"

"모든 경우가 그렇다는 건 아니야. 나도 착한 사람, 겸손한 사람, 독실한 사람들을 봐 왔어. 하지만 위대한 창조주가 무슨 생각을 하는지 안다고 말할 수 있는 인간이 있을까? 누가 하느님의 위대한 계획을 안다고 말할 수 있겠느냐고. 그건 가장 무엄한 오만이라고 생각해. 그런 사람은 아마도 나나 너보다도 하느님 곁에 가지 못한 사람일 거야. 그런데 그런 작자가 하느님의 뜻을 안다고 주장하면서 자아를 만들어내고 나나 너 같은 사람들을 법으로 속박하는 거라고. 푸! 목소리는 크지, 귀에 털도 나 있고 속옷도 더러운, 아이큐는 90쯤 될까 말까 한 머저리가 야심도 크지. 농부가 되기엔 너무 게으르고 기술자가 되기엔 너무 멍청하고 은행가가 되기엔 믿을 수가 없지. 하지만 말이야, 친구. 그는 기도는 할 줄 안다는 말이지! 주위에 자기처럼 풍부한 상상력도 없고 자기 확신도 없는 멍청이들을 끌어들여서는 전지전능한 자에게 닿는 직통 전화가 있다고 하는 거야. 그리고 이 인간은 더 이상 느헤미아 스쿠더가 아니라 첫 번째 예언자가 되는 거지."

나는 제브가 첫 번째 예언자의 이름을 말하자 즐겁다기보다는 충격을 받았다. 아마도 그 당시 나의 영적인 상태는 첫 번째 예언자를 따르던 야만적인 인간들과 비슷했을 것이다. 말하자면 나는 재림 예언자와 그가 한 일은 모두 악한 것이라고 생각하기로 했지만, 어머니에게서 배운 믿음 자체와 그 근본은 영향받지 않으리라 여긴 것이다. 내가 해야 할 일은 교회 내부를 깨끗하게 청소하고 다시 교회를 재구성하는 것이지 파괴하는 것이 아니었다. 내가 이 말을 하는 이유는 나중에 일어날 매우 심각한 군사적인 문제와 관련되었기 때문이다.

제브가 내 얼굴을 빤히 쳐다보았다. "내가 너무 심하게 말했나, 친구? 일부러 그런 건 아니야."

"전혀요." 나는 조금 딱딱하게 대답했다. 그리고 악당들이 교회를 점령했다고 해서 믿음이 소용없어지는 것은 아니라고 그에게 설명했다. "어쨌거나 선배가 어떻게 생각하든, 얼마나 비판주의를 드러내고 싶건 간에 교리는 논리적으로 필요하다고 봐요. 재림 예언자와 그의 일당들이 곡해할 수는 있어도 파괴할 수는 없죠. 진짜 예언자의 속옷이 더럽건 말건 말이에요."

제브는 매우 지친 듯 한숨을 지었다. "존, 나는 너하고 종교에 대해 논쟁하고 싶은 마음은 없어. 난 공격적인 사람이 아니야. 너도 알잖아. 난 어쩔 수 없이 카발로 들어온 거라고." 그는 잠시 말을 멈췄다. "지금 교리가 논리의 문제라고 했어?"

"방금 나에게 논리를 설명해줬잖아요. 이건 완벽하게 모순 없는 구조라고요."

"그렇지, 존. 신이 이렇게 말했다고 말하며 권위를 내세우면 증명하려는 걸 모두 증명할 수 있다는 장점이 있지. 그냥 적당한 공준(公準)만 선택하면 되고. 그 공준을 '계시로부터' 받았다고 주장하는 거야. 그러면 누구도 그가 틀렸다고 증명할 수 없지."

"그렇다면 선배는 첫 번째 예언자가 영감을 받지 않았다고 주장하고 싶어요?"

"난 아무것도 주장하지 않아. 그냥 내가 그 첫 번째 예언자고, 내 사원을 더럽히는 자식들을 쓸어버리려고 왔다고 해두자고."

"아니 그런…." 내가 화나서 말하려는 찰나에 노크 소리가 들려서 멈추었다. 제브가 소리쳤다. "들어와요!"

막달레나였다.

그녀는 제브에게 고갯짓을 하더니 놀라서 입만 벌리고 있는 나에게 아름답게 웃으며 말했다. "안녕하세요, 존 라일. 이곳에 온 걸 환영해요." 성처녀의 예복을 입지 않은 그녀의 모습은 처음 보았다. 그녀는 매우 아름다웠으며 훨씬 젊어 보였다.

"막달레나 자매님!"

"아니요. 여기선 앤드루스 하사예요. 그리고 그냥 매기라고 부르세요."

"그런데 무슨 일이 있었나요? 여기엔 왜 온 거예요?"

"지금 당장은 저녁 시간에 당신이 도착했다는 소식을 들어서예요. 당신이 숙소에 없어서 제브와 함께 있을 거라 생각했죠. 나머지 얘기를 하자면, 돌아갈 수가 없었어요. 당신이나 제브처럼요. 그리고 뉴예루살렘의 은신처에도 사람이 너무 많아졌죠. 그래서 여기로 전출된거예요."

"어쨌거나 반가워요!"

"나도 반가워요, 존." 그녀는 내 뺨을 토닥거리고는 다시 웃었다. 그러더니 제브의 침대에 올라앉아 별로 점잖지 않게 맨다리를 드러냈다. 제브는 또 다른 담배에 불을 붙여 그녀에게 건넸다. 그녀는 받아 들고는 마치 평생 동안 담배를 피워왔다는 듯이 깊숙이 빨아들였다.

나는 여자가 담배 피우는 것을 본 적이 없었다. 나는 제브가 나를 관찰하고 있다는 것을 깨닫고는 조심스럽게 무시하기로 했다. 그 대신 나는 웃으면서 말했다. "이건 정말 멋진 재회군요! 만약 그녀도…."

"나도 알아요." 매기도 동의했다. "주디스도 있었으면 좋았을 텐데요. 그녀 소식은 들었어요, 존?"

"그녀 소식을요? 내가 무슨 수로요?"

"그렇죠. 할 수 없겠죠, 아직은요. 하지만 편지는 쓸 수 있어요."

"네? 어떻게요?"

"코드 번호는 지금 없어서 모르겠지만 내 책상에서 가져다줄 수 있어요. 난 G-2에 있어요. 봉인은 하지 마요. 모든 개인적인 편지는 검열을 받고 고쳐져야 하니까요. 저번 주에 주디스에게 편지를 보냈는데 아직 답장을 받지는 못했어요."

나는 지금 즉시 나가서 편지를 쓸까 했지만 그러지 않았다. 이 두 사람과 있어서 무척 좋았기에 이 밤을 그냥 보내고 싶지 않았다. 편지는 자기 전에 쓰기로 결심했다. 그동안 너무 많은 일이 벌어져서 주디스 생각은 하지도 못하고 있었다는 것을 깨달았다. 적어도 덴버로 가는 로켓을 타고 나서는.

하지만 나는 그날 밤이 돼서도 편지를 쓰지 못했다. 11시가 지나서 매기가 기상나팔에 대해서 말하는 도중에 당번병이 나타난 것이다. "사령관 각하의 명령입니다. 라일 소위는 즉시 오라십니다."

나는 제브의 빗으로 재빨리 머리를 빗고는 서둘러 떠났다. 그러면서 드디어 민간인 복장을 한 사람이 아니라 보고할 만한 사람에게 보고하게 되는구나 싶었다.

방에는 사람이 없었고 저편 안쪽 사무실의 빛만 보였다. 자일스 씨도 자기 책상에 없었다. 나는 문에 노크하고 안으로 들어가서는 발 뒷굽을 부딪치며 경례했다. "라일 소위입니다. 명대로 부름 받고 왔습니다."

커다란 책상에 앉아서 등을 돌리고 있던 나이 든 사람이 돌아서서 나를 올려다보았다. 나는 깜짝 놀랐다. "아, 그래. 존 라일." 그는 점잖게 말하고는 일어나서 내 쪽으로 오더니 악수를 건넸다. "오래간만이지?"

헉슬리 대령이었다. 그는 내가 생도였던 시절 응용 기적학부의 학장이었다. 교관 중에서는 유일하게 친밀했던 사람이었다. 일요일 오후가 되면 그의 숙소를 찾아가 편하게 쉬면서 규율에서 벗어날 수 있었다.

나는 그의 손을 잡았다. "대령님, 아니 장군님. 저는 돌아가신 줄 알았습니다!"

"죽은 대령이 살아 있는 장군이 되었지. 아닐세, 존. 내가 지하로 잠적했을 때 사망으로 기록된 걸세. 장교가 사라지면 종종 하는 짓들이지. 보기에 더 나아 보이니까. 자네도 죽었다네. 알고 있었나?"

"어, 아니요, 몰랐습니다. 별로 상관도 없고요. 정말 잘됐군요, 장군님!"

"잘됐지."

"하지만 그러니까 어떻게…." 나는 말하다가 입을 닫았다.

"내가 이곳에 와서 지휘하게 됐냐고? 나는 자네 나이 때 형제단에 들어왔네. 하지만 어쩔 수 없이 잠적했던 것이지. 아무도 이유 없이 잠적하진 않지만 말이야. 내 경우에는 사제가 되라는 압박이 너무 강해졌더랬지. 평신도가 물리학과 화학이라는 심오한 학문에 훤히 눈뜨는 것을 상관이 싫어했거든. 그래서 난 떠났고 죽었네. 매우 슬픈 일이지." 그는 웃었다. "일단 앉게. 온종일 자네를 부르고 싶었지만 정말 바쁜 날이었어. 항상 바쁘지만 말이야. 이 시간이 되어서야 자네의 보고서를 볼 수 있었네."

우리는 앉아서 얘기를 나누었고 나는 큰 기쁨을 느낄 수 있었다. 헉슬리 장군은 내가 모시던 상관 중에서 가장 존경하는 장교였다. 그의 존재 자체로 내 마음속에 조금쯤은 남아 있었던 의심이 전부 풀렸다. 만약 이분이 카발이 옳다고 생각한다면 나도 그렇게 믿고, 세세한 교리 같은 것은 상관하지 않을 것이었다.

드디어 그가 말했다. "물론 자네와 잡담이나 하려고 부른 것은 아니네, 존. 할 일이 있어."

"네, 장군님."

"이미 눈치챘겠지만 우리는 그저 민병대에 불과해. 우리끼리 하는 얘기네만 동료들을 비판하려는 건 아니야. 모든 사람이 대의를 위해서 목숨을 바치겠다고 맹세했지. 하지만 자네나 나에게는 익숙한 군사적인 규율 아래에 있어야 한다는 점이 그들로서는 힘들 거야. 그리고 일을 제대로 할 수 있을 만큼 충분히 훈련된 병사가 부족해. 다들 뜻은 좋지만 이 조직을 효율적으로 돌아가는 전투 기계로 만들기엔 엄청난 어려움이 있다네. 나는 조직적인 세부 운영의 늪에 빠진 신세고. 날 도와주겠나?"

나는 일어났다. "있는 힘을 다해 장군님을 모실 수만 있다면야 제게는 영광일 것입니다."

"좋았어! 잠시 자네를 내 개인 비서로 해두지. 이상일세, 대위. 아침에 보지."

문을 열고 반쯤 나오다가 그가 나를 다른 계급으로 불렀다는 것을 깨달았다. 아마도 말을 실수하셨나 보다고 생각하기로 했다.

하지만 아니었다. 다음 날 아침 내 사무실에는 '존 라일 대위'라는 표지가 붙어 있었다. 직업 군인의 관점으로 혁명에는 좋은 점이 있었다. 빠른 진급 기회가 그것이었다. 월급은 불규칙하게 받지만 말이다.

내 사무실은 헉슬리 장군의 방 바로 옆에 있었다. 그때부터 나는 거의 사무실에서 살다시피 했고 책상 뒤에 야전 침대까지 놓았다. 첫날 나는 밤 10시까지 미결 서류함에 쌓인 서류와 싸워야 했다. 반드시 모두 해결한 다음에 주디스에게 기나긴 편지를 쓰리라고 마음먹었다. 그런데 그중 마지막 서류는 매우 짧은 편지로, 헉슬리 장군이 아니라 나에게 개인적으로 보낸 메모였다.

'존 라일 소위'라는 구절에서 '소위'를 누군가가 긁어내고 대신에 '대위'를 적은 메모였다. 거기엔 이렇게 쓰여 있었다.

새로 배치된 인원들에게 보내는 메모

주제 : 개인 전향 보고서

1. 제군은 우리의 자유를 위한 전투에 참여하게 된 사연과 일어난 모든 일, 생각, 결정 그리고 사건을 가능한 한 자세하게 써서 제출해야 한다. 또 가능한 한 주관적으로 써야 한다. 너무 급히 제출된 보고서나 피상적으로 쓰인 보고서는 보충과 수정을 위해 반환될 것이고 최면 조사가 추가될 수도 있다.

2. 이 보고서는 극비로 취급될 것이며 작성자의 의중에 따라서 어떤 부분이든 비밀로 해도 좋다. 만약 자유롭게 발언하는 데 도움이 된다면 이름들을 글자나 숫자로 대신할 수 있다. 하지만 보고서는 끝까지 써야 한다.

3. 이 보고서를 작성함에 있어서 열외를 인정하지 않으며 가장 긴급한 과외 임무로 취급되어야 한다. 보고서의 초고를 다음 시간까지 제출한다.(48시간도 안 남은 시간과 날짜가 적혀 있었다. 무심결에 욕이 튀어나왔다)

사령관 명령 사항.

서명: M. 노박, 대령, FUSA. 심리학 부장

나는 이 요구에 상당히 짜증이 났고 그냥 주디스에게 보내는 편지를 먼저 쓰기로 작정했다. 편지는 잘 풀리지 않았다. 누군가 생판 모르는 사람이 들춰보고 내가 쓴 사랑의 단어들을 다른 단어로 대체할 텐데 어떻게 마음 놓고 연애편지를 쓸 수 있겠는가. 그래도, 주디스에게 편지를 쓰는 동안 내 생각은 성벽 위에서 그녀를 처음 만난 날로 돌아갔다. 내 전향의 동기는, 참견쟁이 노박 대령의 말을 빌리자면, 그때 시작된 것이었다. 그 이전에 의혹을 가지기 시작했더라도 말이다. 결국 나는 편지를 다 쓴 후 침대에 가서 자는 대신에 망할 보고서도 쓰기 시작했다.

한참 지나 새벽 1시가 되었지만 나는 아직 형제단에 가입하게 된 부분까지도 못 쓰고 있었다. 나는 억지로 쓰기보다는(이미 이 보고서를 쓰는데 흥미를 느끼기 시작했다는 걸 깨달았다) 책상에 넣고 잠가버렸다.

다음 날 아침 식사 때 제브 옆에 앉아 메모를 보여주며 물었다. "도대체 이유가 뭘까요? 당신이 바로 이런 분야에서 일하잖아요. 우릴 아직 의심한다는 거예요? 그렇다면 애당초 여기에 들여보내지도 않았을 텐데요?"

제브는 거의 들여다보지도 않았다. "아, 그거. 제기랄, 아니야. 물론 여기까지 침투해 온 스파이라면 그 개인적인 이야기를 의미론적으로 분석당해 결국 잡히겠지만 말이야. 그렇게 길고 복잡한 거짓말을 할 수 있는 사람은 없거든."

"하지만 왜 하는 거죠?"

"무슨 상관이야? 그냥 써버려. 물론 제대로 말이야. 그리고 갖다 던져주라고."

나는 흥분하기 시작했다. "이걸 왜 해야 하는지 잘 모르겠어요. 나중에 장군님에게 물어봐야겠군요."

"그랬다가는 넌 바보 취급이나 받을걸. 생각해봐, 존. 정신수학자들이 네가 쓴 시시한 이야기를 읽으면서 너라는 인간에게 조금이라도 관심을 둘 것 같아? 그 사람들은 네가 누군지 알고 싶어 하지도 않는다고. 네 이름을 포함해서 보고서에 나오는 모든 이름을 삭제하고 숫자로 대체하는 담당자가 있을 거야. 물론 네가 미리 해두지 않았다면 말이야. 모두 분석가가 보기 전에 하는 일들이지. 넌 그냥 자료일 뿐이야. 정신학 부장이 무슨 거대한 계획을 실행하고 있다더군. 나도 뭔지는 몰라. 그가 통계적으로 유의미할 정도로 많은 자료를 수집하려는 중이라고 들었어."

나는 누그러들었다. "그럼 그렇다고 말을 왜 안 해주는 거예요? 이 메모는 그냥 짜증 나는 명령밖에 없잖아요."

제브도 인정했다. "아마도 기호학부에서 준비해서 그럴 거야. 선전선 동부에서 썼다면 일찍 일어나서 아침 먹기도 전에 써냈을걸. 그건 그렇고 진급했다며? 축하한다!"

"고마워요." 나는 그에게 음흉하게 웃어 보였다. "나보다 하급자가 된 기분이 어때요, 제브?"

"그래? 벌써 그렇게 진급시켜줬어? 대위라고 알고 있었는데."

"맞아요."

"그렇다면 안됐군. 난 소령이거든."

"아, 축하해요!"

"별로 축하할 것도 없어. 여기서는 적어도 대령은 돼야 대접을 받는다고. 안 그러면 침대 정리도 스스로 해야 하지."

나는 침대 정리까지 하기에는 너무 바빴다. 거의 절반은 사무실 소파에서 잤고 한번은 일주일 내내 목욕도 하지 못한 적도 있었다. 카발이 내가 이제까지 상상해왔던 것보다 훨씬 더 거대한 조직이 되어가고 있다는 증거였다. 더구나 계속 커지는 중이었다. '읽는 즉시 소각'이라는 딱지가 붙을 정도의 일급비밀이 내 책상을 오가고 있었지만 나는 나무에 너무 가까이 있었기 때문에 숲을 보지 못하고 있었던 것이다.

나는 단순히 헉슬리 장군이 서류 더미에 깔려 질식하지 않도록 돕는 일을 하고 있었는데, 그 대신 내가 질식당하는 중이었다. 그러니까 만약 그에게 시간이 있었다면 어떻게 일을 처리했을지 미리 예상한 뒤 대신 하는 것이었다. 참모나 사령부원으로서 훈련을 받은 사람이라면 할 수 있는 일이었다. 모든 일상적인 문제에 있어서 상관이 어떻게 생각할 것인지 예상하고, 무슨 일이 일상적이며 무슨 일이 비일상적인지 파악해 전달하는 것이 요령이다. 실수를 자주 저질렀지만 해임되지 않은 것을 보면 내가 그렇게 많은 실수를 한 것 같지는 않다. 석 달 후 나는 '참모총장보'라는 대단한 직책을 가진 대위가 되어 있었다. 직업군인 출신이라 상당히 유리했다. 모두 웨스트포인트 사관학교 반지를 끼고 있는 덕분이었다.

거기에 더해 말하자면 제브는 그사이 신참 대령이 되었는데, 내가 '제리코'라는 암호명으로밖에 모르는 곳으로 부장이 전출 간 이후 선전선동부의 임시 부장직을 맡고 있었다.

이야기를 너무 앞서나갔다. 나는 중앙 사령부에 도착한 지 2주 후에 주디스 소식을 들었다. 좋은 소식이었지만 곱씹어볼수록 쓴맛이 났다. 즉시 답장을 쓰려고 했지만 결국 1주일이나 늦어졌다. 그녀에게 할 말이 없었던 것이다. 내가 잘 있고 바쁘다는 것을 제외하면 전할 소식이 없었다. 만약 편지 한 통에 사랑한다는 말을 세 번이나 쓰면 암호학부의 어떤 바보가 이걸 일종의 패턴이라고 보고 조사를 할 것이고, 그 뜻을 알아내지 못한다면 반려될 것이기 때문이었다.

편지는 기나긴 터널을 통해 전달되었다. 터널은 부분적으로는 인공적이었지만 대부분은 자연적인 동굴로 국경까지 이어졌다. 광산에서 쓰는 작은 전기 열차가 이 터널을 통과하여 매일 내 머리를 아프게 하는 공식 문서들뿐만 아니라 이 큰 마을을 먹여 살릴 물자도 운반했다. 중앙 사령부로 통하는 입구는 애리조나 쪽 국경으로 열두 개는 더 있었다. 하지만 나는 어딘지 알지 못했고 알 필요도 없었다. 모든 지역에는 고생대에 생긴 석회암층이 깔렸는데 아마도 캘리포니아에서 텍사스까지 벌집처럼 이어져 있을 것이었다. 중앙 사령부라는 지역은 형제들의 피난처로 20여 년간 사용되고 있었다. 누구도 이 동굴이 어디까지 이어지는지 알지 못했다. 우리는 그저 불을 켜놓고 필요한 만큼만 사용할 뿐이었다. 우리 혈거인들(우리처럼 영구 거주민은 동굴에 사니까 혈거인, 지나가는 사람들은 밤에 움직이니까 박쥐들이라고 불렀다) 사이에는 아직 탐험하지 못한 지역을 발견하는 동굴 탐사가 꽤 인기 있는 스포츠였다.

탐사 중에 다리가 부러질 수도 있어 반드시 엄격한 안전 수칙을 따라야 하고 허가를 받는 데 까다로운 스포츠이기도 했다. 하지만 헉슬리 장군은 이를 필요하다고 보았기에 허가를 내렸다. 여기서는 스스로 만들어내는 여가 생활밖에 누릴 수 없었고, 수년째 햇빛을 못 보고 있는 사람도 있었다.

나는 제브, 매기와 함께 시간이 날 때마다 그런 외출을 다녔다. 매기는 언제나 다른 여자를 데리고 왔다. 나는 처음에는 반대했지만 나쁜 소문을 막기 위해서는 필요한 일이라고 그녀가 말했다. 서로 보호해주듯이 말이다. 그녀는 주디스도 이런 상황이라면 신경 쓰지 않을 거라고 나를 안심시켰다. 매번 다른 여자였고, 내가 매기와 얘기하는 동안 제브는 다른 여자에게 많은 관심을 쏟았다. 예전에는 매기와 제브가 결혼할 사이인 줄 알았는데 지금은 의문이 들었다. 그들은 궁합이 딱 맞는 것처럼 보였지만 매기는 질투를 하지 않았고 제브 쪽은 솔직히 뻔뻔스럽다고 말할 수 있었다. 물론 그녀가 어떻게 생각하는지에 대해 신경 쓴다면 말이다.

어느 토요일 아침, 제브가 내 사무실에 찾아와서 말했다. "한판 해야지? 2시. 수건도 가져와."

나는 잔뜩 쌓여 있는 서류 더미에서 눈을 들어 그를 올려다보며 말했다. "안 될 것 같은데요. 수건은 왜요?"

하지만 그는 이미 가버리고 없었다. 매기가 나중에 사무실에 와서 주간통합 정보 보고서를 주고 갔지만 물어보진 않았다. 근무 시간에 그녀는 어디까지나 일에만 신경 쓰는 하사였기 때문이다. 나는 책상에서 점심을 먹으면서 일을 마칠 수 있었으면 좋겠다고 생각했다. 하지만 불가능했다. 2시 15분쯤 나는 헉슬리 장군의 사인을 받기 위해서 들어갔다. 그날 밤 최면을 받고 출발하는 전령에 대한 일이었기에 즉시 심리학부에 명령을 전달해야 시술할 수 있었다. 장군은 슬쩍 보더니 한숨을 쉬면서 말했다. "앤드루스 하사가 그러던데 데이트가 있다면서?"

"앤드루스 하사가 잘못 안 것입니다. 아직 제리코, 노드 그리고 이집트에서 보낸 주간 보고서가 남아 있습니다."

"내 책상에 놓고 나가게. 명령이야. 과로하다가 쓰러지기라도 하면 안 되지."

나는 장군에게 당신도 이미 한 달 넘게 숙소에 돌아가지 못했다는 사실을 말하지 못하고 그냥 나왔다.

노박 대령에게 메시지를 전달한 뒤 항상 모이는 여성 전용 식당 근처로 서둘러 갔다. 매기는 이번에도 다른 여자와 있었다. 미리엄 부스라는 금발 여자로 병참계에서 일했다. 얼굴은 알고 있었지만, 말을 해본 적은 없었다. 그들은 점심을 챙겨 왔고, 제브는 매기가 나를 소개하던 중에 도착했다. 제브는 언제나와 마찬가지로 우리가 자리를 잡을 때 쓰는 휴대용 조명과 테이블로도 쓰고 깔고 앉기도 하는 담요를 가져왔다. "수건은 안 가져왔어?" 그가 따지듯이 물었다.

"진심이었어요? 잊어버렸어요."

"뛰어가서 가져와. 아피아 가도 쪽에서 출발할 테니까 나중에 따라와. 빨리 가."

그들은 먼저 출발했고, 나는 제브가 시키는 대로 할 수밖에 없었다. 방에서 수건을 집은 다음 그들이 보일 때까지 종종걸음을 했다. 그러다 속도를 늦춰 걸으며 숨을 내쉬었다. 책상머리에서 일만 하다 보니 이 정도에 숨이 차올랐다. 그들은 내가 오는 소리를 듣고 기다리고 있었다.

우리는 모두 비슷한 복장을 하고 있었다. 여자들도 바지를 입고 허리에는 안전끈을 맨 다음 벨트에는 회중전등을 찼다. 처음에는 보기 싫었지만 이제 여자가 남자 옷을 입은 데 익숙해졌다. 게다가 동굴 주위를 오르내리는 데 치마를 입는 것은 적절치 않았다.

우리는 조명이 있는 지역을 지나 얼핏 보기에 막혀 있는 곳으로 향했다. 그곳은 막힌 곳이 아니라, 완벽하게 숨겨져 있지만 쉽게 공격할 수 있는 동굴로 이어져 있었다. 우리는 명령에 나와 있는 대로, 되돌아오기 위한 끈을 묶고 표시된 지역을 벗어나면서 풀기 시작했다. 제브는 이런 일을 항상 매우 조심스럽게 처리했다.

대략 천 걸음 정도 걸어가자 우리는 불을 피운 자국 같은, 다른 사람들이 다녀간 흔적을 발견했다. 좁은 곳을 지나가려고 누군가가 망치로 두들긴 흔적도 있었다. 우리는 뻔한 경로를 벗어나서 막혀 있는 벽에 도착했다. 제브는 휴대용 조명을 내려놓고 켰다. "회중전등을 걸어. 여길 올라갈 거야."

"어디로 가는데요?"

"미리엄이 아는 곳이야. 올라가는 걸 좀 도와줘, 존."

올라가는 것은 별로 힘들지 않았다. 나는 제브를 쉽게 올려보낸 다음, 여자들도 서로 도와 가며 올라갈 수 있었지만 안전을 위해서 로프에 묶었다. 우리는 장비를 들고 각자 회중전등을 들었고 미리엄이 앞장섰다.

반대쪽으로 내려오자 그곳에는 1만 년쯤은 아무도 발견하지 못할 만큼 잘 숨겨진 통로가 있었다. 우리는 잠시 걸음을 멈추었다. 제브는 다른 끈을 묶었다. 얼마 뒤 미리엄이 말했다. "이제 천천히 가요. 다 온 것 같아요."

제브는 회중전등을 여기저기 비추다가 휴대용 조명을 내려놓고 스위치를 켰다. "와! 이거 괜찮은데!"

매기가 조용히 말했다. "아름답네요."

미리엄은 의기양양하게 웃고 있었다.

나도 모두와 같은 생각이었다. 20미터가 훨씬 넘어 보이는 높이의 완벽한 돔형 동굴이었다. 곡선은 어둠 속으로 파묻혀 얼마나 큰지는 알 수 없었다. 이곳은 조용했고 잉크처럼 검은 연못이 있었다. 우리 앞에는 진짜 모래로 만들어진 작은 모래사장이 있었고 백만 년은 아무도 오지 않았을 곳이었다.

우리 목소리는 즐겁지만 조금 으스스하게 동굴 안에서 메아리를 쳤고 천장에 달린 종유석 때문에 소리가 뒤틀렸다. 제브는 물가로 가서 쪼그려 앉더니 손으로 만져보았다. "아주 차진 않은데." 그가 선언하듯 말했다. "그렇다면 마지막에 들어오는 놈이 경찰이다!"

그건 예전에 수영장에 빨리 들어가기 놀이를 할 때 외치곤 했던 농담이었다. 물론 내가 마지막으로 들었을 때는 내용이 '마지막으로 들어오는 애가 더러운 천민이래요!'였다. 물론 아직 어렸을 때였지만 말이다. 하지만 나는 그저 믿을 수가 없었다.

제브는 이미 셔츠의 단추를 풀고 있었다. 나는 그에게 재빨리 다가가서 조용히 말했다. "제브! 혼욕이라뇨? 장난해요?"

"전혀." 그는 내 얼굴을 살폈다. "왜 안 돼? 문제가 뭔데, 친구? 누가 벌칙 기도라도 내릴까 봐 그래? 여긴 그런 거 없다는 거 알잖아. 그런 일은 이제 없다고."

"하지만…."

"하지만 뭐?"

나는 대답할 수 없었다. 내가 말할 수 있는 거라곤 교회에서 배운 것뿐이었고 제브라면 비웃을 것이 확실했기 때문이다. 그것도 여자들 앞에서 말이다. 아마 그들도 웃을지 몰랐다. 그녀들은 알고 있었지만 나는 몰랐으니까.

"하지만 제브, 난 못 해요. 왜 말을 안 해줬어요. 수영복도 없다고요."

"나도 없어. 어렸을 때 발가벗고 물장구치며 수영한 적 없어?"

그 터무니없는 질문에 답하려는데 그는 듣지도 않고 가버렸다.

"아가씨들은 뭔가 기다리시나?"

"두 사람의 토론이 끝나는 걸 기다렸지요." 매기가 대답하면서 가까이 다가왔다. "제브, 미리엄과 나는 다른 쪽에서 수영해야겠어요. 괜찮아요?"

"물론이죠. 하지만 잠깐만. 잠수는 안 돼요, 둘 다 알겠지만. 그리고 안전 요원으로서 한 명이 물가에 반드시 있어야 하고. 존하고 내가 교대로 하죠."

"풋, 저번에 왔을 때도 잠수는 했다고요." 미리엄이 말했다.

"그때는 내가 없었잖아요. 잠수는 안 돼요."

미리엄은 어깨를 으쓱했다. "알았어요, 까다로운 대령님. 가자, 매기." 그들은 우리를 지나서 집채만 한 바위 뒤로 갔다. 미리엄은 멈춰서 나를 보더니 손가락을 내저으며 말했다. "엿보면 안 돼요!" 나는 귀까지 빨개졌다.

그들이 사라지고 말소리 대신에 키득거리는 소리만이 들려왔다. 나는 서둘러 말했다. "이봐요, 선배는 좋을 대로 해요. 나는 상관 안 할 테니. 그리고 안 들어갈 거예요. 여기 앉아서 안전 요원 역할이나 하죠."

"마음대로 해. 처음이라 맞춰주려고 했는데. 뭐, 아무도 등 떠미는 사람은 없어. 줄은 언제라도 던질 수 있게 꺼내둬. 필요하진 않겠지만 말이야. 두 사람 다 수영을 잘하거든."

나는 절망적으로 말했다. "제브, 장군님이라도 지하 수영장에서 수영하는 건 금지하셨을 거라고요."

"그렇기 때문에 가서 아무 말 안 하면 되는 거지. '지휘관을 불필요하게 걱정시키지 말 것.' 기원전 1400년 여호수아의 군대에서부터 내려오는 격언이라고." 제브는 즉시 옷을 벗어 던졌다.

나는 왜 미리엄이 엿보지 말라고 경고했는지 잘 몰랐다. 그런 짓을 할 리가 없는데! 그녀가 바위 뒤에서 벌거벗은 채 나와서 우리 쪽이 아니라 물 쪽으로 갔다. 하지만 조명 빛이 그녀를 비추었고 그녀는 심지어 잠깐이지만 우리 쪽으로 몸을 향하고는 소리쳤다. "들어와, 매기! 서두르면 제브가 꼴찌가 될 거야!"

나는 보고 싶지 않았지만, 눈을 뗄 수가 없었다. 평생 이런 광경 비슷한 것도 본 적이 없었다. 한번은 교구 학교에서 어떤 아이가 사진을 들고 왔지만 난 그저 흘깃 봤을 뿐이었고 즉시 선생님에게 보고해버렸더랬다.

하지만 지금은 보는 걸 멈출 수가 없었고 나는 수치심에 얼굴이 빨개졌다.

제브는 매기보다 먼저 물에 들어갔지만 매기가 그런 걸 신경 쓰는 것 같지는 않았다. 제브는 물속으로 재빨리 들어가서 자기가 내린 잠수 금지령을 어길 뻔했다. 일종의 수면 잠수라고 불러야겠다. 물 위를 달리다가 갑자기 경주가 시작되었다. 그는 힘찬 자유형으로 이미 다른 쪽 끝으로 출발했던 미리엄을 따라잡았다.

매기가 바위 뒤에서 나와 물로 들어갔다. 그녀는 미리엄처럼 대담하진 않았고 그저 빠른 걸음으로 우아하게 물로 들어갔다. 허리 깊이만큼 들어갔을 때 그녀는 앞을 향해 강한 평영으로 나아가다가 자유형으로 바꿔 다른 사람들을 따라갔다. 나는 그들이 내는 소리를 들을 수 있었지만 멀어서 잘 보이지는 않았다.

다시 한 번 나는 마치 내 영혼이 거기에 달려 있다는 듯이 눈을 뗄 수가 없었다. 왜 인간 여자의 육체는 이 지구상에서 가장 아름다운 걸까? 어떤 사람은 그저 하느님의 의지에 순종하여 지상에 번성하기 위한 본능에 불과하다고 주장하기도 한다. 하지만 사실은 그보다 더 이상야릇하고 더 멋진 이유가 있지 않을까?

나는 나도 모르게 성경 구절을 외우고 있었다. "사랑아, 네가 어찌 그리 아름다운지, 어찌 그리 화창한지 즐겁게 하는구나. 네 키는 종려나무 같고 네 유방은 그 열매 송이 같구나."

나는 부끄러워져서 말을 멈추고는, 〈아가서〉 속의 솔로몬은 품위가 있었으며 이 성스러운 비유는 이런 일과 아무런 상관이 없다는 걸 떠올렸다.

나는 모래에 앉아서 영혼을 가다듬으려 했다. 얼마 뒤 기분이 나아졌고 심장도 쿵쾅거리며 뛰길 멈추었다. 제브를 선두로, 미리엄이 그다음으로 돌아오자 그들에게 웃어줄 수도 있었다. 여자들이 물속에 머물러 충격적으로 노출되지만 않는다면 별로 끔찍할 것도 없어 보였다. 아마도 악은 진정으로 보는 사람의 눈에 있는지도 모른다. 그렇다면 머리에서 그런 생각을 내보내야 했다.

제브가 소리쳐 불렀다. "내가 교대해줄까?"

나는 단호하게 대답했다. "아니요. 가서 재밌게 놀아요."

"알았어." 제브는 마치 돌고래처럼 돌아서는 다른 쪽으로 가버렸다. 미리엄도 그를 쫓아갔다. 매기는 얕은 곳으로 와서 바닥에 손가락을 대고는 나를 바라보았다. 그녀는 머리와 상앗빛 얼굴을 검은색 물 위로 내놓고 허리까지 오는 머리를 떠다니도록 내버려두었다.

"불쌍한 존." 매기가 조용히 말했다. "내가 나가서 대신해줄게요."

"아, 아니에요, 진짜로."

"정말로요?"

"그럼요."

"알았어요."

그녀는 돌면서 몸을 뒤집더니 다른 사람들 쪽으로 가버렸다. 한순간, 마법의 한순간에만 살짝 물을 벗어나 모습을 보였을 뿐이었다.

한 10분쯤 지나서 매기가 내게로 다가왔다. "추워요." 그녀는 그렇게 말하고는 물에서 나와 바위로 가려진 곳으로 재빨리 걸어갔다. 그녀는 나체가 아니라 옷을 덜 입은 것이었다. 마치 이브처럼 말이다. 거기엔 차이가 있었다. 미리엄은 완전히 벗고 있었으니까.

매기가 물 바깥으로 나왔지만 우리 둘 다 말이 없었고 처음으로 다른 소리가 들리지 않는다는 걸 알게 됐다. 동굴 안은 너무나 조용했다. 다른 곳이었다면 소음이라도 들렸을 테지만 이곳은 지하였기 때문에 단순히 가만히 아무 말도 하지 않는 것과는 매우 달랐다.

문제는 제브와 미리엄이 헤엄치는 소리가 들려와야 정상이라는 데 있었다. 수영한다고 소리가 크게 나는 것은 아니지만 지금처럼 조용할 리는 없었다. 나는 벌떡 일어나서 앞으로 나갔다. 그러다가 갑자기 매기의 탈의실이 보이는 지점으로(열두 걸음만 더 가면 보였을 것이다) 향하고 있다는 것을 깨닫고서 멈췄다.

하지만 나는 많이 걱정되었고 어찌할 바를 몰랐다. 줄을 던져? 어디로? 옷을 벗고 그들을 찾으러 나설까? 필요하다면 그래야 할 것이다. 나는 조용히 소리쳤다. "매기!"

"무슨 일이죠, 존?"

"걱정돼서요."

그녀는 바위 뒤에서 즉시 나왔다. 그녀는 이미 바지를 입고 있었지만, 상체는 수건으로 가리고 있었다. 머리를 말리고 있었던 모양이었다. "왜요, 존?"

"너무 조용해요. 들어봐요."

그녀도 귀를 기울여보았다. "아무것도 안 들리는데요."

"바로 그거예요. 뭔가 들려야 하는데 말이에요. 당신이 내 시야에서 벗어나 반대쪽 끝에 갔을 때도 수영하는 소리가 들렸다고요. 그런데 지금은 아무런 소리가 안 나요. 물장구치는 소리도 안 들리고요. 두 사람이 동시에 바위에 머리를 부딪치기라도 했을까요?"

"아, 걱정 마요, 존. 그들은 괜찮으니까."

"하지만 걱정되잖아요."

"그들도 쉬고 있을 거예요. 반대편에 여기 절반만 한 크기의 또 다른 모래사장이 있어요. 거기에 있을 거예요. 함께 올라갔다가 나만 돌아온 거예요. 추워졌거든요."

나는 내 수줍음 때문에 당연히 해야 할 일을 하지 않고 있다는 것을 깨닫고 마음을 정했다. "뒤로 돌아요. 아니 바위 뒤로요. 옷을 벗어야겠어요."

"네? 그럴 필요 없다고 했잖아요." 그녀는 꿈쩍도 하지 않았다.

나는 소리를 지르려고 입을 벌렸다. 소리가 나오기 직전 매기가 손으로 나의 입을 막았고, 그 때문에 수건이 흘러내려 우리 모두 어색한 순간이 찾아왔다.

"아, 세상에!" 그녀는 날카롭게 말했다. "그 잘난 입 좀 닥쳐요." 그녀는 갑자기 돌아서서 수건으로 다시 감쌌다. 그녀가 다시 돌아봤을 때는 앞을 잘 가리고 있었고 더 이상 수건을 잡고 있을 이유도 없을 것 같았다.

"존 라일, 이리 와서 여기 앉아요. 바로 내 옆에요." 그녀는 모래 위에 앉아서 옆자리를 손으로 톡톡 쳤다. 나는 왠지 그녀가 시키는 대로 해야만 할 것 같았다.

"내 옆에요." 그녀가 요구하듯 말했다. "가까이 와요. 소리 지르기 싫으니까." 나는 옷깃이 그녀의 맨 팔에 스칠 정도로 가까이 앉았다. "좀 낫네요." 그녀는 목소리가 동굴 전체로 퍼지지 않게 하려는 듯 조용히 말했다. "자, 이제 내 말 잘 들어요. 저기 두 사람이 자기 자유 의지로 있어요. 그리고 완벽하게 안전하고요. 내가 봤으니까요. 그리고 두 사람 모두 수영을 아주 잘하는 사람들이에요. 존 라일, 당신이 할 일은 당신 자신의 일이나 신경 쓰고 남한테 참견하려는 충동을 참는 거예요."

"무슨 소린지 잘 모르겠는데요." 진정으로 나는 이해를 하지 못하고 있었다.

"아, 세상에! 이봐요, 미리엄에게 아무런 생각이 안 들어요?"

"왜요, 아무 생각도 안 드는데요."

"그럴 줄 알았어요. 오면서 그녀에게 여섯 단어도 말을 하지 않았으니까요. 좋아요, 그렇다면 질투를 느낄 필요는 없겠죠. 그들 두 사람끼리만 있고 싶다는데 왜 당신이 끼어들어요? 이제 이해하겠어요?"

"어…, 대충요."

"그럼 이제 조용히 있어요."

나는 조용히 있었다. 그녀는 움직이지 않았다. 나는 사실 그녀의 나신에 신경이 쓰였다. 수건으로 가리고는 있었지만 지금도 그녀는 벗은 몸이었고 나만큼이나 그녀가 신경 쓰지는 않기를 바랐다. 그건 그렇고 나는 내가 거의 끼어들 뻔했던 일에 신경이 쓰이고 있었다. 어찌할 바를 몰랐다. 나는 화난 채로 혼잣말했다. 나는 도덕 경찰처럼 간음과 같은 최악의 상황을 가정할 권리가 없다고.

이내 내가 말했다. "매기."

"네, 존?"

"난 당신이 이해 안 돼요."

"왜죠, 존? 뭐 별로 이해받을 필요는 없지만."

"어…, 당신은 제브랑 미리엄 둘만 내버려두고 와놓고 신경 안 쓰이나 보군요?"

"내가 신경 써야 하나요?"

여자란 혼란스러운 존재다. 그녀는 일부러 나를 오해하게 했다. "글쎄요…. 어쩐지 나는 당신하고 제브가, 그게, 언젠가 할 수만 있으면 결혼하지 않을까 생각했거든요."

그녀는 낮은 웃음으로 키득거렸지만 별로 즐거운 것 같지는 않았다. "당신이 그런 인상을 받았을 거라고 생각했어요. 하지만 분명히 말하는데 그 문제는 결론이 났고 그게 최선이었어요."

"네?"

"오해하지 마요. 나는 제브를 좋아하고 그도 나를 좋아해요. 하지만 우리 모두 심리학적으로 지배적 성향을 가진 사람들이에요. 내 심리학 보고서를 보면 알겠지만 내 성격은 거의 로키산맥 수준이죠. 그런 사람들끼리는 결혼해서는 안 돼요. 오래가지 못하죠. 진짜예요. 다행히 우리는 늦지 않게 그 사실을 알아냈어요."

"오."

"정말 '오'라는 소리가 나오죠."

그다음에 어떻게 일이 일어났는지는 잘 모르겠다. 내가 보기에 그녀는 외로워 보였고 다음 순간 나는 그녀에게 키스하고 있었다. 그녀는 나에게 기대오면서 믿지 못할 정도로 정열적인 키스를 해왔다. 나는 머리가 윙윙거렸고 눈알이 돌면서 내가 3백 미터 지하로 떨어지는지 제복 사열식을 하는 건지 모를 지경이 되었다.

그리고 끝이 났다. 그녀는 나를 올려다보며 속삭였다. "사랑스러운 존."

그녀는 갑자기 일어나서 수건은 신경 쓰지 않고 나에게 기대며 내 뺨을 매만졌다. "주디스는 운이 좋아요. 그녀가 그걸 알까 몰라요."

"매기!" 내가 말했다.

그녀는 돌아가버리며 돌아보지도 않고 말했다. "이제 진짜 옷을 입어야겠어요. 춥거든요."

내가 보기에 그녀는 추운 것 같지 않았다.

그녀는 얼마 뒤 옷을 모두 입은 채로 나와서 수건으로 머리를 힘껏 말리기 시작했다. 나는 내 마른 수건으로 거들었다. 내가 그런 일을 하다니 스스로도 믿기지 않았다. 그녀의 머리칼은 굵고 사랑스러웠으며 나는 내 내 즐거웠다. 닭살이 돋을 지경이었다.

내가 그러고 있는 사이에 제브와 미리엄이 느릿느릿 수영해 돌아오고 있었다. 두 사람의 모습이 보이기 전부터 웃음소리가 들렸다. 미리엄은 부끄럽지도 않은 듯 물에서 불쑥 나왔지만 난 쳐다보지 않았다. 제브는 내 눈을 살피더니 공격적으로 말했다. "이제 수영할 준비 됐어?"

나는 이제 별로 상관없다는 말과 함께 내 수건이 왜 이미 젖어 있는지 변명하려고 했지만 매기가 보고 있다는 것을 깨닫고 그만두었다. 그녀는 아무 말도 하지 않고 바라보고만 있었다. "물론이죠! 두 사람은 충분히 했잖아요." 나는 소리를 쳤다. "미리엄! 바위 뒤에서 나와요. 나도 탈의실 좀 씁시다."

미리엄은 옷을 추스르면서도 낄낄거리며 나왔다. 나는 그 뒤로 조용하고도 위엄 있게 갔다. 나오면서도 그런 태도를 유지하고 싶었다.

어쨌건 나는 발가벗고 걸어 나와 물로 직행했다. 처음에는 엄청나게 추웠지만 잠시뿐이었다. 나는 대표선수는 아니었지만 우리 반 수영팀 소속이었고 새해 첫날에는 허드슨강에서도 수영했다. 들어가고 나니 이 검은색 수영장이 마음에 들었다.

나는 반대쪽으로 수영했다. 당연히 그곳에는 작은 모래사장이 있었다. 올라가지는 않았다.

돌아오면서 바닥에 닿아보려고 했다. 바닥은 못 찾았지만 깊이가 대략 6미터는 넘는 것 같았다. 그 아래쪽도 어둡고 완전히 멈춰 있는 것이 마음에 들었다. 아가미 같은 것으로 숨을 쉴 수만 있다면 예언자나 카발이나 서류나 걱정거리, 그 밖의 모든 어려운 문제들에서 떠나와 머물 만한 곳이라는 생각이 들었다.

나는 숨을 몰아쉬면서 수면 위로 올라와 소풍 장소인 모래사장 쪽으로 향했다. 여자들은 이미 음식을 준비해놓고 있었고 제브와 나에게 서두르라고 말했다. 제브와 매기는 내가 물에서 나왔을 때 쳐다보지 않았지만 미리엄이 쳐다보는 것을 보았다. 내 얼굴이 붉어지지는 않은 것 같았다. 어쨌든 나는 금발은 별로 좋아하지 않았다. 리리스*는 분명히 금발이었을 것이다.

11

각 부의 책임자와 헉슬리 장군 그리고 몇몇 사람으로 구성된 최고 회의는 일주일에 한 번 이상 모여 장군에게 조언하고 견해를 주고받는 현장 보고서를 검토하는 자리였다. 조금은 바보 같았던 지하 수영장에서의 사건 이후, 나는 한 달 동안 참석자로서가 아니라 기록원으로서 회의에 참석했다. 우리 부서의 여직원이 병에 걸려 G-2에서 최고 기밀 권한이 있는 매기를 불러와 음성 기록 장치를 조작하도록 했다. 유능한 사람은 언제나 부족하기 마련이다. 예를 들어 나의 명목상의 직속상관은 공군 장군 페노이어였는데 사령관의 비서실장이라는 직명을 가지고 있었다. 하지만 그는 또한 군수물자를 책임지고 있었기 때문에 나는 그를 볼 일이 없었다. 헉슬리 장군은 그 스스로의 비서실장이었고 나는 그의 영광된 조수였다. 옛 시에 나온 "나는 선장의 사관후보생이자 뱃사람 그리고 보트의 선원이라네."**라는 말 그대로였다. 나는 심지어 헉슬리 장군이 위장약을 제시간에 먹는지까지 신경 써야 했다.

이번 회의에는 보통 때보다 많은 사람이 모여 있었다. 가드, 가나안,

---

* 이브보다 먼저 여성으로서 창조되었으나 타락하여 악마의 편이 되었다 한다.
** W. S. 길버트가 1866년에 쓴 시 The Yarn of the 'Nancy Bell'의 일부분

제리코, 바빌론 그리고 이집트의 지역 사령관이 직접 참석했다. 노드와 다마스커스에서는 부관을 보냈다. 에덴을 제외한 미국 내 모든 카발 지부와는 비밀 암호 통신망을 루이빌에 두고 그곳에서 중계하는 사람조차도 알 수 없는 암호로 통신하고 있었다. 헉슬리 장군이 한마디도 해주지 않았지만, 무언가 큰일이 닥쳐오고 있다는 것을 느낄 수 있었다. 이곳은 생쥐 한 마리도 통과하지 못할 정도로 보안을 철저히 하고 있었다.

우선은 일상적인 보고부터 시작되었다. 정식 기록으로 모두 8,709명의 대원이 있었고 그건 카발 형제단과 시험을 받은 자 그리고 협력 군사조직의 정규 인원까지 합한 숫자였다. 예언자에 대항해 일어날 때 우리 편에 가담할 인원은 그보다 열 배는 많았지만 계획 자체를 알려줄 정도로 신뢰받지는 않았다.

숫자 자체는 별로 용기를 북돋워주지는 않았다. 우리는 언제나 딜레마에 시달리고 있었다. 10만 명을 갖고서도 대륙에 걸친 이 커다란 나라를 정복할 수 없었지만, 9천 명이 넘는 인원은 계획의 비밀을 지키기에 너무 많은 숫자였다. 우리는 필요에 의해서 고대로부터 내려온 점조직망을 이용했다. 점조직에서는 누구도 알아야 할 것 이상으로 알지 못하고, 잡혔을 때도 이단 심문관이 무슨 짓을 하건 알고 있는 내용 이상을 불지 않을 것이기 때문이다. 물론 그가 스파이였을 경우에도 말이다. 하지만 비활동 단계에 있음에도 매주 희생자가 발생했다.

나흘 전 시애틀에서 회의 중이던 카발 지부가 통째로 습격당한 사건이 있었다. 하지만 그들 중 오로지 세 명만이 중요한 정보를 알고 있었고 모두 자살에 성공했다. 그날 밤 회의에서 그들을 위해 기도를 올렸지만 이건 그저 일상적인 보고에 불과했다. 우리는 그 주에 네 명의 암살자를 잃었지만 스물세 건의 암살에 성공할 수 있었다. 목표 중 한 명은 미시시피 계곡 남쪽을 관장하는 고위 이단 심문관이었다.

통신부장은 인구 비율로 계산하여 나라 전체의 91퍼센트에 이르는 라디오와 TV 방송국을 무력화시킬 수 있다고 보고했고, 타격대와 함께한다면 나머지도 점령 가능할 것이라고 말했다. 물론 뉴예루살렘에 있는 '하느님의 목소리' 방송국은 제외하고 말이다. 그곳은 특별 취급을 받아야 하니까.

공병부장은 46개 대도시에 있는 전력 공급을 파괴할 수 있다고 했으며 물론 이번에도 뉴예루살렘만은 예외였다. 그곳은 사원 지하에 있는 장비로 자체 공급이 가능했다. 다만 충분한 인원을 투입하고 희생자를 감수한다면 커다란 전력 공급 방해를 일으킬 수는 있다고도 했다. 주요 지상 이동 수단과 운송로는 현재 가진 계획과 인원으로도 충분히 파괴하여 평상시의 12퍼센트로 줄일 수 있다고 했다.

보고는 계속되었다. 신문, 학생 운동, 로켓 공항의 파괴 및 점령, 기적들, 소문 전파, 상수도 공급, 사고 유발, 대첩보전, 장기간 기상예보, 무기 보급까지. 전쟁은 혁명에 비교하자면 단순한 것이었다. 전쟁은 역사 속에서 증명된 원칙을 적용하는 응용과학이었다. 똑같은 원칙이 투석기에서 수소폭탄까지 적용되니까. 하지만 모든 혁명은 기괴한 돌연변이 괴물과 같았다. 같은 조건은 절대 반복되지 않았고 그 작전들을 수행하는 건 초심자나 개인주의자들이었다.

내가 자료를 정리하면 매기가 그것을 기록했고 분석을 위해 전산실로 보냈다. 나는 머릿속에서 대충 평가를 해보려고 시도하느라 바빴다. 분석가들이 프로그래밍을 끝내서 '두뇌'에 전달하는 것을 우리는 기다렸다. 내 앞에 있는 원격 프린터가 잠시 소리를 내고는 멈췄다. 헉슬리 장군은 나보다 먼저 내 쪽으로 다가와 테이프를 끊어서 가져갔다.

헉슬리 장군은 그걸 슬쩍 보고는 헛기침을 하고 조용해지길 기다렸다. "형제들이여." 그가 말을 시작했다. "동지들이여, 우리는 오래전에 우리의 절차상의 정책에 동의한 적 있습니다. 모든 예상 가능한 요소들을 계산하고 가능한 실수를 제한 다음 무게를 재고 다른 중요한 요소들과 연관성을 조사해 그 계산이 우리 쪽에 2대 1로 유리하다면 봉기하기로 말입니다. 이번 주에 제출된 변수들로 계산한 가능성 방정식의 답은 2대 1.3

입니다. 이제 실행의 시간이 온 것입니다. 어쩌겠습니까?"

얼마 지나자 충격이 퍼져나갔다. 아무도 말하지 않았다. 너무나 오래 기다려온 희망이었기에 믿을 수가 없었던 것이다. 어떤 사람들은 몇 년을, 누군가는 거의 평생을 기다려온 때였다. 모두 일어나서 소리를 지르고 눈물을 흘리며 예언자들을 욕하고 서로의 등을 두들겼다.

사람들이 조용해질 때까지 헉슬리 장군은 미묘한 미소를 지으며 가만히 앉아 있었다. 그런 다음 일어나 조용히 말했다. "합의를 위해서 투표는 필요치 않겠지. 나중에 내가 작전 시간을…."

"장군님! 잠시만. 저는 동의하지 않습니다." 제브의 상관이며 정신과 학부 책임자인 노박 장군이었다. 헉슬리 장군은 말을 멈추었고 아픈 침묵이 찾아왔다. 나도 나머지 사람들처럼 멍해진 것은 마찬가지였다.

그리고 헉슬리 장군은 조용히 말했다. "이 회의는 보통 만장일치로 합의해야 하지. 우리는 실행 날짜를 정하는 방법을 만든 뒤부터 오랫동안 기다려왔네…. 하지만 자네가 반대한다면 그럴 만한 이유가 있겠지. 이제 노박 형제의 말을 들어보세."

노박 장군은 천천히 앞으로 나와서 그들을 마주했다. "형제들이여." 그는 당황하고 화가 난 표정들을 보며 시작했다. "저를 아실 겁니다. 그리고 이 일을 여러분과 마찬가지로 원한다는 것도요. 나는 지난 17년간을 이 일에 바쳐왔습니다. 내 집과 가족을 희생해 가면서요. 하지만 나 스스로 아직 때가 되지 않았다고 믿으면서, 그것을 경고도 해주지 않고 이 일을 진행하도록 내버려둘 수는 없습니다. 내 생각에는, 아니 수학적으로 확실히 말할 수 있는데 우리는 혁명을 일으킬 준비가 되어 있지 않습니다." 그는 양손으로 사람들을 진정시켜 조용해질 때까지 기다려야 했다. 그들은 노박 장군의 말을 듣고 싶어 하지 않았다. "끝까지 들어요! 나 또한 모든 군사 계획이 준비되었다는 건 동의합니다. 우리가 지금 혁명을 일으킨다면 나라 전체를 장악할 가능성 역시 크다는 것도 인정합니다. 하지만 우리는 준비가 되지 않았습니다."

"왜죠?"

"왜냐하면 시민 대다수가 기존 종교와 예언자의 성스러운 특권을 믿고 있기 때문이죠. 우리가 권력을 잡을 수는 있지만 유지할 수는 없습니다."

"웃기지 마쇼!"

"들어보세요! 누구도 이렇게 오랫동안 편견 속에 살아온 사람들은 없습니다. 3세대 동안 미국 시민들은 태어나서 죽을 때까지 세계에서 가장 똑똑하고 가장 철저한 정신과학 기술자들이 만든 환경에서 살아왔습니다. 실제로 믿고 있는 겁니다! 만약 시민들을 이대로 적절한 심리학적인 준비 없이 풀어버린다면 얼마 되지 않아 그전까지 묶여 있던 쇠사슬로 돌아가버릴 것입니다. 마치 불타버린 마구간으로 돌아가는 말처럼요. 혁명을 일으켜 이길 수도 있지만, 그 이후에는 기나긴 내전이 기다리고 있을 것이고 거기에서 우리는 질 겁니다!"

그는 말을 멈추고 떨리는 손을 눈으로 가져가며 헉슬리 장군에게 말했다. "여기까지입니다."

몇 명이 즉시 일어섰다. 헉슬리 장군은 조용히 하도록 책상을 두드리고는 페노이어 장군을 지목했다.

페노이어 장군이 말했다. "노박 형제에게 몇 가지 물어볼 말이 있습니다."

"말씀하세요."

"형제의 부서에서는 인구의 몇 퍼센트가 독실한 신자인지 말해줄 수 있습니까?"

자기 상관의 시중을 들고 있던 제브가 자료를 찾아보았다. 노박 장군이 고개를 끄덕이자 제브가 대답했다. "62퍼센트입니다. 오차 범위 3퍼센트 이내에서요."

"그리고 우리 편에 끌어들였는지와 관계없이 비밀스럽게 정부를 반대하는 비율은?"

"21퍼센트이고 오차 범위는 마찬가지입니다. 이 숫자에는 신심이 깊지는 않지만 현 상태에 만족하는 순응자도 포함되어 있습니다."

"어떤 수단을 통해서 자료를 얻었지?"

"대표할 만한 사람들에게 몰래 최면술을 거는 방법을 사용했습니다."

"지금 추세를 말해줄 수 있나?"

"네, 현재의 경제 공황 덕분에 지지 기반을 빠르게 잃었습니다만, 지금은 다시 유지하고 있습니다. 새로운 십일조법과 광범위한 유랑죄 적용 덕에 지지도가 떨어졌기 때문에 정부는 기반을 잃고 추락하다가 다시 유지하고 있죠. 그때 경기가 조금 나아졌지만 동시에 우리가 강력한 선전 선동술을 펼쳤고요. 지난 15개월 동안 정부는 느리지만 꾸준하게 지지 기반을 잃고 있습니다."

"그러면 첫 번째 함수는 무엇을 보여주지?"

제브가 주저하자 노박 장군이 말을 이어갔다. "그보다는 먼저 두 번째 함수를 계산해야 합니다. 이 비율은 가속화하고 있습니다."

"그렇다면?"

정신과학부 부장은 단호하게 하지만 어쩔 수 없다는 듯이 대답했다. "외삽법을 적용해보자면 우리가 공격을 감행하기까지 3년 8개월은 더 기다려야 할 겁니다."

페노이어 장군이 헉슬리 장군을 돌아보았다. "제가 대답해보죠, 장군님. 노박 장군을 존경하고 그의 주의 깊은 과학적 성과에도 존경을 표하고 싶습니다. 하지만 이길 수 있을 때 이겨야 합니다! 다음 기회는 다시는 없을지 모릅니다."

다른 사람들도 같은 의견이었다. "페노이어 장군이 옳습니다! 더 기다린다면 배신이 늘어날 수가….""계속 미룰 수는 없잖소.""지하에 온지 10년이 되었지만 여기에 묻히고 싶진 않소.""이긴 다음에 시민들을 전향시키는 건, 우리가 통신을 장악하고 난 다음에 하면 되잖습니까.""지금 공격해야 합니다. 당장!"

헉슬리 장군은 무표정하게 사람들이 떠들도록 내버려두었다. 나는 여기서 목소리를 내기에는 계급이 낮았기 때문에 조용히 있었지만 페노이어 장군과 동감이었다. 4년이나 기다릴 수는 없었다.

나는 제브가 노박 장군과 진지하게 얘기하는 것을 보았다. 그들은 다른 사람들은 신경 쓰지 않고 뭔가를 논쟁하는 듯했다. 하지만 결국 헉슬리 장군이 조용히 하라는 손짓을 하자 노박 장군이 자리에서 일어나 헉슬리 장군에게 다가갔다. 헉슬리 장군은 잠시 듣더니 거의 짜증 난다는 표정이 되었다. 아직 결정을 못 했다는 게 얼굴에 드러났다. 노박 장군이 부르자 제브가 달려갔다. 세 사람은 잠시 속삭였고 다른 사람들은 기다렸다.

결국, 헉슬리 장군이 말했다. "노박 장군이 이 모든 상황을 바꿔줄 계획을 제안했습니다. 회의는 내일까지 휴회합니다."

노박 장군의 계획(아마도 제브의 계획이겠지만 제브는 끝까지 밝히지 않았다)은 두 달 남짓한 시간이 필요했고, 그날은 재림의 기적 기념일이었다. 계획은 바로 기적 그 자체를 망치는 것이었다. 뒤돌아 생각해보니 그것이야말로 계획의 가장 중요한 요소였다. 정신과학부 부장의 말이 옳았다. 본질적으로 독재자의 힘은 총이 아니라 그가 사람들에게 심어놓은 믿음에 있었다. 카이사르, 나폴레옹, 히틀러 그리고 스탈린 모두의 경우에 적용되는 사실이었다. 예언자가 가진 권력의 근본을 먼저 공격할 필요가 있었다. 그가 하느님에게서 직접 권력을 받아 집권한다는 대중의 믿음이 바로 그 근본이었다.

후세 사람들은 종교적 믿음과 정치적 권력 모두에 있어서 재림의 기적이 얼마나 중요했는지 분명 믿지 못할 것이다. 그것을 국민들에게 지적으로 이해시키기 위해서는 문자 그대로 첫 번째 예언자가 실제로, 더욱이 물리적으로 하늘에서 매년 한 번씩 내려와 신성한 후계자의 지위를 확인해주는 과정이 필요했다. 사람들은 그것을 믿었고 소수는 사지가 찢어질까 봐 감히 반론을 제기하지 못했다. 내 말뜻은 비유적인 게 아니라 정말 길바닥에 핏물을 남긴 채 사라지리라는 것이었다. 국기에 침을 뱉는 편이 훨씬 안전할 것이다.

나는 평생 그것을 믿고 있었다. 믿음의 근간이 되는 그것을 한 번도 의심하지 않았다. 나도 교육을 제대로 받은 사람이었으며 기적을 일으키는 과학적 원리를 조금이나마 배웠는데도, 믿었던 것이다.

그다음 두 달 동안은 마치 목표물이 사정거리에 들어와서 "사격 개시!"라고 외치기를 기다리는 순간처럼 기나긴 긴장의 연속이었다. 하지만 우리는 매일매일이 너무 바빠서 시간이 모자랄 지경이었다. '기적의 날' 방해를 위해 더욱 기적적인 일을 준비하면서 우리는 통상적인 무기들을 갈고 닦았다. 제브와 그의 상관인 노박 장군은 즉시 떠나갔다. 노박 장군의 명령서에는 "뷸라랜드로 가서 베드록 작전을 지휘할 것"이라고 되어 있었다. 사무원을 믿지 못해서 내가 직접 명령서를 가져갔다. 하지만 뷸라랜드가 어디 있는지 나에게 말해주는 사람은 아무도 없었다.

헉슬리 장군 또한 그들이 떠나고 일주일간 자리를 비웠다. 페노이어 장군이 임시 사령관을 맡았다. 물론 헉슬리 장군은 나에게 왜 떠나는지, 어디로 가는지도 말하지 않았다. 하지만 상상해볼 수는 있었다. 베드록 작전은 심리적인 공격이었지만 물리적인 공격도 포함하고 있었고 헉슬리 장군은 육군 사관학교의 응용 기적학부 부장이었기 때문일 것이다. 아마도 그가 카발 전체에서 가장 뛰어난 물리학자일지 몰랐다. 어찌 됐든 그는 작전이 제대로 돌아가는지 두 눈으로 직접 보고자 했을 터다. 내 생각에 그가 직접 용접을 하고 스크루드라이버와 전자 마이크로미터를 조작했을 것이다. 헉슬리 장군은 궂은일을 마다치 않는 사람이었다.

나는 헉슬리 장군이 그리웠다. 페노이어 장군은 사소한 문제에서 내 결정을 뒤집으려고 했고, 우리 둘 모두의 시간을 최고사령관이 신경 써서는 안 되는 일에 낭비했다. 거기다가 그는 가끔 어디론가 사라져 찾을 수도 없었다. 이곳에는 오고 가는 일들이 너무나 많았는데 몇 번이나 그를 추적해서 무슨 일을 하느냐고 물으면서 내가 이미 이름 약자를 써놓은 곳에 서명하도록 해야 했다. 나는 모든 서류에 최대한 못 알아보도록 흘려서 '나는 바보, 공군 장군. 미합중국 국군'이라고 써놨지만, 누구도 못 알아본 것 같았다.

제브가 떠나기 전, 미합중국의 시민들이 자유를 되찾는 과정과는 아무 상관 없지만 내 개인적으로는 관련이 깊은 일이 일어났다. 아마도 이러한 시각도 매우 중요할 것이다. 특히 이 기록을 쓰게 만든 명령서에는 '개인적'이고 '주관적'으로 써야 한다고 했으니 말이다. 하지만 나는 사본을 얻어서 추가했다. 왜냐하면, 이래야만 나의 혼란된 생각이 바로잡힐 것 같기 때문이었다. 그리고 그동안 나는 애벌레가 나방이 되는 것 같은 극적인 변신을 겪었다. 나는 대다수의 사람들처럼 평범하고, 일이 코앞에 닥쳐야 깨닫는 사람이었다. 한편 제브나 매기나 헉슬리 장군 같은 사람들은 당연히 자유로운 영혼을 가진 뛰어난 소수에 속했다. 그들은 독창적인 생각을 했고 지도자이기도 했다.

제브의 상관이 시간이 나자마자 오라는 연락을 보냈을 때 나는 책상에 앉아 여전히 서류들과 씨름하고 있었다. 그에게서 이미 명령서가 도착했으므로 나는 헉슬리 장군의 전령에게 말을 남겨놓고 서둘러 갔다.

노박 장군은 예의 같은 것은 생략했다. "대위, 통신을 통해서 자네에게 편지가 왔는데 분석에 의하면 단어를 대체하거나 그냥 파기하라고 하는군. 어쨌건 간에 내 과장 중 한 명이 검열 없이 자네에게 보여주라고 강력하게 충고했어. 대신 여기서 읽어야 할 걸세."

나는 조금 어리둥절해서 대답했다. "네, 장군님."

그가 편지를 건네줬다. 편지는 꽤 길어서 암호가 대여섯 개나 들어가 있을 수도 있었고 검열을 피해서 신호가 전달될 수도 있었다. 나는 대부분의 내용은 기억하지 못했다. 하지만 어떤 충격이 왔는지는 기억한다. 주디스에게서 온 편지였다.

"친애하는 존…. 나는 당신을 항상 좋아해왔고 나에게 해준 일은 영원토록 잊지 않을 거예요…. 우리는 만날 운명이 아니었어요…. 멘도사 씨는 너무나 사려 깊었어요. 나를 용서해줄 거라고 믿어요…. 그는 내가 필요해요. 우리가 만난 것은 운명이 틀림없어요…. 언젠가 멕시코시티를 방문한다면 우리 집을 당신의 집처럼 드나들어도 좋아요…. 나는 당신을 언제나 강하고 현명한 오빠라고 생각할 것이고 당신은 나를 언제나 여동생처럼…." 내용은 더 있었다. 훨씬 더 많이 말이다. 하지만 같은 얘기였다. 아마도 이런 과정을 '점잖은 이별'이라고 부르는 것 같다.

노박 장군이 편지를 다시 가져갔다. "자네가 외워버릴 시간까지는 줄 수 없네." 그는 냉정하게 말하고는 소각기에 즉시 집어넣어 버렸다. 그는 다시 나를 바라보았다. "이제 앉는 게 좋겠네, 대위. 담배 피우나?"

나는 앉지 않았다. 하지만 머리가 빙빙 돌고 있어서 장군이 건네주는 불붙인 담배를 받아버렸다. 그리고 담배 연기에 숨이 막히는 육체적 고통 때문에 현실로 돌아올 수 있었다. 나는 그에게 감사 인사를 한 뒤 내 방으로 직행했다. 사무실에 연락해서 헉슬리 장군이 진정으로 내가 필요할 경우 어디서 찾을 수 있는지 전해두었다. 하지만 나는 비서에게 내가 갑자기 병이 났으며, 될 수 있는 한 방해하지 말아달라고도 말했다.

아마도 방에서 1시간쯤 있었는지, 나도 잘 모르겠다. 얼굴을 파묻고 아무 일도 하지 않고 아무것도 생각하지 않았다. 조용한 노크 소리가 들렸고 문이 열렸다. 제브였다. "좀 어때?" 그가 말했다.

"무감각하네요." 내가 대답했다. 나는 그가 어떻게 알았는지 궁금하지도 않았고 그 순간에는 노박 장군에게 강하게 충고했다는 '과장'이란 사람도 잊고 있었다.

제브는 다가와서 의자에 쭈그려 앉고는 나를 바라보았다. 나는 굴러서 침대 끝에 앉았다. "너무 상심하지 마, 존." 그가 조용하게 말했다. "사람은 죽고 나면 벌레들에게 먹히는 거야. 하지만 사랑을 위해서는 아니지."

"선배가 뭘 안다고요!"

"그래, 난 모르지." 그도 동의했다. "모든 사람은 각자의 독방에 평생토록 갇혀 있는 죄수야. 바로 이 순간 통계라는 것은 믿을 수 없는 법이지. 내가 시키는 대로 해봐. 머릿속에서 주디스를 그려봐. 그녀의 모습을 보고 그녀의 목소리를 떠올려봐."

"네?"

"해보라니까."

나는 정말 시키는 대로 해보려고 했지만 할 수 없었다. 나에게는 그녀의 사진이 없었고 그녀의 모습은 잊히고 있었다.

제브가 나를 관찰하고 있었다. "넌 괜찮아질 거야." 그는 단호하게 말했다. "자, 이거 봐, 존…. 너에게 미리 말해줄 수도 있었어. 주디스는 매우 여성적인 여자야. 그리고 꽤 매력적이지. 자유로운 몸이 되면 다른 남자를 찾기 마련이야. 마치 산소가 다른 원소와 재결합하는 것처럼 말이야. 하지만 사랑에 빠진 남자에게 이런 말을 해도 아무 소용 없겠지."

그는 일어났다. "존, 난 가야 해. 너를 이 상태로 내버려두고 가고 싶진 않지만 나는 이미 공식적으로는 나간 상태고 노박 영감도 나갈 준비가 끝났어. 만약 그를 오래 붙들고 있다간 나를 잡아먹으려 들 거야. 하지만 가기 전에 너에게 딱 한 마디 충고해줄게."

나는 그의 말을 기다렸다. "내가 없는 사이에 매기를 자주 만나도록 해. 그녀가 약이 돼줄 거야."

그가 나가려고 할 때 나는 말했다. "제브, 선배와 매기 사이엔 무슨 일이 있었던 거예요? 이런 일이 있었나요?"

제브는 나를 돌아보았다. "뭐? 아니. 같은 일은 아니야. 그건… 어쨌든 비슷하지도 않아."

"난 이해가 안 돼요. 내가 다른 사람들을 이해 못 하는 건지도 모르죠. 나보고 매기를 자주 만나라니요. 난 그녀가 당신 여자인 줄 알았는데. 질투하지 않을 거예요?"

제브는 나를 쏘아보다가 웃고는 어깨를 툭툭 쳤다. "그녀는 자유 시민이야, 존. 분명히 말해두는데 만약 매기에게 상처를 주면, 네 대갈통을 떼어내서 그걸로 죽도록 패줄 거야. 네가 그럴 리는 없겠지만. 하지만 질투하냐고? 아니. 그런 생각은 해본 적도 없어. 나는 그녀가 흔치 않은 대단한 여성이라고 생각하지만, 그녀와 결혼하느니 퓨마와 결혼하겠어."

그는 뭔가 말하려는 나를 내버려두고 떠났다. 하지만 나는 그의 충고를 받아들였다. 매기는 모든 것을 알고 있었다. 물론 주디스에 관해서. 제브가 얘기해준 줄 알았지만 그건 아니었다. 주디스가 그녀에게 먼저 편지를 보낸 것 같았다. 어쨌든 나는 매기를 찾아갈 필요도 없었다. 그날 밤 저녁 식사를 마치고 그녀가 찾아왔다. 얼마간 이야기를 나누자 기분이 훨씬 나아져서, 사무실로 돌아갔을 때는 오후에 쉬는 동안 밀린 일을 따라잡을 수 있을 정도였다.

매기와 함께 저녁을 먹고 걸으면서 이야기하는 게 습관으로 굳어졌다. 우리는 더 이상 여럿이서 모이지 않게 되었다. 이 마지막 날들에는 시간도 없었거니와 제브가 떠난 뒤로 누군가를 더 부르고 싶지 않았다. 가끔은 겨우 20분도 안 되는 시간밖에 낼 수가 없었고 바로 책상으로 돌아가야 했지만, 그 시간이 내겐 가장 좋은 시간이었다. 나는 그 시간을 즐겁게 기다렸다.

조명이 있는 주 동굴에 나가지 않고 표시된 길을 벗어나지 않더라도 아름다운 산책로는 많았다. 잘해야 1시간쯤 나갈 수 있었지만 우리가 특히 좋아하는 장소가 있었다. 북쪽으로 8백 미터 정도 가면 나오는 큰 공간이었다. 얼어붙은 버섯처럼 생긴 석회석 사이로 굽이쳐 난 산책로에는 거대한 기둥과 돔들 그리고 아직 이름도 없는 형체들이 보였다. 그것들은 기분에 따라서 고문을 당하는 영혼으로도, 거대한 이국적인 꽃으로도 보였다. 허가된 구역에서 몇 미터 떨어져 있지만 바닥에서 30미터 정도 높은 곳에 자연이 만들어놓은 돌 벤치가 있었다. 우리는 그곳에 앉아서 장난감 같은 마을을 바라보며 이야기를 나누었고, 매기는 담배를 피우곤 했다. 나는 제브가 했듯이 담뱃불을 붙여주기도 했다. 그녀는 그런 섬세함을 좋아했고 나는 담배 연기가 목에 안 걸리도록 숨 쉬는 법을 배워야 했다.

제브가 떠나고 6주쯤 지나 작전 개시가 며칠밖에 안 남았을 때도 우리는 그곳에서 앉아 혁명 후의 앞날에 관해 얘기를 나누고 있었다. 나는 그때도 살아 있다면 아마 정규 군대에 남을 것이고 그럴 자격도 있다고 말했다. "당신은 무슨 일을 할 거죠, 매기?"

그녀는 천천히 담배 연기를 내뿜었다. "아직 거기까지 생각해보진 않았어요, 존. 다른 직업을 가져본 적도 없고요. 다시 말해 우리는 내 옛날 직업이 아무짝에도 쓸데없어지도록 최선을 다하는 중이니까." 그녀는 쓸쓸하게 웃었다. "나는 쓸모 있을 만한 걸 배운 적이 없어요. 요리나 바느질, 청소는 할 수 있겠죠. 가정부 일자리를 구해야 할까 봐요. 능력 있는 하녀는 찾기 힘들다고 하더군요."

필요한 순간이면 주저 없이 진동칼을 휘두를 수 있을 정도로 용기 있고 능력 있는 막달레나가 하녀 일이나 하며 겨우 먹고산다니, 그런 생각은 하기도 싫었다. '요리 및 가사 전반. 입주 필수, 목요일 밤과 격주 일요일은 쉼. 신원보증 필요.' 매기가? 나의 쓸모없는 생명을 망설임 없이, 게다가 대가는 생각지도 않고 두 번이나 구해준 매기가? 절대 그래선 안 돼!

나는 불쑥 말했다. "이봐요, 그럴 필요는 없어요."

"그거밖에 아는 게 없는데요."

"그래요. 하지만 그렇다면 내 집에 와서 요리하고 청소를 해주는 건 어때요? 내가 우리 둘 다 먹여 살릴 만큼은 벌 수 있을 거예요. 소위로 영원히 돌아가야 할지 모르지만, 아마도 별거 아니겠죠, 제길. 언제나 환영이에요."

그녀는 나를 바라보았다. "존, 정말 자상하군요." 그녀는 담배를 비벼 끄고 옆으로 던져버렸다. "진심으로 고마워요. 하지만 그러면 안 될 것 같아요. 이전에도 그랬듯이 소문이 날 거예요. 당신 상관은 좋아하지 않을걸요."

나는 빨갛게 얼굴을 붉히고 거의 외치다시피 말했다. "내가 한 말은 그게 아니에요!"

"네? 그러면 뭔데요?"

나는 말할 때까지도 내 뜻이 무엇인지 알지 못했다. 지금은 알겠지만 어떻게 표현해야 할지 몰랐다. "내 말은, 봐요, 매기. 당신도 나를 좋아하는 것 같고… 우리는 잘 어울리잖아요. 그렇다면 우리…." 나는 말을 멈췄다.

그녀는 일어서서 나를 바라보았다. "존, 나하고 결혼하자는 거예요? 나하고?"

나는 어색하게 말했다. "어…, 바로 그거죠." 그녀가 앞에 서 있는 것이 불편해서 나도 일어났다.

그녀는 나를 엄숙하게 쳐다보고는 얼굴을 살피고 겸손하게 말했다. "고마워요…. 그리고 감동받았어요. 하지만, 아, 안 돼요. 존!" 그녀는 눈물을 쏟으며 울기 시작했다. 이윽고 울음을 멈추고는 소매로 얼굴을 닦고 갈라진 목소리로 말했다. "나를 울게 만들다니. 난 몇 년 동안이나 안 울었다고요."

나는 그녀를 감싸 안으려고 했지만 그녀는 날 밀어냈다. "안 돼요, 존! 내 말부터 들어요. 당신의 가정부가 될게요. 하지만 결혼은 안 하겠어요."

"왜 안 하겠다는 거예요?"

"왜라니요. 세상에, 나는 늙고 지친 여자예요. 그게 이유예요."

"늙었다고요? 나보다 한두 살밖에 안 들어 보이고 바깥세상에 나가야 세 살 정도 많아 보일 거라고요. 그런 건 문제가 안 돼요."

"나는 당신보다 천 살은 더 먹었어요. 내가 있었던 곳을 생각해봐요. 내가 알고 있는 것도요. 나는 예언자에게 불려가던 '신부'였다고요."

"당신 잘못은 아니잖아요!"

"그럴지도 모르죠. 게다가 당신 친구 제브와도 사귀었죠. 그건 알았어요?"

"알고 있었어요."

"그게 전부가 아니에요. 다른 남자들도 있었어요. 여자에겐 뇌물로 바칠 만한 게 별로 없는 법이죠. 어떤 사람은 필요해서였고, 어떤 사람은 외로워서, 어떤 사람은 그저 지루해서였어요. 예언자가 여자에게 질리면 그 여자는 더 이상 가치가 없어지죠. 자기 자신에게도요."

"난 상관 안 해요. 안 한다고요! 아무 상관 없어요!"

"지금은 그렇게 말하겠죠. 나중에는 엄청나게 상관있을 거예요. 안 봐도 뻔해요."

"그렇다면 날 아직 잘 모르는 거예요. 새롭게 시작하면 되죠."

그녀는 깊게 한숨을 쉬었다. "나를 사랑한다고 생각해요? 존."

"네? 물론 그래요."

"주디스를 사랑했잖아요. 지금 당신은 상처받았고 그 때문에 나를 사랑한다고 착각하는 거라고요."

"하지만, 아, 실은 사랑이 뭔지도 몰라요! 그저 당신과 결혼해서 함께 살고 싶다는 마음만은 알고 있어요."

"나도 잘 모르겠네요." 그녀가 너무 조용히 말했기 때문에 못 들을 뻔했다. 그녀는 내 품속으로 들어왔다. 마치 언제나 거기에 있었던 것같이 자연스러웠다.

키스를 하고 나서 내가 물었다. "그러면 나와 결혼해주겠어요?"

그녀는 머리를 쳐들고는 마치 무서운 것이라도 봤다는 표정으로 말했다. "오, 안 돼요!"

"네? 하지만 나는…."

"안 돼요, 절대 안 돼요! 당신의 집을 청소하고 요리도 하고 침대 정리도 해주고 당신이 원하기만 하면 그 안에서 같이 자주기도 하겠어요. 하지만 나와 결혼할 필요는 없어요."

"하지만, 제길! 매기, 난 그런 식은 싫어요."

"싫다고요? 두고 봐요." 내가 놓으려 하지 않았지만, 그녀는 내 품을 빠져나갔다. "오늘 밤 봐요. 새벽 1시 지나서, 모두가 잠이 들면, 문은 열어놓고 있어요."

"매기." 내가 외쳤다.

그녀는 길을 따라서 마치 도망치듯이 달려갔다. 나는 따라잡으려다가 종유석에 걸려 넘어졌다. 일어났을 때 그녀는 이미 보이지 않았다.

그런데 이상한 점이 있었다. 나는 매기가 나만큼이나 큰 줄 알고 있었다. 하지만 내가 두 팔로 안았을 때 그녀는 작았다. 나는 그녀와 키스하기 위해서 목을 구부려야 했다.

12

드디어 기적의 밤 당일, 남아 있는 우리는 주 통신실에 모여 있었다. 헉슬리 장군과 나, 통신실 책임자와 그의 기술자들 그리고 몇몇 장교들이 같이 있었다. 장소가 비좁아서 들어오지 못한 몇몇 남자와 십수 명의 여성들은 식당에 설치된 중계 화면을 보고 있었다. 우리의 지하 도시는 지금 유령도시가 되어 있었고, 장군을 위해서 통신을 유지하기 위한 주요 요원들만이 남았으며 나머지는 전부 전투태세에 들어가 있었다. 그 밖에 남은 몇 안 되는 사람들은 이 단계에선 전투태세를 갖추지 않았다. 전략은 이미 세워졌고 작전 시각 또한 기적이 일어나는 순간에 맞춰 정해져 있었다. 이 사령부에서 전 대륙의 전술적인 결정을 할 수는 없었고 헉슬리 장군은 그걸 잘 알고 있을 만큼 실력 있는 사람이었다. 그의 부대들은 곳곳에 배치되었고 부하 지휘관들은 스스로 모든 결정을 내려야 했다. 헉슬리 장군이 할 수 있는 일은 기다리며 기도하는 것뿐이었다.

우리도 그럴 수밖에 없었다. 나는 이제 물어뜯을 손톱이 남아 있지 않았다.

우리 앞에 보이는 주 화면에는 사원 내부가 펼쳐졌다. 색상은 선명했고 원근감은 완벽했다. 의식은 온종일 이어지고 있었다. 행렬과 찬송가, 기도와 더 많은 기도들, 희생, 예배를 보기 위해 꿇은 무릎, 성가 부르기, 끝도 없이 이어지는 화려한 의식의 단조로움. 내가 있던 연대가 2열 종대 차렷 자세로 있었다. 헬멧은 반짝이고 창들은 마치 빗살처럼 늘어서 있었다. 나는 카발의 지부장인 피터 반 아이크를 알아보았다. 그는 나온 배를 흉갑으로 가리고 소대 앞에서 부동자세로 서 있었다.

나는 급보를 통해서 우리에게 필요한 필름을 피터 지부장이 훔쳐냈다는 사실을 알고 있었다. 그가 의식에 있는 걸 보자 왠지 안심됐다. 만약 그가 절도로 의심을 받았더라면 우리의 계획은 절대 성공하지 못했을 것이다. 하지만 그러고도 그는 저기에 멀쩡히 서 있었다.

통신실의 나머지 3면에는 열두 개의 작은 스크린이 있어서 주요 도시들의 상황을 보여주었다. 리튼하우스 광장의 군중, 사람들로 들어찬 할리우드 원형극장, 지역 사원들의 사람들. 모든 사람들이 우리와 마찬가지로 커다란 화면에 나오는 대사원의 장면들을 보고 있었다. 전 미국에 걸쳐서 모두 같은 상황이었다. 거의 모든 사람이 텔레비전 화면을 어딘가에서 보고 있었다. 재림의 기적을 기다리고 기다리고 또 기다리면서.

우리 뒤에서는 정신기술자가 최면술에 빠진 감응자를 돌보고 있었다. 열아홉 살쯤 먹은 소녀 감응자는 부르르 떨더니 뭐라고 중얼거렸다. 기술자가 더 가까이 갔다.

그러고는 헉슬리 장군과 통신부장에게 다가갔다. "하느님의 목소리 방송국을 점령했습니다, 장군님."

헉슬리 장군은 보일 듯 말 듯 고개를 끄덕였다. 무릎에 힘이 빠지지만 않았더라면, 나는 재주넘기를 하고 싶었다. 이것은 전술의 주요 부분이었고 '기적'이 벌어지기 직전이 아니면 실행할 수 없는 작전이었다. 텔레비전은 직통이거나 그 자체의 특별 케이블망을 이용하기 때문에 나라 전체에 보내는 영상물을 조작하려면 바로 원점이 되는 방송국에서 조작하는 수밖에는 없었던 것이다. 성공은 참으로 기쁜 일이었지만 거기 간 이들 중 누구도 오늘 밤을 넘기고 살아남지 못할 것이기에 다시 슬픔을 느꼈다.

신경 쓰지 말자. 만약 그들이 몇 분만 더 시간을 끌어준다면 그들의 죽음은 가치 있는 일이다. 나는 위대한 창조주에게 그들의 영혼을 위해 기도했다. 필요한 곳에는 그렇게 목숨을 내놓고 일하는 사람들이 있었고 그들 대부분은 아내가 이단 심문을 당한 사람들이었다.

통신부장이 헉슬리 장군의 소매를 건드렸다. "시작합니다, 장군님." 화면은 사원의 반대편으로 천천히 돌아가면서 제단을 지나 '성역'의 입구인 상아색 아치문을 클로즈업했다. 금색 천으로 된 가림막이 그곳을 가리고 있었다.

카메라는 가려진 입구가 화면에 가득 찰 때까지 확대했다. "언제든지 점령할 수 있습니다, 장군님."

헉슬리 장군은 정신기술자에게 고개를 돌렸다. "저건 아직 우리 것이 아닌가? 하느님의 목소리 쪽 보고가 오면 알아보게."

"알겠습니다, 장군님."

나는 화면에서 눈을 뗄 수가 없었다. 한없이 긴 기다림이 끝나고 커튼이 떨리더니 천천히 양쪽으로 벌어지면서 열렸다. 그리고 그곳에 실물 크기로 당장 걸어 나올 것처럼 사실적인 재림 예언자가 있었다!

예언자는 고개를 돌리며 한쪽 끝에서 다른 한쪽 끝으로 훑어보고는 바로 나를 쳐다보았다. 그의 눈이 바로 나를 노려보았던 것이다. 나는 숨고 싶었다. 숨이 막혀오면서 나도 모르게 말했다. "그렇다면 저 사람도 복제한 겁니까?"

통신부장이 고개를 끄덕였다. "밀리미터 단위까지 모두 동일하지. 내 장담컨대 말이야. 우리 최고의 배우가 최고의 성형외과 의사들에게 수술을 받은 결과지. 이미 우리의 필름이 나오고 있는지 모르겠는데."

"하지만 저 사람은 진짜잖아요."

헉슬리 장군이 나를 돌아보았다. "좀 조용히 하게나, 존." 그건 장군이 지금까지 내게 한 말 중 가장 호통에 가까웠다. 나는 입을 닫고 화면을 살펴봤다. 저렇게 강력하고 완전히 사악한 얼굴에 타는 듯한 눈동자를 가진 사람이 배우라고? 아니다! 나는 그 얼굴을 알고 있었다. 너무 많은 의식에서 너무 많이 봐왔다. 무언가 잘못되었고 이것은 재림 예언자 그 자신임이 확실했다. 나는 두려움에 식은땀을 흘리기 시작했다. 그가 만약 내 이름을 외쳐 부른다면 내 반역의 죄를 고하고 자비를 구할 것 같았다.

혁슬리 장군이 물었다. "뉴예루살렘은 어찌 됐나?"

정신기술자가 대답했다. "소식 없습니다. 죄송합니다, 장군님."

예언자가 기도를 시작했다.

설득력 있고 풍금 소리 같은 목소리가 울려 퍼졌다. 예언자 배우는 올해 태어난 아기들을 위해서 하느님의 축복을 빌었다. 잠깐 멈추어 다시 나를 보고 이어서 하늘을 쳐다보더니, 손을 올리고 첫 번째 예언자의 이름을 부르기 시작했다. 첫 번째 예언자의 모습을 보고 듣게 할 수 있는 값진 상을 내려달라고, 또 그를 위하여 현재 예언자의 육체를 도구로 사용해달라고 기도했다. 그는 기다렸다.

변신이 시작되자 내 머리털이 곤두서는 듯했다. 우리는 이미 졌다는 생각이 들었다. 무언가 잘못된 것이 분명했다. 그 실수로 인해 얼마나 많은 사람이 죽을지 하느님만이 알고 계시리라.

예언자의 모습이 변하기 시작했다. 몇 센티미터 정도 키가 커지고 화려한 예복은 어둡게 바뀌었다. 그 자리에는 첫 번째 예언자이자 신십자군의 창설자인 느헤미아 스쿠더가 지난 세기의 프록코트를 입고 서 있었다. 나는 마치 어린 시절로 돌아간 듯 두려움과 공포에 긴장했다. 마치 교구 교회에서 처음 저 모습을 보았을 때처럼 말이다.

그는 먼저 언제나 하는 사랑의 인사와 국민에 대한 관심으로 말을 시작했다. 점점 말의 수위를 높여가자 얼굴에서 땀이 나고 손이 떨리기 시작했다. 마치 미시시피 계곡에서 있었던 1천여 번의 강령회처럼 말이다. 내 심장은 점점 빨리 뛰기 시작했다. 그는 모든 형태의 죄들에 대해서 설교하기 시작했다. 꿀처럼 단 입을 가진 창녀, 육체의 죄, 영혼의 죄, 그리고 돈 바꾸는 사람들에 대해서.

열정이 꼭대기까지 치솟았을 때 갑자기 새로운 주제로 바뀌어 나는 놀랐다. "하지만 나는 오늘 너희 하찮은 사람들에게 하찮은 죄에 대해서 말하려고 온 것이 아니니라. 너희에게 진정으로 흉악한 것에 대해 전하고 너희로 하여금 갑옷을 두르고 싸우라고 하기 위해 내가 이곳에 온 것이다. 아마겟돈이 왔도다! 일어나라, 나의 종들이여. 주님을 위한 전투에 참여하라! 사탄이 너희들에게 가고 있다! 그들은 여기 있다! 너희들 사이에 있다! 바로 여기 오늘 밤에 말이다! 뱀의 간악한 마음을 가지고 너희들 사이에서 주님의 대리자를 자처하고 있다! 그렇다! 그는 거짓으로 변장하고는 재림 예언자의 모습을 하고 있는 것이다! 그를 죽여라! 그의 수하도 죽여라! 하느님의 이름으로 그들 모두를 파괴하라!"

13

"하느님의 목소리 방송국에서 브륄러입니다." 정신기술자가 조용히 말했다. "'방송국은 현재 방송을 중단했으며 약 30초 뒤 폭파될 것이다. 건물이 부서지기 전에 퇴각을 시도한다. 행운을 빈다.' 전문은 여기서 끝입니다."

헉슬리 장군은 무언가 중얼거리고는 이제 아무것도 비치지 않는 대형 화면 앞을 떠났다. 나라 여기저기를 비추고 있는 작은 화면에는, 혼란스럽지만 용기를 북돋우는 장면들이 떠올랐다. 모든 곳에서 폭동과 전투가 벌어지고 있었다. 나는 아직도 멍한 상태로 누가 아군이고 누가 적군인지 알아내려고 했다. 할리우드 원형극장에 모여 있던 군중은 무대 위로 몰려가서 그 위에 앉아 있던 얼마 안 되는 공직자와 성직자들을 짓밟아버렸다. 울부짖는 사람들 가장자리로 많은 경비병이 있었으니 절대 있을 수 없는 일이 벌어진 셈이었다. 살인적인 무차별 사격을 예상했지만, 무대의 북동쪽 언덕에 있던 삼각대에 설치된 무기에서 경비병 쪽으로 광선이 발사되었다. 아마 다른 경비병 같았다.

예언자의 연기는 우리의 예상을 뛰어넘는 성공을 거둔 듯했다. 만약 정부군이 할리우드 원형극장의 경비병들처럼 갈팡질팡하고 있다면 이제 할 일은 싸움이 아니라 이미 해낸 일들을 통합하는 것이었다.

할리우드에서 보내는 화면이 끊기고 나는 다른 화면을 보기 시작했다. 오리건주 포틀랜드였다. 거기서는 더 많은 전투가 벌어지고 있었다. 나는 하얀 띠를 팔에 맨 사람들을 보았다. 우리가 작전 개시에 정한 동일 표지였다. 하지만 모든 폭력이 흰 띠를 맨 우리 형제들에게서 나오는 것은 아니었다. 나는 무장한 경찰이 겨우 사람들의 주먹에 맞아 쓰러져 다시는 일어나지 못하는 것을 보았다.

시험 통신과 초기 보고들이 들어오고 있었다. 이제는 우리의 무선망을 사용할 수 있었다. 기나긴 기다림 끝에 우리가 가진 모든 수단을 보여 줄 때가 온 것이다. 나는 화면에서 눈을 떼고 자리로 돌아가서 장군이 보고 내용을 정리하는 것을 도왔다. 나는 아직 어리둥절한 상태였고 머릿속으로는 아직도 예언자의 놀라운 얼굴을 보고 있었다. 두 명의 예언자 모두 말이다. 내가 감정적으로 충격을 받았을 정도라면 다른 사람들은 어땠을까? 독실하고 신실한 사람들은?

접촉 메시지가 아닌 최초의 정리된 보고서를 보낸 것은 뉴올리언스의 루카스였다.

시 중앙과 전력, 통신을 장악했다. 소탕 소대들이 지역 경찰서들을 점령하고 있다. 여기 있는 연방 방위대는 방송 덕에 사기를 잃었다. 방위대 내부에서도 그들끼리 전투가 벌어지고 있다. 조직적인 저항은 거의 없다. 계엄령 아래에 질서를 되찾고 있는 중이다. 이상. — 루카스.

보고가 쏟아져 들어오기 시작했다. 캔자스시티, 디트로이트, 필라델피아, 덴버, 보스턴, 미니애폴리스. 모두 주요 도시들이었다. 내용은 다양했지만 같은 이야기였다. 우리의 합성 예언자가 무장하라고 하자, 즉시 모든 종류의 통신이 단절되고 정부군은 머리 없는 몸이 되었으며, 자기들끼리 치고받고 싸우게 되었다는 얘기였다. 예언자의 권력은 미신과 사기술에 있었다. 우리는 그 미신을 그 자신에게 돌려서 파괴한 것이다.

그날 밤 중앙 사령부에서 열린 집회는 내가 참여한 것 중에서 가장 성대했다. 우리는 통신실을 의식의 장소로 꾸몄고 통신부장은 비서로서 앉아 메시지가 오는 대로 동부 지역 마스터인 헉슬리 장군에게 최대한 빨리 전달했다. 나 또한 의자를 배정받았고 하급 단원으로서 이제까지 누려보지 못한 영광을 얻었다. 장군은 모자가 없는 바람에 우스꽝스럽도록 작은 모자를 빌려야 했지만 별 상관 없었다. 나는 그 이전이나 이후로나 그렇게 성대한 의식은 본 적이 없었다. 우리는 모두 마음에서 우러나와 고대로부터 전해 내려오는 말씀을 마치 그날 처음 말하는 것처럼 합창했다. 도중에 루이빌을 점령했다는 소식이 들어와 의식을 방해했지만 이보다 더 좋은 방해가 어디 있겠는가? 우리는 새로운 세상을 만들었다. 기나긴 시간 동안 구상한 것을 결국 실제 행동으로 옮긴 것이다.

14

임시 수도는 중앙에 있다는 이유로 세인트루이스로 정해졌다. 나는 비행기를 직접 조종해서 헉슬리 장군을 그곳에 모시고 갔다. 우리는 예언자의 경찰 기지를 점령해서 예전 이름인 제퍼슨 막사로 돌려놓았다. 대학 건물도 원래의 이름인 워싱턴으로 돌려놓았다. 사람들은 이런 이름들이 뭐가 중요한지 지금은 모르더라도 언젠간 알게 될 것이고 이곳은 새 시작에 좋은 곳이었다(나는 처음으로 조지 워싱턴이 우리 일원이었다는 것을 알게 되었다).

헉슬리 장군은 자신을 임시 대통령으로 부르게 하지 않았다. 군사 집정관으로서 그가 가장 먼저 한 일은 카발 형제단과 자유 미국군과의 모든 공식 연결을 끊는 것이었다. 형제단은 이미 그 목적을 달성했으며 자유민의 희망으로 남게 되었다. 이제는 고대의 방식으로 돌아가 대중의 일을 공개적으로 해결할 때가 된 것이다. 대중은 3세대 동안 비밀결사로서 완전히 베일에 가려졌던 우리에 대해 알지 못했으므로 이 명령은 공개되지 않았다. 그래도 이것은 모든 카발 지부에서 읽히고 기록되었으며 내가 아는 한 모두 존중되었다.

하지만 어쩔 수 없이 예외가 있었다. 내가 원래 있던 카발 지부인 뉴예루살렘에 있는 형제단과 매기가 속해 있던 자매단은 예외였다. 우리는 아직 이 나라의 다른 지역처럼 뉴예루살렘을 점령하지 못했다.

이건 생각보다 더 심각한 문제였다. 군사 정권 하에 나라를 다스리면서 모든 통신망을 우리가 조종하고 있었고, 연방군은 사기를 잃은 채 패하고 도망가 흩어지는 한편 무장해제를 당하거나 포로로 잡혔지만, 우리는 아직 이 나라의 심장을 손에 넣지는 못하고 있었다. 전 인구의 절반 이상은 우리와 같은 뜻을 가지고 있지 않았다. 그저 혼란 속에 멍해진 상태로 우왕좌왕하고 있었다. 예언자가 아직도 살아 있는 한, 대사원이 아직 그들의 집결지로 있는 한 그가 다시 우리를 누르고 승리를 할 가능성이 남아 있었다.

우리가 사용한 속임수는 일시적인 효과밖에 없었다. 사람들은 예전에 익숙했던 버릇으로 돌아가려 했다. 예언자와 그의 패거리들도 바보는 아니었다. 그들에게는 지구 역사상 가장 빈틈없는 응용 심리학자들도 있었다. 우리의 대 첩보전은 불안한 정도로 눈에 띄었고 그들은 신실한 자들과 옛 정권에 빌붙어 먹고살던 자들을 규합하여 지지 기반을 빠르게 다져갔다. 우리는 이 반혁명을 멈추게 할 수가 없었다. 제길! 예언자는 우리를 저지할 수 없었지만 우리는 그보다 더 불리한 조건에서 일해야만 했다. 예언자의 스파이는 작은 마을이나 시골에서는 공공연하게 활동할 수 있었다. 우리에게는 방송국을 경비할 인원이 없었고, 모든 사람의 대화를 엿듣는다는 것은 불가능했기 때문이다.

곧 우리가 아마겟돈을 날조했다는 것은 공공연한 비밀이 되었다. 이 사실을 알아챈 사람이라면 재림의 기적도 또한 또 다른 텔레비전을 이용한 사기극에 불과하다는 것을 알 수 있었을 것이다. 나는 제브에게 이 말을 했지만, 제브는 순진하다며 나를 비웃었다. 사람들은 원하는 것만 믿으며 논리는 전혀 신경 쓰지 않는다는 거였다. 이 경우 그들이 배워왔던 대로 예전의 종교를 그대로 믿고 싶어 하며 그래야만 마음의 안정을 되찾는다는 것이다. 나는 공감하고 이해할 수 있었다.

어쨌든 우리는 뉴예루살렘을 함락해야 했으나 시간은 우리 편이 아니었다.

우리가 걱정하는 동안 임시 제헌 회의가 대학의 대강당에서 열렸다. 헉슬리 장군이 주최했고 박수로 추대되었지만, 그는 대통령직을 사양했다. 헉슬리 장군은 단도직입적으로 말했다. 느헤미아 스쿠더가 대통령이 된 이후에 제정된 법은 모두 무효이며 옛 헌법과 권리 장전이 다시 법으로서 효력을 가질 것이고 그것이야말로 임시 군사 정부의 목적이라고 말이다. 당면한 유일한 목표는 옛 자유 민주주의 절차를 회복하는 것이며, 개헌은 자유선거가 이루어진 다음으로 미루어야 한다고 헉슬리 장군은 말했다.

그는 의사봉을 노박 장군에게 넘기고는 떠났다.

나는 정치 문제에 신경을 쓸 시간이 없었지만, 어느 날 오후 제브가 중요한 일이 일어난다고 하기에 오후 일을 빼먹고 임시 제헌 회의에 참석했다. 나는 뒷자리에 앉아서 듣기 시작했다. 노박 장군의 똑똑한 부하가 영상을 틀어주고 있었다. 끝부분만을 볼 수 있었지만 더도 덜도 말고 전형적인 표준 안내 영상으로, 미국의 역사와 인권 및 자유 민주주의 사회에서 주어지는 시민의 의무에 관한 내용이었다. 예언자의 학교에서 보여주던 것과는 달랐지만 이 나라에서는 오래전부터 같은 기법을 사용하고 있었다는 것을 알 수 있었다. 필름이 끝나고 똑똑한 젊은이(별로 맘에 안 들었던 친구라 이름을 기억 못 하는데, 아마도 스톡스였을 것이다) 스톡스가 말을 시작했다.

"이 재교화 영상은 물론 어른을 상대로는 쓸모가 없습니다. 그들의 생각이나 습관이 너무 고정되어 이렇게 단순한 것으로는 영향을 받지 않기 때문이죠."

"그렇다면 왜 시간 낭비를 합니까?" 누군가가 소리쳤다.

"조용히 해주세요! 하지만 지금 볼 영상은 어른들을 위해 만들었습니다. 받아들일 정신 자세가 되어 있는 어른들 말이죠. 여기 프롤로그가 있습니다." 다시 화면이 나오기 시작했다. 편안한 음악이 나오더니 아름답고 단순하며 목가적인 풍경이 비쳤다. 어디서 찍었는지는 몰라도 매우 편안하게 느껴졌다. 나는 지난 나흘 동안 잠을 거의 자지 못하고 있었다. 문득 생각해보니 밤에 푹 잔 게 언제였는지 기억조차 나지 않았다. 나는 뒤로 기대어 편하게 앉았다.

나는 화면이 풍경에서 추상적인 문양으로 바뀌는 것을 눈치채지 못했다. 음악은 계속되었지만 점점 따뜻하고 편안하고 단조로운 목소리로 변하는 것 같았다. 문양이 빙글빙글 돌았고 나는 지루해지기 시작하면서⋯ 화면으로 점점⋯ 빠져들기 시작했다.

노박 장군이 의자에서 일어나 영사기를 끄면서 욕지거리를 내뱉었다. 나는 갑자기 깨어나 충격을 받아서 거의 울고 싶은 기분이었다. 노박 장군은 날카롭지만 조용하게 스톡스에게 얘기하고는 이어서 나머지 우리에게 명령했다. "기상! 몸을 풀도록. 심호흡하고. 옆 사람 손을 잡아라. 등도 두들겨, 세게!"

우리는 그렇게 했다. 바보 같다는 생각과 함께 화도 났다. 조금 전만 해도 아주 기분이 좋았는데 이제는 처리해야 할 산 같은 서류 더미가 생각났고, 그걸 해결하지 못하면 오늘 밤에 매기와 보내는 10분마저 시간을 낼 수 없다는 것도 기억났다. 내가 나가려는데 스톡스가 다시 말하기 시작했다.

"노박 박사님이 지적했듯이, 여러분은 재교화가 필요 없으므로 이 프롤로그를 군이 쓸 필요는 없죠." 그는 말을 이어갔지만, 자신의 말에 확신은 없어 보였다. "하지만 이 필름에 우리가 보유한 기술과 최면 약물을 약간 가미한다면 전체 인구의 83퍼센트 정도는 정치적 동지로 만들 수 있습니다. 여러분은 만족스러운 실험 대상이었고요. 필름 자체는 거의 모든 요원의 개인 교화 보고서를 수년 동안이나 분석해서 만든 것으로, 여기 있는 모든 사람과 아직 우리 조직이 지하에 있을 때 가입했던 사람들도 포함했습니다. 불필요한 것은 제거하고 중요 부분만을 추출했습니다. 남은 과제는 신실한 예언자의 추종자들도 자유로운 시민적 사고를 가지게 하는 것이고, 저마다 주어진 사고방식에 더욱더 잘 적응하게 하는 것입니다."

그러니까 이것이 바로 그동안 우리의 영혼을 털어서 보고한 이유였던 것이다. 내가 보기에는 논리적이었다. 우리는 지금 시한폭탄 위에 앉아 있는 것과 마찬가지라서 모든 바보들이 성처녀들과 사랑에 빠진 다음 악습에서 빠져나오는 것을 기다릴 수 없었다. 그때 처음 보는 노인이 관객석 반대쪽에서 일어났다. 그는 마치 마크 트웨인의 초상화에서 뛰쳐나온 것처럼 생겼다. 그것도 화난 마크 트웨인. "의장!"

"네, 동지? 이름과 구역을 말씀하십시오."

"내가 누군지는 알고 있을 거요, 노박 장군. 내 이름은 윈터스고 버몬트에서 왔소. 당신이 이 계획을 승인했소?"

"아닙니다." 노박 장군은 간단하게 대답했다.

"저 사람, 당신 부하잖소."

"그는 자유 시민입니다. 그가 연구하고 필름을 준비하는 것을 감독하기는 했습니다. 무성 암시 기술은 그가 맡은 연구팀에서 개발한 것입니다. 나는 제안을 거부하긴 했지만 보여줄 시간을 낸다는 데에는 동의했습니다. 다시 말씀드리지만, 그는 자유 시민이고 생각을 말할 자유가 있습니다. 당신처럼요."

"내가 말해도 되겠소?"

"올라오시죠."

노인을 올라가서 가슴을 쭉 폈다. "그러겠소. 신사 숙녀 여러분, 동지 여러분! 나는 40년 동안 이 일을 해왔소. 아마 젊은이들이 태어나기 전부터일 거요. 나에게는 형제가 있었소. 나만큼은 좋은 사람이었지. 그런데 우리는 오랜 세월 동안 대화조차 한 적이 없소. 왜냐하면 내 형제는 기존 종교에 독실한 신자였고 날 이단으로 의심했으니까. 그런데 이제 젊은이가 저 빙글빙글 돌아가는 빛으로 나의 형을 조종해서 정치적으로 믿을 수 있는 사람으로 만들려 한다는군요."

그는 천식이 있는 듯한 기침을 하고는 계속 말했다. "자유인은 만들어질 수 없소! 자유인이 자유인인 이유는 그들이 고집 세고 심술궂고 그들만의 아집에 집착해 살아가는 것을 더 좋아해서이지, 잘난 척하는 두뇌 조작자가 떠먹여주는 것을 받아먹어서가 아니란 말이오! 형제들이 피를 흘리고 죽어가면서 싸워온 것은 웃대가리만 바꾸기 위해서가 아닙니다. 저들이 얼마나 좋은 의도가 있건 아무 상관 없소. 말해두겠는데 우리가 이런 꼴이 된 것은 모두 저들 같은 두뇌 조직자들 때문이었소이다. 그들은 수년 동안 인간들을 조작하고 이용하는 데 연구하며 시간을 보냈소. 광고를 하고 소문을 퍼뜨리는 짓을 하면서 예전에는 외판원이나 치던 사기를 완벽화시켜 수리과학으로 만들고는 보통 사람들을 무력화한 것이오." 그는 스톡스를 손가락으로 가리켰다. "내가 말하고자 하는 건, 미국인은 어떤 보호도 필요 없다는 거요. 저 인간 같은 사람들로부터는 보호받아야 하지만."

"말도 안 되는 소립니다." 스톡스는 흥분한 듯 말을 가로챘다. "지금 바로 참정권을 준다면 아이들에게 폭탄을 맡기는 것과 다름없습니다."

"미국인은 어린아이가 아니오."

"아이일지도 모르죠! 대부분은요."

윈터스 씨는 관객석을 둘러보았다. "내가 무슨 말 하는지 알겠소, 친구들? 저자는 예언자가 그랬던 것처럼 다시 신처럼 군림하려는 겁니다. 사람들에게 자유를 주자고 말할 때는 자유민과 하느님의 자식으로서의 자유를 의미하는 거요. 그러다가 만약 또 한 번 잘못을 저지른다면 저지르게 내버려둬야 합니다. 그래도 우리에겐 누구의 마음도 조작할 권리가 없소." 그는 멈춰서 다시 숨을 쉬려고 노력해야 했다.

스톡스는 자신만만해 보였다. "우리는 세상을 아이들을 위해 안전하게 만들 수 없습니다. 어른들을 위해서도 할 수 없고요. 하느님이 우리에게 그러라고 시키지도 않았습니다."

노박 장군은 점잖게 말했다. "발언은 다 하셨습니까, 윈터스 씨?"

"다 했소이다."

"그리고 자네는 이미 발언을 했지, 스톡스. 그냥 앉아 있게."

나는 나가야만 했다. 중간에 빠져나왔기 때문에 극적인 사건을 놓쳐버렸다. 사실 개인적으론 그런 일을 극적이라고 생각하지는 않지만 말이다. 내가 바깥쪽 계단을 내려가려고 할 때 늙은 윈터스 씨가 쓰러져 죽은 것이다.

노박 장군은 그 때문에 휴회를 선언하지는 않았다. 그들은 두 가지 안을 통과시켰다. 어떤 시민도 동의서 작성 없이 최면술이나 어떤 정신 조작술에 이용되지 않는다는 것과, 첫 번째 선거 때 특권을 주기 위해 종교나 정치에 관한 시험을 치러선 안 된다는 것이다.

나는 무엇이 옳은지 알지 못했다. 아마도 대중이 우리를 지지했다면 다음 몇 주 동안의 인생은 훨씬 쉬워졌을 것이다. 우리가 임시 지도자이긴 했지만, 밤에 적어도 여섯 명씩 조를 짜지 않고서는 제복을 입고 나다닐 수 없었다.

맞다. 이젠 우리에게도 제복이 생겼다. 거의 모든 인원에게 하나씩 돌아갔다. 가장 싼 재질로 만들어진 데다가 표준 군대 치수로 되어 있어서 너무 크거나 너무 작았다. 내 제복은 꽉 끼었다. 캐나다 국경 너머에서 들여온 물자는 우리 대원들에게 최대한 빨리 공급되었다. 팔에 묶은 손수건으로는 이제 충분치 않았다.

우리의 단순한 담청색 제복 외에 다른 제복들도 있었다. 나라 밖에서 온 자원병 여단이나 미국 원주민들의 옷도 있었다. 모르본 중대는 그들만의 상의가 있었고 모두 수염을 길렀다. 그들은 오랫동안 금지되었던 노래인 〈성자여 오소서〉를 부르며 작전을 행했다. 성자들이 이제 그들의 사랑스러운 성전을 되찾았기 때문에 모르몬교도가 많이 거주하는 유타주는 우리가 걱정 안 해도 되는 유일한 주가 되었다. 가톨릭 부대는 그들이 거의 영어를 못한다는 사실만큼이나 특이한 제복을 입었다. '주님의 병사'들은 우리와 다르게 입었는데 우리와 경쟁관계에 있던 지하조직인 데다 우리의 쿠데타를 반대하며 더 기다려야 했다고 생각하고 있어서였다. 북서부 천민 보호 지역에서 온 여호수아의 군대와 전 세계에서 온 자원병들은 그저 이국적이라고밖에 표현할 길이 없는 옷을 입었다.

헉슬리 장군은 모든 이들의 전술 지휘를 맡았다. 하지만 이건 군대가 아니라 오합지졸이었다.

유일하게 희망적인 점은 예언자의 군대도 규모가 그리 크지는 않아서 2만 명을 넘지 않았고, 대부분은 군인이라기보다는 경찰에 가까워서 일부만이 뉴예루살렘에 돌아가 궁전 경비를 강화할 것이라는 전망이었다. 그 밖에는 백여 년 동안 외부와 전쟁을 하지 않았기 때문에 그들에게 남은 독실한 신자들 중에서 예비역 군인들을 재소집할 수 없었다.

상황은 우리도 마찬가지였다. 우리 대부분은 통신 중계국과 전국의 주요 시설을 경비하는 데에도 인원이 모자랄 지경이었다. 뉴예루살렘 침공을 위해서는 가진 것을 모두 긁어모아야 하는 상황이었다.

나는 옛날 지하 중앙 사령부 시절이 조용했다고 느낄 만큼 많은 서류 더미에 질식할 지경이었다. 내 아래로 30여 명의 사무원이 있었고 그중 절반은 이름도 알지 못했다. 나는 '돕고자 하는 매우 중요한 위치의 시민'이 헉슬리 장군을 만나고자 할 때 그걸 막아내는 일에 많은 시간을 쏟았다.

기억에 남는 사건이 하나 있었다. 일상적인 일은 아니고 나에게 특별히 중요한 일도 아니었지만 말이다. 내 비서실장이 들어오더니 이상한 표정을 지었다. "대령님." 그녀가 말했다. "쌍둥이 형제분께서 와 계신데요."

"어? 난 형제가 없는데."

"리브스 중사라고 합니다." 그녀가 이름을 강조하며 말했다.

리브스가 들어왔다. 우리는 악수하고 잡담을 나누었다. 나는 진정으로 반가웠고, 그에게 나의 판매 실적들 얘기와 결국은 모두 망쳐버렸다는 얘기도 했다. 나는 전쟁 시의 위급한 순간이었다며 사과했다. "캔자스시티에서 새 거래처를 뚫었죠. 에머리, 버스, 테리어라는 가게였는데요. 언젠가 다시 거래를 시작할 수도 있을 겁니다."

"그래 보죠. 고맙습니다."

"당신이 군인인 줄은 몰랐는데요."

"사실은 아닙니다. 하지만 여행 허가를 그때 그렇게 잃고 나서부터 연습하고 있어요."

"그거 미안하게 됐습니다."

"그러지 마요. 블래스터총을 다룰 줄 알게 됐고 수류탄은 잘 던지는 편이죠. 스트라이크아웃 작전에 참여해도 좋을 정도라고 생각합니다."

"네, 그 암호명은 기밀이어야 할 텐데."

"그런가요? 친구들에게 말해야겠군요. 모르고 있는 모양이던데. 어쨌든 나는 그렇습니다. 당신은요? 아니, 이런 걸 물으면 안 되나요?"

나는 주제를 바꿨다. "군인 노릇은 어때요? 직업으로 삼을 생각이에요?"

"아, 괜찮지만 다 좋지는 않더군요. 하지만 나는 여기 대령님께 물어보려고 왔어요. 당신은요?"

"네?"

"이후에도 군대에 남을 겁니까? 그 배경이라면 잘 해내실 겁니다. 모든 재미있는 일이 끝날 때까지 나에겐 기회가 돌아오지도 않을 거예요. 하지만 당신에겐 아니겠죠. 섬유업계에 대해서는 어떻게 생각하십니까?"

나는 놀랐지만 대답했다. "글쎄요, 사실을 말하자면 즐거웠습니다. 적어도 판매하는 부분에선 말이죠."

"잘됐군요. 물론 예전 일자리는 잃었지만 언젠가 내 회사를 세울까 심각하게 고민 중입니다. 중개업과 내리점을요. 동업자가 필요한데 어때요?"

나는 생각해보았다. "잘 모르겠군요." 나는 천천히 말했다. "스트라이크아웃 작전이 끝난 이후는 별로 생각해보질 않았어요. 군대에 남을 수도 있겠지만 이렇게 서류 작업만 해서야 옛날처럼 군인이라는 직업에 별로 매력을 느끼지도 못하겠고. 하지만 모르겠어요. 내가 원하는 건 그저 내 소유의 포도나무와 무화과나무 아래에 편안히 앉는 겁니다."

"'그들을 두렵게 할 자는 없으리니'*라는 거군요." 그가 말을 이어받았다. "좋은 생각이네요. 하지만 거기 앉아 있으면서 천을 좀 풀어놓는 것도 괜찮을 겁니다. 무화과 농사도 실패할 수 있거든요. 생각해보십시오."

"그러죠. 꼭 생각해보겠습니다."

15

매기와 나는 뉴예루살렘 침공 전날에 결혼했다. 우리에겐 29분간의 신혼여행 시간이 있었다. 우리는 사무실 바깥에 있는 비상구에서 손을 잡았다. 그런 다음 나는 헉슬리 장군을 모시고 강하 지점으로 향했다. 나는 공격 중에 기함에 있었다. 로켓 비행기를 몰고 전투에 임해도 좋냐고 물었지만 거절당했다.

"뭐하러, 존?" 장군이 물었다. "이 작전은 공중에서 이길 수는 없네. 지상에서 끝장을 보게 될 테니까."

언제나 그렇듯이 장군의 말이 옳았다. 우리에겐 몇 안 되는 항공기밖에 없었고 완전히 믿을 수 있는 조종사는 더 적었다. 예언자의 공군은 지상에서 무력화되었다. 많은 수가 캐나다나 다른 곳으로 탈출했거나 억류되었다. 우리는 가지고 있는 모든 비행기를 이용해서 궁전과 사원을 정기적으로 폭격했다. 그저 그들이 고개를 숙이고 있기를 바라서였다.

---

* 〈미가서〉 4장 4절

하지만 그런 방식으로는 그들에게 큰 타격을 입힐 수 없었고 양측 다 그걸 알고 있었다. 궁전의 지상 부분은 화려하지만 지하는 가장 강력한 폭탄 방벽으로 지어져 있었다. 원자폭탄의 직격을 받더라도 가장 깊은 터널에 있는 사람들은 다치지 않도록 설계되었고 바로 그곳에 예언자가 있는 것이 확실했다. 우리가 쏟아붓는 평범한 폭탄으로는 지상 부분에도 거의 피해를 입힐 수 없었다.

우리는 세 가지 이유로 원자폭탄을 사용하지 않았다. 먼저 원자폭탄 자체가 없었다. 미국은 제3차 세계대전 직후의 요하네스버그 조약 이후부터 원자폭탄을 보유하지 않고 있었다. 얻으려고 해도 소용없었다. 만약 우리가 합법적인 미국 정부로 인정받는다면 연방에서 한두 개 얻을 수도 있었다. 캐나다는 우리를 인정했지만, 영국과 북아프리카 연합은 인정하질 않았다. 브라질은 망설이고 있었다. 그쪽에서는 공사 대리를 세인트루이스로 보내왔다. 하지만 우리가 연방에 가입되더라도 국내 소요에 핵무기를 사용하도록 해줄 가능성은 거의 없었다.

또 우리 손에 쥐어 있었더라도 쓰지 않았을 것이다. 겁먹은 건 아니었다. 하지만 핵폭탄을 궁전에 대고 쏜다면 주위에 있는 무고한 시민들만 수십만 명이 사망할 것이고 예언자를 죽일 확률은 극히 낮았다.

마치 굴속의 오소리를 잡을 때처럼 직접 돌입해서 끌어내는 수밖에 없었다.

집결 지점은 델라웨어강의 동쪽 강가였다. 자정이 지나자마자 우리는 동쪽으로 이동했다. 34대의 지상 순양함 중 13대는 현대적인 전투차량이었고 나머지는 경순양함과 퇴역한 차량이었다. 모두 예언자의 강력한 동미시시피 함대에 남아 있던 것들이었다. 나머지는 그곳을 지휘하고 있던 지휘관들이 폭파해버렸다. 중순양함으로는 성벽을 뚫고 경함정은 10대의 무장 수송차에 나눠 타고 있는 돌격대를 호위했다. 그 안에는 전국에서 모인 5천여 명의 군인이 타고 있었다. 지난 몇 주 동안 시킨 훈련 이외에도 군사훈련을 받은 사람들이 일부 있었다. 그리고 모든 사람이 시가 전에 참여했던 전력이 있었다.

작전이 시작되면서 뉴예루살렘에 떨어지는 폭탄 소리를 들을 수 있었다. 땅을 울리는 낮은 충격파로 인해서 소름이 돋았다. 폭격은 지난 36시간 동안 계속되고 있었다. 우리는 궁전 안에 있는 자들이 계속 잠을 못 자기를 바랐다. 우리 병사들은 방금 12시간의 숙면을 마친 상태였으니까.

기함으로 설계된 함정은 없었기 때문에 뱃고물에 있던 장거리 텔레비전 송신 장치를 분해해서 공간을 만들고, 전투 상황 추적기와 지휘소를 임시로 설치했다. 나는 임시변통으로 만든 추적기와 씨름하면서, 만일 포격을 받더라도 충격 완충기가 잘 작동하기만을 빌었다. 내 뒤에는 정신기술자와 정신감응자들이 있었다. 여덟 명의 여자와 신경과민에 걸린 열네 살짜리 소년이었다. 위기 상황이 오면 각자 네 개의 회선을 담당해야 했다. 나는 그들이 해낼 수 있을까 궁금했다. 금발에 마른 여자 한 명은 계속 마른기침을 해댔고 목에 큰 갑상선 패치를 붙이고 있었다.

우리는 지그재그를 그리며 전진했다. 헉슬리 장군은 통신실과 이곳을 왔다 갔다 했지만 매우 침착했고 내 어깨너머로 들어오는 급전을 살피며 화면에 나오는 전진 상황을 보고 있었다.

급전이 쌓이기 시작했다. 케루브호는 우현 궤도가 고장 나서 편대에서 벗어나 30분 후에 재집결한다고 전해왔다. 페노이어 장군은 차량 간격을 넓혀서 배치할 준비가 돼 있다고 보고했다. 지휘 인원이 극심하게 부족했기 때문에 우리는 광범위 명령 조직을 이용했다. 페노이어 장군은 좌측 편대와 전투차량을 지휘했고 헉슬리 장군은 총대장이면서 우측 편대 사령관이자 기함의 함장 노릇까지 해야 했다.

12시 32분, 텔레비전 송신기가 나갔다. 적이 우리의 주파수 변동 패턴을 분석해서 모든 회로를 터뜨려버린 것이다. 이론적으로 불가능했지만 그들은 해냈다. 12시 37분, 무선이 두절되었다.

헉슬리 장군은 놀라지 않은 것 같았다. "광통신 회선으로 전환하도록." 장군은 그저 담담히 명령했다.

통신장교는 명령을 이미 예상하고 있었다. 우리의 무선 회선은 이제 적외선으로 함정과 함정 사이를 연결하게 되었다. 헉슬리 장군은 다음 1시간 동안 내 어깨너머로 전선이 길어지는 것을 바라보았다. 장군이 말했다. "이제 출격해야겠군, 존. 조종사 중 몇몇은 안정되지 않는 모양이야. 무슨 일이 일어나기 전에 현재 위치에서 진정할 시간을 줘야겠어."

나는 명령을 전달했고 그들을 추적기 회로에서 15분 정도 빼내었다. 이 기계는 이렇게 많은 변수를 이런 고속으로 다룰 수 있는 기계가 아니었으니 과부하시킬 필요가 없었다. 19분 뒤 마지막 수송차가 연락을 해왔고 나는 예비 장치를 켠 후 보정 자료가 들어오도록 했다. 2분 동안 내 손은 자판과 스위치를 오가며 바쁘게 움직였다. 기계가 예상치대로 움직이자 나는 그 사실을 보고했다. "추적 시작합니다, 장군님."

헉슬리 장군은 내 어깨에 기대었다. 전선은 초라했지만 나는 그들이 자랑스러웠다. 어떤 조종사들은 4주 전까지만 해도 화물차 운전사였다.

새벽 3시가 되어 예비 신호가 울렸다. "사정거리 안에 들어옵니다." 포탑이 탄약을 장전하는 진동이 느껴졌다.

3시 31분, 헉슬리 장군은 명령을 내렸다. "집결 계획 3호 시작, 사격 개시."

우리 차량에 달린 포가 발사되었다. 첫 발에 가라앉아 있던 먼지가 일어나 눈물이 날 지경이었다. 차량 자체도 반동에 뒤로 밀려났고 나는 의자에서 굴러떨어질 뻔했다. 이렇게 커다란 가속포가 달린 차량에 타본 적이 없기 때문에 반동이 이 정도일 줄은 몰랐다. 이 대포에는 총신 위에 두 번째 약실이 있었으며 포탄의 진행과 전자적으로 동기화되어 압력을 극대화하고 훨씬 빠른 발사 속도와 관통력을 얻었다. 물론 뼈가 부러질 정도의 반동을 일으키기도 했다. 하지만 두 번째에는 나도 미리 대비하고 있었다.

헉슬리 장군은 우리가 쏜 포가 얼마나 충격을 줬는지 보기 위해 잠망경에 매달려 있었다. 뉴예루살렘은 반격을 개시했지만, 사정거리가 모자랐다. 우리에겐 정확한 거리에 있는 고정된 표적에 쏜다는 이점이 있었다. 반면 대형 육상 순양함일지라도 궁전을 둘러싸고 있는 두꺼운 장갑에 비기지는 못했다.

헉슬리 장군은 잠망경에서 눈을 떼고 명령했다. "저들이 연막탄을 쐈네, 존."

나는 통신장교를 돌아보았다. "감응자들 준비하도록. 전함에 전달!"

명령은 전달되지 못했다. 내가 통신장교에게 전달하는 순간에도 통신 두절 보고가 들어오고 있었다. 하지만 정신기술자들은 이미 바삐 움직이고 있었고 나는 모든 함정에서 같은 일이 벌어지고 있다는 사실을 알고 있었다. 이것은 정상적인 피해 규모였다.

우리 아홉 명의 감응자들 중에 세 명이 깨어 있었다. 소년 한 명과 여자 두 명. 나머지 여섯 명은 최면 상태였다. 기술자는 소년을 페노이어 장군의 차량에 연결했다. 아이는 즉시 최면 상태에 들어갔고 페노이어 장군이 보고를 해왔다.

"적이 연막을 폈다. 왼쪽 편대는 정신감응으로 통신을 전환했다. 통신 방식은?"

나는 대답했다. "릴레이식으로 한다." 정신감응 통신에는 두 가지 방식이 있었다. 목표에 닿을 때까지 계속 전달하는 릴레이 방식과, 각 기함에 직접 전달한 이후 그 기함에서 인접 부대로 전달하는 망사형 방식이 있었다. 릴레이 방식에서는 각 감응자가 하나의 회로, 즉 또 다른 한 명의 정신감응자와 연결하는 것을 의미했다. 망사형 방식에서는 한 명이 네 개의 회로까지 감당해야 했다. 나는 될 수 있는 한 그들의 부담을 덜어주고자 했다.

기술자가 깨어 있는 두 명을 전선에 우회 공격 중인 차량에 연결하고는 최면술에 집중했다. 그들 중 네 명은 피하주사가 필요했고 다른 두 명은 그저 암시만 걸어도 최면 상태에 빠져들었다. 곧 우리는 수송 차량, 후방 병력, 지원 사격을 하는 폭격기, 그리고 로켓 전투기와 연결되었다.

제트기들은 시야가 안 보인다고 보고했으며 레이더로는 아무것도 잡아낼 수 없다고 불평했다. 나는 그들에게 대기하라고 말했다. 아침 바람에 연막이 날려갈지 모르기 때문이었다.

어쨌든 운에 의존할 수는 없었다. 우리는 우리 위치를 센티미터 단위로 정확하게 알고 있었다. 기준점으로부터 출발하여 어떤 함장이라도 지도에 표시된 경계표를 발견하면 전 전선에 전달하여 위치를 파악하게 되어 있었다. 그에 더해서 궤도 함성의 추측 항법 장치는 놀랄 정도로 정확했다. 궤도는 지나가면서 말 그대로 미터 단위로 측정을 했고 작은 차분 기계로 궤도들을 비교한 다음 정확하게 방향을 지정했다. 연막은 우리를 거의 방해하지 못했고 레이더가 망가지더라도 여전히 정확하게 사격을 할 수 있었다. 한편 궁전의 지휘관은 연막 때문에 레이더에 전적으로 의존할 수밖에 없었다.

포탄이 우리 쪽으로 날아오는 것을 보니 그쪽 레이더는 잘 작동하는 것 같았다. 아직 피격당하지 않았지만 우리 근처에 떨어지는 포탄의 충격을 느낄 수 있었고 어떤 보고는 별로 좋은 내용이 아니었다. 페노이어 장군은 마티어호가 피격당했다고 보고했다. 우현 엔진실에 포탄이 뚫고 들어온 것이다. 함장은 다른 쪽 엔진을 교차 연결시켜 절반의 속도로 전진하도록 해보았지만 이번에는 기어가 고장나버렸다. 마티어호는 완전히 불능화되었다. 아케인절호는 포신이 과열되어서, 편대에는 남아 있었지만 포술 장교가 고치기 전까지는 공격을 하지 못할 것이었다.

헉슬리 장군은 E대형으로 전환하라고 명령했다. E대형은 속도를 바꾸고 무작위인 것처럼 전진하는 방식이었다. 하지만 무작위가 아니라 차량들이 충돌하지 않도록 주의 깊게 계획되어 있었다. 이것은 적들의 포격을 교란하기 위함이었다.

4시 11분, 헉슬리 장군은 폭격기들을 기지로 돌려보냈다. 우리는 이제 시내에 진입하고 있었고 궁전 벽은 바로 저 너머였다. 우리가 쏜 포탄에 우리 편 함선을 잃을 수는 없었다.

4시 17분, 우리는 피격당했다. 좌현 위쪽 궤도 외피가 갈라졌고 포탑에 손상을 입어서 사격이 불가능해졌으며 사령탑의 표면도 균열이 갔다. 조종사는 조종석에서 전사했다.

나는 정신기술자를 도와서 정신감응자들이 방독면을 쓰는 것을 도왔다. 헉슬리 장군은 스스로 일어나 마스크를 착용하고 포격을 받은 순간에 멎어버린 전투 추적 장치를 살펴보았다.

"베니슨호가 3분 후면 이 위치를 지날 것이다. 존, 그들에게 미속으로 가라고 하고 우현에서 우리를 태우라고 하게. 페노이어 장군에게는 기함을 바꾼다고 전해."

헉슬리 장군, 나, 정신기술자와 정신감응자는 아무 사고 없이 옮겨 탈 수 있었지만, 감응자 한 명은 날리는 파편에 맞아 죽었다. 한 명은 깊은 최면 상태에 있어서 깨울 수가 없었다. 우리는 그녀를 고장 난 전투차량에 내버려두었다. 그녀에겐 거기가 오히려 안전할 것이었다.

나는 추적기에서 현재의 도표를 찢어서 가지고 갔다. 여기에는 E대형의 예상 궤적이 있었다. 추적기를 가지고 갈 수도, 그것을 고칠 수도 없었기 때문에 내가 할 수 있는 일이라곤 도표를 가지고 가는 일뿐이었다.

"존, 망사형 통신으로 전체 전환하게. 잠시 후 돌격을 시작하겠다."

나는 정신기술자를 도와서 그의 회로가 제대로 돌아가는 것을 도왔다. 마티어호를 완전히 버리고 페노이어 장군의 보조 통신에 릴레이를 이용하는 방법을 통해 두 명의 감응자를 잃은 만큼을 메웠다. 모두 네 개씩의 통신 회로를 가지고 있었다. 다만 소년은 다섯 개를, 기침하는 여자는 여섯 개를 담당했다. 정신기술자는 걱정했지만 어쩔 수가 없었다.

나는 헉슬리 장군에게 돌아갔다. 그는 앉아서 깊은 생각에 빠진 것처럼 보였다. 하지만 나는 그에게 의식이 없다는 것을 알아차렸다. 일으키려 했지만 일어나지 않았고, 의자의 받침대와 바닥이 피로 젖어 있는 것을 보았다. 조심스럽게 움직여 보니 척추 근처에 있는 갈비뼈 사이로 쇠로 된 파편이 박혀 있었다.

누가 내 팔을 건드렸다. 정신기술자였다. "페노이어 장군이 4분 이내에 돌격 위치에 도착한다고 합니다. 편대 대형 변환 요청을 했으며 돌격 시간이 언제인지 알려달랍니다."

헉슬리 장군은 깨어나지 않았다. 죽었거나 부상을 당해서 이 전투에서 더 이상 싸울 수 없었다. 규칙에 따르면 페노이어 장군이 지휘권을 승계받아야 했으니 즉시 전달해야 옳았다. 하지만 시간의 압박이 계속되고 있었고, 지휘권이 바뀐다면 작전에 극적인 변화가 일어날 것이었다. 그리고 페노이어 장군에게는 겨우 세 명의 감응자만이 있었다. 물리적으로 불가능한 일이었다.

어떻게 해야 하나? 베니슨호 함장에게 기함 지휘를 맡겨야 하나? 나는 함장을 잘 알고 있었다. 그는 우둔한 데다가 상상력이 없고 기질부터 싸움꾼이었다. 그는 지금도 지휘탑에 있지 않고 포탑의 포격 통제실에서 싸우고 있었다. 만약 내가 그를 이곳으로 불러들인다면 그에게 상황을 설명하는 데 많은 시간이 소모될 것이다. 그리고 그는 틀린 명령을 내릴 것이다.

헉슬리 장군은 의식을 차리지 못했고 나에게는 지휘권이 전혀 없었다. 나는 명예 진급한 신참 대령일 뿐이었고 대위에서 진급한 지 얼마 되지도 않았다. 기껏해야 헉슬리 장군의 측근에 불과했다. 지휘권을 페노이어 장군에게 넘기고 군법을 지켜 전투에서 질 것인가? 만약 장군이 결정을 내릴 수 있다면 뭐라고 했을까?

이 문제를 1시간은 고민한 것 같은 느낌이었다. 손목시계를 보니 페노이어 장군의 보고로부터 13초가 지나고 있었다. 나는 대답했다.

"알아서 대형을 전환하라고 하도록. 6분 후에 보낼 돌격 신호를 기다리라고 하라." 나는 명령을 내리고 함수 구호반에게 장군을 치료하도록 했다.

그런 뒤 우측 편대를 공격 부대로 전환시켰고 수송 차량인 스위트채리엇을 불렀다. "보조 계획 D를 실행한다. 대형을 떠나 미리 정해진 임무를 수행하라." 정신기술자는 나를 빤히 보면서도 명령을 송신했다. 보조 계획 D는 5백 명의 경보병들이 백화점 지하를 통해 궁전에 침입하는 작전이었다. 그들은 소대 단위로 나뉘어 정해진 임무를 수행하게 되어 있었다. 모든 병사는 궁전의 설계도를 샅샅이 알고 있었고 이 5백 명의 병사는 어디로 가서 무엇을 할지에 대해서 추가 훈련까지 받은 상태였다.

그들 대부분은 죽을 테지만 돌격 도중 적진에 혼란을 일으킬 것이었다. 제브가 그들을 훈련시켰고 지금 지휘를 하고 있었다.

우리는 준비가 다 되었다. "모든 부대들에게. 돌격 태세를 갖춰라. 우측 편대는 바깥쪽 성벽의 오른쪽을, 좌측 편대는 성벽의 왼쪽을 맡는다. 사격 거리까지 긴급 전속으로 지그재그를 하며 전진하라. 일제 포격을 가한 후 돌격하라. 실행 명령을 기다려라. 확인하도록."

확인했다는 대답이 돌아오는 가운데 나는 시계를 보면서 명령 실행 시간을 기다리고 있었다. 그때 소년 감응자가 보고 중간에 끼어들며 몸을 떨었다. 기술자가 소년의 팔을 잡고 맥박을 재려 했지만 소년은 떨쳐 내버렸다.

"누군가 새로운 사람입니다. 누군지는 모르겠습니다." 그리고 마치 노래를 부르듯이 소년이 말을 시작했다. "'피터 반 아이크 지부장으로부터 지휘관에게. 중앙 성벽을 최대한의 힘으로 공격하라. 우리가 양동 작전을 펼치겠다.'"

"왜 중앙인가?" 내가 물었다.

"중앙 쪽이 피해가 더 크다."

만약 이것이 사실이라면 극히 중요한 정보였다. 하지만 나는 의심이 들었다. 만약 피터 지부장이 잡혔다면 이것은 함정임이 틀림없었다. 그리고 나는 그가 어떻게 그 위치에서 감응 통신에 끼어들 수 있었는지 알 수가 없었다.

"암호를 말하라." 내가 말했다.

"아니, 그쪽이 말하라."

"아니, 나는 말하지 않겠다."

"그럼 한 자 한 자 불러주거나 절반만 말하겠다."

"그럼 한 자 한 자 불러라."

그렇게 하고 나서야 나는 만족스러웠다. "마지막 명령을 취소한다. 중순양함은 중앙 성벽에 공격을 가하고 좌측 편대는 좌측 성벽에, 우측 편대는 우측 성벽에 공격을 가하라. 홀수 숫자 부대는 좌측과 우측 성벽에 양동 작전을 개시하라. 짝수 숫자 부대는 수송대에 머물러라. 확인하라."

19초 후 나는 명령 실행을 신호로 보냈고 통신이 끊어졌다. 이건 마치 정비 불량에다가 엔진까지 과열된 로켓 비행기에 타는 것 같았다. 우리는 돌로 만든 벽에 부딪혀 돌면서 크게 흔들렸고 어떤 부서진 건물의 지하와 충돌했을 때는 거의 뒤집힐 뻔한 다음 계속 전진했다. 이제 일은 내 손을 떠났고 각 함장에게 달렸다.

사격 지점으로 나아가면서 정신기술자가 소년의 눈꺼풀을 뒤집어보았다. "죽은 것 같습니다." 기술자는 아무런 감정 없이 말했다. "마지막 통신에서 이 애에게 과부하를 가할 수밖에 없었습니다." 두 명의 여자 감응자가 더 쓰러졌다.

우리의 대포는 마지막 일제 사격을 위해 포화를 뿜고는 마치 영원처럼 기나긴 시간을 기다렸다. 실제로는 10초쯤 되는 시간이었다. 우리는 속도를 더해가며 전진했다. 베니슨호가 성벽에 부딪혔을 때 박살이 날 거라고 생각했지만 부서지지 않았다. 충돌하자마자 조종사는 전방 수력잭을 내렸고 천천히 차체를 들어 올렸다. 베니슨호가 점점 각도를 올려서 거북이처럼 보였을 때 궤도가 멈추었다. 배는 벽의 부서진 부분으로 미끄러져 들어갔다.

우리의 포가 궁전 내부로 직접 사격을 퍼부었다. 그때 머리를 스치는 기억이 있었다. 바로 이곳이 내가 주디스와 처음 만난 곳이었다. 결국 한 바퀴 돌아서 다시 온 것이었다.

베니슨호는 이곳저곳을 돌아다니며 자체의 무게로 파괴를 감행했다.

나는 마지막 순양함이 들어오는 시간까지 기다렸다가 명령을 내렸다. "수송차, 돌격하라." 그러고 나서 나는 페노이어 장군에게 연락해서 헉슬리 장군이 부상을 입었으며, 페노이어 장군이 지휘를 맡게 되었다고 전했다.

내가 할 일은 다 끝났다. 이제 할 일도 없었다. 전투가 사방에서 벌어지고 있었지만 나는 그 일부가 아니었다. 2분 전에는 모든 지휘권을 쥐고 있었는데 말이다.

나는 멈춰서 담배에 불을 붙이고 이제는 무엇을 할까 생각했다. 담배를 만족할 만큼 피운 다음 끄고 포탑의 사격 관제탑으로 기어올라서 바깥을 내다보았다. 바람이 그 사이로 불어왔고 연막이 사라지고 있었다. 수송차 제이콥스래더호가 성벽의 부서진 틈으로 들어오는 것이 보였다. 옆문이 열리고 블래스터총을 든 보병들이 줄 맞춰 나왔다. 산발적으로 사격을 받아 몇몇은 쓰러졌지만 대부분은 반격을 개시하면서 궁전 내부로 진격했다. 제이콥스래더호는 성벽 틈으로 사라졌고 아크호가 그 자리를 대신했다.

아크호의 보병 소대장은 예언자를 사로잡으라는 명령을 받고 있었다. 나는 포탑에서 사다리를 타고 내려가서 엔진실 통로로 뛰었다. 바닥판에 있는 탈출 해치를 찾았다. 해치를 열어 머리를 내밀었다. 궤도 너머로 사람들이 달리고 있는 것이 보였다. 나는 블래스터총을 뽑으면서 땅에 내린 뒤 거대한 궤도 사이를 나와 그들을 따라잡았다.

그들은 아크호의 병사들이었다. 그만하면 충분했다. 나는 소대에 합류하여 그들과 함께 궁전 내부로 쳐들어갔다.

전투는 끝나 있었다. 어떤 조직적인 반격도 없었다. 우리는 아래로 깊이 내려가 예언자의 대피실을 발견했다. 문은 열려 있었고 예언자는 그곳에 있었다.

하지만 우리는 그를 체포하지 못했다. 성처녀들이 먼저 해치운 것이었다. 예언자는 이제 더 이상 오만해 보이지 않았다. 성처녀들은 검시를 할 만한 형체도 남겨두지 않았다.

코번트리

Coventry

배지훈 옮김

✦ 1940년 7월 〈어스타운딩 사이언스 픽션(Astounding Science Fiction)〉에 발표,
2017년 프로메테우스 명예의 전당 헌정

"선고 전에 하고 싶은 말은 없습니까?" 재판장이 온화한 눈으로 피고인의 표정을 살폈다. 그러나 무뚝뚝한 침묵만이 대답으로 돌아왔다. "좋습니다. 배심원들은 당신이 모든 사람이 동의한 기본적인 관습인 '서약'을 깼으며 그 행위를 통해서 다른 자유 시민의 자유를 침해했다고 인정했습니다. 배심원들과 본 법정은 범행이 의도적이었고, 다른 자유 시민들에게 위해를 가할 가능성을 당신이 이미 알고 있었다고 봅니다. 그러므로 피고는 두 가지 형벌 중에 하나를 선택해야 합니다."

훈련받은 심리 분석가라면 젊은 피고인의 얼굴에서 무관심의 가면 사이로 불쾌함이 비집고 나오는 것을 알아챘을 것이다. 그 불쾌함은 비이성적인 것이었다. 범행을 생각하면 이 판결은 피할 수 없었다. 하지만 이성적인 사람은 유죄 판결을 받지 않는다.

잠시 기다린 후 판사는 집행관에게 말했다. "데려가도록."

죄수는 갑자기 의자를 넘어뜨리며 일어나서 모여 있는 군중을 사납게 노려보고는 소리쳤다. "기다려!" 그가 외쳤다. "먼저 할 말이 있다!" 거친 태도에도 불구하고 그에게는 궁지에 몰린 야생동물이 가지는 고귀한 자궁심이 엿보였다. 그는 군중들이 그를 무너뜨릴 준비를 하고 있는 개라도 되는 것처럼 노려보고는 세차게 숨을 몰아쉬었다. "그래서?" 그가 물었다. "그래서, 내가 말해도 돼, 안 돼? 죄수가 마지막 말을 못 한다면 이 희극에서 가장 웃긴 부분이 될 텐데!"

"말해도 좋습니다." 재판장은 형을 선고할 때와 마찬가지로 급할 게 없다는 듯 느긋하게 말했다. "데이비드 매키넌 씨, 어떤 식으로든 얼마든지 말해도 좋습니다. 발언의 자유에는 제한이 없고 서약을 깨뜨린 사람에게도 똑같이 적용됩니다. 기록기를 향해 말해주세요."

매키넌은 얼굴 근처에 있는 마이크를 역겹다는 듯이 쳐다보았다. 자신이 하는 모든 말이 기록되고 분석되어 결국 자기 자신을 옭아매는 데 이용되리라는 것을 깨달아서였다. "기록은 필요 없어." 매키넌은 내뱉듯이 말했다.

"하지만 그래야만 합니다." 재판장이 참을성 있게 말했다. "우리가 당신을 서약에 따라서 공정하게 처우했는지 여부를 제삼자가 알게 하려면 말이죠. 따라주세요."

"아, 좋아!" 매키넌은 무례하게 요구를 받아들이고는 기계를 향해 말하기 시작했다. "말해봤자 바뀌는 건 아무것도 없으니 소용없겠지만, 어쨌건 나는 말할 것이고 당신들은 듣겠지. 당신들은 그 소중하다는 '서약'을 마치 성스러운 것처럼 생각하는데 말이야, 나는 동의하지도 받아들이지도 않겠어. 서약이 마치 하늘에서 서광을 비추면서 내려왔다는 양 호들갑을 떠는데, 우리 할아버지는 2차 혁명전쟁 때 싸웠다고. 하지만 미신을 타파하기 위해서였지, 저런 양 떼 같은 바보들이 만든 새로운 미신을 위해 싸운 게 아니라고. 그 시절에는 진정한 사나이들이 살고 있었어!" 그는 오만하게 주위를 둘러보았다.

"오늘날 뭐가 남았지? 뭘 하든 쫄고 무엇에든 타협하는, 피 대신 물이 혈관에 흐르는 나약한 놈들밖에 안 남지 않았나. 이 세계 모든 것을 너무나 치밀하게 계획해서는 재미와 흥밋거리를 전부 없애버렸잖아. 배고픈 사람도 없고 다치는 사람도 없지. 배는 침몰하지 않고 홍작도 없어. 심지어는 날씨마저 길들여서 비도 자정이 지나서 조신하게 내리게 하지. 왜 자정까지 기다리는 걸까. 아마 너희 모두 9시에는 잠자리에 드니까 그렇겠지!

만약 어떤 놈이 불쾌한 감정을 가지게 된다면 그 생각 자체를 지워버리겠지! 즉시 가장 가까운 심리 역학 병원에 가서 약해빠진 마음을 재조정받고 말이야. 그런 마약 같은 버릇에 길들지 않아서 하느님께 감사할 노릇이야. 그딴 건 됐어. 나는 나 자신의 감정을 지키겠어. 내 감정이 얼마나 밥맛 떨어지든 말든 상관없어.

당신들은 심리 기술자와 상담을 하지 않으면 사랑조차 하지 못해. 그 사람 마음이 나처럼 단조롭고 무미건조할까? 가족 중에 감정적으로 불안한 사람은 없나? 이 정도만 해도 사람 입을 틀어막는 데는 충분하지. 그런 놈이 아직도 남아 있는지 모르겠지만, 여자를 두고 싸운다 해도 2분 거리에 변호사를 둘 거야. 싸움을 중단시키고 구역질 나도록 겸손하게 묻는 작자를 말이지. '무엇을 도와드릴까요, 선생님?'"

집행관이 매키넌에게 더 다가갔다. 매키넌은 고개를 돌리며 말했다. "당신은 물러서. 아직 안 끝났어." 그러고는 몸을 돌려 말을 계속했다. "나더러 두 가지 중에 하나를 고르라고 했지. 별로 어려운 선택도 아니야. 안전하고 즐거운 망할 놈의 교화 시설에 들어가 잘난 의사들이 내 두뇌를 마음대로 가지고 놀게 할 바엔 차라리 깨끗하게 죽어버리겠어. 그래, 두 가지가 아니라 한 가지 선택밖에 없는 거야. 나는 코번트리로 가는 선택을 하겠어. 기꺼이 말이야. 앞으로 미국이라는 나라 이름은 다신 안 들었으면 좋겠군!

하지만 가기 전에 묻고 싶은 게 있어. 대체 당신들은 뭘 위해 사는 거야? 이런 지독한 지루함 속에서 아무짝에도 못 쓸 바보 같은 삶을 보내느니 그냥 죽어버리는 게 낫지 않나? 여기까지야." 그는 집행관을 향해 돌아서서 말했다. "이리 와. 당신 말이야."

"잠시 기다리시오, 데이비드 매키넌." 재판장이 그들을 막았다. "잘 들었습니다. 관습상 꼭 필요한 것은 아니지만, 당신의 말에 몇 가지 대답을 해주고자 합니다. 들어보시겠습니까?"

별로 내키지는 않았지만, 매키넌은 이런 이성적인 요구에 답하지 않는 촌스러운 놈이라는 얘기를 듣고 싶지 않았기 때문에 동의했다.

판사는 마치 강의실에서 강의하는 교수같이 점잖고 학구적인 태도로 말을 시작했다. "데이비드 매키넌, 당신은 자신이 의심할 여지 없이 현명하다고 믿는 것 같군요. 그렇기는 하지만 거칠고 성급한 말이었어요. 당신이 사실을 명백하게 오해하고 있기에 수정해주려고 합니다. 서약은 미신이 아니며 혁명가들 사이에서 실제적인 이유 때문에 만들어진 단순한 임시 계약입니다.

혁명가들은 모든 사람에게 최대한의 자유가 보장되기를 바랐습니다. 당신 자신도 이 자유를 누려왔을 겁니다. 다른 사람의 자유를 침해하지 않는 한 어떤 행동이나 행실도 금지되지 않는 자유죠. 당신의 행동이 특정 개인에게 특정한 피해를 줬거나, 그럴 위험이 있지 않다면 그 행위를 금지하는 법이 있더라도 당신에게 죄를 묻지 못합니다.

당신이 그랬던 것처럼 의도적으로 다른 사람에게 위해를 가했다 하더라도 국가는 윤리적인 잣대로 당신을 판단하거나 처벌하지 않습니다. 우리에겐 그러한 지혜가 없으며 그러한 윤리적인 강제성이야말로 모든 이의 자유를 침해하는 불의의 연쇄 작용을 일으키는 원인이라고 보기 때문입니다. 그 대신 죄인은 다른 사람을 해치는 성향을 고치거나 국가를 떠나 코번트리에 가거나, 둘 중에 선택해야 합니다.

당신은 우리네 삶의 방식이 무미건조하고 낭만적이지 않다고 불평하는데, 마치 우리가 마땅히 느껴야 할 삶의 흥분 요소를 제거했다는 뜻으로 들립니다. 당신은 우리의 생활 방식에 대해서 비판할 수 있지만, 우리가 당신 취향에 맞도록 살길 기대해선 안 됩니다. 당신은 원하기만 하면 모험과 위험을 자유롭게 찾아다닐 수 있었습니다. 실험실에는 여전히 위험이 남아 있으며 달의 산맥에는 모험이 있고 금성의 정글에는 죽음이 도사리고 있습니다. 하지만 당신 본성에서 나온 폭력을 우리에게 노출해서는 안 됩니다."

"그게 뭐가 중요하다는 거지?" 매키넌이 참을 수 없다는 듯이 반론을 제기했다. "마치 내가 살인이라도 저질렀다는 듯이 말하는데, 난 그저 나를 모욕한 자에게 주먹을 날렸을 뿐이라고!"

"저 또한 피해자에 대한 심미적인 판단에 대해서는 당신과 같이 생각합니다. 그리고 그를 패줘서 개인적으로 고맙기까지 합니다. 하지만 계량 심리학적 검사 결과, 당신은 동료 시민들을 윤리적으로 판단할 수 있다고 믿고 있으며 그들의 잘못을 사적으로 수정하고 처벌하는 것을 정당화하고 있었습니다. 당신은 위험한 사람입니다, 데이비드 매키넌. 다음에는 어떤 피해를 줄지 예상할 수 없다는 면에서 우리 모두에게 위험합니다. 사회적 관점에서 본다면 당신의 망상은 거의 미치광이 수준이라고 볼 수 있습니다.

당신이 치료를 거부했으니, 우리 사회에서 당신을 축출하고 추방하며 결별을 고하겠습니다. 코번트리로 가십시오." 판사는 집행관에게 말했다. "데려가게."

＊

매키넌은 가슴속의 흥분을 억제하며 커다란 수송 헬리콥터의 전방 창으로 내다보았다. 저곳이다! 저 멀리 보이는 검은색 띠, 바로 저곳이 틀림없었다. 헬리콥터가 가까이 가자 그는 지금 보이는 것이 '장벽'이라고 확신했다. 장벽은 미국과 코번트리라고 불리는 보호구역을 나누는, 뚫을 수 없는 벽이었다.

경비병은 잡지를 보다가 얼굴을 들고 매키넌이 보는 곳을 보았다. "거의 다 왔군요." 그는 즐겁다는 듯이 말했다. "어디 보자, 별로 오래 안 걸릴 겁니다."

"당장 도착했으면 좋겠군!"

경비병은 어리둥절하지만, 참을성 있는 표정으로 쳐다보았다. "거기 간다니까 꽤 걱정되죠?"

매키넌은 머리를 쳐들었다. "아마 이렇게 관문을 통과하고 싶어 안달이 난 사람은 본 적도 없을걸요!"

"음, 아마도요. 모두 그렇게 말은 하죠, 뭐 잘 아시겠지만. 강제로 관문을 통과하는 사람은 없으니까."

"난 진심입니다!"

"모두 마찬가지라니까요. 몇몇은 돌아오긴 하지만 마찬가지죠."

"흠, 안쪽이 어떤 상황인지 말해줄 수 있습니까?"

"미안합니다." 경비병이 고개를 흔들며 말했다. "그건 미합중국이 상관할 바도 아니고, 따라서 우리 공무원이 상관할 바도 아니라서. 곧 알게 될 겁니다."

매키넌은 조금 얼굴을 찌푸렸다. "이상하단 말이죠. 아무리 물어본들 누구도 안쪽이 어찌 되어 있는지 대답해주질 않으니. 그리고 당신 말에 의하면 몇몇은 빠져나오기도 한다면서요. 확실히 일부는 발설할 텐데…."

"그건 간단하죠." 경비병이 웃으며 말했다. "재교화 교육의 일부분은 자기 경험에 대해서 떠들지 말도록 하는 무의식적 충동을 심게 돼 있거든요."

"더러운 속임수군. 정부가 나 같은 사람들에게 어떤 곳으로 가게 되는지 숨기려는 거요?"

"이것 봐요." 경비병이 살짝 화가 난 듯 대답했다. "당신은 우리더러 지옥에나 가라고 했잖아요. 우리 없이도 혼자 잘살 거라고. 이 대륙에서 가장 좋은 땅에, 살 만한 공간도 풍부하게 있는 곳에 가면서, 당신 돈으로 살 수 있는 것도, 소지품도 다 가지고 가도록 허용해주는데. 대체 뭘 더 바라요?"

하지만 매키넌의 얼굴은 고집스러웠다. "그곳에 가면 살 만한 땅이 남아 있을 거라는 보증이 어디 있답니까?"

"그건 당신 문제지. 정부가 보기에 그 인구가 살 만한 땅은 많이 있다고 하니까. 어떻게 나눠 가지는지는 당신들 개인주의자들이 알아서 할 문제죠. 우리의 협동 체제를 거부했으면서 우리 사회의 안전장치는 왜 바란대?" 경비병은 다시 잡지를 읽으면서 매키넌을 무시했다.

헬리콥터는 검은색 벽 아래쪽에 있는 작은 비행장에 착륙했다. 관문은 보이지 않았지만, 위병소는 비행장 가에 있었다. 매키넌은 유일한 승객이었다. 그를 데려온 사람이 위병소로 가버리자 매키넌은 객실에서 나와 화물칸으로 갔다. 두 명의 승무원이 화물칸의 경사로를 내려주었다. 그가 나타나자 두 사람 중 한 명이 눈짓하고 말했다. "저게 당신 물건들입니다. 알아서 하쇼."

매키넌은 일이 얼마나 걸릴지 가늠해보고는 물었다. "꽤 많군. 도움이 필요한데 도와주시겠습니까?"

승무원은 담뱃불을 붙이려고 멈춰 서서 대답했다. "당신 물건이잖소. 알아서 꺼내요. 10분 있다가 우리는 이륙하니까." 두 사람은 매키넌을 지나쳐 걷더니 헬리콥터에 다시 들어갔다.

"아니, 당신들 말이야…" 매키넌은 입을 닫고 분노를 누그러뜨렸다. 무뚝뚝한 시골뜨기 같으니라고! 문명 세계를 떠나면서 남아 있던 자그마한 회한마저도 한꺼번에 사라졌다. 두고 보라지! 난 놈들 없이도 잘 살 수 있어.

짐을 꺼내고 헬기가 뜨기까지는 20분 이상이 걸렸다. 다행히 기장은 시간을 잘 지키는 사람이 아니었다. 매키넌은 돌아서서 강철 거북에 짐을 실었다. 지난 세기 고전문학의 낭만주의에 영향을 받아 당나귀를 구하려고 했지만 그걸 파는 동물원을 찾을 수가 없었다. 그는 당나귀의 한계와 결점, 버릇과 약점, 질병 등의 정보와 이 쓸모 있는 짐승을 어떻게 길러야 하는지에 대해서 완전히 무지했으며 자신의 무지를 깨닫지조차 못하고 있었으므로 차라리 다행스러운 일이었다. 아마 당나귀를 구했더라도 동물과 주인 모두 불행해졌을 것이었다.

그가 선택한 차량은 당나귀의 터무니없는 대용품은 아니었다. 튼튼하고 조종하기도 쉽고 거의 모든 것으로부터 보호되는 차량이었다. 동력은 곡선 모양의 6제곱미터짜리 태양광 발전기였다. 정지해 있을 때도 엔진이 돌아가며 안개 낀 날이나 야간을 대비해 축전지에 전기를 공급했다. 베어링은 영구적이었고 무한궤도와 조종 장치를 제외하고는 모든 동력 기관이 봉인되어 있어서 비전문가가 만질 수 없게 되어 있었다.

평탄하고 고른 땅에서는 시속 10킬로미터를 유지할 수 있었다. 언덕이나 거친 지형이 나타나도 멈추지 않고 꾸준한 출력에 맞춰서 느려질 뿐이었다.

매키넌은 강철 거북을 보고 자신이 마치 로빈슨 크루소와 같은 입장이 되었다고 생각했다. 세대를 아우른 수십만 지성인들의 협동 작업이 쌓이고 쌓여 이 기계를 만들어냈다는 생각은 하지 못했다. 평생 이보다 훨씬 복잡한 기계를 사용하면서도 고장 나는 것을 본 적이 없었고, 솔직히 이 강철 거북은 나무꾼이 사용하는 도끼나 사냥용 칼 정도로 원시적인 것이라 생각했다. 그는 재능을 주로 문학 비평에 투자했을 뿐 기계에 대해서는 잘 몰랐다. 하지만 자신의 타고난 지성이면 몇 가지 책만 읽어도 뭐든 할 수 있을 거라 생각하는 데에 그는 아무 거리낌이 없었다. 필요하다면, 이 강철 거북조차도 복제 생산이 가능할 거라고 생각했다.

금속 광석이 필요하다는 사실은 알았지만 광석에서 금속을 만들어내는 데 아무런 어려움이 없다고 생각했다. 그가 가진 탐사, 채굴 그리고 제련하는 과정에 대한 지식은 당나귀에 대한 지식만큼이나 피상적이었다.

그는 이 작은 화물차의 모든 칸을 자신의 물건으로 채우고 목록의 마지막까지 확인하고는 만족스러워했다. 과거의 어떤 탐험가나 모험가라도 이런 장비만 있으면 기뻐했을 것이다. 그는 잭 런던*에게 자신의 조립

* 미국 작가.《강철 군화》,《황야의 부름》으로 유명하며 미국 SF 역사에서도 선구자적인 존재이다. 1897년 캐나다 유콘 지역에 정착하려 했으나 건강이 나빠져 고향으로 돌아온 경험이 있다.

식 오두막을 보여주고 싶었다. 그런다면 아마 잭 런던에게 이렇게 말할 지도 모른다. "이것 봐, 잭. 이건 어떤 기후에도 버틸 수 있다고. 벽과 바닥은 완전 절연체인 데다가 녹슬지도 않지. 엄청나게 가벼워서 혼자서도 5분이면 조립하고, 어찌나 튼튼한지 세상에서 가장 거대한 회색곰이 바로 바깥에서 코를 킁킁대더라도 편안히 잘 수 있어."

그러면 아마 잭 런던은 머리를 긁으면서 말할 것이다. "매키넌, 당신은 정말 대단해. 유콘에도 그런 게 있었다면 좋았을 텐데!"

매키넌은 다시 목록을 확인했다. 6개월분의 건조 압축 식량과 비타민 정제. 그 정도면 수경 작물 재배를 위한 온실을 만들고 씨를 싹틔우기에 충분한 시간이다. 의약품들도 있었다. 필요해 보이지는 않았지만 미리 대비해두는 것이 최선이었다. 모든 종류의 참고 서적들, 지난 세기에 만들어진 낡고 가벼운 스포츠용 라이플도 있었다. 그걸 보자 얼굴이 어두워졌다. 육군성에서는 휴대용 블래스터총의 판매를 거부했다. 매키넌이 시민으로서 공유 유산에 대한 권리를 주장하자 그들은 아까운 듯이 설계도와 설명서를 주고는 알아서 만들라고만 했다. 시간이 나는 대로 만들고 말리라.

다른 모든 것은 제대로 갖춰져 있었다. 매키넌은 화물차의 조종석에 올라가 두 개의 조종간을 잡고는 위병소로 향했다. 헬리콥터에서 내리고 나서부터 내내 그는 무시당하고 있었다. 이제 관문을 열고 나가고 싶었다.

위병소 근처에 군인들이 몇 명 모여 있었다. 매키넌은 은색 줄무늬가 있는 킬트를 입은 소위를 찾아서 말을 걸었다. "나갈 준비 됐습니다. 관문을 열어주시겠습니까?"

"알겠습니다." 장교는 대답하고서 사병 제복인 민무늬 회색 킬트를 입고 있는 병사에게 말했다. "젠킨스, 동력실에 팽창시키라고 전해. 3번 정도로 열면 될 거야. 가보게." 그는 화물차의 크기를 눈대중해 보면서 말했다.

소위가 매키넌에게 말했다. "나에게는 당신이 문명 세계로 돌아갈 수 있다는 사실을 알릴 의무가 있습니다. 지금 당장에라도 정신병을 치유하기 위한 치료를 받는 데 동의한다면 말입니다."

"나에겐 정신병 같은 거 없소!"

"좋습니다. 나중에 생각이 바뀌거든 들어온 곳으로 돌아오면 됩니다. 반대편에 경비병에게 신호를 보내는 장치가 있으니 열어줄 겁니다."

"알아둘 필요는 없을 것 같군요."

소위가 어깨를 으쓱했다. "아마도 필요 없겠죠. 하지만 피난민을 격리 시설로 보내는 일은 항상 있는 일입니다. 만약 내가 법을 만든다면 다시 빠져나오기 훨씬 어렵게 했을 텐데 말입니다." 그의 말은 경보 소리에 끊겼다. 그 근처에 있던 군인들은 민첩하게 움직이며 허리띠에 찼던 블래스터총을 뽑아 겨누었다. 위병소 위에 있던 고정식 블래스터총의 추한 머리 부분도 장벽 쪽을 향했다.

소위는 매키넌의 얼굴에 떠오르는 질문에 답했다. "동력실에서 장벽을 열 준비가 되었습니다." 그는 건물을 향해 손짓하고는 다시 돌아섰다. "열린 곳의 한가운데로 가십시오. 균형 상태를 유지하며 열어놓는 데는 많은 전력이 들어갑니다. 만약 가장자리를 건드린다면 우리는 당신 시체 조각들을 주우러 돌아다녀야 할 겁니다."

그들이 기다리고 있는 자리의 반대쪽에 있는 장벽 아랫부분에서 작고 밝은 빛이 나타났다. 빛은 검정 물감을 탄 것처럼 검은색 무(無)에서 반원형으로 퍼져나갔다. 이제 매키넌이 지나갈 수 있을 정도로 커지자 그것이 형성한 아치 모양 구멍 너머로 시골 지역이 보였다. 그는 간절한 마음으로 들여다보았다.

약 6미터 정도의 크기로 구멍이 늘어나더니 멈췄다. 거칠고 황량한 언덕이었다. 그것을 보고 화가 난 매키넌은 소위를 보며 말했다. "나를 속였군! 저런 곳에서는 사람이 살 수 없잖소."

"성급하게 굴지 마십시오." 그가 매키넌에게 말했다. "저 너머에 가면 괜찮은 땅이 있습니다. 게다가 꼭 안 들어가도 됩니다. 하지만 가시려면 빨리 가십시오!"

매키넌은 얼굴을 붉히고는 양손의 조종간을 당겼다. 궤도가 땅을 조금 파고들더니 화물차가 덜컹거리며 출발했고 코번트리로 가는 관문을 통과했다.

관문을 통과해 몇 미터를 간 다음 뒤를 돌아보았다. 장벽이 뒤에 보였고 관문이었던 곳은 흔적조차 없었다. 통과한 곳에는 작은 금속판이 있었다. 그는 그것이 소위가 말한 연락 장치라고 생각했다. 하지만 관심이 없어서 다시 운전대로 눈을 돌렸다.

앞에는 바위투성이 언덕 사이로 도로 비슷한 것이 구불구불 이어져 있었다. 비포장에, 노면을 고친 것도 최근이 아니었지만 살짝 내리막길이었기 때문에 화물차는 그럭저럭 속도를 유지할 수 있었다. 길이 마음에 들지 않았지만 사람이 절대 살 수 없는 이런 환경에서 빠져나갈 길은 이것밖에 없었기에 계속 내려갔다.

길에는 인적이 드물었다. 그는 그게 마음에 들었다. 괜찮은 땅에 정착하여 자신의 땅이라고 주장할 수 있기 전까지는 다른 사람을 만나고 싶지 않았다. 하지만 언덕에 살아 있는 생명체가 없지는 않았다. 몇 번인가 바위 사이를 총총걸음으로 다니는 동물을 얼핏 보았다. 그것들은 가끔 밝고 동그란 눈으로 그를 마주 보기도 했다.

처음에는 그를 보자마자 숨어버리는 이 작고 소심한 동물들이 식량이될 수 있다는 생각을 하지 못했다. 그저 경탄하면서 동물들이 존재한다는 사실에 마음이 따뜻해졌을 뿐이었다. 그게 식량감이 된다는 사실을 처음 깨달았을 때는 비위가 상했다. 스포츠로서의 사냥이라는 관습은 이미 오래전에 사라졌다. 그리고 지난 세기말에 개발된 저렴한 합성 단백질 덕에 가축을 길러 파는 산업도 사라졌다. 아마도 그는 태어나서 살아 있는 동물의 조직을 맛본 적이 한 번도 없었을 것이었다.

그는 생각 끝에 사냥하는 게 타당하다고 논리적인 결론을 내렸다. 아마도 시골 지역에서 살게 되리라고 예상했다. 지금 당장은 꽤 많은 식량이 있지만, 자연이 주는 것을 먼저 이용하고 가지고 있는 식량은 보존하는 것이 현명해 보였다. 그는 심미적인 혐오감과 윤리적인 불안을 억누르고는 저 작은 동물을 보자마자 쏴서 잡으리라고 결심했다.

매키넌은 라이플을 꺼내서 장전하고는 손닿는 곳에 두었다. 하지만 세상일이 다 그렇듯이 30여 분 동안 작은 동물이 보이질 않았다. 그러다가 암반이 노출된 곳을 지날 때 그는 마침내 사냥감을 발견했다. 동물은 작은 바위 뒤에서 세심하지만 평온하고 맑은 눈으로 엿보고 있었다. 그는 화물차를 멈추고 조심스럽게 조준하고는 라이플을 조종석 옆면에 기대어 흔들리지 않게 했다. 사냥감은 바위 뒤에서 뛰어나와서 조준하기 좋은 자리에 섰다.

그는 저도 모르게 근육이 긴장되면서 눈을 가늘게 뜬 다음 방아쇠를 당겼다. 당연히 총알은 오른쪽 높은 곳으로 향했다.

하지만 너무 당황해서 그는 그 사실을 깨닫지 못했다. 마치 온 세상이 폭발한 것 같았다. 오른쪽 어깨에 감각이 없었고 입안은 걷어차인 것처럼 얼얼했으며 귓속에서는 이상하고 불쾌한 소리가 계속 윙윙거렸다. 라이플이 아직 손 안에 있으며 이 사건에도 불구하고 멀쩡하다는 사실이 놀라웠다.

그는 총을 내려놓고 차에서 나와 작은 동물이 있던 곳으로 달려갔다. 아무 흔적도 없었고 근처를 뒤졌지만 찾지 못했다. 어리둥절하면서 화물차로 돌아와 라이플이 고장났나 보다 생각했다. 그리고 다음에는 쏘기 전에 라이플을 잘 살펴보기로 했다.

총소리에 놀라 도망갔던 매키넌의 표적은 몇 미터 떨어진 곳에서 그의 행동을 지켜보는 중이었다. 매키넌만큼이나 총에 익숙지 않은 이 동물 또한 매키넌과 마찬가지로 놀라 있었다.

화물차를 출발시키기 전에 매키넌은 윗입술을 살펴보았다. 긁힌 상처가 붓고 피가 나고 있었다. 이걸 보자 총이 고장났다는 믿음이 확실해졌다. 그가 중독되어 있던 19세기와 20세기의 문학작품에는, 이렇게 큰 총을 쏠 때 오른손을 그런 식으로 쥐면 반동 때문에 엄지손가락과 손톱이 입을 때릴 거라는 경고 문구는 없었다.

그는 소독약을 바르고 반창고를 붙이고는 마음을 가라앉히고 길을 계속 갔다. 언덕이 넓어지며 골짜기가 보였고 주변은 점점 녹색으로 물들었다. 길에서 가파르게 방향을 틀자 비옥한 계곡이 따뜻한 날의 아지랑이 너머까지 펼쳐져 있었다.

계곡 대부분은 경작되고 있었고 사람이 사는 곳도 보였다. 그는 복잡한 심경으로 그곳으로 향했다. 사람들이 있다면 힘든 일은 덜 할지 모르지만, 그가 바랐던 것처럼 땅의 소유권을 주장하기는 힘들어 보였다. 코번트리는 거대한 곳이었다.

어느덧 계곡 바닥으로 이어지는 길에 다다랐고 두 사람이 나와서 길을 가로막았다. 그들은 무언가 무기를 들고 준비 자세를 하고 있었다. 한 명이 소리쳤다.

"정지!"

매키넌은 멈춰서 그들이 나란히 다가오자 물었다. "뭘 원하는 겁니까?"

"세관 조사입니다. 사무실 옆에 세우시오." 남자는 길에서 몇 걸음 떨어진 곳에 있는, 매키넌이 미처 못 본 작은 건물을 가리켰다. 그는 말하는 사람을 보면서 속에서 느리게 비이성적인 열이 퍼지는 것을 느낄 수 있었다. 그것 때문에 그의 별로 안정되지도 않은 판단력이 더욱 흐트러졌다.

"대체 뭔 소리를 지껄이는 거예요?" 매키넌은 화를 내며 말했다. "비켜서요. 지나가게."

조용히 있던 사람이 무기를 들어 매키넌의 가슴을 겨누자 다른 사람이 팔을 잡고 무기를 치우게 했다. "이 멍청한 바보를 쏘지 마…. 너는 너무 걱정이 많다니까." 그리고 매키넌을 향해 말했다. "당신은 법 집행을 방해하고 있어요. 이봐요, 빨리 해치웁시다!"

"법이라니?" 매키넌은 쓴웃음을 지으며 좌석에서 라이플을 잡았다.

하지만 어깨에 댈 새도 없었다. 말하던 남자가 겨냥에 별로 시간을 들이지도 않고 총을 발사하자, 매키넌의 총은 손에서 튕겨 공중으로 날아가더니 차 뒤에 있는 도로의 도랑에 떨어졌다.

조용히 있던 남자는 총이 날아가자 흥미가 일었는지 말했다. "잘 쐈어, 블래키. 저놈은 건드리지도 않고 말이야."

"아, 운이 좋았던 거지, 뭐." 블래키라는 남자는 태연한 척 말했지만, 칭찬을 받아서 기분 좋은 웃음을 띠고 있었다. "상처가 없어서 다행이야, 조. 보고서 쓸 일이 늘어나니까 말이야." 남자는 공적인 태도로 돌아가 매키넌에게 다시 말을 걸었다. 매키넌은 얼이 빠진 상태로 저린 손을 비비고 있었다. "아, 그래도 남자라 이건가? 말을 잘 들을래, 아니면 우리가 올라가서 끌어낼까?"

매키넌은 항복했다. 그는 화물차를 지정된 장소로 몰았고 묵묵히 명령을 기다렸다.

"차에서 짐을 내려." 조가 말했다.

매키넌은 반항하고 싶은 충동을 느끼면서도 복종했다. 블래키는 매키넌의 소중한 소유물들을 땅에 쌓으면서 두 더미로 나누었고 조는 인쇄된 용지에 품목을 기록했다. 매키넌은 조가 첫 번째 더미에 있는 짐만을 기록하는 것을 눈치챘다. 블래키가 첫 번째 더미에 있는 물품들을 다시 싣고, 나머지 물자들을 건물 안으로 가져가자 무슨 일인지 완전히 알아차렸다. 매키넌이 항변했다.

조는 냉정하면서도 아무런 유감이 없다는 듯 주먹으로 매키넌의 입을 쳤다. 매키넌은 쓰러졌지만 다시 일어나서 싸웠다. 그는 지금 분노에 가득 차서 앞에 코뿔소가 있더라도 들이받을 태세였다. 조는 달려드는 매키넌에게 다시 주먹을 날렸다. 이번에는 바로 일어나지 못했다.

블래키는 사무실 구석에 있는 세면대에서 젖은 수건을 가져와 매키넌에게 던졌다. "그걸로 얼굴을 닦아, 친구. 그리고 다시 올라타. 갈 곳이 있으니까."

매키넌은 블래키와 마을로 가는 동안 곰곰이 생각해보았다. 어디로 가는 것이냐고 물었지만 '포획물 심판소'라는 짧고 퉁명스러운 대답만 돌아왔다. 블래키는 잡담을 하려 하지 않았고 매키넌은 얻고 싶은 정보가 많았지만 질문을 쏟아붓지는 않았다. 반복된 구타 탓에 입에 고통을 느꼈고 머리도 아팠으며, 섣불리 말을 꺼냈다가 또다시 얻어맞고 싶지 않았다.

확실히 코번트리는 예상만큼 무정부 상태의 개척지는 아니었다. 아마도 일종의 정부 조직이 있는 것 같았고 이미 익숙한 어떤 정부와도 달랐다. 매키넌은 고귀한 성품의 독립적인 사람들이 서로를 존경하면서도 고립되어서 살아가는 생활을 상상했다. 물론 이곳에도 악당들은 있기 마련이겠지만 그들이 추한 본성을 나타내자마자 간결하고 신속한 법질서가, 아마도 사형으로 그들을 처벌하리라 생각했다. 무의식적이긴 했지만 미덕이란 결국 승리를 거두기 마련이라고 강하게 믿고 있었다.

그는 정부가 있다 해도 평생 익숙해져 있었던 일반적인 법칙에 충실하리라 생각했다. 정직하고 양심적이며 극히 효율적이고 시민의 권리와 자유를 위해서 주의 깊게 신경 쓰는 정부 말이다. 그는 정부란 것이 언제나 그래 오지는 않았다는 것을 알고 있었지만 그렇지 않은 정부를 경험해본 적이 없었다. 그렇지 않은 정부는 너무나 막연하고 현실적으로 불가능하게 느껴졌다. 마치 식인종이나 노예제도처럼 말이다.

그래서 정부에 대한 생각을 그만두었다. 그리고 코번트리에 있는 공무원들이 성격적으로 이 일에 맞는지 안 맞는지 심리 검사를 거치지 않았을 거라는 것을 어렴풋이 깨달았다. 코번트리에 있는 모든 주민은 자신처럼 기본 관습을 어기고 정신 치료를 거부했을 것이고, 당연히 그들 대부분은 엉뚱하고 제멋대로인 사람일 것이 확실했기 때문이다.

그는 마지막 남은 희망을 재판소에서 판사에게 직접 증언하는 데 걸었다.

법률 절차에 기댄다는 생각은 얼마 전 다른 법정에서 했던, 모든 조직화된 정부에의 신임을 거부한다는 자신의 말과 배치되는 것이었다. 하지만 말로는 정부를 거부할 수 있었으나 평생 살아왔던 생활 환경에서 벗어날 수는 없었다. 두 가지 선택지만을 주며 자신을 모욕한 법정을 욕하면서도, 그는 사실 법정이란 정의를 시행하는 곳일 거라 생각하고 있었다. 자신의 너덜너덜해진 독립성을 강력하게 주장하면서도 다른 사람들은 서약에 충실하기를 기대했던 것이다. 당연히 그는 그렇지 않은 사람을 만나본 적도 없었다. 매키넌은 자신의 육체를 버릴 수 없듯이 과거를 버릴 수도 없는 신세였다.

하지만 그는 이 사실을 아직 모르고 있었다.

매키넌은 판사가 재판정에 나왔을 때 미처 일어나지 못했다. 법정 서기는 재빨리 그를 일으켜 세웠지만 판사석에서는 이미 판사가 매서운 눈으로 쳐다보고 있었다. 판사의 겉모습이나 태도도 불안했다. 판사는 혈색이 붉고 살이 찐 사람으로 얼굴과 풍채를 보기만 해도 가학적인 성격임을 알 수 있었다. 매키넌은 판사가 몇몇 사소한 범죄자들을 극단적으로 처리하는 동안 기다렸다. 판사의 판결을 들으며 이곳에서는 모든 것이 위법인가 생각했다.

그런데도 자신이 호명되자 안심이 되었다. 매키넌은 올라가서 즉시 이야기를 시작했다. 판사의 망치가 그의 말을 막았다.

"이건 무슨 사건인가?" 판사가 얼굴을 찌푸리며 물었다. "아마도 만취해서 주정이라도 부렸나 보군. 내 몸에 힘이 남아 있는 한 젊은이들의 이딴 태만은 뿌리를 뽑고야 말겠어!" 그는 서기에게 물었다. "전과는 있나?"

서기가 판사의 귀에 속삭였다. 판사는 짜증과 의심이 섞인 눈초리를 하고는 세관 경비에게 앞으로 나오라 했다. 블래키는 증언을 많이 해본 듯 명확하고 직설적으로 말했다. 매키넌의 죄목은 공무 수행 중의 경관에게 저항한 죄였다. 그는 동료와 함께 작성한 목록을 제출했지만 작성하기 전에 빼돌린 많은 물품에 대해서는 말하지 않았다.

판사는 매키넌을 돌아보았다. "할 말은 있나?"

"물론 있습니다, 박사님." 그는 말하기 시작했다. "거기에는 사실…."

꽝! 망치 소리가 그의 말문을 막았다. 법정 서기가 매키넌 쪽으로 서둘러 가서 법정에서 사용해야 하는 적절한 호칭을 설명했다. 설명은 그를 어리둥절하게 했다. 그의 경험으로는 판사란 당연히 의사, 즉 사회 문제에 전문가인 정신과 의사를 뜻하는 것이었다. 그리고 그는 법정에서 사용해야 하는 적절한 어투에 대해서도 들어본 적이 없었다. 하지만 가르쳐준 대로 말을 고쳤다.

"존경하옵는 재판장님, 저 남자는 거짓말을 하고 있습니다. 저 남자와 그의 동료는 저를 공격했고 강탈을 했습니다. 저는 단순히…."

"밀수업자들은 세관에 잡히면 강도를 당했다고들 떠들지." 판사가 비웃었다. "조사에 저항하려고 했다는 사실을 지금 부인하나?"

"아닙니다, 판사님. 하지만…."

"그거면 됐어. 벌금을 50퍼센트 추가한다. 서기에게 지급하도록."

"하지만 판사님, 전…."

"낼 수 없다는 것인가?"

"저에겐 돈이 없습니다. 물건밖에 없습니다."

"그래서?" 판사는 서기를 보았다. "판결을 내린다. 소유물은 압수. 방랑죄로 10일간 구류. 이 사회에 이민 온 거지들이 돌아다니면서 준법정신이 투철한 시민들을 약탈하도록 할 수는 없지. 다음 사건!"

그들은 매키넌을 끌고 갔다. 매키넌은 철창이 닫히고 열쇠로 잠기는 소리를 듣고서야 자기 자신이 어떤 처지에 놓였는지 깨달았다.

"어이, 친구, 바깥 날씨는 어때?" 유치장에는 먼저 와 있는 사람이 있었다. 작지만 건강한 남자였다. 남자는 혼자 하고 있던 카드 게임에서 눈을 돌려 매키넌에게 말을 걸었다. 그는 카드를 벌여놓은 의자에 걸터앉아 밝고 낙천적이고 빛나는 눈으로 신참을 살펴보았다.

"바깥은 맑지만, 재판정 안은 폭풍이 불더군." 매키넌이 농담조로 대답하려 했지만 별로 성공적이지는 못했다. 웃을 때마다 입이 아직 아팠던 것이다.

그 사람은 의자에서 내려와 가볍고 조용한 발걸음으로 다가왔다. "친구, 기어 박스에 휘감기기라도 했나 보네." 남자가 매키넌의 입을 살펴보면서 말했다. "아픈가?"

"꽤 아파." 매키넌이 인정했다

"치료를 해야겠군." 남자는 유치장 문을 흔들기 시작했다. "이봐, 레프티! 급해! 이쪽으로 와봐!"

경비가 어슬렁거리며 와서는 유치장 문 저편에 섰다. "뭘 원해, 페이더?" 경비가 모호하게 말했다.

"여기 있는 내 예전 학교 동창이 말이야, 렌치로 얼굴을 얻어맞아서 너무 아프다잖아. 그래서 말인데 의무실에 가서 반창고와 진통제 5그램만 가져와줄 수 없을까. 착한 일을 하면 나중에 천국 간다고."

경비의 표정은 별로 밝지 않았다. 페이더가 경비를 슬프다는 듯이 쳐다보았다. "왜, 레프티. 이런 순수한 자선의 기회를 저버릴 네가 아닐 텐데." 페이더는 잠시 기다리고는 덧붙여 말했다. "좋아, 그렇게 해준다면 '앤의 나이는 몇 살일까?'* 퍼즐을 어떻게 푸는지 가르쳐줄게. 됐어?"

"먼저 가르쳐줘."

"시간이 너무 걸려. 내가 써서 줄게."

경비가 돌아온 후 매키넌의 감방 동료는 그의 상처에 솜씨 좋게 반창고를 붙이면서 계속 말했다. "다들 날 페이더 마기라고 불러. 네 이름은 뭐야, 친구?"

"데이비드 매키넌. 미안, 네 이름을 잘 못 들었는데 말이야."

"페이더. 어머니가 지어준 이름은 아니지만." 그는 웃으면서 설명했다. "내 겸손하고 조심성 있는 본성에 걸맞은 직업적인 애칭이지."

매키넌은 어리둥절했다. "직업적인 애칭? 네 직업이 뭔데."

---

* 'How old is Ann?'이라는 유명한 1차 방정식 수학 퍼즐 문제

페이더는 기억하기 고통스러운 듯했다. "그런 걸 왜 물어, 매키넌. 나도 너에게 안 물었잖아." 그는 말을 이었다. "어쨌거나 너처럼 자신을 보호하려는 것뿐이야."

페이더는 인정 있고 남의 말을 잘 들어주는 사람이었다. 매키넌은 자신이 당한 재난을 털어놓을 기회라고 생각했다. 매키넌은 재판에서 어떻게 판결을 받아 코번트리에 들어오기로 결심했는지, 도착하자마자 어떻게 강탈을 당한 다음 법정에 끌려갔는지를 얘기했다. 페이더는 고개를 끄덕였다. "놀랍지도 않은 일이군." 그가 말했다. "강도질을 안 한다면 세관 경비가 아니지."

"하지만 내 물건들은 어찌 되는데?"

"경매로 처분해서 세금을 메우겠지."

"내게 남는 건 얼마나 될까?"

페이더가 매키넌을 노려보았다. "남는 거라니? 뭔가 남을 리가 없잖아. 넌 아마도 부족분을 메우도록 형을 받을 거야."

"응? 그게 뭔데?"

"죄수가 처벌 대신 돈을 낼 수 있도록 하는 제도야." 페이더는 간결하지만 모호하게 설명했다. "중요한 건 열흘이 지나도 재판정에 아직 빚이 남으리라는 거지. 쇠사슬을 채우고는 하루에 1달러씩 일당을 쳐서 일해서 갚게 하는 거야."

"페이더, 농담이지?"

"두고 봐. 매키넌, 배워야 할 게 너무 많을 거야."

코번트리는 지금까지 매키넌이 예상했던 것보다 훨씬 복잡한 듯했다. 페이더는 이곳에는 사실 세 개의 독립적인 정부가 있다는 것을 알려주었다. 그들이 갇혀 있는 감옥은 '뉴아메리카'라는 나라에 있었다. 민주 정부의 형태를 갖추고 있지만 매키넌이 이미 당한 일을 생각하면 어떻게 운영되는지는 뻔한 일이었다.

"그래도 자유주와 비교하면 여기는 천국이야." 페이더가 옹호했다.

"그곳에 가본 적이 있지." 자유주는 완전 독재주의였다. 거기선 지배 당파의 우두머리를 '해방자'라고 불렀다. 그들의 구호는 의무와 복종이었고 임의로 제정된 규율은 이견을 내세울 자유라고는 조금도 없이 가혹하게 강제되었다. 그들의 정치 이론은 오래된 기능주의에서 일부를 따온 것이었다. 국가는 하나의 목적과 하나의 뇌를 가진 하나의 생명체로 간주되었고 강제하는 것 이외에는 모두 금지되었다. "진지하게 말하는데." 페이디가 주장했다. "자려고 침대에 들어갈 때마다 비밀경찰이랑 만날 수 있을 정도니까."

"하지만 말이야…." 페이더가 말을 이었다. "천사들이 사는 곳보다는 차라리 나을 거야."

"천사들?"

"물론이지. 아직도 남아 있다니까. 아직 2, 3천 명쯤 남아 있는 맹렬 신도들이 혁명 이후 코번트리로 들어왔어. 뭐, 알고 있겠지만. 북쪽의 산악 지방에서 아직 모여 살고 있어. 재림 예언자 같은 자들도 있고 말이야. 나쁜 놈들은 아니지만 널 죽이면서도 천국에 가길 바라면서 기도하는 자들이라고."

이 세 개의 국가들은 흥미로운 공통점을 가지고 있었다. 각자 전 미국의 정통 정부임을 주장한다는 것이고 언젠가 빼앗긴 영토, 즉 코번트리의 외부 지역을 되찾고야 말겠다는 희망을 안고 있다는 점이었다. 천사들에게는 첫 번째 예언자가 지상으로 강림하면 일어날 일이었다. 뉴아메리카에서는 선거가 끝나면 잊히는 선전 문구에 불과했다. 하지만 자유주에서는 중요한 정책이었다.

이러한 목적 때문에 자유주와 뉴아메리카는 여러 차례 전쟁을 치르고 있었다. 자유주의 지도자인 '해방자'는 논리적으로 뉴아메리카 또한 빼앗긴 땅이라고 주장했고 뉴아메리카를 복속시키는 것이 코번트리 바깥으로 문화가 전파되는 데에 필요하다고 보고 있었다.

페이더의 말은 장벽 너머에 무정부주의적 이상향이 있을지 모른다는 매키넌의 꿈을 산산조각냈다. 하지만 반항도 못 한 채 꿈이 사라지는 것을 두고 볼 수는 없었다. "페이더, 이런 견딜 수 없는 방해를 받지 않고 조용히 살 수 있는 곳이 남아 있지 않을까?" 그는 끈질기게 물었다.

"아니…." 페이더는 생각해보았다. "없을 거야. 산속에 들어가서 산다면 몰라도. 천사들만 피한다면 그곳에서 살 수 있을지도 모르지. 하지만 그런 곳에서 산다는 건 힘들걸. 해본 적 있어?"

"아니, 직접적으로는 없지. 하지만 고전문학 작품은 다 읽었다고. 제인 그레이, 에머슨 호프 같은 사람들의 서부 탐험 책 말이야."

"그렇다면 할 수 있을지 모르지. 하지만 정말로 따로 떨어져서 은자처럼 살고 싶다면 코번트리 바깥에서 하는 게 좋았을 텐데. 거기선 별로 반대를 안 할 테니 말이야."

"아니." 매키넌의 얼굴이 굳어졌다. "아니야, 그렇게는 절대 못 해. 심리적 교화 따위 받으면서까지 혼자가 되고 싶지는 않아. 만약 두어 달 전, 체포되기 전에 로키산맥이나 어딘가 버려진 농장을 찾는 것도 좋은 생각이었겠지. 하지만 내게 내려졌던 진단, 그러니까 내 감정을 그 잘난 패턴에 맞춰서 재단하지 않으면 인간 사회에 맞지 않는다는 소릴 듣고는 참을 수가 없었어. 정신 병동에 갇히는 한이 있더라도 말이야."

"알겠어." 페이더도 동의하면서 고개를 끄덕였다. "코번트리로 오고는 싶었지만 바깥세상을 차단하는 장벽은 원하지 않았단 얘기군."

"아니, 그렇게 딱 잘라 말할 수는 없는데… 뭐 그렇게 볼 수도 있지만 말이야. 말해봐. 내가 정말 상종도 못 할 사람으로 보여?"

"내가 보기엔 괜찮은데." 페이더는 웃으면서 안심시켜줬다. "나도 코번트리에 온 몸이라고. 그래서 아무도 비판 안 해."

"넌 별로 여기를 좋아하지 않는 것 같군. 여긴 왜 왔어?"

페이더는 조용히 손가락을 입에 갖다 대고는 조용히 하라고 했다. "쉿! 그 질문은 여기에 있는 사람에겐 절대 해서는 안 돼. 여기 있는 사람들은 여기가 최고로 좋은 곳이어서 왔다고 생각하는 게 좋을 거야."

"그래도 넌 별로 안 좋아하는 것 같은데."

"싫다는 말은 안 했어. 좋아하기는 해. 운치가 있잖아. 이러한 작은 모순이야말로 순수한 즐거움의 근원이 되는 법이지. 그리고 열이 바짝 오를 만한 일이 생기면 언제든지 관문을 통해 돌아가서 조용하고 시설 좋은 병원에서 쉴 수도 있지. 사태가 가라앉을 때까지 말이야."

매키넌은 다시 당황스러웠다. "열이 올라? 여기서는 너무 더운 기후를 제공하나 보지?"

"아, 기후 조절을 말하는 게 아니었어. 그런 장치는 여기 없거든. 바깥 세상에서 새어 나오는 부분을 제외하곤 전혀. 열이 오른다는 건 그냥 관용어야."

"그게 무슨 뜻인데?"

페이더는 웃었다. "알게 될 거야."

철제 식기에 담긴 빵과 스튜와 작은 사과로 저녁을 먹고, 페이더는 매키넌을 크리비지 카드 게임이라는 신비의 세계로 인도했다. 다행히 매키넌에게는 잃을 돈이 없었다. 페이더는 섞지도 않고 카드를 깔았다. "매키넌, 넌 여기서 제공하는 환대를 즐기고 있어?"

"전혀. 왜?"

"그럼 나가는 게 어떨까."

"좋은 생각이야. 하지만 어떻게?"

"그걸 생각하고 있던 참이지. 잘못되면 한 번 더 얻어맞을 수도 있는데 괜찮겠어?"

매키넌은 조심스럽게 상처 난 얼굴을 건드려보았다. "아마도, 필요하다면. 더 다칠 곳도 없지만 말이야."

"그래야지! 자, 이제 내 말 잘 들어. 레프티는 멍청한 데다가 자기 외모에 민감하거든. 불이 꺼지면 네가…."

"꺼내줘! 꺼내달라고!" 매키넌이 철창을 때리면서 소리 질렀다. 대답이 없었다. 다시 철창을 내려치면서 목소리를 신경질적인 고음으로까지 끌어 올렸다. 레프티가 투덜거리면서 무슨 일인지 알아보러 왔다.

"대체 무슨 일이야?" 레프티는 말하면서 철창 너머를 살폈다.

매키넌은 눈물 공세로 작전을 바꿨다. "레프티, 제발 여기서 꺼내줘요. 제발! 난 어두운 데에서는 못 견딘다고요. 여긴 너무 어두워요, 제발 날 두고 가지 마요." 매키넌은 눈물을 흘리면서 철창에 매달렸다.

경비는 욕을 했다. "얻어맞고 맛이 갔나. 잘 들어, 입 닥치고 잠이나 자. 아니면 내가 들어가서 징징 짤 때까지 패줄 테니까!" 그는 나가려고 했다.

매키넌은 즉시 앙심에 차서 예측 불가능하며 무책임한 분노를 쏟는 것처럼 태도를 바꾸었다. "이 덩치만 큰 못생긴 돼지야! 쥐새끼같이 생긴 바보 같으니라고! 그 코는 어디서 갖다 붙였냐?"

레프티가 분노에 찬 얼굴로 다시 돌아왔다. 뭐라고 말하려 했지만 매키넌이 말을 막았다. "야! 야! 야!" 그는 마치 말썽꾸러기 꼬마처럼 놀려댔다. "네 엄마가 멧돼지한테 당해서…."

간수는 철창 사이로 매키넌의 얼굴을 향해 곤봉을 날렸다. 매키넌은 피하면서 동시에 곤봉을 잡았다. 균형을 잃어버린 레프티는 앞으로 기울더니 철창 사이로 팔뚝까지 빠져버렸다. 매키넌은 레프티의 팔을 미끄러뜨리면서 손목을 잡으려 했다. 매키넌이 몸을 뒤로 젖히자 경비도 딸려가면서 철창 바깥에 몸을 세게 부딪혔다. 매키넌은 레프티의 손을 용접이라도 한 듯이 단단히 잡았다.

레프티의 목에서 나오려던 비명은 미처 터져 나오지도 못했다. 페이더가 재빨랐다. 어둠 속에서 조용히 철창 사이로 뱀처럼 팔을 뻗어 경비의 살찐 목을 조른 것이다. 레프티가 발버둥을 쳐서 거의 풀려날 뻔했지만, 매키넌은 무게중심을 오른쪽으로 바꾸면서 거의 부러질 정도로 세게 팔을 비틀었다.

매키넌은 자신이 마치 영원한 시간 동안 서 있어온 그로테스크한 동상처럼 느껴졌다. 소리를 듣고 다른 자들이 레프티를 구하러 올까 걱정이 되어 심장 뛰는 소리가 귀에서 들릴 정도였다. 페이더가 결국 입을 열었다.

"이 정도면 되겠지." 페이더가 속삭였다. "주머니를 뒤져."

손이 저리고 떨리는 데다가 철창 너머로 하는 일이기 때문에 쉽지 않았다. 그래도 마지막 주머니에 열쇠가 있었다. 페이더는 경비를 바닥에 쓰러뜨리고는 매키넌에게서 열쇠를 받아 들었다.

페이더는 일을 재빨리 진행했다. 신경에 거슬리는 삐걱 소리와 함께 문이 열렸다. 매키넌은 레프티의 몸을 건너뛰어 지나갔지만, 페이더는 무릎을 꿇고 경비의 허리띠에서 경찰봉을 빼내어 그것으로 레프티의 귀 뒤를 내려쳤다. 매키넌은 잠시 멈췄다.

"죽였어?" 매키넌이 물었다.

"세상에, 그럴 리가 있어?" 페이더가 조용히 대답했다. "레프티는 내 친구라고. 이제 가자."

그들은 희미한 조명이 있는 감방 복도를 통해 행정실이 있는 문으로 향했다. 그곳만이 나갈 수 있는 유일한 통로였다. 레프티는 부주의하게도 문을 조금 열어놓고 그 사이로 빛이 새어 들어왔다. 조용히 다가가자 반대쪽에서 크고 무거운 발소리가 들렸다. 매키넌은 재빨리 숨으려고 했지만, 감방과 벽 사이에 있는 구석에 들어갈 수밖에 없었다. 페이더를 찾았지만 사라지고 없었다.

문이 열렸다. 한 남자가 들어오더니 잠시 멈춰서 주위를 둘러보았다. 매키넌은 그가 블랙 라이트를 들고 있는 것을 보았다. 게다가 시야 보조 장치를 차고 있었다. 매키넌은 어둠 속이라도 숨을 곳이 없다는 것을 깨달았다. 블랙 라이트가 매키넌 쪽을 비추었다. 달려들 준비를 했지만….

곧 둔탁한 덜컹 소리가 났다. 경비는 한숨을 쉬면서 조금 흔들리더니 바닥에 쓰러졌다. 페이더가 그 옆에 서 있었다. 그는 발끝으로 경비를 툭툭 건드려본 다음 방금 사용한 경찰봉 끝을 왼손으로 매만졌다.

"이 정도면 되겠지." 페이더가 결정했다는 듯 말했다. "이제 갈까, 매키넌?"

페이더는 대답을 기다리지 않고 문을 열고 나갔다. 매키넌은 그 뒤를 바짝 따라갔다. 조명 때문에 밝은 복도가 오른쪽으로 이어졌고 거리로 향하는 커다란 이중문이 있었다. 왼쪽 벽 현관 근처에는 작은 사무실 문이 열려 있었다.

페이더는 매키넌에게 가까이 오라고 했다. "거의 성공한 거나 다름없어." 그가 속삭였다. "저 사무실에는 책상 업무를 하는 경관 한 명밖에 없을 거야. 우리는 저 사람을 지나서 문으로 나간 다음 신선한 공기가 기다리는 곳으로 가면 되는 거지." 그는 매키넌에게 계속 뒤를 따라오라는 손짓을 하고 사무실 문까지 조용히 기어갔다. 그러고는 허리띠에서 작은 거울을 꺼내서는 바닥에 내려놓고 문짝에 머리를 댔다. 그리고 조심스럽게 거울을 문틀 너머 몇 센티미터 정도 내밀었다.

그는 임시변통으로 만든 잠망경으로 한 정찰 내용이 마음에 든 듯 다시 무릎을 꿇고 매키넌을 돌아보고 입 모양만으로 말했다. '이제 괜찮아.' 그가 심호흡을 했다. '저기에는 그냥….'

그때 100킬로그램은 되어 보이는 정복 경찰이 페이더의 어깨를 찍어 눌렀다. 복도에는 비상경보가 울려 퍼졌다. 페이더는 계속 싸웠지만 경찰이 더 솜씨가 좋았고 더구나 이쪽은 기습을 당한 상태였다. 페이더는 겨우 머리를 들어 외쳤다. "도망쳐!"

매키넌은 어디선가 달려오는 발소리를 들었지만 바로 앞에서 싸우는 두 사람의 모습밖에 볼 수 없었다. 매키넌은 혼란에 빠진 동물처럼 머리와 어깨를 흔들더니 싸우고 있는 두 사람 중 큰 쪽의 얼굴을 걷어찼다. 큰 사람은 비명을 지르면서 잡고 있던 손을 놓았다. 매키넌은 작은 사람의 목 부분을 대충 잡아서 자기 발 쪽으로 거칠게 끌어왔다.

페이더의 눈은 여전히 즐거운 듯했다. "잘했어, 친구!" 그는 또렷하게 말했고 두 사람은 거리로 향하는 문을 뛰쳐나갔다. "정정당당하진 않았지만 말이야! 킥복싱은 어디서 배웠어?"

매키넌은 이리저리 좌우로 틀면서 빨리 달려가는 페이더를 쫓아가느라 대답할 틈이 없었다. 그들은 거리 저편에서 몸을 숨기고 두 개의 건물 사이에 있는 골목으로 들어갔다.

이후 몇 분, 아니 몇 시간은 매키넌에게 혼란투성이였다. 건물 옥상으로 올라간 다음에 어두운 안뜰로 내려간 것은 기억했다. 하지만 어떻게 옥상으로 올라갔는지는 기억나지 않았다. 또 한없이 긴 시간을 혼자서 쓰레기통 속에 구겨진 채로 기다려야 했던 것도 기억났다. 그때는 발소리가 들리고 작은 틈으로 빛이 들어오기만 해도 공포에 질렸다.

부서지는 소리와 바쁘게 도망치는 발소리로 페이더가 추적자들의 주의를 끌고 있음을 알았다. 하지만 페이더가 돌아와 쓰레기통 뚜껑을 열자 매키넌은 그를 알아보지 못하고 목을 조를 뻔했다.

추적을 따돌리자 페이더는 마을 건너편으로 매키넌을 안내하며 뒷골목과 지름길에 대한 수준 높은 지식을 자랑했고 숨을 만한 곳을 찾아내는 천재성을 발휘했다. 그들이 도착한 곳은 마을 변두리의 황폐한 지역으로 중심지에서는 멀리 떨어진 곳이었다. 페이더는 멈췄다. "내 생각엔 여기서 끝인 것 같군, 친구." 그는 매키넌에게 말했다. "이 길을 따라가면 금방 시골로 갈 수 있을 거야. 그걸 원했지?"

"아마도." 매키넌은 거리를 노려보며 다소 불편한 듯 대답했다. 그리고 돌아서서 페이더에게 다시 말을 걸었다.

하지만 페이더는 가버리고 없었다. 소리도 들리지 않았고 모습도 보이지 않았다. 그림자 속으로 사라져버린 것이다.

매키넌은 무거운 마음으로, 제안받은 방향으로 향했다. 페이더가 함께 머물러줄 이유 같은 것은 없었다. 자신이 그를 도우느라 한 발차기는 이미 이자를 덧붙여서 돌려받은 셈이었다. 그래도 낯선 곳에서 만난 유일한 친구를 잃어 외롭고 우울한 기분이 되었다.

매키넌은 그림자 뒤로 숨어다니면서 계속 나아갔고 순찰 경관의 모습이 보이는지 주의했다. 몇백 미터 정도 지나자, 시골로 가려면 얼마나 더 가야 하는지 걱정이 되기 시작했다. 그때 어둠 속에서 쉿 하는 소리가 들리자 소름이 끼쳤다.

매키넌은 다가오는 공포를 필사적으로 억누르며 경찰은 절대 그런 소리를 내지 않는다고 스스로에게 말했다. 그림자가 어둠 속에서 나와 그의 팔을 건드렸다.

"매키넌." 조용한 목소리가 들렸다.

매키넌은 마치 아이처럼 안심되었다. "페이더!"

"생각을 바꿨어, 매키넌. 경찰 놈들이 아침이 되기도 전에 널 잡아들일 테니까. 넌 빠져나가는 법도 모르잖아. 그래서 돌아왔어."

매키넌은 기쁘면서도 맥이 빠졌다. "무슨 일이야, 페이더." 그가 항의하듯 말했다. "내 걱정은 안 해도 된다고. 혼자서도 잘할 수 있어."

페이더는 매키넌의 팔을 거칠게 흔들었다. "바보 같은 소리 하지 마. 너처럼 여기 온 지 얼마 안 되는 녀석들은 시민의 권리 따위를 떠들다가 또 얻어맞기 마련이야. 자, 내 말 잘 들어." 그가 말을 계속했다. "난 너를 숨겨줄 만한 친구들에게 데려갈 거야. 여기에서 살아남는 방법을 그곳에서 배우는 거야. 하지만 그들은 법 반대쪽에 있는 사람들이야, 알아듣겠지? 넌 세 마리의 성스러운 원숭이처럼 지내. 보지도 말고 듣지도 말고 말하지도 말고. 할 수 있겠어?"

"그래, 하지만…."

"'하지만' 같은 말은 필요 없어. 따라와!"

입구는 오래된 창고의 뒤에 있었다. 그곳엔 작게 파인 구덩이로 계단이 나 있었다. 열린 통로를 지나 지저분하게 쌓인 쓰레기 더미 사이에 건물 뒷벽으로 들어가는 문이 있었다. 페이더는 가볍지만 규칙적으로 노크

하고는 대답을 기다렸다. 그리고 속삭였다. "쉿! 나 페이더야!"

문이 활짝 열리더니 두 개의 거대한 팔뚝이 나타나 페이더를 안았다. 그는 공중에 둥둥 떴고 팔의 주인은 쪽쪽 소리를 내 가며 뺨에 키스를 퍼부었다. "페이더!" 여자가 소리쳤다. "괜찮아? 보고 싶었어."

"이것 참 적절한 환영 인사네, 마더." 그가 바닥에 자기 두 발로 내려서서 대답했다. "하지만 여기 내 친구를 만나게 해주고 싶어. 마더 존스턴, 이쪽은 데이비드 매키넌이야."

"안녕하십니까?" 데이비드는 거의 자동으로 예의를 갖춰서 인사를 했지만 마더 존스턴의 눈은 즉시 의심으로 가늘어졌다.

"수상한 사람 아니야?" 그녀가 내뱉듯이 말했다.

"아니, 마더. 새로 온 이주민이야. 내가 보증하지. 도망치는 중이라 가라앉을 때까지 숨어 있으라고 데려왔어."

페이더가 상냥하고 설득력 있는 말투로 말하자 그녀는 조금 누그러드는 것 같았다. "그러면야…. 페이더의 친구니까 봐주지. 하지만 당신을 믿는다는 소린 아니야!" 그녀는 그들보다 앞서서 어기적거리며 계단을 내려가더니, 안으로 들어가자마자 누군가를 불렀다.

방 안은 조명이 어두웠고 가구라고는 긴 탁자와 의자밖에 없었다. 그곳에는 열댓 명쯤 되는 사람들이 술을 마시며 이야기하고 있었다. 매키넌은 몰락 이전 시대의 영국식 술집 사진을 떠올렸다.

사람들은 떠들썩한 환영으로 페이더를 맞아줬다. "페이더!" "그 녀석 맞네!" "이번에는 어떻게 나왔냐? 배수구로 기어 나왔어?" "술 줘, 마더. 페이더가 돌아왔어!"

페이더는 찬사에 손짓으로 대답하며 모두에게 인사하고는 매키넌을 돌아봤다. "친구들!" 그의 목소리가 혼란 속을 파고들어 갔다. "여기 매키넌을 소개하지. 아주 정확한 순간에 간수를 걷어찬 친구야. 매키넌이 없었다면 아마 난 여기 있지도 못했을걸."

매키넌은 어느새 두 사람 사이에 앉게 되었고 무뚝뚝한 젊은 여자가 맥주잔을 밀어놓았다. 그는 감사를 표하려고 했지만, 여자는 갑자기 밀려오는 주문을 처리하려는 마더 존스턴을 도우러 바삐 가버렸다. 반대편에는 페이더를 환영하는 인사의 행렬에 참여하지 않은 무뚝뚝한 젊은이가 앉아 있었다. 젊은 남자는 몇 초마다 주기적으로 경련이 일어 깜박이는 한쪽 눈을 제외하면 무표정하게 매키넌을 바라보았다.

"무슨 장사를 하쇼?" 남자가 물었다.

"내버려둬, 알렉." 페이더가 재빨리, 하지만 친근한 말투로 말을 끊었다. "이 사람은 여기 막 도착한 참이라고. 말해줬잖아. 하지만 괜찮은 놈이야." 그는 다른 사람들에게도 다 들리도록 말소리를 높였다. "여기에 들어온 지 24시간도 안 돼서 탈옥을 하고 세관 두 명을 두들겨 패고, 플레이셰커 판사 나리에게 대놓고 반항까지 했다고. 정말 바쁜 하루였지?"

매키넌의 주위에 있던 사람들은 맞장구를 치며 동감하는 듯했다. 하지만 얼굴에 경련이 일어나는 청년은 끈질겼다. "그건 상관없지만 내가 물어보는 건 단순한 문제라고. 만약 나랑 같은 장사를 한다면 가만 있을 수만은 없지. 경쟁이 너무 많거든."

"네가 하는 싸구려 장사는 언제나 경쟁자가 많잖아. 그리고 이 녀석은 그런 거 안 하니까 신경 꺼."

"저 사람 스스로 대답하게 하는 게 어때." 알렉은 의심스럽다는 듯이 말하며 반쯤 일어났다. "나는 네가 경찰에 잡혔었다는 것도 안 믿어."

페이더는 얇은 칼로 손톱 밑을 청소하고 있는 것 같았다. "네가 마시던 거에 코나 처박아, 알렉." 그는 올려보지도 않고 대화하듯이 말했다. "아니면 내가 네놈 코를 잘라서 처넣어줄 테니까."

알렉은 손에 무언가를 쥐고 신경질적으로 만지작거렸다. 페이더는 눈치채지 못한 것 같았으나 바로 이렇게 말했다. "진동칼을 내 강철칼보다 더 빨리 쓸 수 있다면, 어디 한번 해봐. 아주 재밌는 실험이 될걸."

알렉은 그 앞에 서서 계속 경련이 나는 얼굴로 페이더를 마주 보고 서 있었다. 마더 존스턴이 뒤에서 다가와 알렉의 어깨를 눌러 다시 앉히고 말했다. "이봐들! 얌전하게 있을 수 없어? 손님 앞에서 말이야. 페이더, 그 칼은 집어넣어. 부끄럽지도 않아?"

페이더의 손에서 칼이 사라졌다. "당신은 언제나 맞는 말만 한다니까, 마더." 그가 웃었다. "몰리에게 한 잔 더 달라고 해줘."

매키넌의 오른쪽에 앉아 있던 노인은 술에 취해 뭐가 뭔지 모르는 듯 사건을 지켜보고 있었지만, 요점은 파악한 듯 충혈된 눈으로 매키넌을 바라보고 물었다. "젊은이, 도둑 조합 일원이야?" 노인이 그에게 기대오자 역한 입김도 다가왔다. 노인은 마디가 굵은 손가락을 떨며 힘주어 물었다.

매키넌은 페이더에게 조언과 깨달음을 구하는 표정으로 쳐다보았다. 페이더가 대신 대답했다. "아니야. 그랬으면 마더 존스턴이 들여보낼 때 알아봤겠지. 여기 피난하러 온 거야. 우리 관습에 정해진 대로 말이야!"

불편한 공기가 방 안을 맴돌았다. 몰리는 술 나르는 것을 멈추고 노골적으로 대화를 듣고 있었다. 하지만 노인은 만족한 것 같았다. "사실이지…. 그 정도면 충분해." 노인은 공감을 표하며 다시 한 잔을 마셨다. "누구라도 피난처에 올 수 있지. 만약…." 뒷말은 웅얼거림 속으로 사라져 들리지 않았다.

신경질적인 긴장이 풀어졌다. 대부분은 무의식적으로 기쁘게 노인을 따랐고 그저 필요해서 난입했을 뿐이라고 변명하는 듯했다. 페이더는 매키넌을 돌아보았다. "아는 게 적으면 다치지도 않기 때문에 말 안 했지만, 말이 나왔으니 말해주지."

"하지만 대체 저 사람이 무슨 말을 하는 거야?"

"영감이 물어본 건, 네가 고대로부터 내려오는 명예로운 도둑과 살인자와 소매치기들 조합의 일원이냐는 거야!"

페이더는 냉소적인 즐거움을 느끼며 매키넌의 얼굴을 지그시 바라보았다. 매키넌은 페이더와 다른 사람들을 어리둥절하다는 듯이 둘러보며 그들과 눈길을 교환하고는 무슨 대답을 기대한 것인지 궁금해했다. 알렉이 침묵을 깼다. "그렇다면 뭘 기다리는 거야? 어서 심문에 회부해야지.

아니면 위대한 페이더의 친구는 아무렇지도 않게 이 클럽을 들락날락해도 된다는 거야?"

"너는 조용히 있으라고 말한 거 같은데, 알렉." 페이더가 낮은 목소리로 말했다. "그건 그렇고 필요조건을 건너뛰었잖아. 현재 자리에 있는 동지들이 동의를 해야만 심문에 회부할 수 있거든."

평생 걱정스러운 눈을 하고 살아왔다는 듯한 표정의 작고 조용한 남자가 페이더의 눈을 보고 대답했다. "그건 이런 경우엔 적용할 수 없을 거 같은데, 페이더. 만약 저자가 제 발로 왔거나 우리 손에 떨어졌거나 하는 경우에는 네 말이 맞지. 하지만 네가 저자를 여기 데려왔잖아. 내 생각에 모두를 대신해 말하겠는데 말이야, 질문에 답하는 게 좋겠어. 반대가 없다면 내가 직접 물어보지." 그가 잠시 기다렸으나 아무도 반대하지 않았다. "좋아, 그렇다면… 매키넌, 당신은 너무 많이 봐버렸고 너무 많이 들어버렸어. 여기서 나갈래, 아니면 여기 머물면서 우리 조합의 맹세를 하겠어? 먼저 경고해두는데 한번 조합원이면 영원히 조합원이야. 배반한 도둑에게는 딱 한 종류의 처벌만이 있을 뿐이지."

그는 엄지손톱으로 목을 그어 보였다. 심지어 이빨 사이로 '끽' 소리를 내며 적당한 음향 효과까지 곁들이고 낄낄대었다.

매키넌은 주위를 둘러보았다. 페이더의 표정은 아무 도움이 되지 못했다. "내가 뭘 맹세하면 된다는 거지?" 매키넌은 우물쭈물하며 물었다.

교섭은 바깥에서 문을 두드리는 소리에 갑자기 끝나버렸다. 두 개의 닫힌 문과 계단 때문에 잘 들리지 않았지만 "문 열어!" 하는 소리를 들을 수 있었다. 페이더는 조용히 일어서더니 매키넌에게 신호를 보냈다.

"우릴 잡으러 왔군." 페이더가 말했다. "따라와."

페이더가 벽에 세워져 있던 크고 구형인 라디오에 다가가서 조금 아랫부분을 더듬거리니 옆판이 열렸다. 기계 장치들이 교묘하게 재배열되어 있어 사람 한 명이 겨우 들어갈만 한 공간이 그 안에 있었다. 페이더는 서둘러 매키넌을 들어가게 했고 옆판을 닫았다.

매키넌의 얼굴은 재생 장치를 덮고 있는 홈이 있는 창살에 짓눌렸다. 몰리는 테이블에 있던 컵 가운데 두 개를 치우고 일부러 술을 엎질러서 컵이 놓여 있던 자국을 없앴다.

매키넌은 페이더가 테이블 아래로 미끄러져 들어가는 것을 보았다. 그의 모습이 사라졌다. 어떻게 했는지 모르겠지만 테이블 밑부분에 착 달라붙어버린 것 같았다.

마더 존스턴은 문을 여는 데 일부러 시간을 들였다. 아래쪽 문이 큰 소음을 내며 즉시 열었다. 그리고 계단을 천천히 올라가 멈추고는 헐떡거리며 큰 소리로 불평을 늘어놓았다. 마더가 바깥문을 여는 소리를 들을 수 있었다.

"성실한 사람들 들볶기에 좋은 시간이지!" 그녀가 항의했다. "일하면서 먹고살기도 힘든데 5분마다 사람을 부르면…."

"그만하쇼, 아줌마." 남자 목소리가 들렸다. "그냥 계단을 따라 내려가쇼. 당신과 할 말이 있으니까."

"무슨 일인데요?" 그녀가 말했다.

"무면허 주류 판매 때문일지도 모르지. 하지만 아니야. 적어도 이번에는 말이야."

"여기선 안 판다고요. 여긴 회원제 클럽이에요. 회원들이 술을 가져다 놓고 난 갖다 나르기만 할 뿐이라고요."

"그럴지도 모르지. 내가 하고 싶은 건 그 회원들과 얘기를 하는 거야. 빨리 비켜."

그들은 여전히 입담 좋은 마더 존스턴을 선두로 함께 방으로 밀고 들어왔다. 목소리의 주인공은 경사였고, 순찰 경관을 대동하고 있었다. 그 뒤에는 제복을 입은 사람들이 두 명 더 있었지만 그들은 군인이었다. 뉴아메리카는 미합중국 육군과 비슷한 계급장을 사용했으므로 매키넌은 그들의 킬트에 있는 표시로 한 명은 병장이고 한 명은 일병임을 알 수 있었다.

경사는 마더 존스턴에게 신경도 쓰지 않고 소리쳤다. "좋아, 모두 일어나서 줄 맞춰 서!"

사람들은 불쾌했지만 즉시 그렇게 했다. 몰리와 마더 존스턴은 그들을 보면서 서로 가까이 움직였다. 경사가 다시 소리쳤다. "좋았어. 병장, 자네가 맡게!"

부엌에서 설거지하던 소년이 동그란 눈으로 쳐다보다가 컵을 떨어뜨렸다. 컵은 딱딱한 바닥에 떨어져서 마치 정적 속의 종소리 같은 울림을 냈다.

매키넌에게 마지막으로 질문을 던졌던 사람이 입을 열었다. "이게 대체 뭡니까?"

경사가 즐겁다는 미소를 지으며 대답했다. "바로 징병이지. 제군들은 얼마 동안 육군에 입대하게 되었다."

"강제 징병이군!" 누구인지 모르겠지만, 저도 모르게 나온 말 같았다.

병장은 힘차게 앞으로 한 걸음 나섰다. "두 줄로 서도록." 병장이 명령했다. 하지만 걱정스러운 눈빛을 한 작은 남자는 할 말이 있었다.

"이해가 안 가는군요." 그가 항의했다. "겨우 3주 전에 자유주와의 휴전 조약에 서명했잖습니까."

"그건 네가 걱정할 바가 아니다." 경사가 묵살했다. "나도 알 바 아니고. 우리는 주요 산업에서 일하고 있지 않은 사람을 모두 징병할 것이다. 따라오도록."

"그럼 나는 데려갈 수 없겠네요."

"왜?"

그는 잘린 손의 밑동을 보여주었다. 경사는 손을 확인하고는 병장을 보았다. 병장은 불만스럽다는 듯이 고개를 끄덕였다. "좋아. 하지만 내일 아침에 사무실로 와서 등록하도록."

그들이 행렬을 이끌고 나가려고 하자 알렉이 줄에서 벗어나 벽에 붙어 서며 소리쳤다. "이럴 수는 없어! 난 못 가!" 알렉은 작지만 위험한 진동칼을 손에 꺼내 들었다. 얼굴 오른편은 이가 보일 정도로 심한 경련을 일으켜 눈이 계속 깜박거렸다.

"잡아, 스티브스." 병장이 명령했다. 일병은 앞으로 나서다가 알렉이 진동칼을 들이밀자 발을 멈췄다. 일병은 진동칼에 갈비뼈 사이를 찔릴 생각도 없었고, 신경질적이며 충동적이고 위험한 자를 상대하다간 어찌 될지 모른다고 생각했다.

병장은 거의 지루하다는 듯이 아무렇지도 않게 작은 튜브를 알레의 머리 위 벽 한 지점을 향해 겨누었다. 매키넌은 무언가 부드럽게 터지는 소리를 들었다. 알렉은 몇 초 동안 아무 움직임 없이 서 있었다. 그의 얼굴은 더욱 구겨져서, 보이지 않는 힘이 얼마나 더 가해질 수 있는지 시험하는 것처럼 보일 정도였다. 조용히 바닥으로 쓰러진 알렉의 얼굴에서 경련이 멈추자 이제 지치고 성미 급하고 당황해서 어쩔 줄 모르는 소년처럼 보였다.

"거기 두 놈이 저 녀석을 들고 가." 병장이 명령했다. "이제 가자."

경사는 마지막으로 나갔다. 그는 문에서 뒤로 돌아 마더 존스턴에게 물었다. "최근에 페이더를 본 적 있나?"

"페이더요?" 그녀는 어리둥절한듯 했다. "왜요, 감옥에 있잖아요."

"아…, 그랬지. 맞아." 경사가 나갔다.

✳

페이더는 마더 존스턴이 가져다준 술을 거절했다.

매키넌이 그렇게까지 걱정스러운 페이더의 얼굴을 본 것은 만난 이래 처음이었다. "이해가 안 되는군." 페이더가 혼잣말하고는 외팔이에게 물었다. "에드, 요즘 무슨 일이 있었어?"

"저놈들이 널 잡아간 이후 별일 없었어, 페이더. 휴전은 그 이전이었잖아. 신문에서 보고 일들이 제대로 돌아가나 싶었다고."

"나도 마찬가지야. 하지만 전쟁을 일으킬 게 아니면 총동원령을 내릴

리가 없잖아." 그가 일어났다. "정보가 더 필요해. 앨런!" 부엌에 있던 소
년이 방으로 머리를 들이밀었다.

"뭐가 필요해요, 페이더?"

"나가서 거지 대여섯 명과 교섭을 해봐. 그들의 두목도 만나. 그자가
어디서 자리를 폈는지 알고 있어?"

"물론이죠. 강당 너머잖아요."

"무슨 일이 벌어지고 있는지 알아봐. 단 내가 보냈다는 소린 하지 말고."

"알았어요, 페이더. 그럴게요." 소년이 바깥으로 나갔다.

"몰리."

"네, 페이더?"

"나가서 동네 여자들에게 물어봐주겠어? 무슨 소문이 도는지 알고 싶
어." 몰리는 고개를 끄덕였다. 그는 말을 계속했다. "여기 이것도 받아." 그
는 주머니에서 지폐 뭉치를 꺼내서 몇 장을 그녀에게 건넸다. "이 돈도 가
져가. 경찰에게 뇌물을 줘야 할지도 모르니까."

페이더는 별로 말할 생각이 없는 듯 매키넌에게는 좀 자두라고 했다.
매키넌은 코번트리에 들어온 이후로 한숨도 자지 못했기 때문에 순순히
말을 듣기로 했다. 들어오고 나서 엄청난 시간이 흐른 것 같았고 몸은 지
쳐 있었다. 마더 존스턴은 같은 지하층에 있는 어둡고 꽉 막힌 방에 간이
침대를 준비해주었다. 매키넌에게 익숙한 위생적이고 편안한 방은 아니
었다. 에어컨도 편안한 음악도 없었으며 물침대나 방음 시설도 없었다.
더구나 몸을 이완시키는 목욕이나 자동 마사지 기계도 없었다. 하지만 그
런 것들을 신경 쓰기에는 너무 지쳐 있었다. 그는 태어나서 처음으로 옷
을 입은 채로 이불을 덮고 잠들었다.

일어나자 두통이 왔고 입안에서는 쓴맛이 났다. 곧 대재앙이 닥쳐올
것 같은 기분이었다. 처음에 매키넌은 자기가 어디에 있는지 기억하지 못
하고 바깥세상의 구치소로 생각했다. 주변이 이상하게도 더러웠다. 담당
자에게 전화해서 불평하려던 참에 하루 전에 일어난 일의 기억이 조각조

각 돌아왔다. 그리고 일어나자마자 온몸의 뼈와 근육이 쑤시도록 아프다는 것을 깨달았다. 하지만 육체의 고통보다는 더러운 환경이 더 문제였다. 온몸이 가려웠다.

응접실에 들어가자 페이더가 테이블에 앉아 있는 것이 보였다. 그는 매키넌을 환영했다. "안녕, 친구. 깨우려던 참이었어. 거의 온종일 자버렸다고. 할 얘기가 아주 많아."

"좋아, 잠시만 기다려. 욕실은 어디야?"

"저쪽."

그곳은 매키넌이 생각한 욕실이 아니었다. 끈적끈적한 바닥을 건디며 겨우 샤워를 했다. 이곳에는 공기 건조기가 달려 있지 않다는 것을 깨닫고 손수건으로 대충 닦을 수밖에 없었다. 옷에 있어서도 선택의 여지가 없었다. 벗었던 옷을 다시 입든가 벗고 돌아다닐 수밖에 없었다. 매키넌은 문득 코번트리에 온 이후로 아무도 벗고 다니지 않는다는 것을 깨달았다. 그런 장난조차도 치지 않는 듯했다. 틀림없이 관습이 다르기 때문이리라 생각했다.

이미 입었던 리넨의 촉감이 근질거렸지만 옷을 다시 걸쳤다.

그래도 마더 존스턴은 맛있는 아침 식사를 준비해주었다. 페이더가 말하는 동안에 커피로 용기가 다시 보충되는 느낌이 들었다. 페이더는 지금 매우 심각한 상황이라 했다. 뉴아메리카와 자유주가 서로 간의 차이점을 잠깐 잊고 연합을 맺었다. 두 나라는 코번트리를 탈출하여 미합중국을 공격할 계획을 꽤 심각하게 세우고 있었던 것이다.

매키넌이 말했다. "웃기는 일이잖아, 안 그래? 병력에서 엄청나게 차이가 날 텐데. 그것 말고도 장벽은 어쩌고?"

"나도 몰라, 아직은. 하지만 장벽을 뚫고 지나갈 만한 무언가가 있으니까 그렇게 생각하는 거겠지. 그리고 그건 무기로도 사용할 수 있다는 소문도 있어. 그런 무기가 있으면 전 미국을 후려칠 수도 있다고."

매키넌은 어리둥절했다. "글쎄." 그가 말했다. "무기에 대해서 아무것도 모르지만 장벽에 대해서라면… 난 수리 물리학자는 아니지만 이론적으로 그 장벽을 뚫는다는 것은 불가능하다고 들었어. 그건 건드릴 수조차 없는 '무' 그 자체라고 말이야. 물론 그 위를 날아서 넘어가면 되겠지만. 그것만으로도 목숨을 걸어야 할걸."

"장벽의 효력을 막을 수 있는 어떤 방패를 찾아냈을지도 모르지." 페이더가 말했다. "어쨌거나 우리에겐 그게 중요한 게 아니야. 중요한 건 연합 작전을 하고 있다는 거지. 자유주에서는 기술과 장교 대부분을 제공하고 인구가 더 많은 뉴아메리카에서는 대부분의 병력을 제공하는 거야. 그리고 그 때문에 어디도 나갈 수가 없어. 나간다면 발견되자마자 징집될 테니까.

결론적으로 지금 내가 제안하려는 걸로 갈 수밖에 없어. 어두워지자마자 숨어서 관문 쪽으로 향할 거야. 누군가가 테이블 밑을 찾아볼 정도로 똑똑한 놈을 보내기 전에 말이야. 내 생각에 너도 같이 가길 원할 것 같은데 어때?"

"심리학자들에게 돌아가라고?" 매키넌은 진심으로 깜짝 놀라 반문했다.

"물론이지. 왜 안 돼? 잃을 게 뭐가 있겠어? 이 빌어먹을 곳도 하루 이틀만 있으면 자유주처럼 되어버릴 거야. 그리고 네 성질도 계속 부글부글 끓어오를 테고. 일이 진정될 때까지 조용하고 깨끗한 병실에서 숨어 지내는 게 어때서? 심리학자 패거리들은 신경 쓸 필요도 없어. 놈들이 와서 코에 뭔가를 집어넣으려고 하면 동물 소리를 내라고. 포기할 때까지 말이야."

매키넌은 고개를 흔들었다. "안 돼." 그가 천천히 말했다. "난 못 해."

"그러면 어쩔 건데?"

"아직 모르겠어. 산골짜기로 갈까. 전투가 벌어지면 '천사들'과 살 수도 있지. 내 머릿속만 내버려두면 내 영혼을 위해서 기도를 하건 말건 상관 안 하겠어."

그들은 잠시 조용히 있었다. 페이더는 자신이 내건 그럴듯한 조건에 바보처럼 고집을 피우는 매키넌이 짜증스러운 듯했다. 매키넌은 구운 햄을 계속 바쁘게 먹어치우면서 자신의 입장을 생각했다. 그는 또 한입을 먹었다. "세상에, 이거 정말 맛있네." 어색한 침묵을 깨기 위해 매키넌은 말했다. "이렇게 맛있는 걸 먹어본 게 언제인지 기억도 안 나. 아!"

"왜?" 페이더가 매키넌의 얼굴에 나타난 걱정스러운 표정을 보고 물었다.

"이 햄… 합성품이 아니고 진짜 고기로 만들었지?"

"당연히 진짜 고기로 만들었지. 그게 어쨌는데?"

매키넌은 대답하지 않았다. 그는 먹은 것이 배 속에서 올라오기 전에 겨우 화장실에 도착할 수 있었다.

떠나기 전에 페이더는 매키넌에게 산골짜기로 가기 위해 필요한 물건을 살 수 있도록 돈을 조금 주었다. 매키넌은 거절하려 했지만 페이더는 완강했다. "멍청하게 굴지 마, 매키넌. 바깥에서는 뉴아메리카의 돈을 쓸 수도 없다고. 그리고 제대로 된 장비가 없으면 산속에서 살아남을 수 없어. 여기서 며칠 버티면서 앨런이나 몰리에게 필요한 걸 사달라고 부탁해. 그러면 가능성이 있을 거야. 아니면 생각을 바꿔서 나와 같이 가든가."

매키넌은 고개를 내저으며 돈을 받았다.

페이더가 떠나고 나서 매키넌은 외로웠다. 클럽에는 마더 존스턴밖에 없었고 빈 의자들 때문인지 인상 깊었던 사람들이 생각나 우울해졌다. 노인이나 외팔이가 나타나기를 바랐다. 성질 더러운 알렉이라도 있었으면 좋겠다고 생각했다. 알렉이 징집에 반항해서 처벌을 받았을까 궁금했다.

마더 존스턴은 그가 낙심해 있는 것을 보고는 체커 게임을 하자고 꾀었다. 그녀의 점잖은 음모에 휘말려줘야겠다는 의무감에서 동의했지만, 매키넌의 마음은 여전히 방황하고 있었다. 모험 같은 것은 행성 간 탐사에서나 찾으라고 재판장이 말했지만, 오로지 공학자와 기술자만이 그런 자리에 앉을 수 있었다. 아마도 문학 대신 과학이나 기술의 길을 걸었다면 어땠을까 싶었다. 그랬다면 지금쯤 금성에서 자연의 힘에 맞서 위험한 모험을 할 수도 있었을 것이다. 제복을 입은 깡패들을 피해 숨어 지내는 대신 말이다. 이건 공평하지 않았다. 아니, 그는 자신을 속이지 않기로 했다. 행성들에 있는 험한 개척지에는 문학사 전문가가 있을 자리 따위 없었다. 인간사의 불평등 때문이 아니라 그저 자연의 준엄한 법칙이었고 그것을 이제 겨우 제대로 마주하게 되었을 뿐이었다.

매키넌은 자기가 코를 부러뜨려서 결국 코번트리에 들어오게 만든 사건의 장본인을 생각했다. 아마도 녀석은 그저 '살찐 기생충'이었을지도 모른다. 하지만 그때 생각을 하니 자신을 이 지경으로 만든 바로 그 비이성적인 분노가 돌아왔다. 그는 두들겨 패서 기분이 좋았더랬다. 될 대로 되라지! 자기가 뭔데 사람들에게 그런 험담을 할 수 있는 걸까?

그는 문득 자신이 아버지처럼 복수심 깊은 성격이라는 것을 깨달았다. 연관성을 설명하라면 당황했겠지만. 아버지라면 욕을 할 정도로 치사해지진 않았을 것이기 때문에 아주 비슷하지는 않았다. 아버지라면 가장 친절한 웃음을 지으며 뭔가 구역질 나는 문구를 인용했을 것이다. 매키넌의 아버지는 사랑과 친절의 껍질을 쓰고 집안을 지배한 잔인한 폭군이었다. 분노보다는 슬픔에 빠져 있었고, '나의 고통이 남의 고통보다 크다'고 생각하는 사고방식의 인물이었다. 아버지의 인생은 자신 맘대로 길을 걸어가는 데에도 이타적인 이유가 있다는 식으로 정당화를 찾는 과정이었다. 자신이 오류가 없으며 정당하다고 확신해서 아들의 관점이 아무 가치도 없다고 생각했고, 언제나 가장 높은 도덕적인 가치 기준에서 아들의 모든 면을 지배했다.

아버지는 아들에게 두 가지의 큰 악영향을 끼쳤다. 소년은 자연적인 독립심이 집에서 박살 나자 집 바깥에서 만난 모든 종류의 규율, 권위 그리고 비판에 무차별적으로 반항하게 됐으며 비판받지 않겠다는 가부장적인 권위와 자신을 무의식적으로 동일시했다. 두 번째로, 사회생활을 하면서 매키넌은 아버지의 가장 위험한 사회적 악행을 따라 했다. 다른 사람에 대해 도덕적으로 비판하면서도 자신에게 가해지는 비판은 다 거부했던 것이다.

매키넌이 기본 관습을 어기고 체포되었을 때 그것은 유전적 폭력이라고 할 수 있었지만, 그의 아버지는 아들을 사람답게 키우려고 최선을 다했다며 자신은 아들의 잘못으로 비난받고 싶지 않다고 말했다.

작은 노크 소리가 들려서 그들은 체커 보드를 재빨리 치웠다. 마더 존스턴은 대답하기 전에 잠시 뜸을 들였다. "저건 우리 노크법이 아닌데." 그녀가 생각한 뒤 말했다. "하지만 소음이 될 정도로 큰 소리도 아니고. 매키넌은 숨을 준비부터 해."

매키넌은 어젯밤 숨은 장소에 들어가 뚫린 구멍으로 엿보았고 마더 존스턴은 살펴보러 나갔다. 그는 빗장과 자물쇠가 열리는 소리를 들었다. 그리고 낮지만 급한 마더 존스턴의 목소리가 들렸다. "매키넌! 이리 와, 매키넌, 빨리!"

페이더였다. 그는 정신을 잃고 뒤로 핏자국을 남기고 있었다.

마더 존스턴은 실신해서 늘어진 페이더를 안아 올리려고 했다. 매키넌이 달려가서 둘이 함께 들고 아래층으로 내려와 긴 테이블 위에 눕혔다. 테이블에 올려놓자 페이더는 잠시 정신을 차렸다. "안녕, 매키넌." 그는 겨우 쾌활한 웃음을 지으면서 속삭였다. "누가 내 에이스 카드를 뽑아 갔어."

"조용히 해!" 마더 존스턴이 날카롭게 말했다. 그리고 매키넌에게 낮은 목소리로 말했다. "아, 불쌍한 녀석. 의사에게 데려가야 해."

"안…돼…." 페이더가 중얼거렸다. "관…문으로 가야…." 목소리가 끊겼다. 마더 존스턴의 손은 마치 그 일을 위한 다른 두뇌가 달려 있다는 듯이 계속해서 바삐 움직였다. 숨겨둔 장소에서 가위를 꺼내 와 옷을 자르고는 상처를 드러냈다. 그리고 부상을 세심하게 살펴보았다.

"이건 내가 손댈 수 없겠어." 그녀가 결론을 내렸다. "옮기는 동안 자게 해야 해. 매키넌, 화장실에 있는 약 상자에서 주사 키트를 가져와."

"안 돼, 마더!" 페이더의 목소리는 떨리고 있었지만 단호했다. "정신

차리게 하는 약이나 줘. 저기에 보면…." 그는 계속 말하려고 했다.

"하지만 페이더…." 마더 존스턴이 말했다.

페이더가 마더 존스턴의 말을 끊었다. "의사에게 가는 것은 좋지만 걷지도 못하는데 어떻게 가?"

"우리가 들고 갈게."

"고마워, 마더." 그는 부드러워진 목소리로 말했다. "그래줄 거라는 걸 알고 있어. 하지만 경찰들이 의심스러워할 거야. 약이나 가져와."

매키넌은 화장실로 마더 존스턴을 따라가서 그녀가 약 상자를 샅샅이 뒤지는 동안 물었다. "그냥 의사를 부르면 안 되나요?"

"우리가 믿을 수 있는 의사는 딱 한 명밖에 없지. 진짜 의사 말이야. 다른 놈들은 폭파해버릴 화약도 아까운 작자들이거든."

방에 돌아왔을 때 페이더는 다시 정신을 잃은 상태였다. 마더 존스턴은 그가 깨어날 때까지 얼굴을 몇 번 때렸다. 페이더가 정신을 차리며 욕을 하자 그녀는 약을 먹였다.

평범한 콜타르로 만들었다고 믿을 수 없을 정도로 강력한 이 자극제는 즉시 약효가 들었다. 페이더는 겉으로 보기에 멀쩡한 사람이 되었다. 그는 일어나서 왼쪽 손목의 맥을 찾아 차분하고 섬세한 손가락으로 맥박을 쟀다. "메트로놈처럼 규칙적이군." 그가 결과를 말했다. "약효가 드는 동안에는 괜찮을 거야."

페이더는 마더 존스턴이 상처에 반창고를 붙이기를 기다렸다가 작별을 고했다. 매키넌은 마더 존스턴을 바라보았다. 그녀가 고개를 끄덕였다.

"나도 같이 가겠어." 매키넌이 페이더에게 말했다.

"뭐하러? 위험만 두 배로 늘어날 텐데."

"넌 혼자 움직일 수 있는 상태가 아니야. 자극제가 있건 없건."

"바보 같은 소리. 내가 널 돌봐야 할걸."

"그래도 같이 가겠어."

페이더는 어깨를 으쓱하며 저항을 그만뒀다.

마더 존스턴은 눈물을 닦고는 두 사람에게 키스를 해주었다.

그들이 마을을 나갈 때까지의 과정은 전날 있었던 악몽 같은 도주와 비슷했다. 그 이후 구릉지를 향하는 고속도로를 따라 북북서로 향했고 이따금 지나가는 차량을 피할 때만 고속도로를 벗어났다. 블랙 라이트를 켜고 다니기 때문에 거의 보이지 않는 경찰 순찰차를 맞닥뜨렸을 때도 페이더는 늦기 전에 알아채고 도로와 바깥을 가로막은 낮은 벽에 웅크려 숨을 수 있었다.

매키넌은 페이더에게 어떻게 순찰자가 가까이 오는지 알아냈느냐고 물었다. 페이더는 낄낄대며 웃었다. "알아내긴 쥐뿔. 하지만 염소 떼에 경찰 한 마리가 섞여 있어도 냄새로 알 수 있어."

페이더는 밤이 깊어지면서 점점 말수가 적어졌다. 약효가 사라지면서 보통 때라면 흐트러지지 않는 얼굴에 주름살이 더해지며 늙어가는 것처럼 보였다. 매키넌은 이 익숙지 않은 표정을 보고 페이더의 성격을 분명히 파악했다고 여겼다. 페이더가 언제나 보여주던, 걱정 없다는 듯한 평온한 얼굴보다는 고통스러운 얼굴 쪽이 그의 진정한 얼굴 같았다. 매키넌은 페이더가 무슨 일을 저질렀기에 사회적 정신이상자로 판단되었는지 거듭 궁금해졌다.

이 의문은 코번트리로 돌아와 사람을 만날 때마다 가장 먼저 드는 생각이었다. 대답은 대부분 뻔했다. 그들의 불안정한 성격은 즉시 드러나기 마련이었다. 마더 존스턴의 경우 그녀가 스스로 설명해줄 때까지는 수수께끼였다. 그녀는 남편을 따라 코번트리로 들어왔다. 남편은 죽었지만 즐겁지 않은 새로운 환경 대신 알고 지내던 친구와 익숙해진 관습과 환경에 머물기로 한 것이었다.

페이더는 도로변에 주저앉았다. "소용없어, 친구." 그는 인정했다. "난 끝까지 못 갈 거야."

"못 가긴 왜 못 가. 내가 업고서라도 가겠어."

페이더는 희미하게 웃었다. "아니, 진심이야." 매키넌은 끈질겼다. "얼마나 멀어?"

"아마 5킬로미터 정도."

"업혀." 매키넌은 페이더를 업고 다시 걸어가기 시작했다. 페이더가 그보다 20킬로그램쯤 가벼웠기 때문인지 첫 몇백 미터는 별로 어렵지 않았다. 그 이후로는 더해진 무게가 고통으로 다가왔다. 페이더의 무릎을 지탱하고 있는 팔이 떨려왔고 등은 무게뿐만 아니라 자연스럽지 않은 무게중심에 불평하기 시작했다. 페이더의 팔이 목을 감고 있어서 숨을 쉬기도 힘들어졌다.

3킬로미터 정도, 아니 그 이상 남았다. 무게중심을 앞으로 쏠리게 하자, 그리고 발이 그걸 따라가게 하는 거다. 안 그러면 땅바닥에 쓰러질 테니까. 이건 자동이었다. 마치 이를 뽑을 때처럼 말이다. 1킬로미터가 얼마만큼일까? 로켓 비행기라면 아무것도 아니고 차라면 20초쯤 걸릴 테고, 소형 트럭이라면 6분, 훈련받고 상태도 좋은 군인이라면 걸어서 10분 걸릴 것이다. 만약 한 사람을 업고 험한 길을 가는 데다가 시작부터 이미 지쳐 있던 사람이라면 얼마나 걸릴까?

1천 미터, 10만 센티미터… 아무 의미도 없는 숫자였다. 한 걸음을 걸을 때마다 60센티미터의 거리가 줄어들었다. 남은 거리는 아직 말할 수도 없을 정도, 무한에 가까웠다. 세자. 미쳐버릴 때까지 세자. 숫자가 저절로 머릿속에 떠오를 때까지. 저벅! 저벅! 저벅! 하는 엄청난 소리가 감각이 사라진 발을 타고 뇌를 때리고 있었다. 거꾸로 세어보자, 매번 2씩 빼는 거야. 아니, 그게 더 안 좋다. 남은 숫자는 닿을 수도 없고 생각할 수조차 없는 수였다.

세계가 점점 좁아지며 과거도 미래도 사라졌다. 그곳에는 아무것도 없었다. 완전히 아무것도 없었다. 그저 발을 다시 들어 올려 앞으로 내디뎌야 한다는 피할 수 없는 고문뿐이었다. 이런 의미 없는 행동을 해내기 위한, 가슴 아픈 소모 말고는 아무런 느낌조차 없었다.

매키넌은 목을 감고 있던 페이더의 팔이 갑자기 느슨해지는 것을 알아챘다. 앞으로 숙여 한 무릎을 꿇고는 흘러내리지 않게 했다. 그러고는 천천히 바닥에 내려놓았다. 얼마간 페이더가 죽은 줄 알았다. 그는 맥박을 어떻게 재는지도 몰랐고 맥이 풀린 얼굴과 흐느적거리는 몸은 거의 시체 같았다. 거의 그래 보였지만 페이더의 가슴에 귀를 대어보고 당황하던 가슴을 진정시키며 안심했다.

그는 페이더의 손목을 손수건으로 묶어서 그 사이로 머리를 들이밀었다. 하지만 너무나 지쳐 있어서 흐느적거리는 사람 몸을 등에 질 수가 없었다. 매키넌이 다시 업으려고 애쓰자 페이더가 의식을 되찾았다. 첫말은 이랬다. "천천히 해, 매키넌. 무슨 문제 있어?"

매키넌이 자기 상태를 설명하자, 페이더가 조언했다. "팔목을 푸는 게 낫겠어. 잠시 걸을 수 있을 것 같아."

페이더는 거의 3백 미터쯤 걷다가 다시 포기해야만 했다. "이봐, 매키넌." 페이더가 어느 정도 회복되어 말했다. "혹시 정신 차리는 약 가져온 거 없어?"

"가져왔지만 더 먹으면 안 돼. 그러면 죽을 거야."

"그래, 나도 알아. 그렇다더군. 하지만 내 생각은 그게 아니야. 네가 그걸 한 알 먹는 게 어떨까 싶어서."

"그렇지! 세상에, 페이더, 난 정말 멍청이인가 봐."

페이더는 이제 가벼운 코트만큼의 무게도 나가지 않았다. 샛별이 밝게 빛나고 있었고 매키넌은 자신의 힘이 끝이 없는 것처럼 느껴졌다. 그들이 고속도로를 떠나 손수레 흔적이 난 언덕길을 올라 의사의 집에 갈 때도 참을 만했고 그리 무겁지 않았다. 매키넌은 약이 몸에 비축된 영양분을 다 소모하고 나서는 그의 살아 있는 조직을 불태우리라는 것을 알고 있었고 이 무모한 소모전에서 회복하려면 며칠이 걸리리라는 것도 알았다. 하지만 신경 쓰지 않았다. 그는 결국 두 발로 의사의 집 문에 도착했다. 그가 책임지고 있던 자 역시 살아서 의식이 있는 상태였다. 매키넌은 어떤 대가도 비싸지 않았음을 깨달았다.

＊

　나흘 동안 매키넌은 페이더를 볼 수 없었다. 그동안 의사가 시키는 대로 반쯤 망가진 몸 상태를 원래대로 돌리는 데 힘썼다. 이틀 밤낮 사이에 11킬로그램의 체중이 줄었고 지난밤에 심장에 걸린 과부하도 풀어야만 했다. 고칼로리 식단, 일광욕, 휴식 그리고 평화로운 주변 환경에 더해 원래 좋았던 건강 덕에 체중과 기력을 빠른 속도로 되찾았다. 하지만 그는 병에 걸린 상태를 지나칠 정도로 즐겼다. 의사, 그리고 페르세포네와 같이 있는 것이 즐거웠던 것이다.

　페르세포네의 서류상 나이는 열여섯 살이었다. 매키넌은 그녀가 그보다 훨씬 나이를 먹었는지 아니면 훨씬 어린지 알 수가 없었다. 페르세포네는 코번트리에서 태어났고 내내 의사의 집에서 살아왔다. 어머니는 그녀를 낳다가 바로 이 집에서 숨을 거두었다. 페르세포네는 장벽 너머의 바깥 문명 세계를 경험한 적이 없었기 때문에 많은 부분에서 완전히 어린아이 같았다. 그리고 코번트리의 주민들과도 거의 접촉이 없었다. 의사를 보러 오는 환자들을 제외하곤 말이다. 하지만 그녀는 다재다능하고 정교한 머리를 가진 과학자의 도서관에서 제한 없이 책을 빌려 읽을 수 있었다. 매키넌은 페르세포네의 학문적, 과학적 지식에 놀랐다. 그 자신보다도 박식했다. 그녀와 대화를 하고 있으면 나이가 들고 박식한 여장부와 말하고 있는 느낌마저 들었다. 그러다 바깥세상에 대해서 순진한 생각을 털어놓을 때에야 사실 그녀가 경험 없는 아이일 뿐이라는 사실을 깨닫게 되는 것이었다.

　매키넌은 로맨틱한 감정을 조금 가지고 있었다. 물론 그녀가 어렸기에 별로 진지한 것은 아니었다. 하지만 그녀를 보고 있기만 해도 즐거웠다. 그 자신도 꽤 젊었기에 남자와 여자 간의 육체적, 정신적 차이점에 대해 계속적인 관심을 가질 만했다.

　그 때문에, 페르세포네가 매키넌에 대해 코번트리의 다른 주민처럼 정신적 문제가 있어서 불행한 사람이며 도움과 동정이 필요하다고 생각한다는 이야기를 들었을 때는, 마치 코번트리로 추방 선고를 받았을 때만큼 자존심에 상처를 입었다.

매키넌은 화가 나서 온종일 부루퉁해 있었다. 하지만 자기 정당화와 다른 사람으로부터 받는 인정이란 인간이라면 누구에게나 필요한 것이기에 결국 그녀를 찾아 이야기를 시도해보았다. 그는 재판과 판결로 이어진 상황을 정직한 감정으로 조심스럽게 설명했고 자신의 철학과 평가로 미화했다. 그리고 자신만만하게 그녀의 찬동을 기다렸다.

하지만 페르세포네는 동의하지 않았다. "난 이해가 안 돼요. 당신은 상대방의 코를 부러뜨렸지만, 그 사람은 당신에게 아무런 피해도 주지 않았잖아요. 그런데도 나보고 그걸 인정하라고요?"

"하지만 페르세포네." 매키넌은 반론했다. "그 사람이 가장 모욕적인 욕을 했다는 사실은 무시하고 있잖아요."

"무슨 상관인지 모르겠네요. 그 사람은 입으로 소음을 만들었어요. 말로 지껄인 것뿐이잖아요. 그 말이 당신과 맞지 않는다면 소음은 아무런 의미도 없어요. 만약 당신이 그 소음과 같은 존재라면 당신은 더도 덜도 말고 딱 그만큼의 사람이지요. 간단히 말해서 그는 당신에게 위해를 가한 게 아니에요.

하지만 당신이 그 사람에게 한 짓은 전혀 다른 일이죠. 코를 부러뜨렸잖아요. 그게 위해죠. 정당방위 차원에서 사회는 당신이 미래에 또 다른 사람에게 위해를 입힐 것인지 아닌지 판단해야만 했고요. 만약 당신이 불안정한 사람이라면 치료를 위해 격리되거나 사회를 떠나는 수밖에 없겠죠. 어느 쪽이든 당신 좋을 데로요."

"당신은 내가 미쳤다고 생각하는군요, 그렇죠?" 매키넌이 비난하는 투로 말했다.

"미쳤다니요? 당신이 말한 방식으로는 아니에요. 당신은 부전 마비도 없고 뇌종양도 없고, 의사 선생님은 다른 어떤 장애도 찾을 수 없었어요.

하지만 의미론적인 반응의 관점에서 보자면 당신은 마녀들을 화형에 처한 광신도들처럼 사회적으로 제정신을 가진 사람은 아니에요."

"말도 안 돼. 공정하지 않잖아요!"

"정의가 뭔데요?" 그녀는 같이 놀고 있던 새끼 고양이를 들어 올렸다. "난 들어갈래요. 추워지네요." 그녀는 맨발로 소리 없이 잔디를 밟으며 집으로 들어갔다.

✳

만약 의미론의 과학이 군중 심리와 선동 선전술의 도구인 정신 역학만큼 빠르게 발달했다면 미국은 아마도 독재주의로 빠지지 않았을 것이고 2차 혁명전쟁도 일어나지 않았을 것이다. 혁명의 방점을 찍은 서약에서 실체화된 모든 과학적인 원론은 20세기 초반부터 명문화되어 있었다.

하지만 의미론의 선구자인 C. K. 오그든, 앨프리드 코집스키와 같은 사람들의 연구는 한 줌의 학생들에게만 알려졌을 뿐이었다. 그에 비해 정신 역학은 계속되는 전쟁과 고강도 상업 광고 활동으로 인해 급발전을 거듭해갔다.

'의미의 의미'라는 뜻의 의미론은 모든 사람의 모든 생활에 적용할 수 있는 최초의 과학적 방법이었다. 의미론은 말과 글을 통해 인간의 습성을 파악하기 때문에 처음에는 오로지 글에만 관련된 분야이며 전문적인 언어 조작가, 즉 광고 카피라이터나 어원론을 연구하는 교수들이나 관심을 가질 것이라고 많은 이들이 오해했다. 몇 안 되는 비정통적인 방식의 심리 치료사들이 그것을 인간의 개인적인 문제에 적용해보려고 했다. 그러나 그들의 행위는 유럽을 파괴하고 미국을 암흑시대로 돌린 유행성 대규모 정신병에 휩쓸려 사라졌다.

'서약'은 인간이 처음으로 만든 사회과학적인 문서로, 그에 대한 공은 모두 초안을 작성한 마이카 노박 박사에게로 돌아가야 할 것이다. 혁명 당시 정신과학부 부장이었던 바로 그 노박이었다. 혁명가들은 개인의 자유를 극대화하고 싶었다. 그것을 어떻게 하면 높은 수학적 확률로 이룩할 수 있을까? 처음에 그들은 정의라는 개념을 버렸다. 의미론적으로 정의에는 지시 대상이 없었고 시공 연속체 속에서 어느 한 지점을 가리켜 "이것이 정의다"라고 말할 수도 없었다. 과학은 오로지 관찰할 수 있고 측정할 수 있는 것만을 다룰 수 있다. 정의는 그렇게 다룰 수 없었다. 그런고로 모든 사람은 정의에 대해 다른 개념을 가지고 있었고, 어떤 '소음'을 내더라도 그저 혼란을 더할 뿐이었다.

하지만 경제적이거나 신체적인 위해는 찾아서 측정할 수가 있었다. 서약상으로 시민들은 다른 사람에게 위해를 가하는 것이 금지되었다. 어떤 행동이라도 특정 대상에게 경제적, 신체적인 위해가 가해지지 않는다면 그 행동은 합법적이라고 할 수 있었다.

그들이 정의라는 개념을 포기한 이후 처벌의 정당한 기준 또한 사라졌다. 형벌학은 늑대 인간이나 마법과 같이 잊혔다. 위험의 근원을 사회 내에 머물게 하는 것은 비실용적이기 때문에 사회적 범죄자들은 검사를 받고, 잠재적 재범 가능자로 판명되면 정신 조정을 받든지 사회에서 축출되어 코번트리로 오게 되는 것이다.

서약의 초안에는 사회적으로 제정신이 아닌 사람은 자동으로 병원으로 이송되어 재조정을 받게 되어 있었다. 장애성 정신병이 아닌 한 현대 정신의학으로 모두 고칠 수 있었고, 장애성 정신병이라 해도 고치거나 병세를 경감시킬 수 있었기 때문이다. 하지만 노박은 이에 정면으로 반대했다.

"안 됩니다!" 노박은 반론을 제기했다. "정부는 시민의 동의도 없이 정신을 조작하는 일을 다시는 해서는 안 됩니다. 그걸 한다면 우리는 이전보다 더욱 거대한 폭군을 내세우게 되는 겁니다. 모든 사람들은 서약을 받아들일 것인지, 거부할 것인지 자유롭게 선택할 수 있어야 합니다. 우리가 그 사람을 미쳤다고 생각하더라도!"

　매키넌이 다음에 페르세포네를 봤을 때 그녀는 극도로 흥분한 상태였다. 그는 자신의 상처 입은 자존심을 즉시 잊어버렸다. "왜 그래요." 그가 말했다. "도대체 무슨 일이에요?"

　시간은 걸렸지만 그녀가 페이더와 의사가 대화를 나누는 자리에 있었고 미합중국을 향한 군사작전이 임박해 있다는 사실을 처음으로 들었다는 것을 차츰 알게 되었다. 매키넌은 그녀의 손을 도닥였다. "그거였군요." 그는 안심한 목소리로 말했다. "난 또 당신한테 무슨 일이라도 있나 했죠."

　"'그거였군요'라고요? 데이비드 매키넌, 당신은 거기 서서 이 일에 대해 알고 있는데도 걱정거리가 없다고 말하고 싶은 거예요?"

　"내가 왜 걱정하겠어요. 그리고 내가 뭘 할 수 있죠?"

　"뭘 할 수 있냐니요? 바깥세상에 가서 경고해줘야죠. 그건 할 수 있잖아요… 그리고 왜 해야 하냐니…. 매키넌, 당신은 정말 구제불능이군요!" 그녀는 눈물을 흘리면서 방에서 뛰쳐나갔다.

　매키넌은 입을 벌린 채로 그녀의 뒷모습을 바라보았다. 그리고 그의 가장 오래된 조상처럼, 여자란 정말 알다가도 모를 존재라고 생각했다.

　페르세포네는 점심때 나타나지 않았다. 매키넌은 의사에게 그녀가 어디에 있느냐고 물었다.

　"이미 먹었네." 의사는 그렇게 말하고는 다시 한입을 삼켰다. "관문으로 간다더군."

　"뭐라고요! 왜 보냈죠?"

　"그야 자유의사지. 내 말을 듣지도 않을 테고. 그 아이는 괜찮을 거야."

　매키넌은 이미 방을 뛰쳐나가서 집을 나와 달려가고 있었기 때문에 마지막 말은 못 들었다. 그녀는 작은 모터사이클을 헛간에서 꺼내서 타려는 참이었다. "페르세포네!"

"원하는 게 뭐죠?" 그녀는 나이에 걸맞지 않게 냉정한 자긍심을 가지고 물어보았다.

"이래선 안 돼요! 그곳에서 페이더가 다쳤어요."

"갈 거예요. 비켜줄래요?"

"그렇다면 나도 같이 가겠어요."

"왜요?"

"당신을 보살피려고."

그녀가 비웃었다. "감히 나에게 누가 손을 대겠어요."

그것은 어느 정도 사실이었다. 의사와 그의 가족들은 코번트리에 있는 다른 어떤 사람들도 가지지 못한 개인적인 면책 특권을 가지고 있었다. 코번트리가 처음 세워졌을 때는 당연히 능력 있는 의사가 거의 없었다. 사회에 피해를 준 의사가 너무 적었던 것이다. 그중에서도 심리 치료를 거부하는 사람은 무시해도 될 정도로 적었고, 그 무시해도 될 정도로 적은 사람들은 자기 직업에서 믿을 수 없는 엉터리임이 거의 확실했다.

이 의사는 자연을 이용해 치료하는 사람으로, 자연에 널려 있는 약재들을 이용하는 기술을 닦을 기회를 찾고자 자원해서 추방되어 왔다. 연구 이외에는 아무런 관심이 없었다. 그가 원하는 것은 환자였고 자신이 치료할 수 있도록 상태가 나쁜 환자를 더 좋아했다.

그는 관습과 법 위에 있었다. 자유주에서는 그가 공급해주는 인슐린으로 당뇨병 환자인 해방자가 생명을 연장시키고 있었다. 뉴아메리카에서도 그의 환자들은 비슷하게 권력이 막강한 자들이었다. 심지어 '주님의 천사들'의 지도자인 '예언자'조차도 의사의 명령은 반론 없이 받아들였다.

하지만 매키넌은 마음을 놓지 않았다. 어떤 바보가 페르세포네의 보호받는 신분도 모른 채 무슨 짓을 할지도 모른다고 생각했기 때문이다. 그는 더 이상 항변할 기회가 없었다. 그녀가 작은 모터사이클을 갑자기 출발시키자 그는 진로에서 펄쩍 뛰어서 피할 수밖에 없었다. 다시 균형을 잡았을 때 그녀는 이미 길 아래 저편을 달리고 있었다. 이제 따라잡을 수가 없었다.

그녀는 4시간도 안 돼서 돌아왔다. 그는 예상하고 있었다. 페이더처럼 능력 있는 사람이 밤에도 관문에 미치지 못했는데 대낮에 어린 소녀가 갈 수 있을 리가 없었기 때문이다.

처음에 느낀 것은 단순한 안도감이었다. 그리고 페르세포네와 말할 기회를 엿보았다. 그녀가 없는 동안에 상황을 머릿속에서 돌려보고 있었다. 그녀가 실패하리라는 것은 기정사실이었다. 그는 그녀 앞에서 명예를 회복하고 싶었다. 그러므로 그녀가 가장 좋아할 계획을 실행하기로 했다. 자신이 스스로 바깥세상에 가서 경고를 전하는 것이다!

그녀가 그런 도움을 요청할지도 모른다. 정말로 그럴 것 같았다. 그리고 그녀가 돌아왔을 때 도움을 구하리라 확신하고 있었다. 그는 오로지 자긍심을 가지고 동의할 것이다. 자신이 떠나면 아마도 상처를 입거나 어쩌면 죽을지도 모르지만 실패할지라도 영웅적인 모습을 보일 수 있을 거라 생각했다.

매키넌은 무의식적으로 자신을 가르시아에게 서한을 전달하러 가는 백기사 시드니 카턴*이나 다르타냥쯤으로 생각하고 있었다.

하지만 그녀는 도움을 청하지 않았다. 심지어 그에게 말할 기회조차 주지 않았다.

페르세포네는 저녁 식사에 나타나지 않았다. 저녁 식사가 끝나자 의사와 함께 서재에 틀어박혔다. 다시 나와서는 자기 방으로 직행했다. 결국 매키넌은 방에 가서 자야겠다고 생각했다.

침대로 간 다음 잠들고 아침에 일어나면 그만이었다. 하지만 일은 그렇게 간단하지 않았다. 벽이 자신을 노려보는 것 같았고 그 생각을 하다가 밤을 지새웠다. 바보 같으니! 그녀는 도움을 원하는 게 아니야! 왜 그러겠어? 나한테는 있고 페이더에겐 없는 게 뭐지? 혹은 더 잘하는 거라

---

* 찰스 디킨스의 소설《두 도시 이야기》의 주인공

든가? 그녀에게 나란 인간은 그저 이곳에서 흔히 볼 수 있는 다수의 바보들과 다를 게 없어.

하지만 나는 미치지 않았어! 내가 다른 사람들의 명령을 듣지 않는다 하여 미쳤다고 볼 수는 없는 거 아닌가. 안 그래? 이곳의 다른 모든 사람이 멍청이들인데 나라고 뭐가 다르겠나? 모두는 아니지. 의사 선생님도 있고 말이야. 자신을 속이지 마, 바보야. 의사 선생님이나 마더 존스턴은 자기만의 이유가 있어서 이곳에 온 거지, 형을 선고받아 온 게 아니라고. 그리고 페르세포네는 여기서 태어났고.

페이더는 어떨까? 페이더는 확실히 이성적인 사람이거나 적어도 그렇게 보였다. 매키넌은 페이더의 안정적인 성격에 비논리적인 분노를 하고 있는 자신을 발견했다. 왜 그가 나머지 우리와 다를까?

나머지 우리? 그는 자신을 코번트리에 있는 주민들과 동일시했다. 맞다, 맞아, 인정하자, 이 바보야. 나도 다른 사람들과 마찬가지야. 멀쩡한 사람들이 나를 싫어해서 나온 거잖아. 치료가 필요하다는 것을 거부할 정도로 고집불통이라서 말이야.

치료를 생각하자 매키넌은 냉정해지고 다시 아버지 생각이 났다. 왜 그럴까? 이틀 전에 의사가 말한 것이 기억났다. "젊은이, 자네에게 필요한 건 아버지에게 맞서서 맞받아치는 거였어. 아이들이 부모들에게 지옥에나 가라고 말을 못 한다니 불쌍하지 뭐야."

매키넌은 불을 켜고 책을 읽으려고 했다. 하지만 아무 소용이 없었다. 왜 페르세포네는 바깥세상 사람들에게 무슨 일이 일어나는지 신경을 쓰는 걸까? 그녀는 그들을 모르고 친구도 없었다. 그들에게 빚진 것도 없으면서 왜 신경을 쓰는 걸까? 빚진 것이 없다고? 나는 긴 세월을 쉽고 안락한 인생을 살아왔지. 그들이 부탁한 건 그저 바른 행실뿐이었어. 만약 의사 선생님이 치료를 멈추고 "너에게 아무것도 빚진 게 없는데." 하고 말했다면 어떻게 되었겠어?

차갑고 투명한 아침 햇살이 들어올 때까지 매키넌은 아직도 자기반성이라는 쓴 열매를 씹고 있었다. 그는 일어나서 옷을 입고 페이더의 방으로 발끝을 세워 내려갔다. 방문은 조금 열려 있었다. 그는 고개를 들이밀고 속삭였다. "페이더, 일어났어?"

"들어와, 친구." 페이더가 조용히 대답했다. "뭐가 문제야? 잠도 잤어?"

"아니."

"나도 마찬가지야. 앉아. 둘 다 가장 먼저 일어난 사람이라고 치지."

"페이더, 나는 오늘 탈출하겠어. 바깥세상으로 갈 거야."

"어? 언제?"

"지금 당장."

"위험한 일이야, 친구. 며칠 기다렸다가 내가 같이 가줄게."

"아니, 네가 나을 때까지 기다릴 수가 없어. 미합중국에 경고를 전하러 가야겠어!"

페이더의 눈이 조금 커졌지만, 목소리는 바뀌지 않았다. "설마 그 말라깽이 꼬마의 말을 들으려는 건 아니겠지, 매키넌?"

"아니. 정확히는 아니야. 나 혼자 할 거야. 해야만 하는 일이고. 들어봐, 페이더. 그 무기란 게 어떤 거지? 정말 미국을 위협할 만한 물건이야?"

"그런 것 같아." 페이더가 인정했다. "나도 자세히는 몰라. 하지만 거기에 비교하면 블래스터총도 별거 아니겠더군. 사정거리도 길고. 그걸로 장벽을 어떻게 할지는 모르겠지만, 다치기 전에 커다란 전력선을 연결하는 걸 봤어. 말이 나와서 말인데 만약 바깥세상에 나가게 되면 찾아봤으면 하는 놈이 있어. 사실 꼭 만나야 해. 영향력 있는 놈이야." 페이더는 종이에 무언가를 쓰고는 접어서 매키넌에게 전했고, 그는 아무 생각 없이 주머니에 쑤셔 넣고 물었다.

"관문 경비병들이 얼마나 가까이서 지키고 있지, 페이더?"

"관문으로는 못 나가. 다시 말할 필요도 없어. 네가 해야 할 일은 이거야." 페이더는 또다시 종이 한 장을 떼어서 그림과 설명을 적었다.

매키넌은 떠나기 전에 페이더와 악수했다. "인사를 전해줘. 의사 선생님에게도 고맙다고 전해주고. 아무도 일어나지 않았을 때 빠져나가야겠어."

"물론이지, 친구." 페이더가 대답했다.

✻

매키넌은 폐허가 되어버린 추한 교회에 줄을 맞춰 들어가는 '천사들'을 수풀 뒤에 숨어서 조심스레 지켜보았다. 그는 아침의 찬 공기와 공포에 떨고 있었다. 하지만 해내고자 하는 욕망은 공포보다 컸다. 저 광신도들에겐 음식이 있었고 그것을 빼앗아야 했다.

첫 이틀간은 별로 어려움이 없었다. 사실 바닥에서 자느라 감기에 걸려서 폐가 아프고 걸음이 느려지긴 했다. 하지만 저 광신도들이 교회 안으로 다 들어가기 전에 재채기나 기침이 나오지만 않는다면 상관없었다. 음침한 얼굴의 남자들이 보였다. 치마를 질질 끌고 노동에 찌든 얼굴을 숄로 감싼 여자들도. 그들은 아이가 너무 많아서인지 지쳐 보였다. 마치 얼굴에서 빛이 꺼져버린 듯했다. 아이들마저도 냉정해 보였다.

마지막 사람들이 들어가고 교회지기만이 교회 안뜰에 남아서 무언가를 하고 있었다. 마치 무한처럼 느껴지는 시간이 지났다. 매키넌이 재채기를 막아보려고 필사적으로 손으로 누르며 참는 동안 교회지기는 어두운 건물에 들어가 문을 닫았다.

매키넌은 숨어 있던 곳에서 기어 나와 미리 점찍어둔 집으로 급히 달렸다. 그곳은 공터의 끝으로 교회에서 가장 멀리 떨어진 건물이었다.

개가 짖었지만, 곧 조용히 시킬 수 있었다. 앞문은 잠겨 있었지만 뒷문을 억지로 열었다. 음식을 보자 현기증이 날 지경이었다. 딱딱한 빵과 염소 젖으로 만든 무염 버터가 있었다. 이틀 전 발을 잘못 디디는 바람에 개울에 빠졌더랬다. 그 순간은 잘 몰랐지만 나중에 가방에 달린 모든 음식이 엉망진창이 돼버렸다는 사실을 알고 나자 작은 실수가 아니라는 것을 깨달았다. 그날은 그것을 먹었지만 곰팡이가 슬어서 남은 것은 버려야 했다. 빵은 사흘을 더 버티게 해주었지만, 버터는 녹기 때문에 가지고 갈 수 없었다. 버터는 빵에 최대한 적셔 먹고 나머지는 핥아 먹었다. 그러고 나자 갈증이 났다.

마지막 빵을 다 먹고 나서 몇 시간 뒤 첫 번째 목표에 도착했다. 코번트리에 있는 모든 지류의 원류가 되는 강이었다. 하류 쪽으로 가면 장벽의 검은 커튼 아래로 잠수를 해서 바다로 갈 수 있었다. 관문은 경비가 삼엄했기 때문에 이곳이 유일하게 빠져나갈 수 있는 곳이었다.

갈증이 다시 나기 시작했고 감기도 심해졌다. 강물이라도 마셔야 했다. 하지만 어두워질 때까지 기다려서 마시기로 했다. 강변에서 제복 입은 사람을 본 것 같았기 때문이다. 그중 한 명은 작은 배를 강변에 묶고 있었다. 매키넌은 그걸 훔치기로 작정하고 질투에 사로잡힌 눈으로 노려보았다. 해가 떨어진 다음에도 배는 그 자리에 있었기에 훔칠 수 있었다.

이른 아침 해가 뜨자 재채기가 나왔다. 매키넌은 화들짝 깨서 머리를 들고는 주위를 둘러보았다. 타고 있던 작은 배는 강 한가운데에 떠 있었다. 노는 없었다. 노가 처음부터 있었는지 없었는지 기억이 나지 않았다. 물살이 꽤 강했다. 배에 탄 다음 밤새 떠내려가고 있었던 것 같았다. 아마도 장벽 아래로 이미 지나갔을 수도 있었다. 아니, 말도 안 되는 생각이었다.

그리고 1킬로미터쯤 떨어진 곳에 검고 불길한 장벽이 보였다. 하지만 며칠 동안 본 것 중에서 가장 반가운 광경이었다. 열이 나서 너무 쇠약해져 있었기 때문에 그 기쁨을 즐길 수가 없었지만, 덕분에 계속 가야겠다는 결심을 새로이 할 수 있었다.

작은 배가 강변에 닿았다. 굽이쳐 흐르는 물살에 휩쓸려 강변에 닿은 것 같았다. 매키넌은 어색한 몸짓으로 배에서 내렸다. 굳은 관절이 삐걱거렸다. 작은 배를 강변의 모래 위로 끌어올리려다가, 생각을 고쳐 될 수 있는 한 세게 밀어버렸다. 그는 굽이쳐 흐르는 강으로 배가 사라지는 것을 보았다. 자신이 어디서 내렸는지 광고할 필요는 없었다.

그날은 온종일 자다가 태양이 너무 뜨거워지자 그늘로 들어갔다. 하

지만 태양 덕분에 뼈마디를 쑤시게 하는 추위가 사라졌고 밤이 됐을 때
는 기분이 훨씬 나아져 있었다.

장벽은 약 1킬로미터 넘는 거리에 있었지만 강변을 따라서 그곳에 도
착하는 데는 밤새 걸렸다. 강에서 올라오는 증기로 만들어진 구름을 보
고 도착했다는 것을 알 수 있었다. 태양이 다시 떠오르자 상황을 정리해
보기로 했다. 장벽은 물 위로 펼쳐져 있었고 물과 장벽의 접선 부분은 흐
르는 안개로 가려져 있었다. 어느 정도 깊이인지는 몰랐지만 수면 아래
어딘가에 장벽이 없는 곳이 있을 것이고 그 끝 부분이 물을 증기로 만들
고 있을 것이었다.

매키넌은 천천히, 어쩔 수 없다는 듯이, 게다가 상당히 영적이지 않
게 옷을 벗었다. 건너갈 시간이 왔지만 그는 즐겁지 않았다. 그는 페이더
가 적어준 종이쪽지를 살피려고 했다. 하지만 쪽지 역시 산에서 개울에
빠졌을 때 엉망진창이 되어 거의 읽을 수가 없었다. 별로 중요해 보이지
않아서 버리고 말았다.

햇볕이 따뜻했지만 그는 강변에서 오들오들 떨면서 주저했다. 하지만
결국 결심해야만 했다. 반대쪽 강변에서 순찰자를 발견한 것이다.

자신을 봤을지도 모르고 못 봤을지도 몰랐다. 매키넌은 물속으로 뛰
어들었다. 아래로, 아래로, 할 수 있는 모든 힘을 다해서 바닥으로 내려
갔다. 그는 장벽에 닿아 타버리지 않기 위해 바닥에 닿으려고 했다. 손에
진흙이 만져졌다. 이제 장벽 아래로 수영을 해 가면 된다. 아래로 지나가
는 것도 위로 가는 것만큼 위험할 수 있었다. 곧 알 수 있을 것이다. 하지
만 어느 방향이었더라? 물속에서는 방향을 알 수가 없었다.

그는 폐가 더 이상 버티지 못할 때까지 강바닥에 있었다. 얼마 뒤 올
라오려고 했는데 끓는 물을 얼굴로 느낄 수 있었다. 마치 무한한 것처럼
느껴지는 그 순간, 말할 수 없는 슬픔과 외로움을 느꼈다. 장벽 바로 아
래에 있는 뜨거운 물과 차가운 물 사이에 갇혀버렸던 것이다.

두 명의 사병이 장벽 아래에 있는 작은 부두에서 한가로이 잡담을 나누고 있었다. 장벽 아래에서는 물이 뿜어져 나오고 있었다. 그들은 그런 광경은 경계 근무 동안 너무 많이 보아왔기 때문에 아무런 관심도 없었다. 그러나 뒤에 있던 경보가 울리자 긴장을 되찾았다. "어느 구역이야, 잭?"

"이쪽 강변이야. 저기 사람이 있다!"

그들이 사람을 건져내어 부두에 올려놨을 때 하사가 도착해서 물었다. "살았나, 죽었나?"

"죽은 것 같습니다." 인공호흡을 하고 있지 않은 사병이 대답했다.

하사는 늙고 지친 얼굴에 걸맞지 않게 혀끝을 차고는 말했다. "안됐군. 구급차를 불러. 어쨌든 의무실로 보내."

✻

간호사는 조용히 시키려고 했지만 매키넌은 계속 소리를 쳤고 어쩔 수 없이 담당 의사를 불러와야 했다. "진정해요, 진정하라고요! 대체 무슨 일이죠?" 의사는 맥박을 재면서 윽박질렀다. 매키넌은 이야기를 마치기 전까지는 조용히 있지도 않을 것이고 마취제를 맞지도 않을 것이라고 말했다. 의료진은 결국 그의 말대로 할 수밖에 없었다. "하지만 짧게 하세요!" 의사는 상관에게 보고하기로 했고, 대신 매키넌은 주사를 맞기로 했다.

다음 날 아침, 신분을 밝히지 않은 두 사람이 매키넌을 찾아왔다. 그들은 이야기를 다 듣고는 자세하게 질문했다. 오후에는 구급차로 지역 사령부로 이송되어 다시 심문을 받았다. 그는 빠르게 제힘을 되찾고 있었지만 시시하고 장황한 질문들에 지쳐 있었고, 그들이 자신의 경고를 심각하게 여길 것인지 확인해두고 싶었다. 가장 마지막 심문자가 그를 안심시켰다. "진정하세요. 지역 사령관께서 오늘 오후 방문하실 겁니다."

지역 사령관은 민첩하고 경쾌한 몸집을 가진 사람으로 군인처럼 보이지는 않았다. 매키넌은 이제 50번쯤 한 이야기를 그에게 해주었고 사령관은 심각한 태도로 들었다. 사령관은 매키넌이 말을 끝내자 고개를 끄덕였다. "데이비드 매키넌 씨, 안심하세요. 모든 필요한 조치는 취해졌습니다."

"하지만 그들의 무기는 어찌 됐죠?"

"그것도 처리되었지만, 장벽에 관해서라면 우리 이웃들이 생각하는 것 정도로 쉽게 뚫릴 물건은 아닙니다. 어쨌든 노력에 감사드립니다. 도와드릴 일이라도 있을까요?"

"아니요. 저를 위해서는 없습니다. 하지만 저 안에 제 친구 두 명이 있어요." 그는 페이더를 탈출시켜달라고 부탁했고, 스스로 원하기만 한다면 페르세포네도 나올 수 있도록 해달라고 말했다.

"나도 그녀를 압니다." 장군이 말했다. "페르세포네와는 연락할 예정입니다. 만약 스스로 시민이 될 의향이 있다면 그렇게 할 수 있을 겁니다. 페이더에 대해서는 조금 다른 문제입니다…." 사령관은 책상에 있는 화상 전화의 버튼을 눌렀다. "랜들 대위를 들여보내도록."

미 육군의 제복을 깔끔하게 차려입은 사람이 가벼운 발걸음으로 들어왔다. 매키넌은 무심코 쳐다보다가 곧 표정이 확 바뀌었다. "페이더!" 그가 소리쳤다.

서로 반가워하는 것은 사령관 앞에서 할 만한 일은 아니었지만 장군은 별로 신경 쓰지 않는 것 같았다. 진정하고 나서 매키넌은 머리에 가장 먼저 떠오른 말을 했다. "페이더, 정말 말도 안 돼." 그는 잠시 말을 멈추고는 노려보면서 삿대질을 했다. "알겠어! 비밀 정보부에 있었구나!"

페이더는 즐겁다는 듯이 웃었다. "넌 정말 미국 육군이 그런 역병의 근원이 될 만한 곳을 감시도 안 하고 내버려둘 줄 알았어?"

장군이 헛기침을 했다. "이제 무슨 일을 하실 생각입니까, 데이비드 매키넌 씨?"

"아, 저요? 글쎄요. 지금은 아무 계획도 없어요." 매키넌은 잠시 생각을 하고는 친구를 향해 고개를 돌렸다. "있잖아, 페이더. 생각해보니 이제는 심리 치료를 받는 게 좋을 것 같아. 바깥세상에 왔으니."

"그럴 필요는 없을 것 같군요." 장군이 조용히 말을 끊었다.

"필요 없다고요? 왜죠?"

"당신은 스스로를 치유한 겁니다. 알아채지 못했을 테지만 네 명의 정신기술자들이 당신을 면접했습니다. 그들도 동의하더군요. 당신이 자유시민의 지위를 되찾았음을 알려드려도 된다는 허가가 나왔습니다. 당신이 원한다면요."

장군과 '랜들 페이더' 대위는 둘이서 면접을 끝내도록 일을 처리했다. 랜들은 친구를 병원으로 데리고 돌아갔다. 매키넌은 한 번에 천 가지 질문을 쏟아내고 싶었다. "하지만 페이더, 나보다 먼저 나왔을 것 같은데?"

"하루나 이틀 정도."

"그러면 내가 한 일은 필요도 없었잖아!"

"그렇게 말할 수는 없지." 랜들이 반박했다 "내가 통과 못 했을 수도 있었으니까. 사실 내가 보고하기도 전에 위에서는 모두 알고 있더군. 다른 사람들도 있기 마련이니." 그는 주제를 바꿨다. "이제 이곳에 왔는데 뭘 할 생각이야?"

"나? 아직 모르겠어. 고전문학을 다시 할 생각은 없어. 그건 확실해. 내가 수학을 그렇게 못하지만 않았더라도 행성 간 여행이나 해볼 텐데."

"그래, 오늘 밤에 얘기하자." 페이더가 시계를 보면서 얘기했다. "난이제 뛰어가야 해. 하지만 나중에 들를게. 식당에서 저녁이나 같이하자."

페이더는 도둑들의 방에서 보았던 눈부신 속도로 달려갔다. 매키넌은 뒷모습을 보면서 갑자기 생각났다는 듯이 말했다. "어이, 페이더! 내가 비밀 정보부에 들어가면…."

하지만 페이더는 이미 보이지 않았다. 질문의 답은 그 스스로 내려야 했다.

부적응자

Misfit

김창규 옮김

✦ 1939년 11월 〈어스타운딩 사이언스 픽션(Astounding Science Fiction)〉에 발표, 원제 〈우주건설군단〉

"…행성 간 자원을 보존하고 개발하기 위해서, 그리고 젊은이들이 이 행성에서 유용하고 건강한 시간을 보낼 수 있도록."

— 우주건설군단(Cosmic Construction Corps) 설립을 위한
권능 부여법 H.R. 7118에서 인용

"주목!" 선임하사의 목소리가 안개와 지저분한 아침 뉴저지의 이슬비를 뚫고 울려 퍼졌다. "호명하면 '네'라고 대답하고, 가방을 들고 앞으로 나와서 승선한다. 애트킨스!"

"네!"

"오스틴!"

"네에!"

"아이레스!"

"네!"

병사들이 하나씩 열에서 빠져나와 허가받은 개인물품 60킬로그램 분량을 어깨에 메고 통로를 힘겹게 걸어갔다. 다들 나이가 어리다 보니 스물두 살이 최고령자였고 그중에는 짐보다 가벼운 사람도 있었다.

"캐플런!"

"네!"

"키스!"

"넵!"

"리비!"

"네!"

리비라고 불린 키 크고 마른 금발 남자가 줄에서 이탈해 다급하게 코밑을 닦고 짐을 들었다. 리비는 어깨에 캔버스 백을 걸고 단단히 고정한 다음 남은 손으로 여행 가방을 들었다. 그리고 비틀거리면서도 종종걸음으로 갑판 승강구를 향해 이동했다. 통로에 발을 올리자 여행 가방이 휘청거리며 무릎에 걸렸다. 리비는 비틀거리다가 우주 해군의 하늘색 군복을 입은 작고 단단한 사람과 부딪쳤다. 억센 손가락이 리비가 추락하지 않도록 붙들어주었다.

"천천히 해. 긴장하면 다쳐." 또 다른 손이 캔버스 백을 리비의 어깨에 고쳐 걸어주었다.

"아, 죄송합니다, 어." 리비는 당황하면서 반사적으로 혜성 밑에 있는 네 개의 은줄을 들여다보았다. "선장님, 저는…."

"승선하게 좀 도와주지, 친구."

"네!"

수송선 중앙으로 향하는 통로는 어두웠다. 리비는 어둠에 눈이 적응하자 장포 부사관이 선임 위병 완장을 차고 있는 것을 볼 수 있었다. 부사관이 열린 밀폐문에 엄지손가락을 걸고 말했다.

"거기야. 로커를 찾아서 옆에 서라."

리비는 명령에 즉시 따랐다. 넓고 천장이 낮은 격실 안에 뒤섞인 짐과 사람들이 있었다. 칸막이벽과 천장이 만나는 곳 근처로 지나가는 발광튜브 뭉치가 머리 위의 격판을 셋으로 나눠놓고 있었다. 작은 송풍기 소음 속에서 동료 선원의 목소리가 들려왔다. 리비는 쌓여 있는 화물을 뚫고 나아가 자신에게 할당된 71번 로커를 발견했다. 로커는 선체 바깥을 향하는 먼 벽에 붙어 있었다. 리비는 번호 자물쇠에 붙은 봉인을 뗀 다음 번호를 외우고 문을 열었다. 로커는 아주 작았고 3층의 가운데에 있었다. 리비는 로커에 뭘 넣어야 할지 고민했다. 그때 스피커에서 나온 소리가 주변의 목소리를 전부 집어삼키고 이목을 집중시켰다.

"주목! 전 우주부대원 탑승 확인, 1소대. 12분 뒤 이륙. 밀폐문을 닫을 것. 송풍기는 12분 뒤 정지시킬 것. 승무원은 다음 특별 명령에 따른다. 전 장비를 갑판에 위치시킨다. 적색 신호등이 켜지면 눕는다. 해제 신호가 있기 전까지 그 자세로 대기한다. 선임 위병 부사관은 명령 준수를 확인하라."

장포 부사관이 뛰어 들어와 주위를 재빨리 살피더니 곧장 짐을 정리하라고 명령했다. 무거운 물건들이 끈으로 고정되고 열린 로커 문이 전부 닫혔다. 모든 병사가 갑판 위에서 자리를 잡자 부사관이 머릿밑에 있는 패드에 양호 신호를 보냈다. 발광 튜브가 빨갛게 변하고 스피커에서 고함이 쏟아졌다.

"선내 전원 주목! 가속에 대비하라." 부사관은 두 개의 여행 가방에 서둘러 몸을 의지하고 실내를 바라보았다. 송풍기가 한숨을 쉬면서 정지했다. 그리고 2분 동안 침묵이 뒤따랐다. 리비는 거칠게 뛰는 심장박동을 느꼈다. 2분이 영원히 계속되는 것 같았다. 그러더니 갑판이 진동했고 고압 증기가 빠져나가는 것 같은 굉음이 고막을 두드렸다. 리비는 몸무게가 갑자기 증가한 것 같았다. 무게감이 가슴과 심장을 짓눌렀다. 아주 긴 시간이 흐른 뒤 발광 튜브가 흰색으로 빛나고 안내방송이 나왔다.

"항해 중인 전 부대는 평시 임무로 돌아간다. 1소대, 일반 근무로." 송풍기가 소음을 내며 살아났다. 부사관이 일어서더니 엉덩이를 문지르고 양팔을 두드린 다음 말했다.

"자, 됐다." 부사관이 걸어 나와서 통로로 향하는 밀폐문을 열었다. 리비는 일어서다가 칸막이벽에 부딪혀서 넘어질 뻔했다. 다리와 팔은 영원히 잠든 것 같았고 몸은 놀라울 정도로 가벼웠다. 그나마 얼마 안 되는 몸무게의 절반 이상을 떼어낸 것 같은 기분이었다.

그로부터 2시간 동안 리비는 너무 바빠서 생각에 잠기지도 못했고 향수에 젖지도 못했다. 여행 가방, 상자, 일반 가방을 맨 아래 선창으로 내려보내고 각가속에 대비해 고정해야 했다. 물을 쓰지 않는 화장실의 위치를 기억하고 사용법도 배워야 했다. 지정된 침대를 찾은 다음 총 24시간 가운데 8시간만 쓸 수 있다는 사실도 알게 되었다. 침대를 쓰는 사람이 둘 더 있었기 때문이다. 3개 소대가 3교대로 식사를 하므로 총 아홉 번의 식사 교대가 있었다. 한 번에 24명의 젊은이와 선임 위병 부사관 한 명이 조리실과 분리된 좁은 격실을 가득 채운 기다란 식탁에서 밥을 먹어야 했다.

리비는 점심을 먹고 로커에 물건을 다시 채웠다. 그리고 로커 앞에 서서 로커 문 안쪽에 붙이려던 사진을 바라보았다. 그때 격실에 명령이 떨어졌다.

"주목!"

선장이 문 안쪽으로 들어왔고 부사관이 뒤를 따랐다. 선장이 말하기 시작했다. "쉬어. 자리에 앉고. 매코이 부사관, 통제실에 얘기해서 이 격실을 흡연 상태로 전환하게." 부사관이 칸막이벽에 있는 통신장치로 달려가더니 작은 소리로 지시 사항을 전달했다. 송풍기의 소음이 거의 즉시 반 옥타브쯤 올라가더니 그 상태를 유지했다. "담배를 피워도 좋다. 지금부터 한마디 하겠다.

너희는 지금까지 살면서 경험한 적 없는 가장 큰 일을 향해 나아가고 있다. 이제부터 너희는 성인이고, 너희 앞에는 인류가 해온 것 중 가장 힘든 임무가 기다리고 있다. 우리가 맡은 것은 더 큰 계획의 일부다. 너희뿐 아니라 너희와 같은 인원 수십만 명이 개척자가 되어 인류가 태양계를 더 잘 이용할 수 있도록 개조하는 일에 투입될 것이다.

그에 못지않게 중요한 일이 있다. 너희는 자신을 가치 있고 행복한 연방 시민으로 만들 기회를 얻었다. 여러 가지 이유로 인해 너희는 지구에서 행복하게 적응하지 못했다. 어떤 사람은 신형 기계 때문에 숙달된 일자리를 잃었다. 또 어떤 사람은 현대의 안락함을 제대로 이용할 줄 몰라서 어려움을 겪었다. 어찌 됐든 너희는 부적응자다. 너희는 나쁜 녀석들이라고 불렸을 테고, 상당한 감점을 받았을 것이다.

하지만 오늘부터 너희는 모두 동등하다. 현재 이 우주선에 너희와 관련된 기록은 빈 종이 맨 위에 적힌 이름밖에 없다. 남은 공간에 무엇을 채울지는 너희에게 달렸다.

이제 임무를 알려주겠다. 우리 임무는 달에서 수리 작업을 하고 재조립을 마친 다음 주말을 루나시티에서 보내며 고향의 안락함을 전부 맛보는 것처럼 쉬운 일이 아니다. 사람이 편히 식사를 마칠 수 있고 속도 뒤집히지 않는 고중력 행성을 끌어오는 일도 아니다. 그 대신 우리는 HS-5388 소행성에 가서 그것을 E-M3 우주정거장으로 바꿔놓아야 한다. 그 소행성에는 대기가 전혀 없다. 중력은 지구 표면의 2퍼센트에 불과하다. 우리는 인간 파리가 되어 최소한 6개월 동안 그 위에서 날아다녀야 한다. 데이트할 상대도 없고, 텔레비전도 없고, 직접 만들어내지 않는 한 오락거리도 없다. 그리고 매일이 중노동의 연속이다. 너희는 우주 멀미를 할 테고, 심한 향수병에 시달릴 테고, 광장공포증이 생길 것이다. 조심하지 않으면 직사광선에 화상도 입을 것이다. 배 속이 뒤집히면 입대를 진심으로 후회하게 될 거다.

하지만 똑바로 행동하고 선배 우주인의 조언을 귀담아들으면 난관을 이겨내고 강해지며 건강해질 것이다. 은행 계좌에는 돈도 조금 생길 것이다. 그리고 지구에서 40년을 살아도 얻지 못할 지식과 경험을 손에 넣을 것이다. 너희는 성인이 될 테고, 스스로도 그 사실을 느끼게 될 것이다.

마지막으로 한마디 더 하겠다. 이 생활은 경험이 없는 사람에겐 아주 힘들다. 전우를 조금 더 배려하면 다들 잘 지낼 수 있을 것이다. 문제가 있는데 정 해결이 안 되면 나를 찾아와라. 자, 이게 전부다. 질문 있는 사람?"

한 사람이 손을 들었다. "선장님?" 그가 소심하게 말했다.

"말해봐. 이름을 대고."

"로저스입니다. 고향에서 편지를 받을 수 있습니까?"

"받을 수 있다. 하지만 자주 받진 못한다. 한 달에 한 번 정도다. 군목이나 검열단이나 수송선이 우편물을 가져다줄 거다."

우주선의 스피커가 소리를 내질렀다. "주목! 10분 뒤 자유비행이 시작된다. 중력 감소에 대비하라." 매코이 부사관은 난간줄 조작법을 지도했다. 느슨한 장비는 모조리 조여졌고 각 병사에게는 작은 셀룰로스 봉투가 지급되었다. 작업이 끝나기도 전에 리비는 몸이 가벼워지는 것을 느꼈다. 고속 엘리베이터가 올라가다가 빠르게 멈췄을 때와 똑같은 감각이었다. 하지만 그 감각이 지속되고 더 강해진다는 점이 달랐다. 처음에는 신기하고 재미있었지만 그런 기분은 빠르게 불쾌감으로 바뀌었다. 리비의 귀에서 피가 맥박 쳤고 두 발이 싸늘하게 식어갔다. 침이 비정상적인 속도로 분비되기 시작했다. 리비는 침을 삼키려다가 목이 막혀 기침했다. 위가 심하게 흔들리더니 격렬하게, 고통스럽게, 발작적으로, 반사적으로 수축했다. 갑자기 극심한 구역질에 휩싸였다. 맹렬한 첫 경련이 지나가고 나자 리비는 매코이 부사관의 고함 소리를 들을 수 있었다.

"야! 멀미 봉투를 쓰라고 했잖아. 토사물이 송풍구에 들어가지 않게 하라고." 리비는 그 경고의 대상이 자신이라는 사실을 희미하게 깨달았다. 리비가 셀룰로스 봉투를 뒤적거리는 순간 두 번째 떨림이 몸을 흔들었다. 하지만 토사물이 솟구치기 전에 간신히 봉투를 입에 고정할 수 있었다. 구역질이 가라앉자 리비는 자신이 문을 바라보면서 천장 근처에 떠 있다는 사실을 알게 되었다. 일등 선임 위병 부사관이 문 안쪽을 미끄러져 지나가다가 매코이 부사관에게 말했다.

"어떻게 되어가나?"

"잘 되어갑니다. 애들 몇이 멀미 봉투를 잃어버렸습니다만."

"알았어. 청소해. 우현 에어로크를 이용하고." 매코이 부사관은 유영으로 그 장소를 빠져나갔다.

매코이 부사관이 리비의 팔을 두드렸다. "이거 받아, 꼬맹이. 떠다니는 나비를 이 안에 잡아넣으라고." 부사관은 면으로 만든 쓰레기봉투를 한 묶음 쥐여주고 자신도 한 묶음 챙긴 다음 격실 안에 떠다니는 끈적한 오물 한 덩이를 능숙하게 수집했다. "멀미 봉투가 입에서 떨어지지 않게 조심해. 속이 뒤집히면 끝날 때까지 기다리고." 리비는 부사관의 동작을 최대한 흉내 냈다. 몇 분 뒤 실내에 있던 커다란 토사물이 대부분 사라졌다. 매코이 부사관은 상태를 살펴본 다음 말했다.

"이제 그 더러운 봉투를 벗어버리고 새 도구로 교체해. 서너 명이 전부 수거해서 우현 에어로크로 가져가고."

병사들은 우현 에어로크로 가서 수거한 멀미 봉투들을 집어넣은 다음 안쪽 문을 닫고 바깥 문을 열었다. 안쪽 문을 다시 열자 멀미 봉투들은 남아 있지 않았다. 공기와 함께 우주 공간으로 날아가버렸기 때문이다. 리비가 매코이 부사관에게 말했다.

"더러워진 옷도 날려버리는 겁니까?"

"아니. 그냥 진공 맛만 보여주면 돼. 옷을 에어로크로 가져가서 천장에 있는 고리에 걸어. 꽉 잡아매고."

이번에는 에어로크의 안쪽 문을 약 5분 동안 닫아두었다. 에어로크를 다시 열자 의복은 빳빳하게 말라 있었다. 옷에 묻었던 습기는 우주 공간의 진공 상태 덕분에 기화되어버린 상태였다. 남은 오물이라고는 세균이 살 수 없는 분말 잔여물뿐이었다. 매코이 부사관은 이제 됐다는 표정으로 병사들을 바라보았다. "그거면 충분해. 격실로 도로 가져가. 그리고 외향 송풍기 앞에 서서 세게 솔질을 해."

그 뒤 며칠간은 끝나지 않는 고난의 연속이었다. 우주 멀미의 비참함이 정신을 온통 빼앗는 통에 향수병은 생길 틈이 없었다. 선장은 아홉 번의 식사시간마다 15분 동안 완만하게 가속하도록 허가를 내렸다. 하지만 짧은 휴식을 취하고 나면 고통이 더욱 커졌다. 리비는 지치고 미칠 듯한 허기에 시달리면서 식사를 하곤 했다. 먹은 음식들은 자유 비행이 재개되기 전까지는 배 속에 얌전히 머물러 있다가 비행이 시작되면 처음과 다름없이 그를 두들겨댔다.

나흘째 되는 날 리비는 칸막이벽에 몸을 기대고 앉아서, 마지막 근무조가 식사하는 동안 몇 분 남지 않은 무게감의 사치를 즐기고 있었다. 걸어가던 매코이 부사관이 리비의 곁에 앉았다. 부사관은 연기 필터를 얼굴에 뒤집어쓰고 담배에 불을 붙였다. 그리고 깊숙이 한 모금을 들이켠 다음 말하기 시작했다.

"좀 어때?"

"괜찮은 것 같습니다. 이놈의 우주 멀미는…. 아니, 부사관님, 도대체 이걸 어떻게 적응하신 겁니까?"

"시간이 지나면 다 돼. 몸에 새 반사 작용이 생긴다더라. 숨 막히지 않고 침을 삼키는 방법만 알면 다 괜찮을 거야. 나중엔 기분도 좋아져. 차분해지고 편안해지거든. 4시간만 자도 10시간 잔 것처럼 개운하고."

리비는 애절하게 고개를 저었다. "저는 적응 못할 것 같은데요."

"하게 된다니까. 결국은 좋아져. 그 소행성에는 표면 중력이 아예 없는 거나 같대. 수석 조타수가 그러는데 지구 평균 중력의 2퍼센트를 안 넘는다나. 그걸로는 우주 멀미를 못 가라앉혀. 거기 가면 식사 시간에 가속할 방법도 없다고."

리비는 몸을 떨면서 두 손으로 머리를 감쌌다.

2천여 개의 소행성 속에서 하나를 찾아내는 것은 런던에서 트래펄가 광장을 찾는 것만큼 쉽지는 않았다. 지구에서 출발할 당시의 궤도 속도는 초속 30킬로미터에 달했다. 거기에 더해 합성 원뿔 곡선형 경로를 안정적으로 유지하면서 자그맣고 빠르게 움직이는 천체의 궤도와 교차하고, 그 천체와 정확히 만나야 했다. HS-5388 소행성, 이른바 '88'은 태양으로부터 약 2.2천문단위만큼 떨어져 있었다. 환산하면 3억2천만 킬로미터보다 조금 더 멀었다. 수송선이 출발할 당시, 문제의 소행성과의 거리는 태양을 사이에 두고 4억8천만 킬로미터가 넘었다. 도일 선장은 자유비행으로 태양을 경유하면서 약 5억5천만 킬로미터를 항해하는 기본 타

원형 경로를 계산하라고 지시를 내렸다. 기본 원리는 사냥꾼이 날아가는 오리의 경로를 '예측하여' 쏘는 것과 같았다. 하지만 총을 쏘면서 태양을 정면으로 바라봐야 한다면 어떨까? 서 있는 자리에서는 새가 보이지 않고 겨냥할 대상도 없으며, 의지할 거라고는 마지막으로 관찰했을 때 어떻게 날고 있었는지 기록한 자료밖에 없다면?

항해를 시작하고 9일째 되는 날, 도일 선장은 우주도실로 내려가서 크고 무거운 적분 계산기에 자료를 입력하기 시작했다. 그리고 항해사에게 전령을 보내 격려를 전달하고, 우주도실로 내려오라고 지시했다. 몇 분 뒤 키가 크고 체격도 큰 항해사가 유영으로 문을 통과한 다음 난간줄로 몸을 고정하고 선장에게 인사했다.

"잘 주무셨습니까, 선장님."

"아, 블래키." 선장은 적분 계산기의 좌석에 몸을 고정한 상태로 그를 쳐다보았다. "식사시간 가속에 관해 자네가 수정한 수치를 확인해보고 있었어."

"땅에 살던 느림보 떼를 끌고 다니자니 귀찮네요."

"맞는 말이야. 그래도 애들 밥은 먹여야지. 안 그러면 가서 일을 못 할 테니까. 우주선 시각으로 10시에 감속을 시작하고 싶은데, 8시 속도와 좌표는 어떻게 되지?"

항해사는 웃옷에서 수첩을 꺼냈다. "초속 560킬로미터입니다. 경로는 시경 15시 8분 27초, 편위는 마이너스 7도 3분이고요. 태양과의 거리는 309,650,660킬로미터입니다. 현재 각위치는 이동 경로보다 12도 위에 위치하고, 적경상으로는 정확히 일치합니다. 태양 좌표도 불러드릴까요?"

"아니, 지금은 필요 없어." 선장은 계산기 쪽으로 몸을 숙이고 인상을 찡그린 다음 혀끝을 깨물고 조종판을 조작했다. "88소행성 안쪽 150만 킬로미터 되는 지점에서 가속을 꺼야겠어. 연료를 낭비하고 싶지 않지만 소행성대에는 잡동사니가 많고 이 얼어 죽을 돌덩어리는 아주 작으니 탐색 경로를 잡아야지. 20시간 동안 감속하고 8시간 뒤부터 경로 변경을 시작해. 일반 점근 곡선으로 접근하고. 88소행성 측면에서는 원형 궤적을 그려야 할 거야. 그리고 내일 아침 6시까지 궤도를 평행하게 맞춰. 3시에 나한테 연락하고."

"알겠습니다, 선장님."

"수치가 나오면 보여줘. 지시록은 나중에 보내지."

수송선은 일정에 맞춰 가속했다. 선장은 3시가 지나자마자 통제실에 들어오고는 어둠 속에서 눈을 깜빡거렸다. 태양은 아직도 우주선 동체에 가려져 있었고 장비 문자판의 흐릿하고 푸른 빛과 우주도 덮개 밑에서 새어 나오는 빛만이 한밤의 어둠을 쫓아내고 있었다. 항해사는 익숙한 발소리에 눈을 들었다.

"안녕히 주무셨습니까, 선장님."

"잘 잤나, 블래키. 아직 안 보이나?"

"아직입니다. 후보를 대여섯 개 찾긴 했는데 확인은 안 해봤습니다."

"그중에 가까운 건 있나?"

"유감스럽게도 없습니다. 작은 모래알은 한두 개 지나쳤습니다만."

"그건 문제가 안 돼. 이렇게 힘든 추격전에서는. 소행성이 계산 가능한 속도에 정해진 방향으로만 이동한다면 여기까지 와서 고민하는 사람은 아무도 없겠지." 선장은 말을 멈추고 담배에 불을 붙였다. "다들 우주가 위험하다는 얘기만 하잖아. 물론 그럴 때도 있겠지. 하지만 지난 20년 동안 모든 사고는 무모한 바보들 때문에 일어났어."

"맞는 말씀입니다, 선장님. 참, 우주도 덮개 밑에 커피가 있습니다."

"고맙지만 벌써 한 잔 마시고 왔어." 도일 선장은 입체경 감시병과 레이더 탱크를 지나쳐서 걷다가 눈을 들어 별들이 박힌 암흑을 바라보았다. 담배를 세 대 피울 때쯤 가까이에 있던 감시병이 선장을 불렀다.

"찾았습니다!"

"어디야?"

항해사가 입체경 외부에 있는 문자판 수치를 읽었다. "플러스 0.2, 후미 1.3. 후방으로 약간 흘러갔습니다." 항해사는 레이더 쪽으로 이동하고 말을 이었다. "거리는 79,043킬로미터입니다."

"그럼 맞나?"

"그럴 수도 있습니다, 선장님." 항해사는 덮개 밑에서 말하느라 말소리가 분명하지 않았다. "원반 크기가 어떻게 되지?" 맨 처음 대상을 발견했던 감시병이 장비의 손잡이를 다급하게 돌리기 시작했다. 선장이 감시병을 옆으로 밀어냈다.

"내가 하지." 도일 선장은 얼굴을 쌍안 감시경에 대고 은빛의 작은 구체, 즉 자그마한 달을 조사했다. 선장은 빛나는 십자선 두 개가 원반의 위쪽 끝과 아래쪽 끝에 정확히 닿을 때까지 조심스럽게 위로 올린 다음 말했다. "확인!"

항해사는 기록된 수치를 건네받고는 잠시 후 우주도 덮개에서 몸을 빼냈다.

"목표물이 맞습니다, 선장님."

"잘했어."

"시각적 삼각측량을 할까요?"

"그건 당직 사관에게 맡기지. 자넨 가서 좀 자둬. 광학 거리 탐지기를 쓸 수 있을 만큼 접근할 때까지는 좀 내버려둘 거야."

"고맙습니다, 선장님."

✳

몇 분 뒤, 88소행성을 발견했다는 소식이 우주선 전체에 퍼졌다. 리비는 흥분해서 동료 선원 무리와 함께 병사용 우현 갑판으로 몰려갔다. 그리고 미래의 집을 화면에서 확인하려고 애를 썼다. 매코이 부사관은 흥분한 병사들에게 찬물을 끼얹었다.

"그 돌덩이가 눈으로 알아볼 수 있을 만큼 커질 때쯤이면 우리는 착륙 준비를 하고 있을 거야. 알고 있겠지만 저건 크기가 150킬로미터 정도밖에 안 돼."

부사관의 말이 맞았다. 여러 시간이 지난 뒤 선내 방송이 크게 울렸다. "주목! 착륙 준비 태세에 들어간다. 밀폐문을 전부 닫아라. 신호에 따라 송풍기를 끌 준비를 하라."

매코이 부사관은 그로부터 2시간 내내 누워 있으라는 명령을 내렸다. 로켓 분사의 충격이 전달될 때마다 구역질을 동반한 무중력이 찾아왔다. 그다음으로 송풍기가 정지하고는 역행 방지 밸브가 제자리로 돌아갔다. 우주선은 몇 차례 자유 낙하를 하다가 마지막으로 잠깐 분사하고는 5초간 강하했다. 그리고 짧고 가벼운 삐걱거림과 충돌이 있었다. 선내 방송에서 나팔 소리가 한 번 흘러나온 다음 송풍기들이 다시 소음을 내기 시작했다.

매코이 부사관은 가볍게 몸을 띄우며 일어서고는 허공에서 엉거주춤하게 몸을 흔들었다. "모두 밖으로 나간다. 여행은 끝났다."

땅딸막하고 대부분의 동료보다 조금 더 어린 병사가 서투르게 매코이 부사관을 흉내 내면서 문을 향해 튀어나갔다. 병사가 이동하면서 소리쳤다. "얘들아, 가자! 나가서 탐험하자고!"

매코이 부사관이 그를 가로막았다. "아직은 안 돼. 밖에 공기가 없는 건 둘째치더라도, 바로 나가면 얼어 죽고, 타 죽고, 익은 토마토처럼 터질 거다. 분대장, 여섯 명을 보내서 우주복을 가져와. 나머지는 여기서 대기한다."

지시를 받은 병사들이 곧 스무 개가량의 커다란 꾸러미를 잔뜩 지고 돌아왔다. 리비가 가져온 네 개의 꾸러미에서 손을 떼자 꾸러미가 갑판 쪽으로 천천히 날아갔다. 매코이 부사관이 우주복 한 벌의 덮개를 풀고 설명을 시작했다.

"이건 표준 군용 우주복 중에서 일반형으로, 두 번 개선된 마크IV 우주복이다." 부사관이 우주복의 어깨 부분을 쥐고 흔들자 우주복이 긴 동절기 내복처럼 흐느적거렸다. 양어깨 사이에는 헬멧이 힘없이 매달려 있었다. "이 우주복은 외부 공급 없이 8시간 동안 작동하면서 산소를 공급해준다. 그리고 이동용 질소 탱크와 이산화탄소-수증기 카트리지 필터가 달려 있다."

매코이 부사관은 훈련 규정에 정해진 설명과 지시 사항을 아주 똑같이 반복해서 중얼거렸다. 부사관은 혀가 입천장의 위치를 알듯 우주복의 구조를 모조리 알고 있었다. 그 지식 덕분에 여러 차례 목숨을 건졌다.

"이 우주복은 비휘발성 석면-셀룰라이트와 함께 다층 구조를 이루는 유리섬유로 만들어졌다. 섬유는 부드러우면서도 내구성이 강하다. 그리고 모든 우주선(線)을 수성 궤도 바깥쪽의 태양계 공간으로 되돌려보낸다. 우주복은 평상복 위에 입을 수 있다. 하지만 주요 관절부위에 신축성 있는 주름이 있고 그 주름이 와이어로 보강되어 있다는 점을 기억해라. 주름은 팔이나 다리를 구부렸을 때 우주복 내부 공간을 거의 일정하게 유지시키는 역할을 한다. 그렇지 않으면 우주복은 내부 기체 압력 때문에 일어선 자세를 유지하려 들 테고, 따라서 우주복을 입고 걸을 경우 체력 소모가 극심할 것이다.

헬멧은 투명 실리콘으로 만들어졌으며, 주형 방식으로 제조되었다. 납이 첨가되었고 편광 처리가 되어 있어서 너무 강한 우주선이 투과되는 것을 막는다. 모든 유형의 외부 보안경과 함께 사용할 수 있다. 이 헬멧의 경우 규정에 따라 최소한 2급 이상의 호박색 보안경을 착용해야 한다. 추가로 두개골을 보호하는 납판이 우주복 뒷면까지 이어져 있어서 척추를 완전히 보호해준다.

우주복에는 양방향 통신장치가 장착되어 있다. 무선 통신이 끊기는 경우가 자주 있는데, 그럴 경우 헬멧을 맞대고 대화할 수 있다. 질문 있나?"

"8시간 동안 음식과 물은 어떻게 섭취합니까?"

"우주복 속에서 8시간을 보내는 경우는 절대 없다. 헬멧 속 도구함에 사탕을 넣을 수는 있지만 취식은 기지에서만 하게 된다. 물은 헬멧의 입 근처에 있는 젖꼭지를 사용해서 마신다. 머리를 왼쪽으로 기울이면 입이 닿을 것이다. 젖꼭지는 내장형 물통과 연결되어 있다. 하지만 우주복을 입고 있을 때는 꼭 필요한 경우에만 물을 마셔라. 이 우주복에는 배수 장치가 전혀 없으니까."

모든 병사가 우주복을 건네받자 매코이 부사관이 착용법을 설명했다. 갑판 위에 우주복을 눕혀놓고 목에서 가랑이까지 이어진 앞 지퍼를 열어 좌우로 펼친 다음, 열린 부분 안쪽에 들어가 앉고는 먼저 아랫부분을 긴 스타킹처럼 하반신에 입어야 했다. 다음으로 두 팔을 흔들어 끼우면 무거우면서도 유연한 장갑을 수월하게 제자리에 두드려 넣을 수 있었다. 마지막으로 목을 부자연스러울 정도로 뒤로 꺾고 어깨 역시 뒤쪽으로 구부리면 헬멧을 머리에 쓸 수 있었다.

리비는 매코이 부사관이 보여준 움직임에 따라 우주복을 입고 일어섰다. 그리고 우주복의 단 하나뿐인 입구를 조절하는 지퍼를 살펴보았다. 지퍼에는 두 개의 부드러운 개스킷이 붙어 있었다. 지퍼가 올라가면 양쪽 개스킷이 전부 눌리면서 내부 공기 압력이 밀폐되는 구조였다. 헬멧 안쪽에는 내뱉은 공기를 필터로 보내는 마우스피스가 조립되어 있었다.

매코이 부사관은 분주하게 돌아다니면서 병사들의 우주복을 점검하고, 이곳저곳의 벨트를 조여주고, 외부 조정장치의 사용법을 알려주었다. 결과가 만족스럽자 그는 담당 소대가 기본 교육과 상륙 준비를 끝냈다고 조타실에 보고했다. 환경에 적응할 수 있도록 30분 동안 내보내도 좋다는 허가가 내려왔다.

매코이 부사관은 한 번에 여섯 사람씩 에어로크를 통과시키고, 그들이 소행성 표면에 나가도록 안내했다. 리비는 바위에 반사되는 태양광이 익숙하지 않아 눈을 깜빡거렸다. 태양 빛은 3억2천 킬로미터 떨어진 곳에서 날아왔고 소행성을 뒤덮는 방사선은 지구로 쏟아지는 양의 5분의 1밖에 안 됐지만, 대기가 없었기 때문에 빛은 그가 눈을 감아야 할 만큼 강렬했다. 리비는 자신을 보호해주는 호박색 보안경이 고마웠다. 머리 위 칠흑 같은 하늘에는 깜빡거리지 않는 별들이 태양과 함께 모여 있었고, 그 속에서 동전 크기로 줄어든 태양이 빛을 쏘아 보내고 있었다.

리비의 이어폰에서 한솥밥을 먹는 동료의 목소리가 들렸다. "세상에! 지평선이 저렇게 가까워. 1.5킬로미터도 안 되겠는데."

리비는 편평하고 아무것도 없는 평지를 바라보면서 무의식적으로 그 점을 생각해보았다. "그만큼도 안 돼." 리비가 말했다. "5백 미터 정도야."

"네가 뭘 안다고 그래, 꼬맹이? 누가 너한테 물어봤어?"

리비가 방어적으로 대답했다. "정확히 말하면 내 눈높이가 지면에서 160센티미터니까 지평선까지는 509미터야."

"에라이, 꼬맹이, 넌 맨날 아는 게 많다고 자랑 못 해서 안달이더라."

"어, 아닌데." 리비가 부인했다. "이 천체의 직경이 160킬로미터고 눈에 보이는 것처럼 둥글다면, 음, 지평선은 딱 그만큼 떨어져 있어야 해."

"누가 그래?"

"그만해!" 매코이 부사관이 대화를 막았다. "리비가 너보다 훨씬 해답에 근접했어."

"근접한 정도가 아니라 정확해." 낯선 목소리가 말했다. "통제실에서 나오기 전에 항해사한테 물어봤다."

"그렇습니까?" 다시 매코이 부사관이 말했다. "일등 조타수께서 맞다고 하면 네 말이 맞는 거야, 리비. 어떻게 알았지?"

리비가 어쩔 줄 몰라하며 얼굴을 붉혔다. "모, 모르겠습니다. 당연히 그러니까 그런 거죠."

매코이 부사관과 조타수는 리비를 노려보았지만 더 이상 그 문제를 논하지는 않았다.

그 '날'이 끝날 때까지(여기서 '날'이란 우주선 시간을 기준으로 한 개념이었다. 88소행성은 8시간 13분에 한 번 자전했다), 임무는 아무 문제 없이 수행되었다. 수송선은 낮은 언덕 지대 근처에 착륙했다. 선장은 언덕들 사이에 존재하는 작은 접시처럼 생긴 저지대를 골라 영구 주둔지를 만들 계획이었다. 그 저지대는 길이가 수백 미터쯤 되고 폭은 그 절반쯤 되었다. 주둔지를 세우려면 지붕이 필요했고, 밀폐작업을 해야 했고, 공기도 공급해야 했다.

우주선과 골짜기 사이의 언덕에는 땅을 파고 막사를 만들 예정이었다. 막사에는 공동 숙소와 식당과 장교 숙소와 의무실과 오락실과 사무실과 창고 같은 것들이 포함되었다. 그러자면 언덕을 관통하는 땅굴을 파야 했고, 각 시설을 연결해야 했고, 3미터짜리 밀폐형 금속 튜브를 우주선 좌현의 에어로크와 이어야 했다. 땅굴과 튜브에는 각각 인원과 화물을 계속 나르는 컨베이어 벨트를 설치해야 했다.

리비는 지붕제작반에 배속되었다. 리비는 휴대용 핵 발열장치로 땅굴을 파느라 고생하는 금속 세공사를 도왔다. 발열장치는 무게가 360킬로그램에 달했기 때문에 사용하기 힘들었지만 소행성 위에서는 7킬로그램밖에 되지 않았다. 지붕 제작에 참여한 다른 부대원들은 흩어져서 작은 계곡의 '하늘'이 될 반투명 천막을 손으로 운반할 준비를 하고 있었다.

금속 세공사는 계곡 안쪽 경사면에 표지를 세우고, 발열장치를 준비하고, 바위에 깊은 가로 홈과 계단을 만들기 시작했다. 그는 늘 바위벽에 분필로 표시를 해두고 작업했기 때문에 높이를 일정하게 유지할 수 있었다. 리비는 작업에 필요한 측량을 어떻게 그리 빨리 끝냈는지 물어보았다.

"간단해." 금속 세공사가 대답했다. "조타수 두 사람이 운송선을 타고 먼저 내려왔거든. 운송선을 골짜기 지면에서 15미터 높이에 띄워놓고 탐조등을 매달았어. 그리고 둘 중 한 사람이 가장자리 주변을 죽어라 뛰는 거야. 그러면 빛이 닿는 높이에 분필 자국이 남게 되지."

"우리가 설치하는 지붕이 높이가 15미터밖에 안 된다고요?"

"그건 평균 수치고 30미터인 지점도 있어. 공기 압력 때문에 중앙이 부풀어 오르거든."

"지구 평균과 비슷해요?"

"그 절반이야."

리비는 잠시 생각을 집중하더니 만족하지 못하는 얼굴이 되었다. "들어봐요. 이 계곡은 길이가 3백 미터이고 너비는 150미터가 넘습니다. 제곱

센티미터당 520그램의 부하가 걸리는데 지붕까지 고려하면 8,164,662톤입니다. 그런 부하를 견디는 직물이 있다고요?"

"거미줄이야."

"거미줄요?"

"그래, 거미줄. 세상에서 가장 강한 물건이지. 최고급 강철보다 강해. 합성 거미줄이거든. 지금 지붕을 만들면서 사용하는 계측기는 장력이 1센티미터당 1.8톤이야."

리비는 잠깐 머뭇거리다가 대답했다. "알겠습니다. 테두리 길이가 45.7킬로미터니까 고정지점의 최대 장력은 센티미터당 283킬로그램 정도 되겠네요. 여유가 아주 충분해요."

금속 세공사는 장비에 기대어 서서 고개를 끄덕였다. "그 정도가 맞아. 너 계산이 진짜 빠르구나?"

리비는 깜짝 놀랐다. "저는 그냥 잘못된 걸 고치는 게 좋을 뿐인데요."

두 사람은 '거미줄'을 고정하고 묻을 수 있도록 경사면 주변에 깨끗하고 부드러운 홈을 빠른 속도로 만들어갔다. 분출구에서 뿜어져 나온 뜨겁고 흰 용암이 언덕 측면을 따라 천천히 흘러내렸다. 녹은 바위 표면에서 갈색 거품이 몇 센티미터가량 부풀어 오르다가 진공과 맞닿으면서 거의 즉시 승화해 하얀 가루로 변하고 지면으로 내려앉았다. 금속 세공사가 거품을 가리켰다.

"저걸 그대로 뒀다가 나중에 사람이 들이마시면 규폐증에 걸려."

"그럼 어떡하는데요?"

"공기조절 설비의 송풍기로 청소하면 돼."

리비는 작업이 잠시 멈춘 틈을 타서 또 질문을 던졌다. "저기…."

"난 존슨이야. 편하게 물어봐."

"네, 존슨씨. 터널은 제쳐두고, 이 골짜기에 공급할 공기는 어디서 가져오죠? 계산해보니까 7,620제곱킬로미터 분량이 넘는데요. 그걸 만들어요?"

"아니. 만들기는 너무 힘들지. 올 때 가져왔어."

"수송기에요?"

"아니. 대기선 50대에 실어 왔지."

리비는 잠시 생각에 잠겼다. "그렇군요. 그런 식이라면 한 변이 24미터인 공간에 하나씩 들어가겠네요."

"실제로는 특별히 제조한 세 개 구역에 들어가 있어. 거대한 공기통이지. 대기선이 가니메데에서 공기를 실어 와. 난 그 우주선에 타봤어. 신병인데도 공기 부대에 있었지."

*

영구 주둔지는 3주 만에 입주 가능한 수준으로 완성되었고 수송선은 보관하던 화물을 전부 내렸다. 창고는 공구와 보급품으로 가득 찼다. 도일 선장은 집무실을 지하로 옮기고, 서명한 명령서를 일등 항해사에게 넘겨준 다음 '임무'를 하달했다. 그 임무란 용무가 없어진 선원과 함께 지구로 귀환하는 일이었다.

리비는 그들이 언덕 측면의 이륙 지점에서 출발하는 모습을 지켜보았다. 저항하기 힘든 향수가 리비를 사로잡았다. 과연 고향에 돌아갈 수 있을지 의문이 생겼다. 그는 어머니와 베티를 30분이라도 다시 볼 수 있다면 나머지 수명을 그대로 내어줄 수도 있을 것 같았다.

리비는 언덕을 내려가 터널의 에어로크로 향했다. 적어도 수송선이 어머니와 베티에게 보내는 편지를 싣고 갔으니, 운이 좋으면 군목이 곧 지구에서 답장을 가져올 수도 있었다. 하지만 당장 내일과 모레까지는 즐거운 일이 하나도 없었다. 공기 부대 이야기는 재미있었지만 내일이면 소속 분대로 돌아가야 했다. 그 사실이 마음에 들지 않았다. 부대원들은 나쁘지 않은 친구들 같았지만 그들과 잘 어울릴 수 있다는 자신감은 생기지 않았다.

우주건설군단의 전 승무원은 더 큰 임무를 시작했다. 도일 선장은

88소행성에 로켓 튜브를 집어넣고 160킬로미터짜리 구슬을 궤도에서 끌어낸 다음 지구와 화성 사이에 있는 새 궤도에 올리고 우주정거장으로 사용할 계획이었다. 정거장은 조난선의 피난처이자 구조선의 천국인 동시에 연료 보급지 겸 해군 전초기지로 이용될 예정이었다.

리비는 H-16 갱도에서 발열기를 담당하게 되었다. 리비가 할 일은 신중하게 계산한 수치에 맞춰 포좌를 깎아내는 일이었다. 그러면 발파대원들이 그 안에 들어가서 초소형 폭약을 터뜨렸다. 그 폭파 작업이 굴착에서 가장 큰 비중을 차지하고 있었다. H-16 갱도에는 2개 분대가 배치되었고, 나이 많은 해병 포수가 그 병력을 총괄 감독했다. 포수는 갱도 끝에 앉아서 계획을 확인하고, 끈으로 목에 걸어놓은 원형 계산자를 이용해 가끔 수치를 계산했다.

리비는 3연속 발파에 필요한 힘든 절삭을 막 끝내고, 발파병을 기다리고 있었다. 그때 수화기를 통해 포수가 계산한 폭발물의 양이 전달되었다. 리비는 송신 스위치를 눌렀다.

"라르센 포수님! 계산에 착오가 있습니다!"

"누가 그래?"

"저는 리비입니다. 폭약량을 잘못 계산하셨습니다. 그걸 터뜨리면 이 갱도가 통째로 날아가고 우리도 날아갑니다."

해병 포수 라르센은 대답하기 전에 계산자의 눈금을 돌려보았다. "아무것도 아닌 일에 너무 안달하지 마라. 폭약은 정확해."

"아닙니다." 리비는 고집을 꺾지 않았다. "나누기 대신 곱하기를 하셨습니다."

"이런 일에 경험이 있나?"

"아닙니다."

라르센은 발파병에게 다음 지시를 내렸다. "폭약을 설치해."

병사들이 명령에 따라 움직이기 시작했다. 리비는 침을 꿀꺽 삼키고 혀로 입술을 핥았다. 해야 할 일은 알고 있었지만 겁이 났다. 그래도 뻣뻣한 두 다리로 비틀거리면서 두 번 도약해서 발파공 옆에 도달했다. 그리고 병사들 사이로 끼어들어서 기폭 장치의 전극을 뜯어냈다. 그러는 동안 사람 그림자 하나가 리비를 스쳤다. 라르센이 옆에 떠 있었다. 라르센은 손으로 리비의 팔을 잡았다.

"넌 사고를 쳤어. 직접적인 명령 불복종이야. 상부에 보고하겠다." 라르센이 발파 회로를 다시 연결하기 시작했다.

리비는 당황해서 귀가 빨개졌다. 하지만 겁을 먹고 궁지에 몰렸으면서도 용기를 내어 대꾸했다. "어쩔 수 없었습니다. 포수님이 계산을 잘못하셨으니까요."

라르센은 동작을 멈추고 눈을 굴려 고집 센 병사의 얼굴을 들여다보았다. "흠…. 이건 시간 낭비일 텐데. 그래도 네가 그렇게 걱정하는 폭약 옆에 세워두고 싶진 않으니까…. 가서 같이 계산해보지."

＊

도일 선장은 숙소 책상에 발을 올리고 쉬고 있었다. 그는 술이 거의 남지 않은 큰 컵을 들여다보고 있었다.

"블래키, 맥주 맛이 괜찮아. 다 떨어지면 더 만드는 게 좋을까?"

"모르겠습니다, 선장님. 이스트를 가져왔던가요?"

"알아볼 거지?" 선장은 세 번째 의자에 앉아 있는 육중한 부하를 바라보았다. "흠, 라르센, 지난번보다 상황이 더 나쁘지 않아서 다행이야."

"선장님, 저는 그런 실수를 했다는 사실 때문에 괴롭습니다. 두 번이나 검산했으니까요. 니트로 폭약이었다면 그 자리에서 실수를 알아챘을 겁니다. 그 꼬마가 문제를 직감하지 않았다면 그대로 터뜨렸겠죠."

도일 선장은 늙은 준위의 어깨를 두드렸다. "라르센, 잊어버려. 사람은 안 다쳤을 거야. 이런 일이 생길까 봐 아무리 작은 폭파라도 전원 대피시키라고 내가 지시했잖아. 동위원소 폭약은 정말 까다롭다고. A-9 갱도 사고를 봐. 한 방에 열흘 치 작업이 날아갔잖아. 사격 장교가 직접 허가를 했는데도 그랬다고. 그건 그렇고 그 꼬맹이 좀 보고 싶은데. 그 녀석 이름이 뭐라고 했지?"

"A. J. 리비입니다."

도일 선장은 책상에 있는 버튼을 눌렀다. 문에서 노크 소리가 들렸다. 선장이 들어오라고 명령하자 위생병 갑판 사관의 완장을 두른 젊은이가 모습을 나타냈다.

"리비 위생병을 올려보내."

"네, 선장님."

몇 분 뒤 리비가 선장 숙소에 도착했다. 리비는 불안하게 주변을 살피다가 라르센을 발견하고 더욱 안절부절못했다. 그러고는 들릴 듯 말 듯 한 목소리로 보고했다. "위생병 리비입니다."

선장이 리비를 훑어보았다. "흠, 리비. 오늘 아침 너와 라르센 준위 사이에 의견 차이가 발생했다고 들었다. 설명해봐."

"아, 악의는 없었습니다, 선장님."

"물론 없었겠지. 벌을 주려고 부른 게 아니야. 넌 오늘 아침에 우리 모두에게 큰일을 해줬어. 계산이 잘못됐다는 건 어떻게 알았지? 전에 채굴 작업을 해봤나?"

"아닙니다. 계산이 잘못됐다는 걸 그냥 알았을 뿐입니다."

"그러니까 어떻게 알았느냐고."

리비가 불안하게 몸을 꼬았다. "그러니까, 저기, 그냥 잘못된 것 같았습니다. 안 맞았으니까요."

"잠시만요, 선장님. 저 친구에게 제가 질문 좀 해봐도 되겠습니까?" 항해사이자 부선장 블래키 로즈가 말했다.

"물론이지. 해봐."

"네 별명이 '꼬맹이' 맞나?"

리비가 얼굴을 붉혔다. "맞습니다."

"이 녀석 소문을 좀 들었습니다." 블래키가 의자에서 커다란 몸을 일으키고 책장으로 가더니 두꺼운 책을 한 권 꺼냈다. 항해사는 책을 뒤지다가 한 곳을 펼치고 리비에게 질문하기 시작했다.

"95의 제곱근은 얼마지?"

"1천분의 9747입니다."

"세제곱근은?"

"1천분의 4563입니다."

"로그는?"

"그게 뭡니까?"

"세상에. 요즘 학교는 로그도 안 가르치고 졸업시키나?"

리비는 점점 더 불안해졌다. "저는 학교 교육을 많이 받지 못했습니다. 우리 동네 사람들은 '아버지'가 죽고 나서야 서약을 받아들였으니까요. 그럴 수밖에 없었습니다."

"그랬군. 로그라는 건 밑이라고 부르는 숫자로 제시된 수를 얻으려면 거듭제곱해야 하는 횟수를 가리킨다. 이해했나?"

리비가 진지하게 고민하고 대답했다. "잘 모르겠습니다."

"다른 말로 표현해보지. 10을 두 번 제곱하면 100이 되지. 그럴 때 10을 밑으로 하는 100의 로그는 2야. 마찬가지로 10을 밑으로 하는 1000의 로그는 3이지. 자, 95의 로그는 몇이지?

리비는 잠시 곤혹스러워했다. "딱 떨어지지 않는 분수인데요."

"말해봐."

"1천분의 1978 정도 됩니다."

블래키가 선장을 바라보았다. "이 정도면 증명이 된 것 같습니다, 선장님."

도일 선장이 생각에 잠겨 고개를 끄덕였다. "그래. 이 친구는 산술 관계를 직관적으로 파악하는 모양이군. 다른 능력도 있는지 보자고."

"제대로 알아보려면 지구로 돌려보내야 할 것 같습니다."

리비는 그 말에 숨은 뜻을 알아챘다. "선장님, 부탁드립니다. 저를 고향으로 돌려보내지 말아주십시오. 어머니가 저를 엄청 혼낼 겁니다."

"아니, 그런 얘기가 아니야. 때가 되면 정신측정 실험시설에 가서 검사를 좀 해보라는 얘기야. 1사분기 급료를 지급했는데 지구로 보낼 수는 없지. 그러느니 담배를 끊겠어. 어쨌든 다른 능력도 확인해보자고."

선장과 항해사는 그 뒤로 리비와 이야기를 나누고 다음과 같은 사실을 확인했다. 첫째, 리비는 피타고라스의 정리를 유도해냈다. 둘째, 리비는 뉴턴과 케플러가 법칙을 발견한 상황을 듣고는 뉴턴의 운동법칙과 케플러의 탄도학 법칙을 유도했다. 셋째, 리비는 측정 오차 없이 길이와 면적과 부피를 눈으로 알아낼 수 있었다. 리비는 상대성 이론과 시공의 비선형성으로 비약하더니 말하는 속도가 못 따라갈 만큼 빠르게 여러 개념을 쏟아내기 시작했다. 도일 선장은 손을 들어 리비의 말을 막았다.

"그 정도면 충분해. 그러다가 몸에 열이 나겠어. 이제 가서 자도 좋아. 그리고 내일 아침에 다시 오도록. 현장 작업반에서 다른 곳으로 옮겨줄 테니까."

"네, 선장님."

"그런데 약칭 말고 본명이 어떻게 되지?"

"앤드루 잭슨 리비입니다, 선장님."

"그래, 자네 쪽 사람들은 서약을 하지 않는 게 좋았을지도 모르겠군. 잘 자게."

"안녕히 주무십시오, 선장님."

리비가 나가자 두 사람은 조금 전 알아낸 사실을 논의했다.

"선장님이 보시기에는 능력이 어느 정도입니까?"

"흠, 물론 저 녀석은 천재야. 한 세기에 한 번 나올까 말까 한 초능력자이고. 책더미 속에 풀어놓고 어떻게 변하는지 봐야겠어. 곁눈질 한 번으로 책 한 쪽을 단숨에 읽는다고 해도 이상하지 않을 거야."

"저 애들 속에서 뭘 찾아내게 될지 전혀 모르겠습니다. 쟤들은 하나같이 지구에서 무의미한 존재 아닙니까."

도일 선장이 고개를 끄덕였다. "그게 바로 저 애들의 문제지. 자신이 가치 있다고 여기지 않는다는 것."

＊

88소행성은 태양을 끼고 수백만 킬로미터를 이동했다. 소행성 위에 파인 자국은 점점 깊어졌고, 그 구멍에는 듀리트가 부착되었다. 듀리트는 실험실에서 생산한 기이한 밀폐형 제품으로, (대개) 핵분열을 억제하는 용도로 사용되었다. 88소행성은 그 뒤로 꾸준히 적당한 충격을 받았다. 충격은 늘 이동경로의 측면에서 가해졌다. 로켓 분사는 몇 주가 지나고 나서 효과를 나타내기 시작했고, 88소행성은 태양으로 곧장 진행하는 궤도에 진입했다.

소행성이 지구 궤도와 태양 간 거리의 1.3배 되는 지점에 도달하면 원형 궤도에 자리를 잡을 때까지 또 한 번 일련의 분사가 시행될 예정이었다. 그러면 이름도 E-M3, 즉 지구-화성 우주 정거장 3호로 바뀔 것이다.

88소행성으로부터 수억 킬로미터 떨어진 곳에서는 두 무리의 다른 우주건설군단 승무원들이 활약한 덕분에, 두 개의 소행성이 오랫동안 머물던 궤도를 떠나고 지구와 화성 사이로 끼어들어 와서 88소행성과 같은 궤도에 안착할 준비를 하고 있었다. 그중 하나는 88보다 120도 앞서 궤도에 진입할 예정이었고, 다른 하나는 120도 뒤에 위치할 예정이었다. E-M1, E-M2, E-M3가 모두 제 위치에 정박하면 지구-화성 간 우주 공간을 힘들게 비행하는 여행자들이 지상, 혹은 구조의 손길로부터 차단되어 있다고 느끼는 일은 더 이상 생기지 않을 것이었다.

88소행성이 수개월에 걸쳐 태양을 향해 자유낙하하는 동안 도일 선장은 부하들의 작업 시간을 줄였고, 노동의 강도도 호텔을 짓거나 골짜기에 위치한 작은 영구 주둔지를 정원으로 전환하는 등 가벼운 수준으로 전환했다. 병사들은 바위를 부숴서 흙을 만들고, 그 흙에 비료를 공급하고, 흙 속에 혐기성 박테리아를 배양했다. 그리고 중력이 낮은 루나시티 사람들이 30여 세대에 걸쳐 키운 식물을 그 흙에 심었고, 조심스럽게 돌보았다. 중력이 아주 낮다는 점만 빼면 88소행성은 고향과 닮아가고 있었다.

하지만 미래의 E-M3 정거장이 돌게 될 이론상의 궤도에 88소행성이 근접하자 승무원들은 다시 작전에 따른 일상으로 복귀해서 근무와 비번을 반복했다. 선장은 블랙커피를 달고 살면서 지휘통제실에서 선잠을 잤다.

리비는 탄도 계산기를 담당하게 되었다. 탄도 계산기는 생각할 줄 아는 3톤짜리 기계였으며 지휘통제실을 지배하고 있었다. 리비는 그 커다란 기계를 사랑했고, 일등 화력통제관을 도와 탄도 계산기를 조정하고 관리했다. 리비는 마음속으로 탄도 계산기를 사람처럼, 자신과 동류인 사람처럼 대했다.

접근이 완료되는 날이 오자 분사가 더욱 잦아졌다. 리비는 탄도 계산기의 오른쪽 좌석에 앉아서 다음 분사의 예측치를 중얼거렸고, 그와 동시에 계산기가 수행하는 작업의 정확도를 만족스러운 얼굴로 감상했다. 도일 선장은 초조하게 이리저리 돌아다니다가 가끔 멈춰 서서 항해사의 작업을 훔쳐보았다. 선장은 수치의 정확성을 믿으면서도 제대로 실행되지 않을까 봐 걱정을 멈추지 않았다. 역사상 그처럼 질량이 큰 물체를 옮긴 적은 없었다. 선장은 88소행성이 태양을 향해 계속 굴러가는 광경을 상상하다가 세차게 고개를 내저었다. 그런 일이 발생할 리가 없었다. 하지만 임계 속도 구간이 빨리 끝나기를 바라는 마음은 여전했다.

해병 한 사람이 정중하게 그의 팔꿈치를 건드렸다. "기함에서 통신이 왔습니다, 선장님."

"읽어봐."

"기함에서 88에게. 개인 전문, 수신인 도일 선장. 88 인도 과정을 지켜보기 위해 정박하고 있음, 발신인 커니 제독."

도일 선장이 미소를 지었다. 옛 친구의 환영 인사였다. 선장은 88이 제자리에 안착한 뒤 제독을 지면으로 초대해서 저녁을 함께 먹고 녹지를 보여주기로 마음먹었다.

어느 때보다 강한 분사가 실행되었다. 지휘통제실이 격렬하게 흔들렸다. 잠시 후 지상관측반이 보고를 시작했다. "9번 튜브, 이상 무!"

"10번 튜브, 이상 무!"

그런데 리비가 중얼거리는 소리가 들리지 않았다.

도일 선장이 리비를 바라보았다. "리비, 문제가 있나? 잠들었어? 극지 기지를 호출해. 시차를 확인해야 하니까."

"선장님…." 리비가 작고 흔들리는 목소리로 말했다.

"빨리 말해!"

"선장님…. 기계가 추적을 멈췄습니다."

"스피어스!" 일등 화력통제관이 탄도 계산기 뒤에서 반백의 머리를 내밀었다.

"벌써 들여다보고 있습니다. 선장님. 결과를 얼른 알려드리겠습니다."

일등 화력통제관이 다시 몸을 숨겼다. 화력통제관은 적지 않은 시간이 흐른 뒤 모습을 드러냈다. "자이로에 문제가 있습니다. 보정에 최소 12시간은 걸립니다."

선장은 아무 말도 하지 않고 몸을 돌려 지휘통제실 구석으로 걸어갔다. 항해사의 눈이 선장을 쫓았다. 선장은 뒤로 돌아서 정밀 시계를 흘끗 바라보더니 항해사에게 말했다.

"흠, 블래키. 7분 안에 발사 제원을 얻지 못하면 우리는 가라앉는다. 무슨 방법 없나?"

블래키는 아무 말도 없이 고개를 흔들었다.

리비가 소심하게 목소리를 높였다. "선장님…."

도일 선장이 몸을 홱 젖혔다. "뭐지?"

"발사 제원은 이렇습니다. 13번 튜브, 7.63. 12번 튜브, 6.90. 14번 튜브, 6.89."

도일 선장이 리비의 얼굴을 살펴보았다. "확실한가?"

"그래야만 합니다, 선장님."

도일 선장은 문자 그대로 꼼짝도 하지 않았다. 선장은 이제 블래키 대신 정면을 노려보고 있었다. 그리고 담배 연기를 아주 길게 빨아들이고는, 담뱃재를 흘끗 쳐다보고 나서 흔들림 없는 목소리로 말했다. "저 제원을 사용해. 신호를 보내면 분사한다."

✳

리비는 4시간이 지난 뒤에도 발사 제원을 읊어대고 있었다. 그러면서 눈을 감고 있었고 얼굴은 잿빛이었다. 리비는 딱 한 번 정신을 잃었다. 다른 사람들이 깨우자 리비는 다시 수치를 읊기 시작했다. 선장과 항해사는 이따금 교대했지만 리비와 교대해줄 사람은 아무도 없었다.

분사간 간격이 점점 짧아졌고 충격은 더 약해졌다.

미약한 발사가 끝나자 리비가 눈을 들어 천장을 바라보면서 말했다.

"다 했습니다, 선장님."

"극지 기지를 호출해!"

관측 결과가 즉시 날아왔다. "시차 지속 양호. 항성률 지속 양호."

도일 선장이 긴장을 풀고 의자에 늘어졌다. "흠, 블래키, 우리가 해냈어. 리비 덕분이라고!" 선장은 리비의 얼굴에 진지하고 근심스러운 표정이 번지는 것을 알아차렸다. "왜 그래? 뭐가 잘못됐나?"

"선장님, 며칠 전에 말씀하셨죠. 공원에 정상적인 지구 중력이 있으면 좋겠다고."

"그랬지. 그런데?"

"제게 빌려주신 중력 관련 책이 변하지 않는 사실만 말하고 있다면, 그 방법을 알아낸 것 같습니다."

선장은 처음 만나는 사람인 것처럼 리비를 살펴보았다. "리비, 놀라서 죽는 줄 알았다. 제독과 저녁 식사를 할 때까지만 그것 좀 안 할 수 없나?"

"아, 그거 좋은 생각인데요."

통신반이 음성 전문을 중계했다.

"기함이 송신한 전문입니다. '잘했다, 88.'"

도일 선장이 부하 전원을 둘러보며 웃었다. "기분 좋은 승인이군."

전문이 다시 방송되었다.

"기함이 송신한 전문입니다. '마지막 전문은 취소한다. 재송신을 대기하라.'"

도일 선장의 얼굴이 당혹함과 걱정으로 뒤덮였다. 그리고 다음 전문이 이어졌다.

"기함이 송신한 전문입니다. '잘했다, E-M3 우주정거장.'"

로버트 A. 하인라인 중단편 전집 3

지구에서 온 위협

초판 1쇄 발행 2023년 4월 4일

지은이 로버트 A. 하인라인
옮긴이 김창규, 배지훈, 서제인
펴낸이 박은주
편집 강연희, 설재인, 이다영, 최지혜
표지 디자인 김선예
본문 디자인 서예린, 오유진, 이수정, 장혜지, 황혜나
마케팅 박동준

발행처 (주)아작
등록 2015년 9월 9일 (제2021-000132호)
주소 04050 서울특별시 마포구 양화로 156 LG팰리스빌딩 1428호
전화 02.324.3945-6 **팩스** 02.324.3947
이메일 arzaklivres@gmail.com
홈페이지 www.arzak.co.kr

ISBN 979-11-6668-723-5 04840
979-11-6668-777-8 04840 (세트)